중국 현대 여성소설 명작선

- 1920년대 여성소설 단편선

역사적 전환기의 중국여성문학

1. 들어가는 말

중국의 여성운동은 중국의 역사적 현실과 밀접하게 연관되어 반제·반봉건적 성격을 띠고 전개되어 왔다. 이는 제국주의열강의 침입과 더불어 시작된 변혁운동의 이념적 지향에 의해 여성문제가 인식되고 해결방안이 제기되어왔다는 특수성에서 비롯된다. 중국의 여성운동은 1840년부터 배태되어 무술유신(戊戌維新)에 이르러 제1차 고조기를 맞이하고, 20세기 초 부르조아 지식인의 출현과 민주사상의 전파를 배경으로 신해혁명(辛亥革命)전후에 제2차 고조기를 맞이하였으며, 5·4운동기에 제3차 고조기를 맞이하였다. 여기에서는 5·4신문화운동기를 전후하여 전개된 여성운동을 중심으로 여성작가의 창작성과와의 상관관계를 고찰해보고자 한다. 여기에서 여성소설은 여성작가에 의해 씌어진, 여성억압적 현상을 다루고 있는 작품으로 한정한다. 이 글에서는 논의의 편의를 위해 먼저 여성운동의 전개과정의 쟁점을 중심으로 정리하고, 이를 바탕으로 여성소설의 내용과 그 한계를 검토해보고자 한다.

2. 1920년대의 여성운동

신해혁명의 성과를 웨안스카이(袁世凱)에게 빼앗긴 이후 존공복고(尊孔夏古)의 역류가 노골화되는 가운데, 웨안스카이는 전제통치를 공고히 하기 위하여 정치적으로는 혁명세력을 진압하고 사상적으로는 봉건이데올로기를 재수립하고자 하였다. 그는 1913년 6월 「존공성문에 대한 훈령(通令尊孔圣文)」을 공표하여 공자를 '万世의 師表'로 추숭하고 그의 학설을 '온 세상의 표준'으로 떠받들었으며, 1913년 10월에는 대총통(大總統)에 정식 취임하여 국회를 해산하고 「중화민국 임시약법(中華民国臨時約法)」을 폐지하였다. 존공복고의 역류 속에서 가장 심한 고통을 받은 이는 물론 여성이었다. 1913년 11월 여자참정동맹회(女子参政同盟会)가 해산되었으며, 1914년 3월에 공표된 「치안경찰조례(治安警察条例)」에 의해 여성은 "정치결사에 가입할 수 없으며" "정치집회에 가입해서도 안 된다"고 규정되었다. 1915년에는 「국민학교령(国民学校令)」이 공표되어 소학교 1,2학년은 남녀를 합반할 수 있지만, 3학년 이상은 공학은 가능하지만 합반은 안 된다고 규정하여 1912년의 학제보다 오히려 후퇴하였다. 또한 웨안스카이가 죽은 후인 1917년 임시중화민국 부총통(臨時中華民国 副總統)인 펑꾸어장(馮国璋)은 「포상조례 수정안(修正褒揚条例)」을 공표하여 '(절)節' '(열)烈' 관념을 주입하려 하였으며, 교육당국은 1917년 「여학교 단속규칙(女学取締之規則)」을 제정하여 여학생의 전발(剪髮)과 자유결혼을 금지함으로써 여학생에 대한 단속을 강화하였다.

이 같은 반동적 복고주의에 맞서 신문화운동을 열었던 것은 1915년 9월에 창간된 『청년잡지(青年雑志)』(제2권 1호부터 『신청년(新青年)』으로 개명)였다. 초기 신문화운동을 이끌었던 『신청년』은 '민주'와 '과학'을 제창하여 사상계몽운동을 전개하였을 뿐만 아니라, 여성문제에도 관심을 기울여 여성억압적 봉건이데올로기를 공격·비판하였다. 특히 『신청년』에서 집중적으로 다루어졌던 여성문제는 봉건적 정조관념이었는데,

저우주어르언(周作人)의 「정조를 논함(貞操論)」과 후스(胡適)의 「정조문제(貞操問題)」와 「정조문제를 논함(論貞操問題)」, 루쉰(魯迅)의 「나의 절열관(我之節烈觀)」 등은 이 문제를 집중적으로 다루고 있다. 정조문제를 둘러싼 토론을 계기로 여성문제와 관련된 사회문제, 즉 교육의 평등, 결혼의 자유, 사교의 자유와 권리, 경제독립, 창기폐지, 노비해방 등등이 제기되었다. 이 시기에는 이러한 여성문제의 제기가 남녀의 평등한 권리와 의무를 강조하지 않고 여성의 인격독립을 강조함으로써 이루어지고 있음이 특징적이다. 여성문제의 실질은 결국 여성의 독립된 인격을 인정하는가의 여부에 달려 있으며, 여성의 인격독립을 기반으로 여성문제가 논의되었던 것이다.

5·4이전 초기 신문화운동기의 여성문제에 대한 인식은 5·4운동을 통해 질적 비약을 이루게 되었다. 베이징(北京)과 티엔진(天津), 상하이(上海) 등의 대도시의 여학생들은 조직적으로 동맹휴업 및 가두시위를 전개하였으며, 특히 상하이에서 여성노동자들이 시위에 참가했던 일은 여성운동사에 있어서 획기적인 일이라 할 수 있다. 5·4운동에서 보여주었던 여성의 적극적인 참여는 수량과 질량면에서 이전 시기에 비할 바가 아니었으며, 여성운동이 정치투쟁과 결합하였다는 점은 이후의 여성운동에 중요한 의미를 지닌다고 할 수 있다. 5·4운동 직후의 여성운동은 사상해방의 흐름 속에서 남녀평등의 구호를 중심으로 전개되었다. 이 시기의 여성운동은 여성의 사회적 지위 및 정치·경제·교육면에서의 권리 등을 광범하게 언급하고 있는데, 크게 대학에서의 여금개방(女禁開放), 남녀사교의 공개, 결혼의 자유, 그리고 여성참정권 등의 문제로 집약될 수 있다.

먼저 대학의 여금(女禁) 개방문제는 교육기회의 평등과 관련된 문제로서, 이를 통해 그동안 여성교육을 둘러싼 여성운동의 성과는 새로운 전기를 맞이하게 되었다. 당시 일반대학에서는 여학생의 입학을 허용하지 않았으며, 여자대학은 교회가 설립한 난징(南京)의 金陵女子大学과 푸조우(福州)의 華南女子大学, 베이징의 華北女子協和大学 3곳뿐이었다. 그러나 이들 학교의 교육내용이나 교육목표는 봉건색채가 농후할 뿐만 아니라 현모양처의 양성을 목표로 하고 있었다. 대학에 여학생 입학을 허용하라는 요구가 고조되는 가운데, 1919년 5월 19일 덩춘란(鄧春蘭)이 北京大學 총장인 차이위앤페이(蔡元培)에게 입학허용을 청원하는 편지를 보냈으며, 이 편지는 곧이어 베이징과 상하이의 신문에 실려 여학생 입학허용을 둘러싼 토론이 전개되었다. 1919년 말과 1920년 초에 여학생 입학허용을 요구하는 목소리가 날로 거세어지는 가운데, 1920년 봄 北京大學은 최초로 9명의 여학생을 문과의 방청생으로 받아들였다. 北京大學의 조처에 뒤이어 각지의 공사립대학이 여학생의 입학을 허용하였으며, 중학에서도 남녀공학이 실시되게 되었다. 대학과 중학에서의 남녀교육의 평등과 기회확대는 여성의 경제독립과 직업평등을 위한 조건을 마련해주었다고 할 수 있다.

남녀사교의 문제는 '남녀유별'을 엄격히 강제하는 봉건이데올로기에서 본다면 국민도덕의 타락을 빚어낼 우려가 있는 심각한 문제였다. 츠언이앤삥(沈雁氷)의 「남녀사교의 공개문제에 대한 소견(男女社交公開問題管見)」과 「남녀사교 문제를 다시 논함(再論男女社交問題)」이라는 글 외에도 남녀사교의 공개에 관한 글들이 많이 발표되었는데, 5·4운동중에 전개되었던 남녀연합조직과 운동은 남녀사교의 공개의 정당성을 입증하였다고 할 수 있다. 결혼의 자유문제는 여성운동에서 가장 두드러졌던 문제로서, 남녀 결혼의 결정권이 누구에게 있는가가 토론의 초점이 되었다. 이를 둘러싸고 1920년 『부녀잡지(婦女雜志)』제6권 2호(1920년 6월 5일)에서는 '결혼의 자유란 무엇인가?'라는 제목의 특집호를 발간하였으며, 결혼의 자유를 선전하는 희극도 크게 유행하였다. 결혼의 자유를 둘러싼 토론은 이혼과 재혼의 자유, 불합리한 혼인의 부정, 편면적인 정조관념의 부정 및 구가정의 개조 등의 문제로 발전하기도 하였다.

5·4운동 이후 여성참정권 문제는 민국초기의 침체기에서 벗어나 제2차 고조기를 맞이하였다. 이 시기의 여성참정권운동은 남녀평등을 보장하기

위한 당연한 권리라는 인식, 그리고 당시 省자치와 聯省자치의 움직임과 밀접한 관련을 맺고 있다. 1920년 후반 일부 성의 지방군벌은 직계군벌(直系軍閥)의 무력통일의 기도를 막기 위해 省자치와 聯省자치를 부르짖으며 성헌법(省憲法)의 제정과 제헌위원회(制憲委員会)의 구성을 제기하였다. 이러한 상황에서 후난(湖南), 광동(广東), 쓰촨우안(四川), 저장(浙江), 지앙시(江西) 등의 각지에서 여성참정단체를 결성하여 청원의 형식을 빌려 법률상의 남녀평등을 실현시키려 하였지만, 여성노동자들에 대한 무관심과 계급적 편견 때문에 조직상의 한계를 넘어서지 못하였다.

이러한 문제 외에도 이 시기에는 남녀의 인권평등이란 관점에서 남녀의 직업평등이 여성의 경제적 독립의 기초로서 중시되었으며, 이를 실현하기 위한 방안으로서 공독호조단(工読互助団), 유법근공검학운동(留法勤工倹学運動), 각종 직업학교의 설립, 여자합자(合資)의 상공업·은행 및 공장의 설립 등이 시도되었다. 또한 사회문제와 관련된 여성문제로서 창기(娼妓)와 비녀(婢女) 廃除가 논의되었으며, 여성해방과 여성보호라는 측면에서 산아제한과 여성의 피임이 언급되었다. 이밖에도 여성의 전족 폐지와 사치장식 금지, 전발(剪髪) 등 광범한 여성문제가 제기되었다.

이처럼 다양한 여성문제를 해결하는 방안을 둘러싸고 각종 주의와 학설, 사상유파에 근거한 적극적 모색이 다양한 견해로서 제기되었다. 즉 경제적 독립을 여성해방의 관건으로 보는 견해가 있는가 하면, 경제적 독립을 이루기 위해서는 여성교육이 선결조건이라고 보는 견해가 있었다. 또한 여성의 참정권확보를 여성해방과 여성문제를 해결할 수 있는 선결조건으로 보는 견해가 있는가 하면, 우선적으로 여성의 미신도덕을 타파하여 사상혁명을 이루어야 한다는 점에서 여성심리의 개조를 주장하는 이도 있었다. 이외에도 애정지상주의파, 산아제한주의파, 가정개조파 등등의 다양한 견해가 존재하고 있었다.

5·4운동 전후의 여성운동은 대체로 여성의 독립인격과 남녀평등이라는 틀 속에서 봉건적 도덕관념에 반대하여 여성의 권익 찾기의 차원에서 행

해지고 있다는 점, 그리고 여성문제가 사회문제의 주요 부분으로서 거의 모든 간행물에서 다루어지고 있다는 점을 특징으로 들 수 있을 것이다. 다만 이 시기의 여성운동은 엄청난 잠재력을 지니고 있는 여성노동자들을 조직적으로 포용하지 못한 채 명망가 중심의 수준에 머물러 있을 뿐만 아니라, 여성문제에 대한 명확한 이념적 지향점을 갖지 못한 채 당위적인 수준이나 상황의 요구에 따른 대응에 머물러 있다는 점을 한계로서 지적할 수 있다.

3. 여성운동과 여성소설

위에서 살펴본 바대로 여성문제는 5·4신문화운동 이후 줄곧 사회문제의 주요한 일부로서 다루어져 왔으며, 그 해결 역시 변혁운동의 주요한 과제로 여겨져 왔다. 1920년대에 여성작가들이 대거 문단에 등장하였던 것은 결코 우연한 현상이 아니라, 여성문제의 사회화과정 및 여성의 정치세력화와 밀접하게 관련되어 있다. 이들은 각기 상이한 성장과정과 인생체험을 거쳤지만, 변혁운동을 통해 여성으로 살아가면서 삶에 대해 고민하고 새로운 길을 모색하였다는 점에서 모두 '5·4라는 독특한 시대의 딸들이고, 대변혁의 여성들'이라고 할 수 있다.

1920년대 여성작가의 소설 중에는 대체로 작가 자신의 삶과 직접·간접적으로 관련 있는 일을 형상화한 작품이 많다. 20세를 전후하여 소설창작에 임하였던 이들에게 있어서, 당시 제기되었던 수많은 사회문제는 바로 작가 자신 혹은 주변 인물의 삶에서도 절실한 문제이었을 뿐만 아니라, 일차적으로 자기 자신이나 혹은 주변에서 제재를 취하는 것이 창작과정에서 가장 손쉬웠기 때문이다. 1920년대 여성소설은 작품의 제재에 따라 다음과 같이 몇 가지로 나누어 볼 수 있다. 첫째로는 연애와 결혼의 문제를 다루고 있는 작품을 들 수 있는데, 여성소설 가운데에서 가장 많은 편수를 차지하고 있다. 둘째로는 결혼생활의 갈등과 좌절 및 구가

8

족제도의 문제를 그리고 있는 작품을 들 수 있다. 셋째로는 여성교육문제와 여성의 사회활동을 다루고 있는 작품을 들 수 있다.

중국여성을 억압해온 봉건이데올로기 가운데에서 여성의 인간다움을 가장 철저하고 심각하게 파괴하였던 것은 봉건적 혼인제도라고 할 수 있다. 여성이 남성의 부속물 혹은 성적인 대상으로만 존재해온 남성중심사회에서, 여성은 자신의 삶을 결정짓는 가장 중요한 혼인문제에 있어서 전적으로 배제되어 왔다. 봉건적 혼인제도는 혼인이란 애정을 토대로 한 남녀의 자유로운 결합이라기보다는, 후사를 이어 가계를 전승하기 위한 수단이라는 사회적인 통념, 그리고 남녀 당사자의 자유의지에 의해서가 아니라 부모나 집안의 이해관계에 의해 결정되어야 한다는 봉건관념에 의해 유지되어 왔다. 신해혁명 이후 「중화민국 민법 친족편 초안(中華民国民律親属編草案)」 1388조에서는 "결혼은 부모의 허락을 거쳐야 한다. 만약 継母나 嫡母가 고의로 결합을 허락하지 않을 경우 자녀는 친족회의 동의를 얻어 결혼할 수 있다"고 명시하고 1341조에서는 "당사자가 결혼을 원하지 않는데도 부모가 강요한다면 그 혼인은 무효이다"라고 명시하였지만, 전통적인 봉건관념으로 인해 유명무실한 조문에 지나지 않았다. 5·4운동 직후 봉건적 혼인제도에 반발하여 자살하거나 도망을 꾀하는 경우가 많았다. 그 일례로 1919년 11월 창사의 자오우정(趙五貞)은 부모가 결혼을 강요하자 시집가는 꽃가마 안에서 면도칼로 목을 찔러 자살하였으며, 1920년 봄 창사의 리신수(李欣淑)는 정혼자가 죽어 수절을 강요당하고 다시 부잣집으로의 결혼을 강요당하자 이에 반대하여 도망쳤던 것이다.

이와 같은 사회현실을 반영하여 1920년대의 여성작가들은 봉건적 혼인제도로 인해 좌절과 절망 속에 비인간적인 삶을 강요당하거나 죽음을 선택하는 여성을 형상화하고 있다. 이 가운데에서 부모의 독단에 의한 강제혼인이 빚어낸 비극은 특히 여성작가들이 즐겨 취하였던 소재라고 할 수 있는 바, 강제혼인으로 인해 여성형상은 자신의 희망을 포기한 채

좌절 속에 지내거나 혹은 집으로부터 도망치며 심지어는 자살을 결심하
거나 실행하기도 한다. 강제혼인 외에 매매혼과 조혼 등의 봉건적 혼인
제도도 형상화되었는데, 채무를 갚기 위해 부호의 첩으로 팔려가거나 혹
은 민며느리로 들어갔다가 본처 혹은 시어머니의 학대를 받아 숨지기도
하였다.

　이러한 봉건적 혼인제도로 인해 빚어지는 비극을 막아내기 위해서는
이혼의 자유가 보장되지 않으면 안 된다. 신해혁명 이후 제정된 법률은
아내가 남편에게 이혼을 요구할 수 있는 권리를 제한적이나마 규정하였
지만, 1920년대 초에는 이 같은 이혼의 자유마저 '사법부제한이혼(司法
府制限离婚)'이라는 법령에 의해 상당부분 제한 당함으로써 이혼은 한층
어려워졌다. 실제로 애정 없는 혼인은 사회적으로 심각한 문제를 야기하
여, 남편을 살해하거나 아내를 살해하는 사건이 많이 일어났다. 이 때문
에 5·4운동 이후 강제혼인 등으로 말미암은 여성의 불행을 구제하기 위
해 이혼의 자유에 대한 토론이 활발하게 벌어졌다. 이 토론에서는 여성
의 권익을 보호하기 위해 이혼의 절대적 자유를 보장할 것을 요구하는
주장과 함께, 이에 이의를 제기하면서 남성의 무리한 이혼요구에 반대하
는 의견도 제기되었다. 남편이 이혼을 요구하는 경우가 대략 90%인데,
자신의 아내가 신지식이 없다는 이유를 내세우고 있다는 점 때문이었다.

　1920년대 여성소설 역시 이혼문제, 특히 남성의 이혼요구로 인해 빚
어지는 여성의 비극적 삶을 형상화하고 있다. 신교육을 받은 남편은 온
갖 어려움을 헤치며 집안을 꾸려온 아내를 속여 이혼한 후 부유하고 아
름다운 신여성을 맞아들인다. 남편의 비열함으로 인해 아내는 지금까지
의 삶의 의미를 송두리째 상실하고 만다. 한편으로 설사 법률에 따라 이
혼할 수 있더라도 이혼녀에 대한 부정적인 전통 관념과 재혼의 어려움,
경제적인 고통으로 인해 이혼은 대부분의 여성에게 있어서 사형선고와
다름없는 것이었다. 여성작가들은 남편의 바람기나 학대로 인해 이혼하
고 싶어 하지만 이혼후의 삶에 대한 불안과 경제적 독립의 어려움 혹은

자식에 대한 모성으로 인해, 애정 없는 혼인생활을 계속해야 하는 여성의 심리적 갈등을 그려내고 있다.

여성들은 봉건적 혼인제도로 인해 고통 받을 뿐만 아니라, 남성중심적 이데올로기에 의해 사회구조적인 불평등과 억압을 강요받아 왔다. 남성은 우주창조의 근원으로서 하늘에 비유되고 고귀함과 우월성, 적극성, 활동성을 나타내는 반면, 여성은 땅에 비유되고 비천함과 열등성, 소극성, 순종성을 상징한다고 여겨졌다. 이로 인해 孝와 忠, 貞과 節이라는 미명 아래 무조건적인 순종과 무재(无才)가 여성의 최대의 미덕으로 간주되었다. 남성중심사상은 가족제도와 사회규범에 있어서 여성을 성적 대상으로 간주하는 남존여비의 도덕관념과 여성의 성을 극도로 억압하는 정절문화, 그리고 낡은 가족제도로 구체화되었다. 이러한 상황 속에서 여성은 자아실현의 기회는 물론 자아각성의 계기마저 철저히 부정당하였으며, 남성중심사상의 폭력이 빚어내는 오류, 즉 남성주의적 오류에서 벗어날 수 없었다.

남성주의적 오류는 여성을 성적 대상으로 간주하고 여성의 정절만을 강요함으로써 빚어지는 비극에서 극명하게 드러난다. 1920년대 여성작가들은 여성을 성적인 대상이나 노리개로 여기는 남성의 속물근성과 천박함을 폭로하고, 그들의 성적 욕망에 의해 희생당하는 여성의 비참한 운명이나 심리적 고통을 자주 형상화하고 있다. 또한 여성의 정조문제를 다룬 작품 중에는 육체적 순결은 물론 정신적 순결까지도 강요당하는 여성형상뿐만 아니라, 낡은 정절문화에 젖어 정조관념에 내포된 남성중심적 봉건이데올로기에 순응하는 여성형상 또한 그려져 있다. 여성의 정조에 대한 엄격한 요구와는 정반대로 남성의 축첩은 묵인되거나 당연시되었는데, 여성작가들은 남편의 축첩에 의해 고통 받는 아내를 그려내거나 혹은 남편의 축첩행위를 오히려 자랑으로 여기는 아내의 무지와 허영심을 그려냈다.

남성중심주의의 폭력과 오류가 행해지는 구체적인 현장은 가정이며,

그것을 유지시켜주는 것은 구가족제도의 엄격한 위계질서이다. 구가족제도하의 부부관계에서 여성은 남편의 절대 권력에 무조건 복종하지 않으면 안 되었으며, 잡다한 가사노동에 자신의 능력을 희생하지 않으면 안되었다. 1920년대 여성작가들이 집요하게 다루었던 것은 바로 가정의 일상사에 찌들어버린 채 삶의 무의미와 무력감을 곱씹는 여성형상이었다. 이들 여성은 학창시절의 쾌활함과 희망을 접어두고서 가정에 안주하고 가사에만 몰두하도록 강요받는다. 구가족제도의 구조적인 억압은 때로 여성에게 시부모, 특히 시어머니에 의한 인격적 억압으로 체현되기도 한다. 여성작가들의 시선은 남편과 아내, 시어머니와 며느리 사이에 존재하는 지배와 피지배, 명령과 복종의 수직적 관계가 아내이자 며느리로서의 여성의 삶을 비인간화하는 데에 모아져 있다.

　이처럼 전제적인 구가족제도를 타파하기 위해서는 가정을 개조하지 않으면 안 되며, 가정의 개조를 위해서는 여성교육이 우선적인 과제로 설정되어야 한다고 여겨졌다. 여성교육의 필요성은 여권운동이 맹위를 떨치던 19세기말 이래 5·4운동기에 이르기까지 끊임없이 제기되어 남녀교육의 평등을 요구하기에 이르렀다. 그러나 이러한 요구만큼이나 여성교육의 필요성에 대한 부정적인 사회분위기 역시 만만치 않았다. 그것은 무엇보다도 오랫동안 전통 관념에 젖어온 구세대의 보수적인 사고방식에 기인하지만, 당시 일부 교육받은 여성들이 보여준 부정적 이미지 역시 사회여론을 악화시키는 데 일조하였다. 이러한 현상은 여성작가의 작품 속에 그대로 반영되었는바, '재주 없음이 덕(无才便是德)'이라는 고루한 관념에 의해 여성교육에 대한 인식부재를 드러내는 한편, 여성교육이 여학생을 도덕적으로 타락시킬 우려가 있다는 비판을 보여주기도 한다. 여성들은 이 같은 보수적인 사회여론과 사고체계에 의해 교육받을 기회를 상실하기도 하지만, 남존여비의 봉건관념이나 경제적 곤란으로 인해 교육받을 기회를 포기하거나 박탈당하기도 하였다. 당시의 여성들이 설사 교육받을 기회를 가졌다 할지라도, 가정상황의 변화에 따라 포기하지 않으면 안 되는 경우가 비일비재하였던 것이다.

현모양처의 양성을 여학교의 설립목적으로 삼았던 유신시대 이래, 여성교육의 필요성 및 남녀교육의 평등에 대한 제창은 주로 가정개조를 위한 신 현모양처의 양성에 목적을 두고 있었다. 남편이 사회생활에서 능력을 최대로 발휘할 수 있도록 뒷바라지할 수 있는 아내와 가정이 여성작가들이 그려내는 이상적인 모델이기도 하였다. 한편 당시 여성운동계에서는 가정개조를 위해 여성이 지니고 있는 미신관념을 타파하도록 요구하기도 하였는데, 이러한 여성심리개조관 역시 미신관념에 의해 가정을 파멸로 이끄는 여성형상을 통해 나타나기도 하였다. 가정개조를 위한 여성교육의 필요성을 역설하는 이들 작품은 당시의 여성교육에 대한 여성계의 관심과 한계를 반영하고 있을 뿐만 아니라, 여성작가 자신의 편협한 시야를 일정 정도 반영하고 있다고 볼 수 있다.

4. 나오는 말

지금까지 5·4신문화운동기를 중심으로 하여 여성운동의 흐름과 여성문제를 전문적으로 다루었던 여성작가들의 작품을 개괄적으로 살펴보았다. 아편전쟁 이후 외부의 강요에 의해 세계자본주의의 질서 속으로 편입되는 가운데 중국의 여성운동이 싹텄다면, 이 시기의 여성운동은 유신운동과 신해혁명을 거치면서 쌓아온 성과위에서 전개되었다고 할 수 있다. 이 시기의 여성운동은 대체로 정치·경제·사회문화면에서의 여성의 권익을 쟁취하는 데 초점을 맞추면서 여성노동자와의 연대를 모색하였는데, 1920년대 여성작가의 대거등단은 바로 이 같은 여성운동의 성과에 힘입어 가능하였다. 다시 말해 여성문제가 사회문제의 주요한 부분으로서 제기되고 여성이 정치적 발언권을 강화하여 가는 사회현상이, 여성작가들이 문단에 출현할 수 있는 문화 심리적 토대를 마련해주었던 것이다.

1920년대 여성작가의 작품에는 당시 사회문제로 제기되었던 여성문제들이 거의 모두 반영되어 있으며, 아울러 작품 속에 드러나는 여성문제의 폭과 깊이 역시 당시의 여성운동의 성과와 한계를 반영하고 있다고 보아도 좋을 것이다. 즉 당시의 여성운동이 여성노동자를 비롯한 기층여성과 일정 정도 유리되었듯이, 작품내의 여성형상 역시 대부분 지식여성에 한정되어 다양한 계급과 계층의 여성을 담아내지 못하고 있다. 또한 당시의 여성운동이 계급적 정체성을 명확히 하지 못하였듯이, 작품 가운데에 일부 남성중심주의적 이데올로기를 대변하거나 이에 편승하고 있다는 점이다. 이와 함께 당시 여성운동이 한때 남성을 여성억압의 근원으로 지목하여 투쟁대상으로 삼았듯이, 일부 작품은 남성주의적 오류를 형상화할 때 이분법적 대립구도를 기계적으로 취함으로써 남성 역시 봉건 이데올로기의 희생물이었음을 설득력 있게 제기하지 못하였다는 점을 들 수 있다.

일러두기

1. 본문에서는 한글표기를 기본으로 하였습니다.

1. 중국어 지명·인명 또는 혼동될 수 있는 한자어는 처음 나올 때 한글로 표기하고
   (   )안에 한자를 넣었습니다.

1. 주의를 환기시키거나 어떤 의미를 포함시키고자 할 경우에는 기본적으로
   '   ' 안에 넣었습니다.

1. 작품시작 전에 작가소개와 사진을 넣어 이해를 돕고자 하였습니다.

1. 이 책에 수록된 작품을 읽는 사람이 작가의 감성을 잘 받아들일 수 있도록 말을
   고르고 쉽게 풀기 위해 최선을 다해 번역하였으나 표현이 적절하지 않은 부분
   이 있다면 너그럽게 생각해 주시고, 지적해 주시면 감사하겠습니다.

목차

17

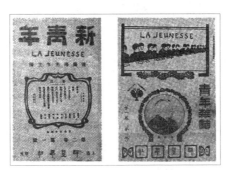

신청년과 청년잡지. 1915년 발간 당시 원제는 청년잡지였는데, 제2권부터 신청년으로 개명했다. 1918년 츠언두시우의 주관하에 후스, 루쉰 등이 편집에 참여하면서 신문화와 신문학을 제창하는 주요 기지 역할을 담당하게 된다. "5.4운동"시기 여성문제에 대해 집중적으로 다루었다.

소설월보. 1910년에 창간되었다. 본래는 문언소설을 비롯한 구시가 등을 주로 실었었다. 1921년 마오뚠이 편집주간을 맡으면서 대대적인 개혁을 단행, 신문학 문학이론의 중요한 기관으로서 자리잡아 나갔다. 삥신, 루인, 띵링 등이 이 잡지를 통해 문단 활동을 했다.

북경대학의 제1회 여학생들이다.

여성화가의 눈에 비친 "5.4"여학생

저명한 화가 쉬뻬이훙이 그린 여학생

1920년대 북경여자사범대학의 학생들. 북경사범대학의 전신인 이곳은 당시 신여성들의 요람이었다. 루인, 펑웬쥔 등 많은 여성작가들이 이곳을 졸업했다.

1921년의 신여성

1919년 금릉여자대학의 전교생.

1921년 충칭의 여학생

대혁명 시기 "5.4운동기"의 여학생들은 여혁명군으로
그 옷을 갈아입는다.

루인(가운데)과 친구들

"5.4" 여학생 시기의 띵링과 친구 왕
지엔흥. 띵링의 첫 번째 소설 「멍커」에
왕지엔흥의 그림자가 남아있다.

1923년 연경대
학 졸업시의 삥신

1918년 삥신과 그녀의 어머니

빼이만 여중 시절의 삥신

루인과 두 번째 남편 리웨이지엔

루인의 첫 번째 남편 꿔멍량. 꿔멍량이 이미 아내가 있었기에 그들의 사랑은 세인의 비판을 받았다. 결혼생활을 다룬 루인의 소설은 바로 꿔멍량과의 짧은 결혼생활의 경험을 바탕으로 쓰여진 것이다.

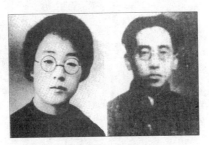

스핑메이와 연인 까오쥔위

천헝저

(陈衡哲 : 1890~1976)

천헝저는 강소성(江苏省) 무진현(武进县) 출신으로 필명은 사비(莎菲)이며, 노신(鲁迅)에 뒤이은 두 번째의 현대작가이자 신 문학운동의 첫 번째 여류작가로 평가받고 있다. 천헝저의 조부와 부친은 청조의 관리로서 모두 이름 있는 학자이자 시인이었고, 어머니 역시 유망한 화가였다. 또한 그녀의 외삼촌 장온관(庄蕴宽)은 국학에 정통하였을 뿐만 아니라 서방과학과 문화에 대해 깊은 조예를 지니고 있었는데, 그녀에게 새로운 문물을 소개하고 여성의 새로운 삶에 대해 이야기해줌으로써 그녀의 삶에 커다란 영향을 끼쳤다.

천헝저는 1914년 여름 청화대학(青华大学)의 미국유학생 파견시험에 합격하여 미국의 바사대학(Vassa College)으로 유학을 떠났다. 이 대학에서 서양문학과 역사를 배웠으며, 유학생활 중에 호적(胡适)·임숙영(任叔永)·양행불(杨杏佛) 등과 사귀면서 사비(莎菲)란 필명으로 창작활동을 시작하였다. 1918년 시카고대학 대학원에 입학하여 1920년에 석사학위를 취득한 그녀는, 그해 북경대학(北京大学) 총장인 채원배(蔡元培)의 초빙을 받아 북경대학 서양사학과 교수로 취임하였으며, 과학자이자 문학가인 임숙영과 결혼하였다. 중국 최초의 여성교수가 된 그녀는 이후 학술활동과 함께 중국을 서방세계에 소개하는 한편, 여성문제에 대해 많은 글을 발표하기도 하였다. 이후 1976년 1월 7일 폐렴으로 상해의 광자의원(广慈医院)에서 세상을 떠났다.

그녀의 창작집으로는 『작은 빗방울(小雨点)』과 『헝저산문집(衡哲散文集)』, 그리고 영문저작으로 『한 중국여인의 자서전(一个中国女人的自传)』 등이 있다. 그녀의 소설세계는 계몽주의와 인도주의의 경향을 띠고 있는데, 창작내용에 따라 크게 세 가지로 나눌 수 있다. 첫째, 작가의 인생관을 보여주면서 계몽적 성격을 강조하고 있는 작품으로서, 『작은 빗방울』, 『서풍(西风)』, 『운하와 양자강(运河与扬子江)』을 들 수 있다. 이 작품들은 모두 자연을 의인화한 동화나 우화의 형식을 취하여 자연과 인간, 자연성과 인위성을 대비함으로써 자기희생을 통한 만족과 진취정신을 찬양하고 있다. 둘째는 불행한 인간상의 묘사를 통해 작가의 인도주의적 동정을 보여주는 작품으로서, 『하루』, 『뽀얼(波儿)』, 『노부부(老夫妻)』를 들 수 있다. 셋째, 작가의 여성문제에 대한 인식을 보여주는 작품으로서, 『무협속의 한 여인(巫峡里的一个女子)』, 『멍오빠(孟哥哥)』, 『루이스의 문제(洛绮思的问题)』, 『배지이야기(一支扣针的古事)』 등을 들 수 있다. 이 가운데 여기에서 소개하는 『루이스의 문제』는 학문에 대한 열정과 결혼 사이에서 학문의 길을 선택한 여성이 겪는 심리적 갈등을 다루고 있으며, 『배지이야기』는 연인과의 사랑을 완성시키지 못한 채 희생적 모성애를 통해 삶의 의미를 찾은 여성의 삶과 죽음을 그리고 있다.

루이스의 문제(洛绮思的问题)

　　루이스는 대학을 졸업하던 해에 왈드블랑(互德白朗)을 처음으로 만났다. 그녀는 학교에 다닐 때 철학을 가장 좋아했다. 그래서 졸업한 후 다시 삼 년 정도 더 공부해서 철학계에 조금이나마 공헌을 하리라 결심했다. 당시 왈드는 미국 나이강대학의 철학부 주임이었다. 그의 학문적인 성과는 철학계와 교육계에서 모르는 사람이 없었다. 루이스도 학생시절 그의 저서를 자주 읽었으며, 매우 감동을 받곤 했다. 그래서 학교를 졸업한 후, 그녀는 나이강대학의 대학원을 택했다.

　　그때 왈드는 거의 사십 세였지만, 학문에 열중하느라 아직 결혼을 하지 않은 상태였다. 루이스의 나이는 채 스물다섯도 되지 않았다. 그들은 서로를 존중하고 존경했다. 다만 루이스는 그 안에 숭배하는 마음이, 왈드는 그녀에 대한 격려가 담겨있다는 게 달랐다.

　　그러나 3년 후, 루이스가 박사학위를 딴 그 해에, 그들의 친구들은 갑자기 그들 두 사람이 이미 약혼했다는 연락을 받았다. 그 친구들은 이 일을 예견치 못했으나 그다지 놀라지는 않았다. 한 명의 철학가가 이미 졸업한 제자와 정혼하는 게 본디 이상한 일도 아니었다. 이 소식의 전파는 다만 평범한 실의 청년들로 하여금 부러워하면서 운명의 신이 그들 두 사람에게 유독 잘 해주어서 이런 얻기 힘든 기회를 얻고 좋은 결실을 맺게 했구나라고 여기게 했을 따름이다.

　　그들이 약혼한지 채 한 달도 안 되었을 때, 왈드는 따로 철학학회의 송년회에 참가했다. 그는 송년회 후에 그녀 고모의 고향집에 가서 결혼 문제를 상의하기로 그녀와 약속했다.

　　왈드는 송년회에서 친구들의 부러움과 축하를 받으면서 매우 득의만만

했다. 그는 루이스를 만나면서, 학문 이외의 것과 인생의 또 다른 맛을 알게 되었다고 생각했다. 송년회가 끝난 뒤, 그는 급히 차를 타고 루이스의 고모 댁으로 갔다.

꼬박 하루를 달려서 그 다음날 저녁에야 목적지에 도착할 수 있었다. 차에서 내리자마자, 그는 루이스가 정거장에서 손을 흔들면서 그를 기다리고 있는 것을 보았다. 그녀는 미소를 띠고 있었는데, 그들이 막 약혼했을 무렵의 그런 미소가 아니라, 그의 강의를 들을 때 보이던 그 미소였다. 그는 그녀의 태도가 매우 냉담하다고 느꼈다. 그러나 그녀를 본다는 것만으로도 기뻤던 그는 다른 것은 천천히 얘기하리라 생각했다.

그들은 차를 빌려 타고 고모 댁으로 갔다. 그녀는 그를 고모인 나성(纳生) 부인에게 소개했다. 그러나 루이스는 그를 자기의 약혼자라고 하지 않고, 미스터 블랑이라고 호칭하면서 좋은 친구라고만 했다. 나성 부인은 모든 것을 알고 있다는 듯 더 이상 캐묻지 않았다.

그 날 저녁 식사 후, 그들은 거실에 함께 있었다. 나성 부인은 스카프를 짜고, 루이스는 피아노를 치고, 왈드는 창가의 소파에 비스듬히 앉아서 피아노 소리를 들었다.

루이스는 한 곡을 연주한 후, 왈드에게 웃으며 말했다.

"귀한 손님이신데, 어떤 곡을 듣고 싶으세요?"

나성 부인은 세상 경험이 많은 사람인지라, 왈드가 뭐라 대답하기 전에 먼저 의견을 내놓았다.

"정원을 좀 돌아보시지 그러세요. 난 오늘 좀 피곤해서 먼저 실례하겠습니다."

왈드가 원하던 것도 바로 이것이었다. 그래서 그는 바로 루이스를 바라보았다. 루이스도 일어났다. 그리고 두 사람은 나성 부인에게 저녁인사를 하고 정원으로 나갔다.

왈드는 먼저 입을 열었다.

"루이스, 당신 왜 그렇게 쌀쌀맞게 대하는 거요? 내가 무슨 잘못을 했으면, 사과할 기회를 줘요!"

루이스가 웃으며 대꾸했다.

"맞아요, 저 당신을 원망하고 있습니다! 당신이 내 일생을 망치려고 하니까!"

왈드는 깜짝 놀랐다.

"뭐라고? 내가 그렇게 큰 잘못을 했단 말입니까?"

"하지만 당신은 모르는 일이에요."

그들은 나무 옆에 있는 의자에 나란히 앉았다. 루이스가 말을 이었다.

"우리가 떨어져 있는 보름 동안 저는 제 자신의 문제를 곰곰이 생각해 봤어요. 제 생각에 결혼은 결국 매우 평범한 일이고, 누구나 다 하는 거예요. 오직 진실하고 고상한 우정만이 누구나 누릴 수 있는 게 아니랍니다."

"그것도 괜찮겠지요. 하지만, 우정에 친밀한 관계가 보태진다면 더 좋은 게 아니겠습니까?"

왈드가 계속 말을 이었다.

"우리 둘은 같은 분야에서 일하고 있고 능력도 비슷합니다. 서로 존경하고 사모하면서 영원히 함께 한다면, 두 사람 모두에게 얼마나 큰 행복이겠습니까? 우리가 서로 협력하여 연구하는 것도 언젠가는 학계에 커다란 공헌이 될 것입니다. 우리가 결혼하는 것 외에 영원히 함께 할 수 있는 방법이 또 뭐가 있겠습니까? 우리가 만약 결혼하지 않는다면, 언젠가 다른 사람이 우리 사이에 끼어들지 않는다고 보장할 수 있을까요?"

"저는 그렇게 생각하지 않아요. 첫째로, 함께 해야 서로의 학문에 도움이 된다고 했는데, 이 말에 수긍할 수 없어요. 당신은 이미 이전부터 그런 명예를 얻고 계시잖아요. 설마 저에게 공을 돌리시는 건 아니겠죠?"

왈드가 웃었다.

"당신을 알지 못했을 때는 어쩔 수 없지만, 당신을 알고부터 내 연구는 당신 도움을 많이 받고 있지 않습니까?"

"두 번째, 당신은 우리가 결혼하지 않는다면, 언젠가 다른 사람이 우리 사이에 끼어들지도 모른다고 했지만, 이건 지나친 생각이예요. 이 일에 관해서는 절 믿으셔도 돼요. 당신도 제가 보기엔 문제없다고 생각해요. 당신은 이미 사십여 년을 독신으로 살아왔잖아요?"

루이스는 여기까지 말하고, 매우 간절한 눈빛으로 왈드를 바라보았다. 그러나 왈드는 그녀의 말을 귀담아 듣고 있지 않은 듯 했다.

루이스가 다시 말을 이어갔다.

"셋째, 이건 당신이 알아야 하는 건데, 사실 결혼이라는 건 여자에게는 대단히 중요한 문제예요. 남자들은 결혼을 하면 경제적인 책임은 늘어도 일에는 별다른 방해를 받지 않아요. 그러나 여자가 결혼을 하면, 상황은 달라져요. 가정도 돌봐야하고 아이도 길러야 하는데, 이 일을 다른 사람이 대신 할 수 있겠어요?"

왈드는 침묵했다. 잠시 후 그가 입을 열었다.

"유감스럽게도 당신은 너무 멀리까지 생각하는군요. 그럼 약혼하기 전에는 이런 것들을 생각해 보지 않았나요?"

"그 점만큼은 당신에게 정말 죄송해요. 그 때는 사실 이런 것까지 생각지 못했어요. 하지만 나의 벗이여, 아직 너무 늦은 건 아니겠지요!"

"이렇게 말하는 걸 보니, 당신은 우리의 약혼을 후회하고 있군요. 고독한 생활은 그리 부러워할 일은 아니라고 봅니다."

"당신은 예전에 학문이 인생의 가장 좋은 동반자라고 하지 않으셨나요? 당신도 아시다시피 전 욕심이 많은 여자예요. 그렇다고 무슨 허영심이 있는 건 아니지만. 하지만 결혼하면 저의 앞길에는 많은 장애가 생길 거예요."

왈드는 다시 말이 없었다. 한참 후에야 그는 정중하게 대답했다.

"그래요. 나도 여자들이 안고 있는 문제가 크다는 것을 압니다. 당신이 만약 조금이라도 평범한 여자라면, 이 문제는 어렵지 않게 해결될 텐데."

"무슨 말인지 모르겠네요. "

"내 말은 만약 당신이 욕심 없는 여자라면, 결혼이 당신 인생에 무슨 문제가 되지 않는다는 겁니다. 내 동료 쟈스(佳司) 선생의 부인 아시지요?"

"한두 번 뵌 적이 있어요. "

"당신이 보기에 그녀는 어떤가요?"

루이스가 웃었다.

"당신은 내가 그런 여자가 되기를 바라시나요?"

"물론 아니지요. 어찌 당신이 쟈스 선생의 부인 같기를 원하겠습니까? 당신이 만약 마더(馬德) 부인처럼 자녀 양육을 인생의 유일한 목적이라고 생각했다면, 당신을 그토록 흠모하고 경애하지도 않았을 것입니다. "

"마더 부인을 하찮게 보지 마세요. 그런 여자도 많지 않아요. 그 자녀들이 얼마나 총명하고 귀여운지 보세요. 만약 모든 여자들이 완벽하게 좋은 어머니 노릇을 할 수 있다면, 세상에 무슨 문제가 있겠어요?"

왈드가 웃으면서 대꾸했다.

"그렇다면 당신 자신은 왜 그렇게 하지 않는 겁니까?"

"잠깐만요, 제 얘기가 아직 끝나지 않았어요. 한 여자의 성격과 인생관이 마더 부인과 같다면, 결혼이 그녀의 삶에 방해가 되지 않을 거예요. 오히려 그녀의 야심과 희망을 완성시켜줄 것이고, 그녀는 정말 세상에서 가장 행복한 여자겠지요. 하지만 불행히도 모든 여자의 생각과 성격이 같을 수는 없어요. 저에게서 마더 부인의 그런 삶을 상상해 보세요……. 비록 제가 아무리 그녀를 존경하고 찬미한다 할지라도……, 제가 즐거울 것 같아요?"

왈드는 한숨을 내쉬었다.

"당신의 뜻은 알겠습니다만……. "

그는 고개를 들어 하늘을 보더니 말을 이었다.

"저 하늘의 별을 봐요. 얼마나 영롱한지. 우리 다른 얘기합시다, 이 일은 내일 다시 의논하고. ”

루이스는 고개를 숙이며 매우 참담한 듯 대답했다.

“왈드, 정말 죄송해요. 제가 이 문제를 먼저 깊이 생각해 본 후에 당신의 청혼에 응해야 했었는데. ”

왈드는 자신도 모르게 고개를 떨구었다. 그는 루이스의 손을 잡고서 처량하게 말했다.

“루이스, 사랑하는 당신, 숭배하는 당신, 당신은 뛰어난 여자입니다. 만약 나 때문에 당신이 꿈을 이룰 수 없다면, 나도 견딜 수 없습니다. 당신도 내가 그렇게 이기적인 사람이 아니라는 걸 알 겁니다. 당신에게 이롭다면, 나는 어떤 고통도, 어떤 희생도 감내할 것입니다. ”

왈드는 여기까지 말하고서, 목이 멘 듯 말을 잇지 못했다. 그는 루이스를 바라보았지만, 그녀가 우는 것밖에 보이지 않았다. 정원의 별빛은 더욱 환해갔다. 별빛 아래에서 여기저기 날아다니는 박쥐들도 보였고, 간혹 반딧불이 몇 마리가 땅에서 날아오르는 것도 보였다. 담벼락의 인동덩굴에서 가벼운 향내가 풍겨 나왔다. 그들은 조용하고 신비한 이 여름밤에 시간이 가는 줄도 모르고 앉아 있었다. 각자의 생각에 깊이 빠져서 찬 서리가 스며드는 것도 느끼지 못했다. 왈드가 먼저 정신을 차리고는 일어서며 말했다.

“밤이 깊었소, 돌아갑시다. 오늘 이야기는 이것으로 충분합니다. ”

루이스는 그녀의 오른손을 왈드에게 내밀더니 갑자기 눈물을 흘리며 말했다.

“그럼, 왈드 저의 뜻을 받아들이신 거죠. ”

왈드는 이 말을 듣고 전기에 감전된 것 같았다. 비로소 그들이 오늘밤 이야기한 것이 무슨 문제인지를 명백하게 깨달았다. 루이스의 말은 약혼을 파기하겠다는 것이 아닌가? 그리고 그는 그녀에게 그녀를 위해서라면 모든 희생을 감내하겠다고 하지 않았는가? 그렇다면, 그들의 약혼은 이미 깨진 것이다. 하지만 이것은 너무 갑작스럽다. 꿈만 같았다. 어쩌면 진짜

로 꿈을 꾸고 있는 건지도 모른다. 그는 머릿속이 혼란했다. 돌연 루이스
의 처연한 목소리가 들렸다.

"왈드, 왜 대답이 없으신 거죠? 저를 증오하시는군요!"

왈드는 루이스를 부축하여 집 쪽으로 걸어가면서 대답했다.

"내가 어떻게 당신을 미워하겠습니까? 이미 대답해 드리지 않았나
요?"

그는 비록 이렇게 말했지만, 머릿속은 여전히 혼란 그 자체였다. 그는
자신이 무슨 말을 했는지도 잘 모르고 있었다.

이튿날 아침, 왈드는 나성 부인에게 이별 인사를 하면서 루이스에게 편
지를 좀 전해달라고 부탁했다. 루이스는 밤새도록 잠을 이루지 못하고, 새
벽녘에서야 어렴풋하게 잠이 들었던 탓에 늦게 깼다. 그녀가 아직 채 일어
나기도 전에 고모가 웃으면서 아침을 가지고 들어왔다. 쟁반에는 편지가
놓여져 있었는데, 한 눈에 누가 쓴 건지 알 수 있었다. 그녀는 급히 편지
를 열었다.

나의 벗에게

어제 저녁의 이야기는 매우 마음이 아프지만, 후련하기도 합니다. 그 대화
를 통해 서로의 성격과 이상을 분명히 알 수 있었으니까요. 아리스토텔레스가
이런 말을 했었습니다. 아픈 경험은 사람의 감정을 단련시켜서 그를 더 순결
하고 고상하게 만든다고. 이번에야 비로소 나는 이 말의 뜻을 이해할 수 있었
습니다. 우리 둘의 관계가 이런 과정을 통해 영원히 유지되고, 학문뿐만 아니
라 인격적으로도 서로 도울 수 있게 되기를 바랍니다. 우린 다 우리들이 바라
는 목적지에 도착할 수 있을 것입니다.

원래는 며칠 머물다 갈까 했지만, 다시 만나면 혹 다투거나 해서 우리의 우
정에 금이 갈까봐 그냥 떠납니다. 어제 저녁의 대화는 내 생애에 있어 가장
쓰라린 경험이었지만, 또 위대한 경험이기도 했습니다. 영원토록 제 마음 깊
은 곳에 묻어둘 것입니다.

뵙지 못하고 떠나는 걸 용서해 주십시오. 부디 내 고충을 이해해 주기를.
이후의 내 삶은 한 겨울의 고목과 같을 것입니다. 당신의 편지가 작은 새처럼
종종 날아와서 살아갈 의미를 심어주길 바랍니다. 내 주소는 예전과 같고, 앞

으로 어떻게 할지 아직 정하진 않았지만 편지는 다른 사람을 통해 전하겠으니
안심하십시오.

당신의 오랜 벗
왈드

루이스는 편지를 읽고 또 읽었다. 새삼 왈드가 정말 진실하고 다정한 남
자였음을 깨닫자, 그녀의 마음은 더욱 처연해졌다. 그녀는 얼른 일어나서
바로 답장을 썼다. 그 중 한 부분에 그녀는 이렇게 적었다.

　　당신의 삶을 엄동설한의 나무에 비유하시다니, 정말 가혹하시군요. 부디 편
안하고 멋있는 삶을 누리시길 기원합니다. 이러한 삶을 고독하고 적막한 것으
로 오해하지 마시기를요…….
　　제게 자유를 주신 걸 감사드립니다. 지금 내 삶은 큰 바다에 떠있는 작은
배와 같아서 어디로 가야할지 모릅니다. 하지만 벗이여! 이런 상황에서는 널
려 있는 섬들과 빛나는 별들도 제가 극력히 환영하는 반려자입니다. 당신이
북극성처럼 내 삶의 바다 위에서 비춰주고, 끌어주고, 함께 가주시기를 진심
으로 소망합니다…….

루이스

이후, 그들 두 사람은 종종 편지를 주고받았다. 그들의 우정은 갈수록
담백해지면서 동시에 깊어졌다. 그가 곧 결혼할 것으로 알고 있던 친구들
은 그가 이 일에 대해 한 마디도 안 하는 것을 이상하게 여겼다. 어떤 사람
들은 그를 놀리느라 신혼여행은 어디로 가냐고 묻기도 했는데 그는 쓴웃음
만 지을 뿐이었다. 어느 때는 사람들에게 시달리다 못해 이렇게 대답하기
도 했다.

　　"루이스는 보기 드문 여자야. 누가 감히 결혼 같은 세속적인 일로 그녀
의 앞날을 망칠 수 있겠나?"

친구들은 이 말을 듣고 더더욱 의아해했으나, 그저 웃으면서 이렇게 얼버무릴 수밖에 없었다.

"아, 그렇군. 대철학자들의 연애는 정말 보통 사람과는 다르다니까!"

그러나 채 석 달이 지나지 않아, 그들 두 사람의 파혼 소식이 들려왔다. 친구들은 일이 이렇게 된 걸 안타까워하고 있는 중에, 갑자기 또 이상한 소식을 들었다. 왈드가 중학교 체육 교사랑 약혼하고 얼마 있다 바로 결혼해서 남방의 해변으로 여행을 갔다는 것이다.

루이스는 왈드의 결혼 소식을 듣고, 마음이 불편했다. 왈드가 원망스럽고 실망스러웠다. 그렇지만 그녀는 철학자이고, 더욱이 심리를 연구하는 사람이어서 곧 이 일을 말끔하게 이해할 수 있었다. 그녀는 왈드의 무정함을 탓하지 않고, 오히려 그에게 미안해했다. 만약 그녀와 그런 아픈 경험이 없었다면 어떻게 그리 급하게 배우자를 찾아 자신과는 뜻이나 행동이나 학문이 전혀 다른 여자와 결혼했겠는가? 그러나 왈드의 마음이 어떠한지 도대체 알 수가 없었다. 혹 나와 더 이상 연락하기 싫은 건 아닌가. 그녀는 그를 모른 척하고만 있을 수도 없어서, 생각에 생각을 거듭한 끝에 오랜 벗의 태도로 그에게 축하편지를 보냈다. 그리고 진정으로 그들 두 사람의 앞날에 행복이 있기를 기원했다.

왈드는 신혼여행을 다녀온 후 이 편지를 받았다. 그는 편지를 읽고 또 읽었다. 마음 한 구석에서 의혹이 일었다. 그는 루이스를 이미 포기했고 결혼까지 했지만, 그녀에 대한 미련이 다 사라진 것은 아니었다. 그녀와의 달콤하고도 아픈 기억은 여전히 종종 그의 마음을 할퀴었다. 그는 그녀의 어투가 너무 소원하고 냉담해서 어찌할 바를 몰랐다. 그녀가 나를 탓하고 증오하는 건가? 내 진심을 좀 보여줘야 하지 않을까. 그래서 그는 이렇게 답장을 썼다.

친애하는 벗에게
왈드는 결혼했습니다! 미니(蜜妮-아내의 이름이오-는 솔직하고 쾌활한 여자입니다. 좀 괄괄하긴 하지만, 나에겐 도움이 됩니다. 내가 사색을 좋아하니까 이런 사람이 옆에 있어서 조절해줄 필요가 있지요.

많은 친구들이 내가 같은 길을 가는 사람과 결혼하리라고 기대했습니다. 이 점은 설명하지 않아도 당신이 더 잘 알 것입니다.

아내에게 무슨 불만이 있다고 말하고 싶진 않습니다. 하지만 어찌 내 꿈이 이루어졌다고 거짓말을 할 수야 있겠습니까? 결혼을 한 이상, 남편으로서의 책임은 다할 것입니다. 하지만 마음속 저 깊이 그녀에게 줄 수 없는 부분이 있습니다. 과거의 슬픔과 기쁨, 천당과 지옥의 그림들이 숨겨져 있는 곳입니다. 혼자 있을 때, 나는 그것을 열어 봅니다. 음미하고, 상심하고, 그것들로 제 상처를 어루만져 주기도 합니다. 그리고 다시 닫아 둡니다. 이건 나의 또 다른 세계이며, 어느 누구도 훔쳐보지 못할 겁니다. 그곳은 신비한 세계이고, 물론 내 마음을 부술 수도 있지만, 난 간직하고 싶습니다. 거기에 있는 마력이 나로 하여금 속세의 모든 감로수를 다 젖히고 쓰디쓰고 시디신 샘물을 그리워하게 만듭니다.

벗이여, 두서없는 글을 용서하시오. 난 정말 나와 더불어 이 세계를 즐길 한 사람을 원합니다. 내가 어찌 감히 그 사람이 당신이기를 바라겠습니까? 그러나 당신이 바로 이 세계의 창조자이니, 당신 없이는 그것도 없습니다. 그래서 그건 순결하고, 세상을 초월해 있고, 더럽혀지지 않았습니다.

이제 그만 펜을 놓아야겠습니다. 왈드는 비록 결혼했지만, 그의 마음은 여전히 열려있다는 것을 알아주셨으면 합니다. 특히 루이스, 당신에게는 영원히 그러할 것입니다.

나는 영원히 당신 것이오

왈드

그러나 편지를 다 쓰고 나자, 그는 갑자기 또 불안해졌다. 루이스와의 우정이 이래서는 안 된다고 생각하였다. 루이스는 그가 존경하는 친구가 아닌가? 그런데 이 편지의 의미는 이미 친구의 범위를 넘어섰다. 이는 아내에게도 미안한 일이고, 그에 대한 루이스의 순결한 우정도 흙탕물에 던져버리는 것이나 진배없다. 앞으로 어떻게 그녀를 대해야 하나? 어떻게 세상의 여자들을 대해야 하나? 물론 그는 마음속에 비밀을 간직할 권한이 있다. 이미 찢어진 마음이 다시 상처 입는 것도 두렵지 않다. 하지만, 타인의 마음을 상하게 할 권한은 없다. 이 비밀스러운 씨앗은 자신의 마음 밭에만 간직해야 한다. 그 씨앗이 비옥한 옥토에 뿌려져서 햇빛과 비를 받아 꽃이 피어나면, 그의 부인뿐 아니라 루이스도 큰 상처를 입을 것이다. 여기까지 생각이 미치자, 그는 이 씨앗을 그의 마음속 깊은 곳에 남겨두고, 영원히 밖으로는 흩뿌리지 말아야겠다고 결심했다. 그래서 그는 루이스에게 새로이 다음과 같은 편지를 썼다.

　　루이스
　　왈드는 결혼했습니다! 축하해주셔서 매우 감사합니다. 그가 당신의 축하를 받는 것은 당연합니다. 하지만 그는 당신의 용서와 연민을 얻어야 할 것입니다.

　　미나—나의 신부의 이름이오—는 솔직하고 건강한 여자입니다. 언제나 쾌활합니다. 비록 학자는 아니지만, 학자의 좋은 반려자입니다. 당신이 그녀를 만나게 되면, 틀림없이 그녀를 좋아할 겁니다.

　　내가 당신에게 용서를 구해서는 안 될 것 같습니다. 용서해 달라고 하는 게, 내가 아직 당신의 마음을 이해하지 못해서인 것 같아서요. 당신은 물론 날 이해해 주시겠지요. 나의 결혼이 우리의 우정과 무슨 관계가 있겠습니까? 하지만 왠지 당신에게 용서를 빌어야 할 것 같습니다.

　　내가 왜 당신의 연민을 구하는지? 이건 더 말하기 힘듭니다. 당신은 독신이고 나는 결혼을 했으니, 연민을 받아야 할 사람은 내가 아닐 듯 싶은데. 하지만 루이스, 나는 여전히 당신의 연민을 받을 것입니다. 당신은 지혜로운 사람이니 더 말할 필요도 없겠지요? 날 가엽게 여기고, 부디 내치지 말기를.

　　나는 당신이 영원히 하늘을 나는 새처럼 자유롭고, 앞날이 무궁무진하기를 기원합니다. 언젠가는 당신의 업적이 당신의 교수이자 오랜 벗인 나를 부끄럽게 만들어 주기를 바랍니다. 당신에 대한 존경심은 영원히 변치 않을 것입니다. 당신이 비상하는 중에 만약 도움이 필요하다면, 언제든 말씀하십시오. 그것이 내 삶에 가장 큰 기쁨이자 희망이 될 것입니다.

당신의 충성스러운 친구
왈드

루이스는 이 편지를 받고 감격했다. 기쁘기도 했다. 그녀는 왈드를 가엾게 여기는 한편, 그들 두 사람의 우정을 기뻐하고 있었기에, 그들의 관계는 지속되어갔다. 그들의 우정은 용광로를 거친 순금처럼 순수했다. 그들은 서로에 대해 이미 어떤 의구심도 없다는 것을 잘 알고 있었다. 학문을 연구하고, 서로의 인격도야를 격려하는 것 외에, 그들 사이엔 전혀 다른 일이 발생하지 않았다. 그러나 그들의 친구들이 어떻게 이해할 수 있겠는가? 친구들은 왈드와 루이스의 관계에 변화가 일어난 것을 보았고, 그들의 의혹은 가일층 짙어졌을 뿐이었다.

루이스는 이제 마흔이 넘었다. 십여 년 전 대학교수가 되어, 현재는 한 유명한 여자대학에서 철학과 주임을 맡고 있다. 그녀의 학문적인 성과는 이미 국제적으로 인정받았다. 그녀가 쓴 책들도 외국어로 많이 번역되었다. 그녀가 젊은 시절 품었던 꿈과 야망은 이미 현실로 이루어졌으며, 그녀의 학문은 그녀 삶의 좋은 반려자가 되었다. 그녀가 학계에서 얻은 명예는 결코 허영심에 찬 여자들이 얻을 수 있는 게 아니었다. 그렇다. 그녀의 젊은 시절 꿈은 모두 이미 현실이 되었다. 그러나 그녀의 꿈은 완성된 것일까?

언젠가 그녀는 꿈을 꾸었다. 꿈에서 그녀는 이미 결혼한 중년부인이었다. 그 날, 그와 그녀의 남편(마치 왈드 같았다)은 처마 밑에서 휴식을 취하고 있었다. 때는 여름날 초저녁, 인동덩굴의 향기가 담 모퉁이에서 풍겨나왔다. 남편은 담배를 물고 있고. 고개를 들어 보니 실 같기도 하고 안개 같기도 한 담배연기가 달빛 아래서 가볍게 흩날리고 있었다. 그녀 자신도 흔들의자에 앉아 있었다. 심신이 하나가 된, 아주 편안한 그런 느낌으로. 또 아주 뜨거운 날인 듯 싶기도 했다. 나무 그늘 아래서 맑고 달콤한 물을 마셨는데, 기분이 너무나 상쾌했다. 하늘의 밝은 별과 달, 그리고 공기 중의 꽃향기와 풀내음이 하나가 되어 주위를 감싸고 있었다. 그들은 아무 말도 없었지만, 그도 같은 느낌이었을 것이다. 또 보니, 자신이 이미 두 아

이의 엄마인 듯하였다. 열 살 남짓한 아이들이 위층에서 잠들어 있었던 것
이다. 그녀는 이 총명한 작은 새들을 생각하면서 자기도 모르게 뿌듯해하
며 웃었다. 그녀는 이런 즐거움을 그녀의 남편에게도 나눠줘야겠다고 생각
했다. 하지만, 그를 뭐라 불러야 좋을지 몰랐다. 그는 마치 왈드라 불렸던
것 같다. 그녀는 황홀한 듯 일어서서, 그의 앞으로 다가갔다. 거기에는 왈
드는 무슨 왈드! 앉아서 담배를 피우고 있는 사람은 상식이라곤 전혀 없는
무례한 사람 같았다. 그는 그녀를 보면서도 말없이 담배만 뻐끔뻐끔 피워
댔다. 그녀의 마음이 흔들렸다. 다시 보니, 그녀는 자신의 처마 아래 놓인
흔들침대에 누워 있는 게 아닌가! 그녀의 손에 들려져 있던 책 한 권(새로
독일어로 번역된 그녀 자신의 저서이다)은 이미 바닥에 내팽개쳐져 있었다.

그녀는 이 순간 깨어났다. 그러나 금방 일어날 수가 없어서 그냥 나른하
게 누워 있었다. 땅바닥에 떨어진 책을 힘없이 주워들었다. 순간, 자신의
신세가 새록새록 머릿속을 사로잡는 것이었다. 만약 꿈속의 그 남자가 왈
드였다면, 꿈속의 생활은 어떠했을까? 현재 생활이 외롭게 느껴졌다. 그
녀는 다시 그녀의 성공의 표상(그녀의 저서)을 바라보았다. 이상하다. 예전
엔 그녀를 그렇게 기쁘게 했었는데, 심혈을 기울인 그 책이 지금은 갑자기
한 무더기의 휴지더미처럼 보였다.

그러나 그녀는 이것이 일시적인 기분일 뿐, 영원하지는 않다는 걸 잘 알
고 있었다. 과연 하루도 지나지 않아 그녀는 원래의 상태로 회복됐고, 여
전히 혼신의 힘을 다해 대학교수로서의 삶을 꾸려 나갔다.

하지만 그녀가 정말 그 꿈을 잊을 수 있을까? 비록 애써 그 꿈속의 귀신
을 쫓아내려 했지만 소용없었다. 그녀는 자신에게 말했다.

"만약 나의 십여 년의 생활이 그 꿈과 같다면, 내가 어떻게 학문적으로
이렇게 대단한 성공을 거둘 수 있겠어?"

그러나 꿈속의 귀신이 그녀에게 반박했다.

"하지만 넌 꿈에서는 만족스러워 했잖아!"

그녀는 그를 꾸짖었다.

"헛소리! 분명히 성공을 이룰 수 없었을 거야. 만족스럽지도 못했을 거구. "

그 귀신이 비웃는 것처럼 대꾸했다.

"그럼, 만약 당신이 현재의 명예도 가지고 있으면서, 그 꿈대로 된다면 어떨 것 같아?"

그녀는 이 말을 듣자 자기도 모르게 얼굴이 발그레해졌다. 그에게 반박할 말을 찾지 못한 채 마음은 비참하고 어지러웠다. 그녀는 비로소 그녀의 삶 중에서 부족한 게 무엇인지 알게 되었다. 명예인가? 성공인가? 학문과 일인가? 맞다. 이 모든 게 다 사랑스럽고, 위대하다. 하지만 삶에서 그들의 자리는 따로 있다. 그것들은 영혼을 푸른 하늘에 닿게 해줄 수는 있어도, 영혼의 무미건조함과 적막함을 적셔주지는 못한다.

그럼 그녀는 후회하고 있는 걸까? 그녀는 분명히 안다. 그녀가 그런 꿈을 꿀 때, 만약 학문적으로 이룬 게 없다면, 꿈속에서의 기분이 그렇게 편안하지만은 않았을 것이다. 그 꿈 속 귀신의 충고대로, 다시 그런 꿈을 꾸어볼까? 그것은 매우 이상적이고 좋은 방법처럼 보인다. 그러나 다시 이 꿈을 꾼다면 아마 조건이 있을 거야! 꿈에서 보인 인동덩굴은 영원히 피어나고 영원히 향기롭겠지만, 그녀 자신의 정원에 핀 꽃은 가을바람이 불면 말라 시들어 버릴 것이다. 꽃향기가 사그라진다면 그 꿈이 무슨 의미가 있겠는가?

어느 날, 복도에서 멍하니 생각에 잠겨 있다가 갑자기 고개를 들어보니 맞은편의 푸른 산이 보였다. 석양빛에 수시로 색을 달리하였다. 말로 형용할 수 없을 만큼 기이하고 아름다웠다. 그녀는 그 산을 한참 보다가 정신이 번쩍 들었다. 그 산 역시 그녀의 삶과 마찬가지로 무언가가 부족하다. 그녀는 예전에 산에서 수십 리 떨어진 곳에서 아름다운 호수를 보면서, 산과 호수가 한 곳에 있었으면 더 아름다웠으리라 생각하면서 매우 애석해했었다. 산에 만족하는 이는 호수의 평화로움을 모를 것이며, 호수의 평화로움에 만족하는 이는 산의 웅대함을 맛보지 못할 것이다. 여기까지 생각이 미친 그녀는 더더욱 감개무량하여 하나님이 자신에게 일부러 삶의 이치를 암시해 주는 것이라고 느꼈다.

그러나 이런 감격, 이런 서글픔은 루이스와 그녀 앞에 마주한 청산만이 이해하고 깨달을 수 있으리라. 설사 그의 오랜 벗 왈드(그는 이미 아빠가 되었다)조차도 이 신성한 비밀을 절대 훔쳐보지 못할 것이다.

배지 이야기 (一只口针的古事)

　　1916년 성탄절에 나는 시크(西克) 부인을 처음 만났다. 부인은 동기생인 하이룬(海伦)의 고모이다. 하이룬의 소개로 그녀의 유쾌하고 아름다운 집에서 3주일을 머물게 된 것이다.

　　그날, 하이룬과 함께 시크 부인의 집에 도착했을 때 등이 환하게 켜져 있었다. 저녁시간이 가까운 때였다. 문에 들어서자, 바로 유성기에서 흘러나오는 음악소리가 들려왔다. 하이룬이 들어보더니 웃으며 말했다.

　　"고모님이 또 춤을 추고 계시네."

　　그녀는 말하면서 나를 작은 손님용 방으로 인도했다. 그 곳에서는 마침 서른 전후의 부인과 십 육칠 세의 소년이 춤을 추고 있었다.

　　그들 외에 두 명의 아가씨와 세 명의 소년이 더 있었다. 서 있는 사람도, 앉아 있는 사람도 있었지만, 다들 두 명이 춤을 추는 것을 보고 있었다.

　　그 부인은 우리가 들어오는 걸 보더니, 춤을 멈추고 우리에게 다가왔다. 하이룬이 나를 그녀에게 소개했다.

　　"이 사람은 제 동기생인데, 중국에서 온 미스 C입니다."

　　그리고 나에게

　　"이 분은 나의 고모님, 시크 부인이야."라고 소개해줬다.

　　시크 부인은 나의 손을 잡으면서 웃음을 띠고 말씀하셨다.

　　"날 시크 부인이라 부르지 말고, 시크 어머니라고 불러야 한다. 봐, 모두 나를 어머니라고 부르잖니!"

　　이어서 그녀는 객실에 있는 모든 사람들에게 일일이 나를 소개했다. 그제야 난 그녀와 춤을 춘 그 소년이 그녀의 큰아들이라는 걸 알았다. 칼(大

儿)이라고 했다. 두 명의 어린 아가씨는 그녀의 딸 메리언(美利恩)과 그녀의 친구였다. 세 명의 소년 중 제일 나이어린 애가 프랭크(勿兒克)라 부르는 그녀의 둘째 아들이고, 나머지 두 명은 칼의 동기생들이었다.

"굳이 예의를 차릴 필요 없어요. 여기는 당신의 미국 집이니까요, 알겠죠?"

소개를 끝낸 그녀는 식사하러 가자면서, 마치 어미 닭이 병아리를 끌고 가는 것처럼 우리를 데리고 저녁을 먹으러 아주 아름다운 식당으로 갔다.

그날 저녁, 하이룬과 나는 손님방에서 묵었다. 그녀는 자기 집으로 갈 작정이었지만, 시크 부인이 내가 낯설어 할까봐, 나와 이틀을 머문 후 가라고 한 것이다.

"어때?"

하이룬은 잠자리에 들며 이렇게 물었다.

"이 집이 맘에 드니?"

"아주 좋아. 정신적으로나 물질적으로나 이 집은 아주 좋은 것 같아. 하지만."

나는 웃으며 잠깐 말을 끊었다.

"너의 고모님은 엄마 노릇을 좋아하시나 봐."

하이룬이 웃으며 대꾸했다.

"맞아, 또한 아주 이상적인 어머니이셔. 고모의 자식사랑은 세상에서 보기 드물지. 하지만 그녀의 모정이 그녀의 자녀들에만 국한된 건 아냐. 너도 봤겠지만 방금 우리와 함께 있었던 남자애들과 여자애도 모두 어머니라고 부르잖아."

"고모님은 정말 모성애가 지극한 것 같아."

"맞아."

그녀가 말을 이었다.

"고모님은 항상 말씀하시길, 젊은 사람들이 시크 부인이라 부르는 게 정말 싫대. 그런 호칭은 고모님과 그들 사이에 거리를 만든다고. 고모님은

모든 젊은이들에게 일종의 어머니로서의 의무감을 느끼나 봐. 미국인은
물론이고 외국인에게도, 이곳에 오는 젊은이에게 모두 어머니라 부르라고
하셔. 다들 고모님을 어머니라고 부를 뿐만 아니라 그녀를 존경하고 사랑
해. 자신들의 어머니처럼 말야. 며칠만 지내보면, 내가 무슨 말을 한지 알
거야. "

"이미 알 것 같아. 이 집에 넘치는 어머니의 사랑을 느꼈으니까. "

"그런데……, "

잠시 후 난 하이룬에게 물었다.

"시크 선생은 집에 안 계시니?"

"너 몰랐니? 고모는 혼자야. 고모부가 돌아가신지 십여 년이나 된
걸. "

"그랬었구나, 어쩐지 그렇게 아름답고 활달하신 분이 치장은 또 그리
소박하시다 했지. "

"아가씨들, 일찍 주무세요. "

문 밖에서 희미하게 이 한 마디 말이 들려 왔다.

"이 집에서 일하는 리사(立沙)야. "

하이룬이 소곤거렸다.

"리사는 어떤 사소한 일도 다 참견한단다. 그만 자자. "

그 해 나는 시크 부인 댁에서 3주일을 지냈다. 떠날 무렵이 되자, 정말
우리 집 같은 느낌이 들었다. 그녀의 자녀와 그녀의 집에서 머무는 학생들
모두 활달하고 예의바르다. 한 버릇없는 소년이 그녀의 집에서 1주일을
머문 후 매우 얌전하게 변하는 것도 보았다. 시크 부인은 내게 그녀의 집
을 젊은이들의 교육장으로 쓰고 싶다고 했다. 또 그녀는 이 모성애를 위해
서, 그녀의 자녀로부터 다른 사람들의 자녀로까지 확장시킨 이 모성애를
위해서 모든 것들을 희생할 수 있다고 말했다. 비록 그 가운데에는 희생하
기에 아주 고통스러운 것도 있지만……

그 때 나는 그녀가 말한 의미를 이해하지 못했다. 후에 '배지 이야기'

를 듣고서야 비로소 그녀가 말한 고통스러운 희생이 어떤 것인지를 알았다. 지금부터 할 이야기가 바로 그 배지에 관한 것이다.

그 배지는 금으로 만들었는데 예일대학의 것이다. 겉보기에는 매우 낡았지만, 시크 부인의 집에 갈 때마다 난 부인의 옷에서 그것을 보았다. 낮이건 밤이건 그녀가 입고 입는 옷마다 그 배지는 항상 꽂혀 있었다.

www.yale.edu

그렇지만, 난 시크 선생이 예일대학 출신이어서 부인이 그 배지를 아끼나보다 생각하고 별로 주의 깊게 보지 않았다.

그런데, 어느 날 내가 그녀의 집에 세 번째로 새해를 맞으러 갔을 때였다. 나는 방에서 창 밖의 설경을 조용히 감상하고 있었다. 그 때 갑자기 아래층에서 소란한 소리가 들렸다. 이런 일은 시크 부인 집에서는 거의 보기 힘들다. 난 호기심에 아래층으로 내려갔다. 식당 의자에 앉아 있는 시크 부인이 아주 초조해 보였다. 위층에는 잘 올라오지 않는 요리사도 있었고, 다른 하인과 리사도 있었다. 그들은 그 곳에서 손짓 발짓으로 뭔가를 열심히 설명하는 중이었다. 바로 시크 부인이 한시도 떼어놓지 않던 그 배지가 없어진 것이다.

"나도 누가 훔쳐가지 않았다는 걸 알아요."

시크 부인은 얼굴이 온통 빨개진 세 명의 하인들을 애써 달래고 진정시켰다.

"그 배지는 별로 가치 있는 것도 아니니, 그렇게 초조해하지 않아도 돼요. 혹시 누가 어쩌다 무심코 어디에 두고 잊은 건 아닌지 해서. 난 지금 외출해야 하니까, 다시 곰곰이들 생각해보고 알려 줘요."

그녀는 이렇게 말하면서 차를 대기시키라고 일렀다. 그리고는 나를 돌아보며 말했다.

"칼이랑 다른 애들도 다 나갔어. 혼자 집에 있으면 심심할 테니까 나랑 같이 시내나 가요."

"큰일 났네."

시크 부인은 자동차에서 근심스러운 어조로 말문을 열었다.

"그 배지는 내가 열네 살 때, 예일대학에서 공부하던 친구가 보내준 거야."

그녀는 창 밖으로 눈을 돌렸다. 마치 뭔가를 회상하는 것 같기도 하고, 나의 눈길을 피하는 것 같기도 했다. 잠시 후, 그녀는 한숨을 푹 내쉬었다.

"세상을 떠난지도 벌써 오 년이나 지났구나. 배지를 나에게 준 그 친구……."

나는 그제야 그 배지가 시크 선생의 유품이 아니라는 것을 알았다. 동시에 방금 식당에서 보았던 그녀의 다급한 기색을 떠올리며 그 배지에 특별한 사연이 있음을 짐작했다.

그 날, 우리는 시내에서 새해를 지내기 위해 필요한 물건들을 잔뜩 샀다. 집에 돌아왔을 때는 이미 어두워진 다음이었다. 방에 돌아가서 옷을 갈아입고 있는데, 갑자기 한 사람이 귀신처럼 조용히 내 곁으로 다가왔다.

"아이고, 깜짝이야! 리사, 뭐 하는 거예요? 사람 간 떨어지겠네."

리사는 손으로 입을 가리며 낮은 목소리로 말했다.

"쉬, 쉬, 그 배지 찾았어요."

"잘 됐네요, 어디서요?"

"나리엔(纳连)이 실수로 세탁주머니에 넣었지 뭐예요. 세탁부가 거기서 찾아냈어요."

그녀는 내 침상 앞의 작은 의자에 앉더니 길게 탄식했다.

"시크 부인이 유년시절엔 정말 선녀 같았지요. 내가 그 집에 갔을 때 부인은 겨우 열한 살이었는데, 벌써 30년이란 세월이 흘렀네요."

"정말 그랬을 것 같아요. 부인 딸이 정말 귀엽잖아요."

"작은 아씨요?" 리사가 못 참겠다는 듯 말을 이었다.

"훨씬 더 사랑스러웠답니다! 아가씨, 그 배지를 누가 시크 부인에게

48

준지 아세요?"

나는 하인의 입을 통해 시크 부인의 사적인 일을 듣는 건 옳지 못한 것 같아서 대충 고개를 끄덕였다.

"가서 저녁 식사 준비 해야지요. "

그녀는 불쾌한 표정으로 고개를 저었다.

"제가 할 일이 아니랍니다! 하지만 가봐야지. 이따 봐요"

"그래요, 리사. "

나는 고개를 끄덕이며 저녁식사 때 입을 옷으로 갈아입었다.

그 해 시크 부인의 집에서 학교로 돌아갈 때, 언제나처럼 하이룬과 함께 갔다. 우리는 차에서 잡담을 하다가 부지불식중에 시크 부인의 그 배지로 이야기가 옮겨갔다.

"그 배지이야기 알아……"

하이룬이 말했다.

"할 일도 없으니 그 얘기나 해 줄게. "

나는 사실 그 배지 이야기가 매우 궁금했다. 리사가 말하려던 걸 잘라버린 후, 마음속으로는 항상 후회하고 있었던 것이다. 그래서 이번엔 하이룬의 말을 단호하게 끊지 못했다. 그렇지만 마음속의 부끄러움까지 지워버릴 수는 없었다.

"듣고 싶지 않아? 우리 고모의 비밀 이야기인데. "

하이룬은 이미 눈치 빠르게도 내 마음 속을 꿰뚫고 있었다.

"이건 아주 아름다운 이야기야. 나는 사람들에게 알려야 한다고 생각해. "

난 웃으며 대꾸했다.

"됐어, 연설할 필요 없어, 얘기해 봐. "

그녀 역시 웃으면서 말을 받았다.

"고모가 젊었을 때, 고모를 좋아하는 사람이 많았대. 아주 예쁘셨거든. 하지만 고모의 인격과 재능이 사람들을 끌어당긴 거야. 그 중 고모를 가장 좋아한 사람은……. ”

“당연히 고모부였겠지. ”

나는 그녀의 말을 잘랐다.

“맞아. 그런데 한 사람이 더 있었어. 고모부의 친구. 그도 고모를 매우 사랑했나 봐. 바로 그가 배지를 보낸 사람이야. ”

“아, 그렇구나. ”

“고모도 당시엔 그 사람을 많이 사랑하셨대. ”

“그럼 왜 고모부에게 시집갔어?”

“그건 나도 몰라. ”

“그럼, ”

나는 참지 못하고 또 말했다.

“그럼, 시크 선생이 돌아가신 후, 너희 고모는 그 분과 다시 결혼할 수 있었잖아?”

“맞아, 다들 그렇게 얘기해. ”

하이룬은 매우 흥분하면서 말을 이어나갔다.

“하지만, 아무도 왜 고모가 그와 다시 결혼하지 않았는지는 알지 못해. 이야기는 여기서 끝이 아니란다. 5년 전, 갑자기 어떤 사람으로부터 편지가 왔어. 어떤 사람이 외국에서 고액의 수표를 보낸 거야. 백만 달러가 넘는 돈이었지. 나중에 알았는데, 바로 고모에게 배지를 준 사람이 보낸 거였어. 그 사람도 평생토록 결혼하지 않았던 거야. 돈도 있고, 학식도 있으면서. 그는 죽기 전에 모든 재산을 현금으로 바꾸고 그것을 다 고모에게 남긴다고 유언을 했대. ”

“너희 고모도 그게 꼭 필요한 건 아니잖아. ”

“맞아, 꼭 필요한 건 아니지. 그래서 고모는 그 돈을 전국의 병원에 기부했어. ”

“정말 아름다운 얘기다. ”

나는 감탄해마지 않았다.

"그 선생님의 성함이 뭐야, 넌 아니?"

"성은 마쿤(马昆). 흔치 않은 성이지. 이름은 프랭크고. 너도 알지, 내 이종 사촌 동생 이름이 프랭크인 거. 고모가 고모부의 동의를 얻어서 그렇게 붙여준 거란다."

이야기를 듣다 보니 정오가 다 되었다. 우리는 식당차에 가서 식사를 했다. 이후, 우리 이야기는 학교에 관한 것들로 넘어 갔다.

몇 년 후, 나는 귀국했다. 내가 귀국할 무렵, 시크 부인은 큰아들 칼의 결혼을 준비하고 있었다. 그러나 나중에 그녀가 내게 보낸 편지에는 며느리나 혼사에 관해서는 한 마디 언급도 없었다. 얼마 후 둘째 아들도 결혼했다. 그래서 그녀는 딸과 함께 유럽으로 여행을 갔다. 그러나 그녀가 미국으로 돌아올 때는 혼자였다. 딸이 영국 청년과 결혼하여 런던에 보금자리를 마련했기 때문이다. 그 후 자식을 생명처럼 여기던 시크 부인도 여느 서방 노인들처럼 외롭고 처량한 노년 생활로 접어들었다. 그래서인지 그녀가 보내오는 편지는 항상 우울했다. 마지막으로 받은 편지는 재작년 여름에 보낸 것이었는데, 그 안에는 이런 글귀가 적혀 있었다.

> 나는 요새 자주 몸이 아파서 자리에서 일어나질 못한다. 어둠만이 나를 감싸고 있지. 친애하는 S, 부디 자주 편지를 보내주길 바란다. 그래서 어둠을 좀 쫓아내 주길.

이후로 나는 그녀의 편지를 받지 못했다. 작년 가을에 하이룬으로부터 장문의 편지를 받고 나서야 비로소 시크 부인이 이미 재작년 겨울에 돌아가셨다는 것을 알았다. 그렇게 뛰어난 여성이, 그렇게 이상적인 어머니가 비누방울처럼 그렇게 가볍게 사라져버리시다니. 나는 시크 부인의 부음 외에 또 다른 일로 더 슬퍼졌다. 그건 바로 하이룬이 동봉해 보낸 FM의 서명이 적힌 다섯 통의 편지였다. 하이룬이 이것을 어떻게 손에 넣었는지는 모르겠다. 그녀는 편지에 이렇게 적었다.

이건 고모의 비밀이 아니란다. 친구야, 이것은 고모에게 있어 마음 아프지만 영광스러운 기억이야. 고모가 네게 주라고 유언을 하셨단다. 아직 십여 통이 더 있는데, 좀 있다가 보내줄게. 이 편지를 다 읽으면 다시 나에게 보내줘. 그들은 이미 세상을 떠났지만, 어리석은 부부 이야기의 자료가 될 거야.

하이룬

다음은 그 다섯 통의 편지 중에서 몇 통을 번역한 것이다.

1

친애하는 친구에게.

보름이 넘도록 답장을 기다렸습니다. 어제 비로소 도착한 편지를 받으면서 기쁘기도 하고 실망스럽기도 했습니다.

기뻤던 것은 이 친구를 잊지 않으셨을 뿐 아니라, 제가 당신에게 꺼낸 그 일의 고충을 이해해주셨다는 것입니다. 하지만 정말 실망했습니다. 저도 당신의 처지를 잘 압니다.

나 때문에 당신의 자녀에 대한 마음이 행여 고통을 받거나 난감해지는 것은 물론 원하지 않습니다. 모성애는 아주 성스러운 감정입니다. 하지만 우리의 사랑 또한 신성한 게 아닐까요?

당신이 그 배지를 소중하게 받아 주신다니, 정말 감격했습니다. 제가 가장 아끼는 것입니다. 당신도 당신에게 배지를 보낸 사람을 그렇게 사랑해 주시겠습니까?

평안하십시오. 루이스! 당신의 계획이 어떠하든지 당신 친구의 마음은 영원히 변하지 않을 것입니다.

FM
1904년 5월 16일

2

친애하는 루이스.

당신의 편지에 감사드립니다. 만나겠다고 해주시니 더욱 감사합니다. 다음

주에 준비되는 대로 가겠습니다. 그 때 다시 전보를 드리지요.

저의 거처 문제 때문에 미안해하실 필요 없습니다. 저 역시 그렇게 생각합니다. 여관이 댁보다 편합니다. 제가 어찌 감히 당신을 탓하겠습니까. 이 점은 분명히 밝혀 둡니다. 그러니 부디 마음 쓰지 마십시오.

이번에 당신과 다시 만날 수 있게 된 것, 특히 당신께서 제안하셨다는 것에 대해 하나님께 감사 드려야 할 것입니다.

당신의 경건한 친구
FM
1906년 12월 18일

③

가장 경애하는 R.

어제 헤어진 후, 전 정말 천당에서 지옥으로 굴러 떨어진 것 같았습니다. 사람들은 지옥이 뜨겁다고 하더군요. 뜨거운 게 차라리 낫겠습니다. 나의 지옥은 공허하고 삭막할 뿐입니다. 이게 더 견디기가 힘들군요.

며칠간의 만남은 내 일생에서 가장 기쁘고도 가장 고통스러운 순간이었습니다. 당신의 따뜻한 배려에서 저는 제가 당신 집안이 싫어하는 사람이 아니라는 것을 알고는 마음이 편했습니다.

당신으로부터 16년 전의 그 이야기를 듣고 나서 정말 힘들었습니다. 루이스, 정말 사실입니까? 아닐 것입니다. 저는 제가 당신을 얻을 만한 자격도 없다고 생각했기 때문에, 나의 오랜 친구와 감히 비너스의 총애를 놓고 다툴 생각은 꿈도 꾸지 않았습니다. 하물며, 하물며, 저는 한갓 겁쟁이입니다. 내 사랑을 위해 오륙 년이 넘은 그와의 우정을 깨뜨릴 용기는 없었습니다. 이게 당신과 내게 큰 죄를 진 거지만, 그 때야 어떻게 알았겠습니까? 설령 알았다고 해도, 내 마음이 시꺼멓게 타들어갈 망정 내 태도는 시종 그 이상을 넘지 못했겠지요. 그런데 당신이 그렇게 반감을 갖고 있을 줄이야. 아, 무슨 더 할 말이 있으리오! 비너스의 마음이 내게 기울어 있었다는 것을 조금이라도 일찍 알았더라면, 내가 어떻게 그리 쉽게 포기해버렸겠습니까?

내년에도 다시 당신을 보러 오라고 한다면, 매우 감사하겠습니다. 하지만 우리 관계는 이미 변할 수 없으니, 서로 만나는 것 또한 고통스럽습니다. 내년에 다시 안 오더라도 용서해 주십시오.

그러나 다시 못 만나더라도 당신의 오랜 벗의 마음은 여전히 16년 전과 같습니다. 앞으로도 그 삶은 여전히 당신의 영혼에 의지할 것입니다. 때문에 물질적인 것이든 정신적인 것이든, 그 삶에서 일군 모든 업적은 다 당신께 드릴 것입니다.

FM
1906년 12월 29일

추신 : 그 배지는 영원히 당신 것입니다. 부디 그것을 영원히 간직해 주시길. 저는 그것이 부럽습니다. 당신과 함께 있어도, 당신 자녀의 앞길에 장애가 되지는 않을 테니까요.

펑웬쥔

(冯沅君 : 1900~1974)

평웬쥔은 하남성(河南省) 당하현(唐河县)의 소관료 지주집안에서 태어났으며, 원명은 공란(恭兰)·숙란(淑兰)이고 금여사(金女士), 원군(沅君), 대기(大琦), 수만(漱峦) 등의 필명이 있다. 중국의 유명한 철학가로서 널리 알려진 풍우란(冯友兰)은 그녀의 오빠이다. 1917년 북경여자고등사범학교에 입학한 그녀는 신문화운동 속에서 신사조를 호흡하면서 반봉건적 사상을 키워나갔고, "5·4운동" 중에 학생시위에 앞장서기도 하였다. 1922년 여름 사범학교를 졸업한 그녀는 곧바로 북경대학 국학연구소(国学研究所)에 입학하여 중국고전문학을 연구하였다. 이와 함께 신사조의 영향과 자유사상의 열정 속에서『단절(隔绝)』, 『단절 이후(隔绝之後)』,『자모(慈母)』,『여행(旅行)』 등의 단편을 잇달아 발표하였다. 1925년 여름 국학연구소를 졸업한 그녀는 1929년 1월 고전문학 연구가인 육간여(陆侃如)와 결혼하였으며, 이후 반봉건 열정을 고전문학의 연구에 쏟으면서 점차 문단에서 멀어져 갔다. 그녀는 문화대혁명기에 '반동 학술권위'라는 모멸 속에 비판받았으며, 1974년 6월 7일 직장암으로 세상을 떠났다.

평웬쥔의 창작활동은 1923년부터 1929년 결혼하기까지로 한정되어 있으며, 작품집으로는『권시(卷葹)』,『춘혼(春痕)』,『겁회(刼灰)』가 있다. 평웬쥔의 소설세계는 작품집에 따라 약간의 차이를 보이고 있다.『권시』에 실린 작품들이 연애와 결혼에 있어서의 자유와 봉건적 강제결혼을 둘러싸고 첨예한 갈등과 충돌을 보여주는 반면,『춘혼』과『겁회』는『권시』에서 드러나는 열정과 반역정신이 엿보이지 않는다. 즉『춘혼』은 "협소한 주관세계의 탄식에 빠져서 현실의 토양을 벗어나 있으며", "대체로 개인 감정생활의 갈등"만을 보여주고 있을 뿐이며,『겁회』는 여전히 애정을 둘러싼 이성과 감성의 충돌을 보여주고 있지만 "'이성'의 도덕·윤리적 요소가 증대"되어 초기의 문제의식이 많이 약화되어 있다는 평가를 받고 있다.

평웬쥔의 소설은 다른 여성작가의 작품과 마찬가지로 인물의 심리묘사를 중심으로 줄거리를 이끌어가고 있는데, 특히 대자연의 경물묘사를 통해 인물의 심리를 보다 두드러지게 보여주는데 뛰어나다. 또한 평웬쥔의 소설은 고전문학의 예술정조를 밑바탕에 깔고 있는 바, 시의(诗意)가 풍부한 경물묘사를 통해 서정산문의 풍격을 보여주는 점은 고전문학에 대한 그녀의 소양에서 비롯된 것이라 할 수 있을 것이다. 그러나 한편으로 평웬쥔의 소설창작은 강렬한 반봉건정신을 지니고 있음에도 불구하고, 제재범위와 문제의식이 고정되어 있다는 느낌을 준다. 즉 개성의 해방과 애정의 자유에 대한 갈망을 보여주고 있지만, 몇 편의 작품을 제외하고는 대체로 결혼의 자유를 둘러싼 지식여성의 형상화에만 머물러 있는데다가, 애정을 절대화하는 연애지상주의적 관점을 되풀이하고 있다는 것이다.

단절(隔絶)

스전(士軫)! 난 우리가 그렇게 치밀하게 계획을 세웠는데도 우리와 동조하지 않는 사람들에게 질 거라고는 생각지도 못했어. 우리 둘의 마음이야 물론 절대적으로 조화롭지만, 형식상으로는 결국 단절되고 말았구나. 우리의 신성한 사랑에 어쩌면 이토록 재앙이 내리는지! 지금 너는 어쩌면 우리의 불행한 운명 때문에 통곡하고 있을 수도, 어쩌면 나를 구해내기 위한 방법을 강구하고 있을 수도. 만일 네가 기개 있는 청년이라면 후자의 길을 걷고 있겠지.

정류장에서 돌아오자마자 이 작은 방에 갇히고 말았어. 이 방에는 침대, 책상, 차기, 의자, 차 그릇 등이 모두 갖춰져 있다. 단지 찢어진 종이 한 장이나 다 닳아 버린 붓 한 자루도 찾아 볼 수가 없어. 만약 어젯밤 내가 사촌 동생에게 종이 몇 장과 만년필을 몰래 가져다달라고 부탁하지 않았더라면, 난 아마 정말 외로워서 죽어버렸을 거야. 내가 죽어도 넌 내가 어떻게 죽었는지 모르겠지.

오늘이 벌써 갇힌 지 이틀째 날이구나! 이 작은 방안에서 쓸쓸히 하룻밤을 보냈어. 오빠와 언니는 날 동정하고 있기에, 어머니에게 이런 식으로 고집을 피우지 말라고 몇 번이나 부탁했지만 아무 소용이 없었단다. 어머니는 우리의 이러한 행동이 간통이나 마찬가지라고 하셔. 내가 벌써 당신 체면도 다 깎아 버렸을 뿐만 아니라, 황천에 있는 조상님들도 나 때문에 화가 나셨을 것이고, 나를 창피하게 여길 것이라고 하시더구나. 만일 오빠나 언니들이 날 다시 도와주려고 한다면 어머니는 그냥 죽어버리시겠대. 스전! 어떠한 사랑이든 우리가 보기엔 신성하고 고상하며 순결하잖니. 그런데 그들은 외려 이렇게 비열하고 더럽게 보는구나.

생명은 희생할 수 있으나, 의지와 자유는 희생할 수 없어. 자유롭지 못하느니 나는 차라리 죽을 거야. 사람들이 자유연애를 위해 투쟁할 줄을 모른다면 다른 일체의 것들은 말할 필요도 없어. 이것은 내 주장이고 네가 자주 들었던 말이기도 해. 나는 또한 누차 우리의 사랑은 절대적이고 무한한 것이라고, 만일 우리가 외부의 방해에 대항할 수 없게 된다면 곧 바다로 가자고 그랬지. 너는 지금 내가 이미 이런 지경에 처하고도 구차하게 살아 있는 것을 보면서, 혹 내가 너와의 약속을 어겼다고 생각할지도 모르겠다. 아, 만약 그렇다면, 네가 완전히 오해한 거야.

이 세상은 원래 하나의 큰 감옥이고, 인생의 여로에는 또 하필 많은 가시나무가 자라는데, 우리가 미련을 가질 게 뭐가 있겠어. 게다가 만일 무슨 의외의 변동이 생긴다면 너는 반드시 이루지 못한 사랑 때문에 죽을 것이고, 그렇다면 나 혼자 어떻게 살겠니! 그래서 나는 어머니에게 잡혀올 때 어머니가 자리를 비운 틈을 타서 바로 기찻길로 뛰어 내렸어. 얼른 차가 움직여서 이 더럽고 탁한 세상과 이별하게 되기만을 바랬기 때문이야. 지금 그 두려운 생활이(억지로 리우(刘)씨 집안의 며느리가 되어야 하는) 3일 앞으로 다가와 있다. 리우무한(刘慕汉)은 아직 집에 오지 않았고, 나는 지금 사촌 동생과 언니에게 나를 나가게 해달라고 설득하고 있어. 만일 사랑의 신이 나의 정성을 가엾이 보시고 우리가 성공하도록 보살펴 주신다면, 우리는 이후 이 세계의 각자 자리에서 도망치거나 혹은 다른 세계를 향하여 가겠지, 여전히 서로 의지하면서 말야. 그렇지 않으면, 나는 내가 지금 죽어서 어머니가 혹여 내 몸뚱이를 리우씨 집안의 무덤에 묻어버리실까 봐 두렵다. 그것은 얼마나 치욕스러운 일이니!

언니는 내가 집에 어머니를 보러 오지 말았어야 했다고 날 책망한다. 돌아오지 않았더라면 먼 곳에서 소식도 없는 날 어머니가 어떻게 하실 수 있겠냐고. 나는 비록 그저 나를 위해 고심한 탓이라고 이해하고 언니와 심각하게 따지지는 않았지만, 그러나 스전(士軫)! 나는 언니가 옳지 않다고 생각해. 나는 너를 사랑하고 어머니도 사랑해. 남녀의 사랑이든 모자간의 사랑이든 세상의 사랑은 모두 다 신성한 거야. 예순이 넘은 노모를 육칠 년 간 못 보다가 이제 겨우 어머니와 가까워질 수 있는 기회가 생겼는데, 여 전히 돌아오려고 하지 않는다면 사람이라고 할 수 있겠니? 내가 이번에 위 험을 무릅쓰고 돌아온 것은 사랑을 모든 방면에서 다 만족시키고자 함이었 어. 사랑의 근본이 단지 하나뿐이라고는 생각하지 않아. 다만 표현하는 방 면이 달라서 양립할 수 없을 정도로 모순이 생기는 거지.

이 방에 막 갇혔을 때는 내 불행한 운명을 생각하면서 통곡했단다. 너무 울어서 눈물은 다 말라 버렸고 목도 다 쉬어 버렸어. 우리 어머니는 이제 껏 그렇게도 자상한 분이었는데, 지금은 어떻게 이렇게 잔혹하게 변하셨 는지 모르겠다. 나를 위로하러 오시지도 않을 뿐더러 옆방에서 오빠에게 내 죄상을 낱낱이 말씀하시는데, 우리의 사랑이 대역무도한 짓이라고 그 러시는 거야. 나는 그 얘길 듣고 더 화가 났어. 화가 나니 눈물이 더 나오 고, 울다가 지쳐버렸단다. 아, 스전! 정말 이상해. 이 방의 모든 것이 언 제 변해버렸는지 모르겠다. 우리가 베이징에 있을 때와 똑같아! 아마 뜨거 운 날인가 봐, 물 속의 연꽃잎이 빽빽이 수면 위를 덮기 시작해서 마치 비 취색 양탄자 같아. 붉은 꽃은 내 보조개처럼 그렇게 빨갛고, 하얀 꽃은 더 욱 청아하다. 작은 물결이 일렁이는 곳에선 물고기들이 먹이를 먹으면서 노니는 게 보이고, 버드나무 가지는 바람에 따라 갖가지 다른 열매를 맺고 있어. 바람이 지나간 자리에는 멀리서 전해온 맑은 향내가 풍기고, 아마 도 치자나무의 한 종류인 것 같아. 또, 아마 아침인지, 연꽃잎, 연꽃, 버 드나무 가지, 도로변의 작은 풀 모두 이슬이 가득 맺혀 있어. 하늘에 걸린 초승달의 빛을 받아서인지 하얀 연꽃은 시리도록 맑고 아름답구나. 우리 는 얇은 흰색 옷만 입은 탓에 밤바람이 너무 차서 서로를 껴안은 채 강가 의 자갈밭에 앉아 있어. 네가 연꽃이파리를 꺾어서 모자 삼아 내 머리에 씌어 주었어. 내가 벗겨서 네 머리에 씌울 때, 네가 빼앗아 가버렸고. 내 가 화를 내니까 넌 사과한다면서 내 손을 꼭 잡고 나에게 미소를 지었다. 나도 그 때를 빌어 네 가슴에 기대었다. 모든 아름다운 풍경은 다 잊어버리고 단지 사랑의 달콤함과 신비함만을 느끼고 있을 뿐이야. 하늘 한 켠에서 검은 구름이 점점 커지더니 동전만한 빗방울이 쏟아지기 시작했어. 더구나 우뢰 같은 천둥소리와 번쩍이는 번개까지 함께. 갑자기 네가 보이지 않아서 난 다급한 마음에 하늘을 쳐다보면서 "내가 사랑하는 사람은 어디로 가버렸나⋯⋯."라고 소리쳤다. 황망히 눈을 뜨고 나서야 나는 내가 금방 너무 심하게 울어서 정신이 몽롱해진 탓에 꿈인 듯 아닌 듯한 환각에 시달렸다는 것을 알았어. 스전! 과거의 장미꽃 길의 광경은 이곳보다 훨씬 좋았지! 세상 모든 것은 다 꿈이면서 또 진실이기도 해. 꿈과 진실이 결국 무슨 차이가 있겠니. 우리 잠시라도 좋은 꿈이나 많이 꾸자!

밤에 달은 없고 별은 정말 총총하다. 11시가 넘어서 사람들은 모두 잠이 들었고, 사방은 정말 적막하기 그지없다. 수놓는 바늘이 땅바닥에 떨어지는 소리까지 다 들릴 것 같아. 블랙홀 같은 하늘에 박혀 있는 수많은 별들, 그 이름도 모르는 허다한 별들이 손에 손을 잡고 큰 원을 만들어 놓았는데, 목걸이에 박힌 커다란 야광주 같아. 난 이 순간 정말 잠을 이룰 수 없어서 걸치고 있던 옷을 침대에 내려놓고 창 앞에서 멍하니 하늘을 쳐다보고 있다. 찬란하게 쏟아지는 별빛, 고요하기 그지없는 야경, 만약 여기에 눈썹 같은 초승달만 있다면 작년 겨울 우리가 중앙공원에 놀러 갔었던 그 밤의 풍경과 같지 않을까!

> 바로 지금과 같은 밤,
> 달은 눈썹처럼 가녀리고,
> 별빛 부서져 내리는데,
> 모든 소란함은
> 다른 세상으로 팽개쳐진다.
>
> 바로 지금 같은 밤,
> 우린 서로 기댄 채로,
> 사직단 서편에 잠깐 머물다가

작은 개울가 오래된 백양나무 아래를 산책했지.
백양 열매 발길에 부서지고
잠든 까마귀를 깨우며,
물소리에 밤의 적막이 부서지는 소리 들었네.

바로 지금 같은 밤,
우린 서로 껴안고,
평소엔 부끄러워 감히 하지 못하던 말들을 나누었지.
키스하고,
잘못을 빌고,
서로의 마음을 더욱 깊이 이해하게 되었네.

바로 지금 같은 밤,
우린 처음 만났을 때의 정경을 떠올렸지.
이야기하고 생각에 잠기며,
끝내는 마주보고 웃음을 터뜨렸지.
사랑의 신비,
밤의 신비,
이 순간 한데 있었네!

스전! 이게 바로 작년 우리의 흔적이 아닐까? 이것이야말로 네가 말하는 가장 훌륭한 사실적인 시가 아니겠니? 친구들이 이 시를 읽고 다들 우리의 달콤한 생활을 부러워했잖아? 까맣고 끝이 없는 하늘을 쳐다보며 눈물을 머금은 채 조용히 읊고 있자니, 그 날의 정경이 모두 내 눈앞에 재현되는 듯 하다. 그러나 정경의 재현이란 결국 진실과는 많이 다른지라, 그것이 달콤할수록 내 마음은 더욱 슬프고 괴롭구나. 지금 생각으론, 네가 나를 안아주는 것만이 내게 위로가 될 것 같은데, 그러나 현실적으로 어떻게 가능하겠니!

스전! 기억나? 회관에서 우리가 처음 만났을 때, 너는 사람들 틈을 뚫고 나오면서 다른 말은 한 마디도 하지 않은 채 쥔화(隽华) 여사가 누구냐고 물었지. 기억나니? 초가을, 매우 맑고 상쾌한 아침, 우리는 '이상한 놈'이 시험 치는 틈을 타서 삼패자(三貝子)공원에 갔었잖아. 막 동물원에 들어갔을 때 시원한 바람이 불어와서 숲 속이 다 사각거리고 있었어. 난 그때 옷을 너무 얇게 입은 탓에 그 차가운 바람의 기세를 견뎌내지 못하고는 네 옆에 바짝 기대어 걸었다. 너는 그때 가만가만 내 손을 잡았지, 창관루(暢观楼) 옆에 있는 숲에 들어갔을 때는 네 왼손으로 내 왼쪽 어깨를 감싸고 오른손으로는 나의 왼손을 잡은 채 천천히 거닐었잖아. 넌 몇 번이나 나에게 키스하려고 했지만 감히 하지 못했고. 지금 솔직히 말하면, 스전! 그 때 난 나를 이미 자제할 수 없었어. 아마 젊은 베르테르와 사랑하는 연인 롯데의 발이 서로 부딪혔을 때도 이런 감정이었을 거야. 기억나니? 네가 네 방에서 나를 껴안고 얼굴을 내 오른쪽 뺨에 바짝 갖다댄 바람에 내가 화가 나서 돌아간 다음 너를 욕하는 편지를 보냈었지. 넌 나에게 사과하겠다고 동편문(东便门) 밖 강가에서 만나자고 했잖아. 막 만났을 때 서로 하고 싶은 얘기가 수천수만이었겠지만 아무 말도 못하고 둘 다 눈에 눈물만 가득했었어. 후에 네가 가까스로 우물쭈물 말을 꺼냈지.

"이성에 대한 사랑의 본능을 너의 몸을 향해 발산해서는 안 된다는 것을 난 분명히 알아. 네 문제는 해결할 수 있지만, 나의 문제는 해결할 수 없어……. 그러나 나는, 사람들이 나더러 사랑하지 않는 사람과는 가까이 지내라고 하고, 내가 사랑하는 사람과 조금이라도 가까이 지내는 것은 대역무도한 짓이라고 하는지 이해할 수가 없어……. "

그 때 나는 약간 겁도 나고, 네가 어떻게 이 정도까지 사랑에 빠졌는지 알 수가 없었단다. 또 우리의 사랑이 행복한 결실을 얻지 못할까봐 걱정도 되었고. 그러나 네가 "만일 이 행동을 네가 무례하다고 여긴다면 나는 이 강에 빠질 수밖에 없어. 만일 우리가 영원히 이렇게 사랑할 수만 있다면, 이후로 나는 너의 말을 따를 것이며 열심히 공부할 거다. "라고 말하는 것을 듣고, 나의 마음은 약해졌어. 나를 희생하여 타인의 감정을 완전하게 만든다는 느낌이 봄날 풀처럼 내 마음의 밭에서 쑥쑥 자라는 것 같고, 마치 하늘의 무슨 존엄한 사명을 받은 것 같아서, 바로 너의 요구를 허락한 거란다. 기억나니? 그 뒤 얼마 후 우리는 또 제 2수문에 놀러 갔었지. 가을의 교외를 온통 다 걸어 다니고도, 다른 사람의 시선이 미치지 못하는 장소를 찾지 못했었잖아. 나중엔 네가 일이 있다고 배를 한 척 빌려서 몰다가 갈대수풀 깊숙한 곳에 숨어 나를 안았고 몇 번 키스를 해 주었지. 그땐 벌써 해가 뉘엿뉘엿 넘어가고 있었어. 붉은 빛과 먼 산의 검은 색이 서로 조화를 이뤄 찬연한 자색의 저녁놀을 연출했지. 숲의 물가엔 아직도 그것의 여광이 아쉬워하고 있었고. 완연해진 가을빛이 빚어낸 한 편의 한없이 스산하고 비장한 아름다움이 우리들의 행동을 더욱 낭만적으로 만들어 주었단다. 오래지 않아 창백한 어둠이 아스라이 밀려오고 물결도 구분하기 어려워졌다. 새하얀 오리들은 이미 주인이 집으로 데리고 돌아갔고. 우리도 어쩔 수 없이 배를 타고 오던 길을 되짚어 육지로 돌아와야만 했지. 우리는 어깨를 나란히 하고 배 위에 앉았잖아. 네 품에 내 몸을 기대고서 말야. 작은 배가 가는 곳마다 노 젓는 소리와 갈대 이파리가 바스락거리는 소리가 서로 어우러져 마치 사람이 탄식하는 것 같았어. 그러나 우리 마음 속 기쁨은 어떤 외부 사물에 의해서도 전이되지 않았지. 우리는 더욱 바짝 기대어 앉았고, 난 우리 앞날에 닥칠지도 모를 어려움을 생각할 때마다 정말 네 품에서 울고 싶었단다. 네가 그랬지.

"우리의 사랑은 이렇게도 신성하고 순결한데, 넌 그래도 견디기 힘드니?"

"우리의 꿈은 입센, 톨스토이가 감히 실현하지 못한 것을 실현하는 것…… ."

기억나니? 그 해 겨울 만생원(万牲园)안에 있는 연춘루(宴春楼)에서 네가 내 앞에서 울었잖아. 울면서 나를 제외하고 넌 아무것도 믿지 않는다고……. 나는 바로 너의 하나님이라고……. ××의 요구를 실행하라고 그랬었지. 난 이렇게 대답했잖아. 지금부터 너 이외에 다시는 어떠한 사람도 사랑하지 않을 거라고, 우린 영원히 이럴 것이라고, 오랜 시간이 지나도 우리는 다시……. 너의 목표가 달성되었는지, 온화한 미소가 잠시 너의 그 눈물을 머금고 있던 눈에 퍼지기 시작하더니, 넌 먼저 네 손으로 나의 어깨를 잡고 작은 소리로 누나라고 부르면서 또 우리는……. 나중에 너는 날 네 품으로 끌어 안았지. 내가 손으로 너의 목을 만지니까 네가 고개를 천천히 떨구는데, 마침 나의 가슴 앞이었어. 넌 울면서 네가 이 세상에서 겪은 것들, 당한 일들을 하소연했었지. 마지막으로 이렇게 말했잖아.

"내가 세상 물정에 눈을 뜬 이후로 만족스러웠던 적이 한 번도 없었어. 다만 내가 사랑하는 사람 앞에서 한 번도 억울한 일을 당한 적이 없었어……."

지난 일을 어떻게 감히 회고할 수 있겠니! 사랑의 씨앗이 어찌 고통과 걱정의 원천일 뿐이랴. 사람이 태어나기도 전에 조물주가 이미 달콤한 꽃과 고통의 가시를 인생의 길에 고르게 뿌려 놓았어. 조물주가 사랑의 사탕나무를 만들었을 때 이미 그 중에 고통의 즙을 섞어 놓았던 거지. 더 이상 말하지 않을래……. 우리의 행복했던 생활을 어찌 다 말로 표현할 수 있을까? 그에 대한 기억이 이미 나의 마음을 갈가리 찢어 놓았는데, 내가 어떻게 또 네 마음도 그 때문에 찢어지도록 하겠니?…… 사랑하는 사람아!……

스전! 나의 유일한 사랑! 나 때문에 걱정하지 말기를! 햄릿이 그랬잖아. "나의 육체가 나에게 속해 있기만 하다면 나는 언제나 너의 것이다." 난 너에게 이렇게 말할 수 있어. 내 영혼이 아주 조금이라도 생각할 수 있다면, 나는 너를 배반하지 않을 거라고.

몽롱한 가운데 어젯밤에 너에게 두 장의 편지를 썼어. 이후에도 내 정신이 아무리 혼란스러워도 난 매일 이 작은 방에서 느끼는 감정을 쓰기 위해 노력할 거야. 이것은 절대 타인에게 해를 끼치지 않으면서 나에겐 아주 이로운 것이라고 생각해. 왜냐하면 만일 내가 이 새장에서 영영 빠져나오지 못한다면 바로 다른 세상으로 갈 것이고, 넌 그럼 이것을 보고 내가 감금당했던 생활을 알 수 있을 테니까. 내 사촌 동생은 벌써 용기를 내어 앞으로 어찌 되든 너에게 내 피눈물이 담긴 이 글들을 보여주겠다고 하는구나. 아! 또 눈물이 나! 세상에서 아무리 잔혹한 일이라 할지라도, 죽는 곳을 선택할 자유마저 박탈당한 것 만한 게 있을까? 지금 내 처지는 이미 사형 판결을 받고 곧 형장으로 끌려갈 죄수보다 못해. 그는 언제 어디서 죽을 것인지 미리 알고 있으니 그와 가까운 사람에게 죽기 직전의 모습을 보게 할 수 있잖아. 나는? 아마도 내가 죽을 때 눈앞에 있는 사람이 내 불공대천의 원수일 거야.

어젯밤 너에게 몇 마디의 말을 쓴 후에 나는 억지로 잠자리에 누워서 마음을 가다듬고 도망할 방법을 생각하려고 했지. 그런데 우리 과거의 생활 (달콤했던)이 마치 물이 지구의 인력에 의해 아래로 흐를 수밖에 없는 것처럼 나의 마음속에서 솟구쳐 오를 줄 누가 알았겠니. 하! 안타깝게도 인간의 마음은 너무나 더러워서 그들은 졸렬하기 그지없는 사고방식으로 다른 사람을 판단하는 것을 너무 좋아해. 그렇지 않다면, 우리 이 일을 들어본 사람치고 믿지 않거나 우리 사랑의 신성함과 순결함을 부러워하지 않을 사람은 하나도 없을 거야. 한 번 생각해 봐. 너무 사랑해서, 사랑을 위해서라면 생명도 아깝게 여기지 않는 두 남녀가 십여 일을 껴안고 뽀뽀하고 달콤한 대화만 나누면서 다른 아무 관계는 없었다는 게, 동서고금의 사랑의 역사를 다 뒤져보아도 극히 드문 것이라고 할 수 있지 않겠니? 사랑하는 사람아! 나는 ××여관에서 보냈던 가장 신성했던 그 밤을 우리 영원히 잊지 않기를 바래. 우리 두 사람이 처음으로 가장 달콤한 사랑의 수업을 하였던 그 밤 말이야. 그것의 신비함과 미묘함이란! 나는 부끄러워서 조용히 침대 가장자리에 앉아만 있었을 뿐, 잠을 자려고 하지 않았잖아. 네가 나의 옷을 벗겨 내려가다가 가장 안쪽에 이르렀을 때, 너는 나를 위해 이미 벗겨진 옷으로 덮어 주었지. "네가 스스로 벗어……."라고 조용히 말하면서 멀찌감치 마치 뭔가 존엄한 일을 감독하는 것처럼 서 있었지. 네가 나를 안아 줬을 때, 나는 우리 집에서 어떤 심한 수단으로 우리를 억압하고, 우리를 헤어지게 만들고, 또 사회가 우리를 어떤 식으로 심하게 비난할지 모르겠다고 말하면서 너의 품에 엎드려 울었잖아. 그 땐 정말 사방엔 아무도 없고, 가시밭길이며, 이리나 범이 으르렁거리는 숲 속에 서 있는 것 같았고, 오로지 너만이 의지할 수 있는 존재이며, 너는 정말 나를 사랑하고 나를 구할 수 있을 거라는 생각이 들었어……. 이로 인해 나는 사람의 영혼은 확실히 순결한 것이라고 분명히 인정하게 되었단다. 이러한 순결은 절대적이고 무한한 것이며, 실용적일 때 비로소 나타나는 거야. 사람이 사람이라고 할 수 있는 것도 바로 이러한 영혼의 순결 때문이야.

내가 이러한 생각에 잠겨 있을 때, 갑자기 비가 내리기 시작했어. 후둑후둑 창 밖의 파초를 두들겨 대는 소리가 마치 원망하는 것 같기도 하고 부러워하는 것 같기도 하고 흐느껴 우는 것 같기도 하고 하소연하고 있는 것 같기도 하다. 나는 일찍이 비가 얼른 많이 내려서 사람들에게 짓밟혀 더러워진 땅을 깨끗이 씻어내 버리고, 새로이 자유롭고 고아하고 순결한 사랑의 씨앗을 뿌릴 수 있게 해달라고 간절히 기도했단다.

내 인생은 정말 사랑에 좌지우지되었어. 엄마와의 사랑 때문에 감히 리우씨 집안과 결연히 파혼하지도 못하고, 위험을 무릅쓰고 어머니를 뵙기 위해 돌아왔잖아. 연인과의 사랑 때문에, 사회상의 명예와 천륜의 기쁨을 버리고자 했다. 이 비극의 작가는 사랑이고, 그 역을 맡아 연기한 사람은 바로 나야. 나는 정말 하나님에게 제안을 하고 싶었다. 이후 만일 그가 어느 방면의 사랑이든지 다 원만하게 해 주지 못한다면, 맹세컨대 그가 사랑의 종자를 한 알씩 심어나갈 때마다 나는 한 알씩 뽑아버려서 '사랑'이란 글자를 이 세상에서 결코 다시는 발견할 수 없게 만들겠다고. 차라리 인간이 야수처럼 잔혹해져서 서로를 잡아먹고 서로의 가죽을 베고 잠을 자게 된다하더라도 오히려 통쾌할 거야.

이틀 동안의 자유롭지 못한 생활로 인해 난 인간의 모든 것을 많이 알고 이해하게 되었어. 인류는 이기적이라는 것을 깨달았단다. 설령 물질적으로 타인을 위해 자기를 희생한다 할지라도, 역사와 환경에 의해 만들어진 선입관(다른 사람은 전혀 고려하지 않은)으로 자기 뜻을 이루고자 하기 때문에 정신적으로는 상처를 받지 않는다. 모녀란 세상에서 가장 사랑하는 관계라 할 수 있잖아. 그러나 그들 역시 예외는 아냐. 다른 것들은 더더욱 말할 필요도 없겠지. 또 하나 깨달은 건, 인간관계란 누구를 막론하고, 그가 너를 키웠으면 곧 너를 간섭하게 된다는 사실이야. 그렇지?

오늘 날씨가 갑자기 맑아져서, 햇빛이 내 침대를 밝게 비추고 있어. 방 안의 모든 것들도 더 활기찬 듯하구나. 그러나 사촌 동생과 새언니가 나를 보러 와서는 모두 내가 어제보다 더 많이 초췌해졌다면서 놀라는 거 있지. 사촌 동생의 크고 빛나는 눈 속에 맑은 눈물이 가득 고이더구나. 사실 이것도 이상한 것은 아니다. 잘 살고 싶은 게 원래 인간의 본능이고, 삶의 여정에도 독사나 맹수 같은 것들만 넘쳐나는 것도 아닌데, 우리가 이렇게 자살을 생각하는 마음이 비정상인 것이지.

그녀들은 나의 무료함을 위로해주기 위해 꽃을 한 아름 가져왔다. 아름답고 고운 빨간 꽃들이 발산하는 맑은 향기가 코를 자극해. 그러나 이로 인해 내 맘속의 괴로움은 몇 배 더해졌어. 네가 선물했던 해당화가 불빛에 아름답고 요염하게 비치던 모습이 떠올랐고, 네가 너의 작은 정원 안에 있는 해당화 나무 아래서 책을 읽던 모습도 생각났단다. 꽃이란 원래 사랑의 상징이잖니. 네가 나에게 보낸 꽃을 난 모두 마음속에서부터 흘러나온 침으로 적셔 줬는데. 네가 꽃 아래서 책을 읽을 때, 나는 일찍이 내 영혼으로 널 안았단다. 지금은, 꽃을 보낸 사람이나 꽃을 사랑한 사람이나 모두 운명의 신이 벌인 장난에 의해 이 지경까지 이르고 말았구나. 보아하니 사랑의 꽃은 이미 시들어버렸는데, 더 이상 무슨 말로 위로가 되겠니?

오후에 나는 또 어머니가 언니에게 우리가 지난 봄 세웠던 계획에 대해 얘기하는 것을 들었어, 게다가 심하게 우리를 나무라는……. 스전, 어빙(Irving)은 사랑에 관한 계획은 무엇이든 용서할 수 있는 거라 말했지. 그들의 생각은 어쩌면 이렇게 어빙과 상반되는 거지?……

이렇게도 고마울 수가! 나의 사촌 동생이 우리 소식을 전달해 주겠다는구나. 그렇지 않았더라면, 나는 우리가 한 곳에서 죽고자 하는 희망마저도 이루지 못할까봐 걱정했을 거야. 그러나 다시 너에게 무서운 소식을 전해야만 하겠다. 리우씨 집안의 아들이 오늘밤 12시에 집에 도착한단다(내 여동생이 말해준 거야). 오늘밤 내가 무슨 방법을 써서 이 곳을 탈출하지 못한다면, 단언컨대 내가 말했듯이 불공대천의 원수가 내 마지막 순간을 목도하게 될 거야. 그렇지만 사실……, 분명하게 쓰지 않아도 네가 추측해 낼 수 있을 거라 생각해.

스전, 비록 우리가 서로 만날 수도 있다는 일말의 희망이 있다고는 하지만, 내 생각엔 아무래도 검은 옷을 입은 죽음의 신이 이미 내 주변에 다가온 것 같아. 우리 사랑의 역사의 마지막 페이지가 펼쳐질 모양이야. 우리는 스물 넷, 다섯의 삶 밖에 살지 못하고, 학문적으로도 사회에 공헌하지 못했지만, 그러나 우리의 역사는 분명 우리가 소중히 여겨야 해. 우리의 정신은 우리 스스로가 당연히 탄복할 만한 것이야. 어떤 상황에서도 우리는 우리 양심이 허락하지 않는 세력에게 동정을 구한 적이 없었어. 우리는 자유연애를 위해 죽는 피의 길을 열었어. 우리는 당연히 이 길에 들어선 젊은이들에게 이 길의 상황을 알려서 그들은 성공하도록 만들어 주어야 해. 남의 시기를 받지 못하는 이는 바보 같은 사람이니, 나 또한 괴로워할 필요는 없겠지. 내가 행여 도망쳐 나올 수 있어서 너와 함께 넓은 바닷가에 살면서 웅장한 파도소리를 듣고, 신비한 달을 볼 수 있다면 더욱 좋을 텐데. 만일 불행히 내가 죽더라도 너는 절대 낙담하면 안 돼. 넌 우리 사랑의 역사를 하나하나 세세히 기록할 수 있을 거야. 600통의 편지들, 그것들도 모두 정리하여 출간하고…….

내 사촌 동생이 왔어. 그녀가 이 편지를 너에게 전해 주겠다며 이 방 창문과 사이를 둔 담을 넘으면 바로 후미진 골목길이니 도망갈 수 있을 거라고 하는구나. 오늘밤 열두 시에 이 담 밖에서 나를 기다리면 될 거야.

여행(旅行)

　사람들이 하는 일에 소위 '경제적이다', '비경제적이다'라는 것은 없다. 이 둘의 차이는 비평의 관점이 어떠하냐에 달려 있을 뿐이다. 이번 여행만 해도 다른 사람들 눈에는 우리가 흔드는 여행의 깃발도 다른 여행자들처럼 겉보기만 그럴 듯할 따름이지, 사실상 여행의 목적은 다른 곳에 있으며, 각자가 쓸데없이 일주일 넘게 결석하면서 많은 돈을 소비하는, 매우 비경제적인 것으로 보일 것이다. 그러나 다른 각도에서 보자면(우리 둘은 이렇게 생각하는데) 이 일주일 여의 생활은 우리 삶의 여정에서 더할 나위 없는 위대한 물결이며, 생명의 불 가운데서도 더할 나위 없이 찬란한 별꽃이다. 1, 2주일의 시간과 몇 십 원의 돈으로 이처럼 귀한 대가를 치른다는 것은 세상에 다시없는 값진 일이다.

　이번 여행에서 나를 매우 의아하게 한 것은 이것이다. 함께 여행할 것을 건의한 것은 그였지만, 나의 동의를 얻은 것이었다. 뿐만 아니라 나는 여행을 가기 위해 온갖 계책을 다 짜서 나를 평소에 그지없이 신임하는 주위 사람들을 속였다. 그렇지만 누가 알았겠는가. 이렇게 같이 여행하고자 하는 계획이 이루어졌고, 우리 둘은 서로 솔직히 이야기를 나누긴 했지만, 난 오히려 평상시에 잘 알지 못하는 귀부인을 만난 것처럼 온몸이 불편했다. 물론 서로가 웃으면서 즐겁게 이야기를 하긴 했다. 그러나 이것은 마음속에서 우러나온 것이 아니라 둘 사이의 적막을 피하기 위한 것이었다.

　우리는 두 사람의 좌석 사이에 여행가방을 놓았다. 그것은 우리 사이의 '경계'이자, 서로를 바라보는 눈빛이 반드시 거쳐 가야만 하는 '다리'였다. 만약 눈빛이 저쪽으로 건너가야 한다면 사람들이 길을 지나다니는 것처럼 반드시 어느 정도의 거리를 지나야만 했다.

나는 무척이나 그의 손을 잡고 싶었지만, 감히 그러지 못했다. 그저 기차 안의 전등이 간혹 진동에 의해 빛을 잃었을 때만 그의 손을 살포시 잡았다. 승객들의 시선이 두려웠기 때문이다. 그러나 우린 또 우리 자신이 무척이나 자랑스러웠다. 우리는 기차 안에서 우리가 가장 존귀한 생명이라고 조금도 주저함 없이 자처할 수 있다. 다른 이들이 모두 무례하고 교양 없다고 말할 수는 없다. 그들 가운데에도 아주 성공한 사람은 있다. 그렇지만 그들이 세상일에 허덕거리며 바삐 뛰어다니는 것은 명예를 얻기 위함이요, 우리는 사랑을 이루기 위함이다. 그들이 원하는 세계는 황금으로 땅을 덮고 옥으로 다리를 만든 곳이요, 우리가 원하는 세계는 밝은 달과 찬란한 별이 하늘 가득하고 연꽃 향기가 지상 가득 폴폴 날리는 곳이다. 하지만 난 또 이런 생각도 들었다. 만약 그들이 그렇게 저속하지 않았더라면, 아마도 우리의 행동을 주목했을 것이며, 우린 어쩌면 서로 쳐다보며 웃는 자유마저도 박탈당했을 것이라고.

작년 여름방학 그는 집에 돌아가면서 그가 기차 안에서 보았던 풍경을 이렇게 묘사했었다.

"햇살 아래에서의 풍경은 선명하고 다채로운 수채화 같아. 달빛 아래에서의 풍경은 꼭 수묵화 같고."

이날은 날씨가 좋지 않아서 그가 말한 것을 볼 수 없었다. 그렇지만 약간 흐릿한 날씨 때문에 구름 사이로 비치는 연한 햇살과 공기 중의 물기가 어우러져 기차의 연통에서 뿜어져 나오는 연기를 폭신폭신한 면화 같은, 하얗고 가벼운 수증기로 만들어냈다. 미풍이 지나간 자리에는 연기들이 점점 흩어져 마지막에는 하늘만이 출렁이고 있었다. 이렇게 구름과 안개가 흐르는 듯, 자욱한 듯, 모호한 듯한 모습은 마치 인간의 환상 속에서나 존재할 것 같은 안개와 얼음으로 된 옷을 입은 여신이 연인의 달콤한 잠을 방해할까 봐 사뿐사뿐 걸어가는 모습 같았다. 이는 얼마나 아름답고, 얼마나 온화한 모습인가! 우리의 생활도 이처럼 아름답다면 얼마나 좋을까.

목적지가 가까워옴에 따라 그의 얼굴에는 무엇 때문인지 점점 긴장하는 모습이 역력했다. 그의 두 눈은 희망으로 반짝거리고, 시시때때로 우리 사이에 놓인 그 여행가방에 엎드려 나에게 부드러운 미소를 보내긴 했지만 말이다. 이 때 그는 그저 그곳에 도착하면 아마 열 시가 넘을 거다, 식사하고 짐 정리하고 나면 6시간 정도 쉴 수 있을 것이다 라는 둥의 말만 했다. 정거장에 멈출 때마다 그는 또 옷주머니에 있는 작은 시계를 몇 번씩 꺼내 바늘이 어디에 가 있는지 보았다. 시간이 인정에 구애됨 없이 냉혹하고 공평하지 않았다면 아마 그의 조정을 받아 일상의 순서가 바뀌었을지도 모른다. 그렇다면 나는. 나는 그 정도로 지나치게 초조하거나 불안하지는 않았다. 그저 저녁에 일어날 상황이 좀 두려울 따름이었다…… 그러나 겨우 두려움, 이 세 글자로 나의 느낌을 표현한다는 것은 적당하지 않다. 왜냐하면 두려운 감정 속에는 사실, 희망의 감정도 포함되어 있기 때문이다.

청춘남녀가 처음으로 한방에 머물게 될 때, 서로 부끄러워하는 것은 지극히 자연스러운 일이다. 내가 희귀하다고 생각한 것은 바로 우리가 이미 이 정도로 사랑하는데도 습속을 면할 수 없다는 것이다. 그가 두 개의 잠자리를 만들어놓고 나에게 쉬라고 재촉했을 때, 무엇 때문에 그렇게 두렵고, 부끄럽고, 슬펐는지, 나는 침대 가장자리에서 고개를 숙이고 족히 15분은 넘게 앉아 있었다. 그는 내 대신 단추를 풀어 주다가 마지막 단추 한 개가 남았을 때, 낮은 목소리로 나의 이름을 부르면서 말했다.

"이 마지막 단추를 난 풀 수가 없어."

그는 마치 신성하고 엄숙한 감시를 받고 있는 것 같았다. 신도들이 하느님께 은총을 베풀어 달라고 기도하는 것처럼 매우 경건하게 나에게서 멀찌감치 떨어져 서 있었다. 난 더 말할 필요도 없이 같은 감동을 받았다…… 나는 우리의 이런 감동이 가장 높은 영혼의 표현이자 순결한 사랑의 표현이라고 믿는다. 이것은 가슴의 떨림과 옷깃에 떨어지는 뜨거운 눈물로 증명할 수 있다. 그가 나를 품안에 안았을 때, 내 온 몸의 피가 뜨겁게 끓어오르는 듯했고, 갖가지 문제들이 머릿속에서 정신없이 뒤섞여들었다. 난 내 미래와 그의 가정 상황을 생각했다. 다른 사람들이 이 일을 알면 얼마나 비난할 것이며 나의 어머니가 이 비난을 들으면 얼마나 슬퍼할 것인가. 나는 울었다. 소리 내어 슬프게 흐느꼈다. 그렇지만, 달리 생각해 보니 어둡고 광막한 들판에 혼자 있을 때 그 이외의 어떤 사람도 나를 보호해 주지 않을 것 같았다. 때문에 나는 그의 포옹을 거부할 용기도 없었다. 이때 그는 도대체 무슨 느낌을 받았을까. 그는 나에게 말해주지 않았다. 내가 느낀 바에 의하면, 그는 최소한 타고르의 『존엄한 밤』의 주인공 "나"처럼, 바로 이 순간 Surabala가 세계를 이탈해서 '내'가 있는 이곳에 왔다고 느꼈을 것이다.

우리가 머물고 있는 여관의 손님들은 대부분이 사회적으로 돈 많은 사람들이다. 여기에서는 우리 둘을 제외하고는 아마 다른 학생은 찾아올 수 없을 거다. 바로 이 때문에 우리는 이 곳을 선택했다.

우리가 베이징을 떠날 때, 나는 숙박 문제로 그를 크게 한 번 그를 난처하게 만들었었다. 이번에 남쪽으로 여행 오면서 그는 얇은 이불과 담요만 한 장씩 들고 왔다. 그는 비록 급히 오느라 가져오는 것을 잊었다고 강력하게 변명했지만, 나는 벌써 그의 생각을 눈치 채고 있었다. 그러나 그때 나는 이렇게도 생각했다. 그가 이불 한 장마저도 가져오지 않았다면, 나는 여관에 가도 괜찮다는 이유를 그에게 주는 것이 되므로 그 또한 말도 안 되는 일이다. 끊임없이 이 문제에 대해 생각해 보았지만 결국은 그에게 지고 말았다.

그가 묵는 방은 그야말로 형식적인 것으로, 기껏해야 손님들을 접대하는 곳에 불과했다. 처음에 나는 적잖이 당황했었다. 특히 그의 친구들이 그를 만나러 와서 그가 내 방에서 나와서 그들을 만날 때, 그리고 내 사촌 여동생이 나를 보러 왔는데 그가 내 방에서 책을 읽고 있을 때였다. 나중에는 그런 당황함마저 느끼지 못했지만 말이다. 우리는 마치 꼭……. 사실 법률상의 …… 관계만 제외하고, 우리가 서로 사랑하는 정도는 이미 모든 인간관계를 초월했다고 할 수 있다. 절대…….

둘이 각방을 쓰고 있음을 보여주기 위해 할 수 없이 이불 하나를 그의 방

침대에 깔았다. 결과적으로 우리 두 사람에게는 이불 한 장만이 남았다. 그런데 그의 친구들 중에 이곳에 사는 사람이 없어서 할 수 없이 내가 사촌 여동생으로부터 이불을 빌려왔다. 어느 날 사촌 여동생이 나를 보러 왔을 때, 마침 그의 이불이 내 침대 위에 놓여 있었다. 난 내 이불이 더러워져서 세탁을 맡긴 바람에 여관에서 빌려왔다고 대충 둘러댔다. 아, 내가 이렇게 위선적인 사람이 되었다니. 이것도 내가 자유롭지 못해서임을 이제는 알겠다.

사랑은 처음에 어떤 한쪽이 상대방에게 먼저 사랑을 표현하고, 거기서 발전하면 서로가 사랑하며, 마지막에는 상대방이 자신이 아닌 다른 사람을 사랑하지나 않을지 두려워한다. 여기서 바로 질투심이 생긴다. 따라서 질투심의 무게는 서로 사랑하는 정도의 깊이와 정비례하기 마련이다. '사랑은 이기적인 것'이라는 법칙은 바로 이로 인하여 만들어진 것이 아닌가 싶다. 그는 나와 이야기할 때면 항시 그의 몸이 죽어서 다 썩어버렸어도 내가 다른 사람을 다시 사랑하지 않았으면 좋겠다고 한다. 만일 죽어서 이것을 알게 된다면 그의 영혼이 무척이나 힘들어할 것이라고. 나는 다른 여자와 사랑에 빠져서 자신의 아내를 '산에서 나물이나 캐라'는 식으로 헌신짝 버리듯 버리는 남자들을 결코 용서할 수가 없다. 이것은 인간으로서 결코 해서는 안 될 일이다. 이런 남자들의 모습을 표현한 극본을 직접 쓴 적도 있다. 그러나 지금 나는 그와 그의 부인이 단지 봉건 예교로 인해 이루어진 관계라는 것을 잘 알고 있으면서도, 그녀를 나의 연적이라고 생각한다. 내 생각에 우린 이미 이별할 수 없을 정도가 되었고, 그가 법률상으로 지은 죄와 우리가 사회에서 받을 비난을 좀 덜고자 한다면, 그들이 형식상의 관계를 털어 버리는 것뿐이다. 내 마음이 어쩌다 이렇게 냉혹하게 되었을까! 어떻게 이처럼 우리 여자들을 동정하지 않는 것인지! 나는 분명 잘못되었다는 것을 알고 있다. 그러나 나는 부인할 수 없다. 내 마음속에서 절실히 원하는 것은 그들이……

세상의 온갖 일들을 우리는 이때만큼은 완전히 떨쳐버렸다. 사랑의 씨

앗은 내 마음속에서 이미 아름다운 꽃을 피웠다. 방(우리의 작은 세계)의 공기는 이미 사랑으로 가득 찼고, 우리는 서로를 의지하며 미소 짓는 것과 소곤소곤 속삭이는 것, 달콤하고 열렬하게 키스하는 것만을 알 뿐이었다. 나의 깃발 위에 어떤 것을 써도 그 경중에는 차이가 없을 것이다. 책을 읽는 것도 단지 이 사랑으로 넘쳐나는 세계의 모습을 엮어내기 위해서일 따름이다. 다른 사람들은 우리를 가지고 온갖 입방아를 다 찧을 것이며, 집에서 이 사실을 알게 된다면 대역무도하다고 나무랄 것이다. 우리는 우리가 당할 수 있는 모든 상황들을 다 생각해보았다. 하지만, 우리는 그들을 주변의 가시나무 정도로 치부한다. 옷은 찢겨질망정 우리 앞의 장애는 되지 못할 것이다.

다시 다른 사실에서 보자면, 우리의 육체적인 사랑의 표현은 단지 서로에게 기대어 미소 짓고, 가만가만 속삭이고, 달콤하고 열렬하게 키스하는 것뿐이다. 나는 어떤 사람이든 모두 믿지 않을 것임을 안다. 식욕과 성욕은 원래가 인간의 본능이다. 사람들은 버드나무 아래에서 이성을 품에 안고도 마음이 흐트러지지 않는 것은 어려운 일이라고들 하지만, 서로 품에 안는 것이 늦은 밤 같은 침대에 누워 포옹하고 잠자는 것보다 어떻다는 것인가? 그러나 나는 우리의 말을 믿지 않는 사람들이 결코 고의로 우리를 멸시하는 것은 아니라고 생각한다. 그들은 순결한 사랑을 접해본 적이 없다. 그래서 사랑이 그로 하여금 설령 그 자신이 어떻게 바라는 일이라 해도 연인이 원하지 않는다면 하지 않게 한다는 것을 모른다.

물건을 사러 가든 혹은 친구를 만나러 가든, 나는 그가 외출하는 게 싫다. 이것은 본디 그가 다른 곳에 마음이 가서 학업을 소홀히 할까봐 걱정해서였다. 하지만 나 혼자 있을 때의 적막함이 싫어서이기도 하다. 언젠가 한 번은 내가 열심히 독서를 하고 있을 때, 갑자기 그가 일이 생겨 외출을 했고 난 책상 위에 엎드려 깊은 잠에 빠졌었다. 내가 잠을 깼을 때, 난 이미 그의 품에 안겨 있었다. 나는 그가 나가길 좋아한다는 게 그의 약점이라고 생각한다. 이날 저녁 그는 또 9시가 넘어서야 돌아왔고, 다음날 당연히 해야 하는 일을 조금도 준비하지 못했다. 그가 아직 돌아오지 않고 있었을 때 나는 너무 화가 나서 그가 보려고 하는 책들을 모두 골라서 그의 방에 옮겨 놓았다. 만약 열시까지 돌아오지 않는다면 심부름꾼을 시켜 화로를 그의 방에 옮겨 놓게 한 후, 나는 문을 잠그고 자버릴 생각이었다. 그는 9시가 넘어서야 돌아왔고 분위기가 심상치 않음을 느꼈는지 찍소리도 하지 못하고 책을 들고 와서 내 앞 의자에 앉아 읽기 시작했다. 책을 조금 읽고 나더니, 이렇게 해서는 안 되겠다고 생각했는지, 다시 일어나서 나를 위로해주려고 했다. 나는 시종 굳어진 얼굴로 그를 무시했다. 그는 정말 초조해져서 한 시간이 채 지나기도 전에 나를 위로할 수 있을 거라고 생각한 거의 모든 방법을 다 동원했다. 마지막에는 결국 사랑의 신이 나서서 중재를 하고 나도 한 발짝 물러서서 이 일은 겨우 끝이 났다. 나중에 그에게 "만약 당신이 집에 도착했을 때, 내가 문을 잠그고 자버렸으면 어떻게 할 작정이었어?"라고 물었다. 그는 "문 밖에 서서 하룻밤을 보냈겠지"라고 했다. 하지만, 만약 그가 정말로 그렇게 했다면 여관 사람들은 아마 그를 정신병자라고 생각했을 것이다.

나는 전등불빛이 정말 싫다. 그것은 우리가 서로 포옹할 때의 그림자를 모두 커텐 위로 비춘다. 사랑의 그림은 본래 예술 왕국의 보물 창고에 깊숙이 간직해둘 만한 것인데, 어찌 인간 세상에 흔적을 남기도록 하겠는가.

내 사랑의 그림은 결국 인간 세상에 흔적을 남기고 말았으니 얼마나 불행한 일인지 모르겠다. 우리가 떠나기 이삼일 전부터 이미 많은 사람들은 우리가 함께 묵고 있는 이 일을 주목했다. 내가 괜한 걱정을 하는 것은 결코 아니다. 그들이 나에게 어디 사냐고 물을 때마다 그 말 속에는 조롱하는 듯한 어투가 담겨져 있었다. 그들은 그를 수없이 비난했고, 사기꾼이라고 했다. 이런 말들은 그를 매우 슬프게 만들었는데, 물론 나 또한 마음이 아팠다. 그는 어떤 것도 희생할 수 있고, 어떤 것도 원하지 않지만, 사랑하는 사람만은 떠날 수 없다고 했다. 우리가 요구하는 사랑은 절대적이며 끝이 없는 사랑이다. 사랑은 자유롭게 커가도록 해야지, 구예교와 관습에 영합하려고 그것이 억울한 일을 당하게 할 수는 없다. 신구(新舊)가 교차하는 시점에서 이미 무너져버린 예교에 무릎을 꿇느니 차라리 새롭게 탄생하는 진리를 위해 희생하는 게 낫다. 만일 주변의 압력이 너무 심해서 저항할 수 없으면, 우리는 서로를 껴안고 끝없는 바다 속으로 가라앉을 것이다.

"내 사랑."(이때 그는 침대 위에서 비스듬히 누워 있었고, 난 침대 가장자리에 앉아 있었는데, 서로의 손을 꽉 잡고 있었다)

"만약 사람들이 나를 따돌릴 정도로 멸시하고 비난하면, 어떻게 할 거야?"

아, 그는 죄가 없다. 그가 그들에게 무슨 죄를 지었단 말인가, 그들이 지금 필사적으로 그를 욕하는 것이 나 때문이 아닌가. 물론 이것은 승리의 비애이지만 나 때문에 그가 죽는 거다. 나는 어떻게 받아들여야만 할까? 나는 그를 꼭 끌어안으며 대답했다.

"우리 사랑은 영원할 거야."

서로 껴안고 있는 동안, 나는 대재난이, 우리를 짓누르는 갖가지 세력들이 산을 무너뜨리고 바다를 뒤엎을 정도의 무시무시한 힘으로 우리를 정복하러 온 것 같았다. 나는 산 같은 거대한 파도가 얼마나 위대한지, 해질 무렵 어슴푸레한 달빛 아래 조용히 흐르는 맑은 물이 빚어내는 풍경이 얼마나 신비하고 아름다운지, 우리가 서로 껴안고 절대적인 사랑의 세계를 실현하기 위해 추구하는 행동들이 얼마나 비장하고 신성한 것인지를 생각했다. 나는 두렵지 않다. 조금도 두렵지 않다! 인생은 원래 자유로워야 하고, 예술화되어야 한다. 세상에서 가장 영광스러운 일은 목숨을 바쳐 사랑을 지키는 것이 아닐까? 요컨대, 누가 되었든 이러쿵저러쿵 비난을 하더라도 나는 우리의 행동이 터무니없는 일이라고는 생각하지 않는다. 한 발짝 물러나서 설령 우리의 이번 여행이 지나치게 감상적인 일이라 할지라도, 이 또한 잘못된 결혼제도가 초래한 것이다. 설령 우리를 죽인다고 해도 책임을 질 수도, 감히 책임지겠다고 할 수 없다.

그는 요 며칠 우리가 당한 비난이 그가 결혼했다는 사실 때문이라는 것을 알기에 안타까워했다. 그래서 떠나기 전날 밤, 친구들에게 이번 일을 어떻게 처리해야 좋을지 상의하러 갔다. 그는 5시가 넘어 나갔는데 11시가 되어서야 돌아왔다. 이 몇 시간 동안 나는 사람을 기다리는 것이 어떤 것인지 정말 뼛속깊이 경험했다. 바람도 차갑고, 등에 빛도 없었다. 우리의 작은 세계는 온통 적막으로 가득하고, 단지 내 마음만 잔뜩 긴장하여 그저 그가 언제 돌아올 것인가만을 생각했다. 매번 밖에서 발자국 소리가 들릴 때마다 나는 "그가 돌아왔나?"보다고 귀를 쫑긋했다. 그가 돌아온 후, 우리는 잠깐 달구경을 하고, 웬샤오(元宵)[1]를 먹으면서, 우리의 마지막 밤을 안타까이 견뎌냈다.

시간의 신은 정말 잔혹하다. 꿈과 같은 열흘의 달콤한 생활도 끝을 향해 치닫고 있었다. 우리에겐 단지 이 하룻밤뿐이었다. 오후에 친구들과 이야기를 하면서, 이 하룻밤을 어떻게 보내야 하나 몰래 몰래 종이에 몇 번을 써보았다. 사실 시간을 멈춰서 천천히 흘러가게 할 수도 없으니, 어떤 계획을 세워도 모두 헛수고일 뿐이다. 나아가, 시간의 걸음걸이를 우리가 사랑의 수업을 받는 데에 필요로 하는 것과 일치시키지 못한다면, 설사 시간이 천천히 간다 해도 아무 소용이 없다. 이 밤 우리는 거의 잠을 이루지 못했다. 서로를 갖가지 친밀한 말로 부르면서, 돌아가면 어떻게 열심히 공부할 것인지 상의했다. 내 사촌 여동생이 아침 일찍 배웅하러 왔다가 고상하지 못한 면을 보게 될까봐 우려하지 않았다면, 우리는 아마도 11시나 되어서야 일어났을 것이다.

우리 둘 이외에 이번 열흘간의 생활이 아주 진실하다는 것을 알고 있는 사람은 여관의 심부름꾼뿐이다. 그는 우리에게 물건을 배달하러 들어올 때마다 항상 우리로 하여금 자기가 왔다는 것을 알게 했고, 나갈 때에도 항상 방문을 닫았다. 그러나 나는 그가 우리 사이를 이상하게 여겼으리라

---

1) 정월 대보름에 먹는 음식.

생각한다. 우리가 방 두 개를 빌렸을 뿐만 아니라 여관을 검사하는 경찰에게 학교 친구라고 했는데도 이렇게 친밀하게 지냈기 때문이다. 세상에서 일어나는 비극의 대부분은 개인과 세상의 부자연스러운 관계 때문이다. 우리의 사랑에는 그런 부자연스런 관계의 짐함은 더해지지 않았으면 좋겠다.

우리는 ××기차역에서 베이징으로 올라가는 친구 한 명을 만났다. 그에게 기차표를 대신 사다 달라고 부탁한 적이 있었기 때문에, 차에 탈 때 그는 나에게 그 친구와 먼저 올라가 자리를 잡으라고 하면서 자신은 짐을 가지고 따라 올라가겠다고 했다. 그런데, 사람들이 너무 많아서 그를 못 보게 되리라고 누가 상상이나 했겠는가. 우린 기차가 움직이고 나서 한참 뒤에야 다시 만날 수 있었다. 그가 보이지 않았을 때, 얼마나 말로 형언할 수 없는 불안을 느꼈는지 모른다. 그를 찾고 나서, 그의 앞에 놓여 있는 짐 위에 앉아 서로 손을 마주 잡고 있으려니, 마치 큰 난리통 속에서 헤어진 후 온갖 고생 끝에 다시 만난 것 같은 느낌이었다. 우리의 사랑이 이 정도까지 깊어졌다니 정말 어떻게 된 일인지.

베이징에 도착하고 나서 나는 자연히 예전의(여행 가기 전의) 생활로 되돌아갔다. 이번 여행 뒤로 특별히 달라진 건 없다. 단지, 머리가 좀 어지럽고, 며칠 동안 좀 심란했고, 어떤 사람이든 간에 예전처럼 성심껏 대하지 않는다는 것뿐이다. 삼일 후 그에게서 전화가 왔다. 그가 말했다.

"지난 일을 차마 돌이키지 못하겠다."

루인

(庐隐 ： 1899~1934)

루인은 복건성(福建省) 복주시(福州市) 출신으로, 원명은 황영(黄英)이다. 보수적이고 미신적인 부모로 인해 불행한 어린 시절을 보낸 루인은 1919년 가을 북경국립여자고등사범학교에 입학하였다. 그녀는 이즈음 처녀작『저작가(一个著作家)』를『소설월보(小说月报)』에 발표하였으며, 이후 1921년 1월 文学研究会 창립대회에 참가하였다. 그녀는 이 무렵 유부남인 곽몽량(郭梦良)을 만나 사랑에 빠지게 되었으며, 이로 인해 많은 사람으로부터 비난을 받았다. 1923년 상해에서 곽몽량과 결혼하여 그의 고향 복주(福州)로 돌아갔으나, 1925년 곽몽량의 죽음으로 인해 헤어날 길 없는 비애와 절망을 맛보게 되었다. 이후 1928년 3월 이유건(李唯建)과의 만남은 그녀의 삶에 새로운 기쁨을 가져다주었으나, 뜻밖에도 1934년 5월 13일 난산으로 인한 출혈과다와 자궁파열로 세상을 떠나고 말았다.

그녀의 소설집으로는『해변의 친구(海滨故人)』,『만리(曼丽)』,『영해조석(灵海潮汐)』,『장미의 가시(玫瑰的刺)』,『庐隐短篇小说选』등이 있다. 장편소설로는 일기체 장편소설『돌아가는 기러기(归雁)』,『여인의 마음(女人的心)』,『상아반지(象牙戒指)』, 그리고『화염(火焰)』등이 있고, 산문집으로는 이유건과의 서신집인『운구정서집(云鸥情书集)』, 그리고『동경소품(东京小品)』이 있다.

루인의 창작세계는 삶에 대한 추구와 좌절, 방황과 번민 등으로 말미암은 '비애의 탐미'가 주된 정조를 이루고 있다. 루인의 소설창작은 그녀 자신의 구체적인 삶과 연관되어 크게 네 시기로 나누어 살펴볼 수 있다. 첫째 시기는 처녀작인『저작가』발표 이후 "54운동" 고조기의 문제의식이 충만 되어 있던 시기로서, 주로 사회문제에 대한 강렬한 관심을 그려내고 있다.『저작가』,『편지 한 통(一封信)』,『두 소학생(两个小学生)』,『영혼을 팔 수 있나?(灵魂可以卖吗?)』,『눈물자국(馀泪)』,『달밤의 인상(一个月夜里的印象)』, 등이 이 시기의 주요 작품이다. 둘째 시기는 54운동 퇴조기 이후 곽몽량의 죽음에 이르기까지 좌절 속에 방황하던 비애의 시기로서, 곽몽량과의 연애 및 결혼의 개인적 체험이 작품의 제재가 되고 있다. 주요 작품으로는『어떤 이의 비애(或人的悲哀)』,『리스의 일기(丽石的日记)』,『해변의 친구(海滨故人)』,『윤락(沦落)』,『전진(前尘)』,『승리이후(胜利以後)』,『돌아갈 곳은 어디인가?(何处是归程)』등을 들 수 있다. 셋째 시기는 좌절과 실의에서 벗어나 북경으로 올라온 이래 다시 창작에 전념하던 1930년까지의 시기로서, 이유건과의 연애로 인한 갈등 속에서 새로운 삶의 희망을 추구하던 시기이다. 어느 정도 비애의 정서를 극복하고서 사회문제에 대한 새로운 인식을 보여주는 시기로,『시대의 희생자(时代的牺牲者)』와『일막(一幕)』,『란티엔의 참회록(蓝田的忏悔录)』,『눈보라에 상처받고(风欺雪虐)』,『만리(曼丽)』, 등을 주요 작품을 꼽을 수 있다. 넷째 시기는 이유건과의 결혼을 통해 심리적 안정을 되찾은 이래 세상을 떠날 때까지의 시기로서, 주로 남녀의 애정문제와 사회정치문제를 다루고 있다. 이 시기의 주요 작품으로는『지상의 낙원(地上的乐园)』과『장미의 가시(玫瑰的刺)』,『기로(岐路)』와『화염(火焰)』,『수재(水灾)』등을 들 수 있다.

리스(麗石)의 일기

오늘은 봄비가 끊임없이 내린다. 창 밖 하늘은 뿌옇고 바람소리는 처량하다. 혼자 조용히 서재에 앉아 이 생각 저 생각 하다보니 그저 막막할 뿐이다.

작년 오늘, 내 친구 리스가 세상을 떠났다. 지금은 봄도 벌써 찾아왔고, 날씨는 전과 다름없이 스산하다. 다만 리스의 그 창백하던 양 볼은 어떻게 변했을지!

리스의 죽음이 심장병 때문이라지만, 분명 마음의 병 때문에 죽었으리라. 그녀가 남긴 일기를 보면 알 수 있다. 난 그녀의 일기를 공개하고자 한다!

12월 20일

일기를 쓰지 않은지 벌써 반년이 되었다. 학교생활이 단조롭기만 하다……. 먹고, 자고, 생기 없는 수업. 교사들은 가면을 쓰고 배우처럼 춤추고 노래하고, 우리는 바보처럼 듣고 본다. 정말 무의미하기 그지없다.

도서관 안은 고인(古人)의 자취로 가득하다. 난 취웬(屈原)의 <이소(離騷)>를 꺼내서 몇 페이지를 넘겨보았다. 그의 근심이 참으로 우스꽝스럽다……. 회왕(怀王)이 그토록 사랑할 만한 가치가 있을까?

오후에 집에 돌아오면 고독과 괴로움은 더 심하다. 이때의 심정은 어떻게 말로 형용할 수가 없다……. 요사이 절대적으로 감정을 절제해야 하는바, 소극적인 사고방식이 머릿속에 머물도록 하면 안 된다. 그래서 얼른 책상머리에서 분투의 내용이 실려 있는 잡지를 가져다 읽었다.

저녁 먹은 뒤, 꾸이성(归生)이 상하이에서 보내온 편지를 받았다……. 몇 줄 되지는 않지만 그의 마음이 행간에 흐르고 있었다. 그는 최근에 자신이 서야 할 곳을 찾지 못하여 왕왕 자신의 몸을 학대한다. 브랜디를 이틀에 한 병씩 다 마셔 버린다……. "술이 취했을 때에만 근심을 잊을 수 있다"고 한다. 아! 가엾은 사람! 감정의 바다에 어떻게 그리 쉽사리 빠질 수 있단 말인가? 물론 앞길을 비춰주는 등불은 오직 하나 뿐이지만, 그러나 모든 사람이 노리는 이 등불을 자기가 차지할 수 있으리라고 누가 단정할 수 있겠는가?

사실 하이란(海兰)과 같은 여자가 세상에 없는 것은 아니다. 다만, 꾸이성은 영원히 그걸 이해하지 못할 것이다.

밤에 꾸이성에게 답장을 쓰느라 몹시 피곤했다……. 난 정말 온갖 생각을 다 짜내 보았지만, 적당한 말을 찾지 못했다. 그를 위로하기에 충분한 것 말이다……. 사실 인간이 정말 고민에 차 있을 때에는 몇 마디 말로는 절대 위로가 되지 않는다!

12월 22일

오늘은 명절인 동지인지라 학교가 쉬었다. 아침에 고모가 정신없이 제사를 준비하는 것을 보면서 집 생각이 났다. "혼자 타향에 객으로 머물면 절기 때마다 피붙이 생각이 더한다"는 말을 떠올리면서 애처롭게 눈물을 흘렸다!

고모부는 연로하시어 병치레가 잦으시다. 요 며칠 더 안 좋아 보이신다. 마르고 쪼글쪼글한 얼굴에 의기소침한 모습이 정말 노년의 가련함을 느끼게 한다!

오후에 웬칭(沅青)이 심부름꾼을 통해 붉은 매화 화분을 보내왔다. 안에 "화원에서 붉은 매화 두 주를 골라 사람에게 들려 보낸다. 옛 사람들이 매화를 친구 삼아 책을 읽던 것을 따라 그렇게 하라고."라는 메모가 끼워 있었다. 나는 바로 답신을 써서 심부름꾼을 돌려보내고, 화분 두 개를 서재의 양쪽에 두었다. 얼마 안 있어, 해가 지고 그믐달이 올라왔다. 그 맑고 차가운 빛이 마침 그 두 주의 매화 위로 쏟아져 내리니, 더 생기 있어 보인다.

오늘 밤 늦게 잠자리에 들었다. 그러나 마음이 어지러워서 꿈속으로 빠져들기란 여전히 힘들었다. 적막한 긴 밤에 오로지 매화만이 그윽한 향을 내뿜으면서 이 인생의 유랑자를 위로해 준다!

12월 24일

엄동설한에 삭풍이 매섭다. 무료하기만 하다. 웬칭의 편지를 눈이 빠지게 기다렸는데, 벌써 세 번이나 실망했다. 병이 났나? 그러나 그것은 아닐 것이다. 어제 만났을 때 그녀는 여전히 활발하고 전혀 아픈 것 같지 않았다. 아! 이게 아니라면 다른 이유가 뭐가 있지?…… 나와 그녀가 안 지도 2년이 되었다. 처음 만나서 이야기할 때, 난 그녀가 어떤 사람인지 확신할 수가 없었다. 그렇지만 계속된 편지와 이야기를 통해 볼 때, 그녀는 잔인하거나 무정한 애는 아닌 듯 하다!…… 다만 "사랑은 예약권을 살 수 없는 것이며, 한 번 이루어졌다고 변하지 않는 것도 아니니……." 인간은 변화무쌍하기 짝이 없는데, 그들이 갈 길을 어떻게 예측할 수 있으리?

오후에 학교에 가서 어떤 박사의 강연을 들었는데, 뜻밖에도 웬칭과 부딪쳤다. 내 걱정은 더 깊어졌다. 웬칭이 아픈 게 아니라면 왜 편지를 보내오지 않는 걸까? 당시에는 화가 나서 웬칭을 본 체 만 체 하고, 대충 강연이 끝나기만 기다리다가 답답한 마음으로 집에 돌아왔다. 저녁 먹을 기운도 없어서 혼자 깊이 생각에 빠졌다. 무료하다는 생각이 들면서, 불현듯 불경 한 구절이 생각났다. "부처는 원인을 두려워하고 중생은 결과를 두려워한다. ” 내가 악한 원인을 만들지 않으면 어떻게 나쁜 결과를 얻을 수 있겠는가? 이후로는 원인을 만드는 것을 조심하자! 감정의 소용돌이에는 단지 고민과 질투만이 있을 뿐이니, 이 마음을 깨끗하게 하고 불변하는 “맑은 경계(眞如)”에 기대어 위안을 구하는 게 어떠한가……. 이런 생각을 하자, 나는 마음이 점점 안정되어 어느 새 잠이 들었다.

12월 25일

어젯밤엔 악몽을 조금도 꾸지 않고 푹 잤다. 오늘 아침 일어나니, 뜻밖에도 붉게 타오르는 태양이 창문을 가득 채우고 있었다. 나는 서둘러 자리에서 일어나 앉았다. 탁자 위에 편지가 한 통 놓여 있었는데, 편지 크기와 색깔이 나의 평온한 마음을 단숨에 흔들어버렸다. 나는 최대한 빠른 속도로 그 편지를 다 읽어버렸다. 어제의 그 참회가 정말 불필요한 것이라는 생각이 들었다. 인생에 만일 감정적인 관계가 없다면 사는 게 무슨 재미가 있을까? 봄에 피는 장미꽃이 햇빛의 보살핌이 부족하다면, 어떻게 고운 자태를 보여줄 수 있겠는가? 인간 생활에 감정이 덧대어지지 않는다면, 무미건조한 지경에 빠져버릴 것이다. 어제의 응어리는 가을날 뜬구름이 바람에 흩어지듯 그렇게 확 풀어졌다.

오후에 수성(漱生)과 공원에서 만났는데 마음이 즐거웠다. 그 무성한 송백나무가 모두 달콤한 미소를 띠고 있는 것 같았다. 경치는 마음에서 만들어지는 것이라고 정말 괜찮았다.

12월 26일

오늘 한 학교에 가서 신극(新劇)을 보았는데, 지극히 저질이라는 느낌

만 들었다……. 내가 극장에 도착했을 때, 배우들이 문 앞에 서서 큰 소리
고 떠들고 웃고 있었다. 손님들이 그녀들 옆으로 지나갈 때면 그녀들은 또
일부러 거드름을 피우는 척 하는 거다. 이는 여자들을 모욕하기 좋아하는
청년들의 비평거리가 되었다. 그들이 하는 얘기들이 물론 올바르다고는
할 수 없다. 하지만 허영심은 분명 피할 수 없는 조롱거리이다!

오후에 원웨이(雯薇)가 왔다……. 그녀는 원래 활기가 넘쳤는데, 안타
깝게도 요즘 외려 초췌해졌다……. 우리는 어렸을 때 좋아했던 것이며 즐
거웠던 일을 회상했다. 정말 그 때보다 몇 배나 좋다. 그렇지만 곧 우리의
얘기는 다른 화제로 넘어갔다.

원웨이는 결혼한지 벌써 3년이 되었다. 누가 보아도 그녀는 아주 행복
하다고 여긴다. 그런데, 마음속에 그토록 깊은 슬픔을 감추고 있을 줄이
야. 오늘에야 나는 비로소 알았다. 그녀는 말했다. "결혼 전 몇 달은 희
망에 부풀어 있고 생기가 넘쳐. 복권을 사서 당첨되기를 기다리는 심리 같
다고나 할까. 결혼 후의 몇 달은 당첨된 후 그 재산의 용도를 나눌 때처럼
그저 번잡하고 귀찮아. 아위(阿玉)-그녀의 딸-가 태어나기 전에는 그래도 그
렇게 생각하지는 않았는데……. 지금은 정말 복권이 당첨된 후 흥미를 잃
어버린 것 같은 느낌이야. 아이는 마치 부드럽고 질긴 색실 같아. 그 애에
게 꽁꽁 묶여서 싫어도 벗어날 방법이 없어."

4시 반에 원웨이는 돌아갔다. 난 혼자서 그녀의 말을 곱씹었다. <대위
의 딸>이라는 책에서 어떤 군관과 피터가 나눈 말이 생각난다. "일단 아내
를 맞이하고 나면 모든 일이 끝장이야." 더 고민스럽군!

12월 27일

아! 불행히도 병에 걸리고 말았다. 어젯밤 내내 가슴이 뛰고 머리가 어
지러워서 오늘 결국 자리에서 일어나지 못했다. 조용히 부드러운 침대에

서 자는데, 변화무쌍한 흰 구름이 내 머리 위로 지나가고, 맑은 바람소리가 시시로 좌우에서 맴돌았다. 나의 외로움을 위로해 주는 것처럼.

건강할 때, 먹고 살기에 바빴던 나는 단지 귀찮고 피곤하기만 했다. 오늘에서야 끊임없이 움직이는 인간 세상에도 소위 '고요함'의 경계가 있다는 것을 알겠다.

아침 8시에 일어나서 지금 벌써 오후 4시다. 평소 건강할 때의 고단함과 스트레스를 생각하면, 나는 영원히 이렇게 아파서 영원함과 고요함을 주재하는 비밀의 신과 가까워지게 해달라고 간절히 구하게 된다.

정말 스스로 생각해도 부끄럽다. 일년 365일 가운데 내가 진정 원해서 지낸 날이 하루도 없다. 내가 학교에 수업하러 가는 것은 대부분 그 수업 종소리 때문에 마지못해서이고, 내가 가만히 자리에 앉아 있는 것은 대부분 선생님과 학교 규칙 때문에 마지못해서. 내 한 몸 모두가 짐이다. 내 마음도 전부 다 그 짐의 스트레스 때문에 내가 생각하고 싶은 것을 생각할 여유가 없다.

오늘은 아프기 때문에 선생님이 용서해주실 테니 책상에 박힌 듯이 앉아있을 필요가 없고, 친구들도 나를 이해해줄 테니 억지로 그녀들과 운동장을 산보할 필요가 없다……. 아프다는 것으로 사람들에게 용서가 되기 때문에 갖가지 짐을 잠시 내려놓을 수 있다. 정말 석방된 죄수 같다. 기쁨함이 어떠하리오?

하이란이 내게 이런 말을 한 적이 있었다. "무의미하고 마지못해 사는 삶 속에서 난 그저 밤이 빨리 오기만을 기다려. 뿐만 아니라 영원히 날이 밝지 않기를. 그럼 난 모든 번뇌를 다 잊을 수 있으니까." 그녀도 삶을 혐오하고 있단 말인가?

나는 원곡(元曲)을 가장 좋아한다. 평소엔 판에 박힌 듯한 생활 때문에 내 맘대로 읽을 틈이 없다. 오늘밤은 정신이 좀 맑아서 <원곡>을 한 권 뽑아 들고 밝은 불빛 아래에서 꼼꼼하게 읽었다. 정말 콜럼부스가 신대륙을 발견했을 때보다 더 기쁘다!

<황량몽(黃粱梦)>의 한 절을 읽는데, 마치 내가 구름을 부려타고 여산(骊山) 서왕모의 지팡이를 잡고 극락세계를 구경하고 다니는 것 같았다. 동화제군(东华帝君)이 여암(吕岩)에게 말하는 부분도 보았다……. "인간사 부귀영화를 뜬구름 같은 것이라고 생각해라", "세상에서 원하는 바를 다 얻고 나서, 거기서 초월하고자 한다면 할 수 있는 이가 몇이나 되겠느냐? 어찌 좀 더 빨리 몸을 빼지 않는가? 속세에서 벗어나 흰 구름 시내 가득한 곳 문 닫아 걸고서, 경서 한 질 손으로 뒤적이고 향로불 피워놓으니, 이것이 유유자적의 경지로다." 기쁜 것 같기도 하고 깨달은 것 같기도 하다. 아! 가련한 나약자! 짐 아래서 발버둥치느라 힘은 다 빠져 버리고, 누가 이 이기적인 길을 걷지 않는다고 장담할 수 있겠는가!

매번 뜻하지 않은 일에 부딪힐 때면 처음에는 분노를 가라앉히기 어려웠으나 끝내 벗어났다고 여기지만, 이게 어찌 참으로 벗어난 것이겠는가. 아! 스스로 고통을 자초한 거지!

12월 29일

28일에 열이 좀 올라서 온 몸에 힘이 하나도 없고, 글을 쓰는 것도 힘들어서 일기도 쓰지 못했다. 오늘 아침 "금계납상(金鸡纳霜)"을 세 알 먹었더니, 지금은 정신이 좀 든다.

어제 상황을 돌이켜 보니, 그저 혼수상태였다. 잠자는 내내 악몽에 시달렸는데, 호랑이에 쫓기지 않으면 물불에 휩싸이는 거다. 이 무시무시한 악몽 중에서 하나님은 내게 인생의 축소판을 보여 주었다.

오후에 원웨이가 사람을 보내 병세를 물었다. 함께 보낸 편지에 이렇게 적혀있었다. "피를 토하는 내 병은 지난 3년간 좋아졌다가 나빠졌다가 하지만, 나는 죽는 것은 두렵지 않아. 죽으면 모든 게 끝나니까." 그녀의 생각이 정말 옳구나! 삶의 큰 벽은 죽음일 뿐이다. 죽으면 자연 모든 게 끝난다. 그렇지만 죽음은 결국 자연스러운 일이 아니다! 살고 싶어 하지 않는 사람은 많은데, 그러나 동시에 죽는 것을 가장 두려워한다. 이는 아마 고통스럽기 때문이리라.

원웨이 병의 원인이 대부분 마음속의 답답함을 풀지 못해 생긴 우울함 때문이라는 게 생각났다. 그녀는 처음 학생이었을 때, 정말 강인했는데, 결혼한 다음부터 바로 뜻대로 되는 일이 하나도 없었다……. 강인한 사람은 단지 남의 칭찬만을 들을 줄 안다. 불행히도 비난을 받으면 모든 희망이 바로 무너져내려 버린다. 기실 사람들에게 받을 수 있는 가장 큰 동정은 죽은 다음에나 기대할 수 있다. 그때는 질투와 시기, 알력이 필요 없으니.

오후에 꾸이성의 편지가 또 왔다. 그는 하이란으로 인한 고민 외에 다른 말은 하지 않았다. 이때 마침 하이란이 나를 보러 왔기에 나는 바로 그녀더러 꾸이성의 편지를 읽어보라고 했다. 나는 옆에서 그녀의 태도를 살폈는데, 단지 그녀가 양미간을 깊숙이 좁히고 멍하니 한 곳만 바라보는 모습만 볼 수 있었다. 한참 후에 그녀가 비로소 입을 열었다. "내가 받은 명교(名敎)2)의 속박이 너무 심해……. 더구나 난 다른 사람들의 비난을 감당할 자신도 없고. 그의 뜻을 난 결국엔 저버리게 될 거야. 네가 나 대신 친구로서 성심껏 위로해 줘……. 이것은 분명 결실이 없는 희망일 뿐이야!" 그녀의 이런 받아들이는 듯 거부하는 듯한 심리에서 이성과 감정이 격렬하게 부딪히고 있음을 알 수 있었다.

1월 1일

오늘은 새해 첫날이다. 나는 침대에서 자다가 사촌 동생이 헌 달력을 새

2) 유가가 정한 명분과 교훈을 준칙으로 하는 도덕관념.

달력으로 바꾸는 것을 보면서 물론 세월의 흐름을 실감했다. 시간은 눈 깜짝할 사이에 과거가 되어 버린다. 그러나 이어서 미래가 되고, 과거의 것은 끊임없이 지나가며, 미래의 것도 끊임없이 온다. 쉽게 말하면, 한없이 커다란 하나의 주마등이다. 대체 무슨 의미가 있단 말인가?

오늘 문병 온 사람들은 더 많았다. 심지어 그들은 내가 외로울까봐 내 방에서 마작을 하면서 함께 있겠다고 했다. 난 그들의 아름다운 뜻을 거절하기가 어려웠지만 사실은 조금도 달갑지 않았다!

1월 3일

내 병은 이미 좋아졌다. 오늘 웬칭이 문병을 왔다. 우리는 방안 화롯불 가에 앉아 온종일 이야기를 나누었다.

아픈 뒤로 꾸이성과 연락을 하지 못했다……. 사실 우리의 감정은 우정일 뿐이다. 나는 지금까지 이성에게서 감정의 위안을 구한 적이 없다. 그들(이성)과의 교제는 항시 부자유스럽게 느껴지기 때문이다.

웬칭은 나를 많이 동정했다. 이로 인해 평범했던 우리의 우정은 동성연애로 바꾸어갔다.

우리는 분명 장기간의 계획을 갖고 있다. 어젯밤에 우리가 함께 살게 될 때의 즐거움을 이야기하면서 정말 흥분했다! 밤새도록 나는 미래의 즐거운 꿈을 상상했다.

꿈에서 작은 계곡 옆에 세워진 조그맣고 잘 지어진 오두막을 보았다. 오두막 앞에는 버드나무 두 그루가 심어져 있고, 나무 가지가 오두막 지붕위로 넘실대며, 나무줄기에는 작은 배 한 척이 매어져 있다. 때마침 석양이 창을 가르고 흰 구름이 집을 가로막고 있었다. 나와 웬칭은 작은 배 위에 앉아서 맑은 물결이 흐르는 대로 점점 갈대 수풀 속으로 들어갔다. 이 때 갑자기 하늘에서 비가 내리기 시작했다. 우리는 갈대에 빼곡히 가려져서

비가 내리는 것을 보지 못하고 다만 쏴아거리는 빗소리만 들었다. 한참이
지나 벌써 밤이 되어서 우리는 급히 배를 저어 되돌아 왔다. 이 때 달이 그
얇고 차가운 구름 사이로 얼굴을 내밀었다. 달빛에 파아란 물이 꼭 옥을
갈아 만든 것 같았다. 웬칭이 용궁에 놀러 가자고 하여 내가 정말 물에 뛰
어 들려고 하는 순간 놀라서 깨어났다.

꿈속의 정경을 돌이켜 보니, 정말 우리가 평소 소망하던 바로 그것이다!

1월 4일

오늘 웬칭이 오지 않아서 그저 고민스러웠다! 웬칭과 나란히 앉아 영어
를 읽던 곳에 가니 더더욱 마치 무엇을 잃어버린 것처럼 허전했다.

혼자 포도나무 넝쿨 아래 앉아있으니 웬칭과 함께 했던 일들만 떠올랐
다. 장미가 함빡 웃음을 머금고 우리들이 다정하게 이야기 나누는 것을 듣
고 있었고, 꾀꼬리도 나뭇잎 아래서 우리들의 경쾌한 춤과 노래를 몰래 훔
쳐보았지. 우리가 같은 옷을 입고 손을 맞잡고 공원을 걸을 때마다 얼마나
많은 사람들의 시선을 끌었던가! 아! 웬칭은 나를 위로해주고 격려해주는
사람이다. 나는 날 위해 사는 것이 아니라, 정말 웬칭을 위해 산다!

저녁에 웬칭이 사람을 시켜 편지를 보내왔다. "사랑하는 리스! 너 오
늘 틀림없이 많이 고민했을 거야!…… 그러나 난 어머니의 명령 때문에 어
쩔 수 없이 꾹 참고 너와 잠깐 떨어져 있어야겠다. 톈진(天津)에 외삼촌이
살고 있다고 내가 예전에 말했었지? 사촌 동생 돎이라고 어머니가 나를 데
리고 축하하러 가신대. 아마 5, 6일이면 틀림없이 돌아올 거야. 쓸쓸하지
않도록 원웨이와 함께 지내고 있어!" 난 이 편지를 다 외울 정도로 반복
해서 읽었다. 그렇다고 무슨 도움이 되나? 외로움은 나의 고통을 더해준
다! 무료함은 나를 슬프게 한다! 갈망은 내 분노를 증폭시킨다!

1월 10일

웬칭이 떠난 후, 기운도 없고 움직이기도 싫어서 수업만 끝나면 잤다. 그런 대로 지낼만 했다!

오늘 텐진에서 걸려온 전화를 받았다. 웬칭이 오늘밤에 베이징에 도착한단다. 내 마음이 밝아졌다. 버드나무 가지 끝에 걸린 해의 그림자가 사라지자마자, 나는 급히 주방에 저녁을 준비해 달라고 부탁했다. 일하는 아주머니가 세숫물을 가지고 오고, 고모는 왜 그리 서두는지 물었다. 나는 그제야 내가 매정했음을 느끼고 부끄러워서 말을 못했다.

역에 도착하니 기차가 도착하기까지는 아직 한 시간도 넘게 남아 있었다. 그제야 너무 일찍 나왔다고 후회했다!

기다리느라 마음은 새까맣게 타들어 가고, 오는지 바라보느라 두 눈은 시렸다. 그제야 기차가 들어오는 소리가 들렸다. 기차가 천천히 플랫폼으로 모습을 나타내니, 마중 나온 사람들이 친지며 친구를 맞이하러 몰려들기 시작했다. 나는 멀리 서서 차창을 하나하나 바라보고 있었다. 제일 마지막 칸에서 웬칭이 함빡 웃으면서 나에게 손을 흔드는 것이 보였다. 급히 달려가 그녀를 맞이했지만 무슨 말부터 해야 할지 몰라 그저 웃기만 했다. 플랫폼에서 나와 인력거를 타고 바로 우리 집으로 왔다. 웬칭이 우리 집에서 자고 가는 것을 응낙했기 때문이다.

1월 11일

어젯밤 웬칭과 이야기를 너무 많이 한 탓에 잠을 좀 못 자서 오늘은 몹시 피곤하다. 그러나 웬칭 때문에, 오늘도 마찬가지로 밤늦도록 잠을 이루지 못할 것이다!

오늘 웬칭이 집에 돌아갔다가 저녁 무렵이 되어 또 찾아 왔다. 그녀가 내 방에 들어왔을 때 나는 뛸 듯이 기뻤다! 그러나 그녀의 안색을 보고, 나도 모르게 심장이 쿵쾅거렸다. 그녀의 양 눈은 빨갛게 부어 있었고, 안색도 파랗게 질려 있었다. 무슨 큰 충격을 받은 듯싶었다. 나는 참지 못하고 세세히 묻기 시작했다. 그녀는 별 일 없다고, 사람 노릇 하는 것이 좀 힘들다고만 했다. 이 말을 다 하기도 전에 그녀의 눈물이 밀물처럼 쏟아졌다. 나중엔 그녀가 결국 내 품에 쓰러져 통곡하기 시작했다. 난 당황하여 어찌 할 바를 모르고 그저 그녀와 함께 울었다. 나는 그녀에게 왜 그렇게 슬퍼하는지 물었다. 그녀는 시종 말하려 하지 않았다. 밤에 그녀의 집에서 그녀를 데리러 차를 보내오자, 그제야 마지못해 눈물을 닦고 나갔다.

웬칭이 간 후, 방금 전의 일을 다시 생각해보니 슬프고 놀랍고 미심쩍었다. 그녀의 집에 가서 캐묻고 위로해 주고 싶었지만, 때는 벌써 늦은 밤인지라 나가기가 곤란했다. 어쩔 수 없이, 두려운 생각이 드는 것을 간신히 꾹 누르고 이 어둔 밤을 지새웠다.

1월 12일

어젯밤의 슬픔과 불면으로 오늘 머리가 아프고 마음이 어지러웠다. 하지만 전과 다름없이 아침 일찍 일어났다. 웬칭을 보러 가려고 머리를 빗고 있는데, 홀연 웬칭이 사람을 시켜 편지를 보내 왔다. 나는 서둘러 편지를 뜯었다.

> 리스! 리스!
> 인간은 정말 고집스럽고 이기적이야! 우리의 약한 생명이 완전히 그들에 의해 지배되었어! 그들에 의해 망가져 버렸어!
> 그들은 우리가 꿈꾸는 이상적인 생활을 용납하지 않는다. 리스! 너에게 이런 나쁜 소식을 전해야 하다니 정말 어쩔 줄을 모르겠다! 그러나 우리의 이별이 코앞에 닥쳤는데 어떻게 널 계속 속일 수가 있겠니!

나의 사촌 오빠는 어쩜 장래성 있는 사람일 수도 있어……. 이것은 결코 내가 관찰한 결과는 아니야. 그저 우리 엄마의 그에 대한 평가지. 그들은 나를 사랑하기 때문에 나를 그 장래성 있는 사람과 결혼시키려고 해. 아! 리스, 왜 너는 좀 더 일찍 계획을 짜서 남장을 하고 구혼하러 오지 않았니? 이젠 사람들이 네가 여자라는 것을 다 알아 버려서 우리의 결혼을 허용하지 않고, 나한테 장래성 있는 남자를 소개해줘 버렸잖아.

그들은 마치 사람을 잘 이해하는 것처럼 말한다. 어제 어머니가 그러시더구나. '너와 오빠가 비록 어렸을 때부터 자주 만났다고는 하지만, 너희들이 서로 잘 맞을지는 아직 모르는 일이다. 그래서 외삼촌과 내 생각엔 네가 텐진에 가서 공부를 하는 게 좋을 성싶다. 그럼 너희들은 자주 만날 수 있으니 서로 간의 성격이나 생각도 잘 이해할 수 있을 거야. 만약 잘 맞으면 곧 정혼을 하고, 안 맞는다 싶으면 다시 생각해 보도록 하자.' 리스, 어머니가 야박하다고는 할 수 없지만, 결국 우리를 자유롭게 놓아주지는 않으셔!

아마도 다음 주면 텐진에 가야 할 거야. 아! 리스, 그때부터 우린 남북으로 떨어져 있어야 할 텐데 그 이별의 고통을 어떻게 감당하니? 아! 사랑하는 리스! 난 정말 너와 헤어지기 싫어, 어떻게 하지? 너도 텐진으로 올 수 있겠니? 네가 왔으면 좋겠어!

아! 절망이다! 하나님은 정말 무심하기 짝이 없다! 난 단지 약간의 정신적인 위로만을 구할 뿐인데, 그것도 거부하시다니! "웬칭! 웬칭!" 아! 이때의 내 심정은 오로지 분노뿐이었다!

1월 15일

웬칭이 떠난다는 소식을 접한 그 다음 날 나는 바로 병이 났다. 웬칭은 내내 함께 있어 주었지만 내 마음은 더 아팠다! 요 며칠 동안 우리의 생활은 사형을 선고받은 죄수 같았다. 아! 그 해 여름이 생각났다. 그 땐 마침 비 온 뒤라 빗물을 머금은 버드나무 가지가 힘없이 흔들리고 있었지. 계단 앞에서는 귀뚜라미가 울고 있었고. 나와 웬칭은 물색 난간에 기대앉아 있었다. 웬칭이 내게 분명히 말했었다. "난 오직 영혼의 위안만을 얻을 수 있다면, 그 무서운 결혼은 절대 안 할 거야." 이제 그 말은 그저 지나간 흔적이 되고 말았다!

원웨이가 내가 외롭고 실의한 것을 가련하게 생각해서 요 며칠 자주 나를 찾아왔다. 그러나 깊이 패인 슬픔은 영원히 스러지지 않을 것이다!

오늘 원웨이가 오면서 또 하나 슬픈 소식을 가지고 왔다. 그녀가 말했다.

"가엾은 신위(欣于)가 결국 타락하고 말았단다!" 나는 정말 깜짝 놀랐다!

"그는 뜻이 확고하게 높은 청년이었는데!" 내 중얼거림을 듣고, 원웨이가 말을 이었다.

"그러게 말야! 뜻이 높은 청년이, 생계 때문에……. 결혼의 결과야……. 결국은 인격을 내팽개치고 말았어. 그는 지금 모 당파의 앞잡이가 되어서 그의 상사에게 아첨이나 하고 있대. 40원을 위해서 말야, 불쌍하게도!"

아! 사방이 다 더럽기만 하다!

2월 1일

번뇌 속에서 반 달 동안 일기를 내버려두고 쓰지 않았다. 난 정말 아무 쓸모가 없다! 철저하게 자각하지도 못하고, 투쟁도 못하고, 그저 무정한 조물주의 장난감일 뿐이다!

웬칭이 어제 보내온 편지에 난 더욱 슬펐다. 그녀는 이렇게 썼다.

리스, 우리의 이전 생각은 정말 어린애들 같았어. 동성간의 연애는 영원히 사회의 인정을 받을 수 없는 거야. 너도 하루 빨리 깨닫기를 바랄 따름이다!

내 사촌 오빠는 정말 앞길이 창창한 청년이야. 게다가 아주 진지하게 나를 대해 줘. 텐진에 온 이후로 난 그와 자주 만난다. 아주 세심하고 다감한 사람이야. 뿐만 아니라 어떤 어려움이나 억울함도 다 참아낼 줄 알아……

아! 사람의 감정은 정말 쉽게 변한다. 겨우 보름 만에 웬칭을 다른 사람에게 뺏겨 버렸다. 인간의 삶은 쟁탈이 제일 첫 번째 조건인가 보다!

하나님은 정말 몰인정하다. 내가 심한 고통에 허덕이는데도 여전히 나를 쉽게 놓아주시려 하지 않고, 그 소년티가 유난히 두드러져 보이는 리원(郦文)이란 남자가 나한테 치근덕거리도록 시키니 말이다. 듣자하니 이건 웬칭의 생각이란다. 그녀는 내가 자기를 비난할까 봐, 이런 방법으로 내 입을 막고자 한 것이다. 기실, 그녀는 너무 아둔하다. 연애가 어떻게 일방적일 수 있나? 그 남자애의 경박한 행동은 나를 더욱 고통스럽게 만든다. 사실 같은 '사랑'도 양쪽의 동의가 있다면 누구의 입에서 나오든 신성하고 자연스러운 것이다. 만일 다른 한 쪽의 동의가 없는데 일방적으로 자기의 욕망을 만족시키고자 한다면, 그것은 세상에서 가장 부도덕하며 모욕적인 일이다. 리원은 정말 날 힘들게 한다! 아! 웬칭이 어째서 스스로 제 무덤을 팠을까? 거기다 나까지 끌고 가려고 하다니!

2월 5일

웬칭이 또 편지를 보내왔다. 그녀와 사촌 오빠의 결혼이 머지않아 사실이 되려나 보다. 아! 난 다른 것은 원망하지 않는다. 다만, 하나님이 인간을 창조할 때, 왜 다 똑같이 자애롭게 보지 않으시고, 남녀를 구분해 놓아서 이 안정된 세상을 이토록 어지럽게 만드셨는지?…… 나는 더 불행하다. 왜 웬칭을 사랑했는지!

나는 웬칭 때문에 인생의 기쁨을 잃고 말았다! 웬칭 때문에 치료할 수 없는 괴로움에 빠지고 말았어!

아! 생각하면 생각할수록 더 속상하기만 하다! 일기를 쓸 때마다 웬칭이 날 저버린 것을 생각하면 당장 죽지 못하는 게 한스럽다. 그러나 난 자살할 용기도 없으니 괴로워하다가 죽어야지! 괴로워하다가 죽자!

난 이미 인생에 대해 흥미를 잃었다. 따지고 보면 얻는 것보다 잃는 것이 더 많다, 하나님! 저를 빨리 데려가 주세요!……

리스의 이 일기를 보면서 뜨거운 눈물이 나도 모르게 결국 흘러내렸다. 아! 난 더 이상 어떤 말도 할 수가 없다.

돌아갈 곳은 어디인가 (何处是归程)

　　인생의 갈림길에서 사뤼(沙侶) 역시 겁이 많은 여행자이다. 그녀는 이미 아내이자 어머니지만, 아직도 여전히 갈림길에서 배회하면서 어느 곳이 가야 할 곳인지 남몰래 자문한다.

　　이날 그녀는 멀리서 오는 손님을 맞이할 생각이다. 날씨는 꾸무룩하니 몽롱하다. 그녀는 연보라색의 모기장을 멍하니 바라보고 있다. 마치 그 위쪽에 붓꽃의 그림자가 어려 있는 듯하였다. 사 년 전 봄밤이었을 거야. 쟈스민 내음이 실바람에 실려 오고, 고요하기 그지없는 제방에는 초승달이 걸려 있었지. 그녀는 링쑤(玲素)와 어깨를 나란히 하고 파릇파릇 잎이 올라오기 시작한 숲 속을 이리저리 배회하고 있었다. 그렇지만 링쑤가 출국하기 전 이별을 위한 암울한 만남이었기에, 그 모든 아름다운 풍경들도 헤어지는 그들의 눈동자 안의 핏자국으로 젖어들었다.

　　이튿날 아침 사뤼는 붓꽃을 한아름 안고 역으로 링쑤를 배웅하러 나갔다. 사뤼는 링쑤의 손을 잡고 말했다.

　　"몸조심해!…… 4년 뒤에 다시 만나자. 너와 내가 모두 함빡 웃음을 머금은 이 봄꽃 같았으면 좋겠구나. 이 꽃은 희망의 상징이잖니!" 그 때 링쑤는 이 꽃을 받아들었고, 기차는 벌써 천천히 움직이고 있었다─ 지금 벌써 꼬박 4년이 흘렀다.

　　사뤼는 지난 일을 돌이켜 보다가 자기도 모르게 주위를 둘러보았다. 옆에서 자고 있는 10개월 된 아이가 눈에 확 들어왔다. 홍조를 띤 양 볼, 살포시 내려앉아 있는 길고 까만 눈썹, 여리고 부드러운 얼굴, 자신도 모르게 그녀는 아이의 이마에 뽀뽀를 했다. 그리곤 살그머니 일어나 플란넬 겹옷을 걸쳐 입고 모기장을 걷었다. 황금색 햇살이 이미 유리창으로 비쳐 들어오고 있었다. 아래층에서 가벼운 발소리가 들렸다. 아마도 장(張)씨 아주머니가 일어난 모양이다. 그래서 그녀는 계단께로 가서 장씨 아주머니를 불렀다. 얼굴이 얽은, 약간 통통한 부인네가 물통을 들고 올라왔다. 사뤼는 단추를 채우고 기지개를 켜면서 말했다.

"오늘 열 시에 손님이 올 거예요. 방하고 거실 바닥을 깨끗하게 좀 닦고……. 찬거리도 사다 놓고……. 아푸(阿福)는 일어났어요?…… 아침 먹고 나서 항구로 셋째 동생 좀 마중 나가라고 하세요. 또 손님 한 분이 오시는데, 셋째와 같은 배로 와요……. 9시에 상하이(上海)에 도착하니까, 늦지 않도록 일찌감치 나가라고요!"

그녀는 물통을 내려놓고 알았다는 말과 함께 나갔다.

사뤼는 화장대 앞에 앉아서 머리를 빗으려고 하다가 돌연 거울 속에 비친 자기 얼굴이 많이 늙었음을 발견했다. 벽에 걸려있는 사진과는 너무도 달랐다. 그녀는 세월을 실감하지 않을 수 없었다. 빗을 머리에 꽂은 그대로 멍하니 넋이 나간 것 같았다. 그녀는 끊임없이 생각하고 생각했다. "이게 도대체 어찌 된 일이지? 결혼하고, 아이 낳고, 엄마가 되고……. 모든 게 다 그저 그렇게 끝나 버리고, 사회적으로 성공하려던 뜻도 그저 내 삶의 흔적으로만 남고 말았구나……. 여자……, 이게 원래 여자들의 천직이라지. 그렇다고는 하지만, 어느 누가 한사코 여자가 이렇게 단순한 동물이라고 믿겠어?……. 집안일 하고, 아이 키우고, 아! 남편 보살피고, 이런 자질구레한 일들은 정말 사람을 지치게 만들어. 사회에 참여하는 것……. 개인의 의지에 따라 생기는 일들은 내버려 둘 수밖에……. 아, 정말 오늘 멀리서 찾아오는 손님을 맞이할 면목이 없구나— 헤어진 뒤로 4년이 흐른 지금 링쑤는! 그녀는 공부를 다 마치고 돌아와서 평생 품어 온 뜻을 펼쳐 보이려고 하는데. 그녀는 깜깜한 밤에 길 잃은 사람들을 위해 앞길을 인도해 줄 수 있는 찬란하게 빛나는 북극성 같아. 아, 이는 얼마나 위대하고 의미 있는 일인가! 아, 난 정말 너무 나약해. 왜 결혼을 해버렸지? 셋째 동생은 줄곧 독신주의를 고수했었지. 그녀의 식견이 나보다 훨씬 높구나! 지금은 그저 남이 높이 뜻을 펼치고 올라가는 것을 보고만 있어야 되겠구나. 난 이미 시대의 낙오자가 되어 버린 거야. 십여 년을 배워온 것도 지금은 그저 다른 사람 부리는 데나 쓰고, 모든 것을 다 저 바다 속 깊이 묻어 버린 거지 뭐. 희망의 꽃도 세월 따라 다 시들어 버려 그저 내 영혼 속의 잔영(殘影)이 되었을 뿐!……"

사뤼는 그녀 맘을 어지럽히는 이 문제를 어떻게 해도 털어내지 못하고 기어이 눈물을 흘리고야 말았다. 그 때 옆방에서 남편이 기침하는 소리가 들렸다. 그가 이미 깼음을 알고, 그녀는 서둘러 장씨 아주머니에게 세숫물을 가져오라고 하고, 식사 준비를 시키고, 그녀 자신은 남편이 갈아입어야 할 옷을 꺼내 오면서, 차부(车夫)에게 아침을 먹고 바로 차를 대기하고 있으라 일렀다. 한참을 바삐 왔다 갔다 하다가 세수도 안 했음을 깨달았다. 때마침 아이가 깼다. 그녀는 급히 수건을 내려놓고 아이를 안고서 젖을 먹이고 기저귀를 갈았다. 벽에 걸린 시계가 땡땡 아홉 번을 쳤다. 손님이 곧 올 텐데, 아무 준비도 못했다. 하지만 그녀는 마치 주마등처럼 너무 바빠서 돌아볼 틈이 없었다.

사뤼는 마당에 나가 보라색 정향화 몇 가지를 꺾어서 하얀 화병에 꽂은 다음 거실에 있는 원탁 위에 올려놓았다. 창가에 있는 소파에 멍하니 기대앉은 그녀는 조용히 링쑤와 셋째 동생을 기다렸다. 이 고요하고 평온한 분위기 속에서 사뤼는 다시금 옛적 꿈을 떠올렸다. 그녀의 눈가에 언제 또 이슬을 머금은 가을꽃처럼 눈물이 맺혔는지 모르겠다.

얼마 지나지 않아, 벨소리가 울렸다. 장씨 아주머니가 대구를 하면서 문을 열었다. 한 젊고 예쁜 아가씨가 손에 작은 가방을 들고 함빡 웃으면서 들어왔다. 사뤼는 황망히 일어나 그녀의 손을 꼭 잡고 기쁜 듯 슬픈 듯 말했다.

"너희들 왔구나. 링쑤는……"

"나 왔어! 사뤼! 잘 지냈지? 여기서 만나게 될 줄 정말 몰랐네. 이미 엄마가 되었다면서. 어서 우리 조카 좀 보여 줘……"

사뤼는 아무 말 없이 가만히 서 있었다. 링쑤는 마치 그녀의 아픔을 감지한 듯 사뤼의 손을 꼭 붙잡고 간곡하게 위로했다.

"수도 없이 많은 인생의 갈림길에서 넌 어쨌든 머물 곳을 찾은 거야. 이루지 못한 일은 생각할 필요 없어!"

사뤼는 쌓인 눈물을 억지로 삼킬 수가 없었다. 그녀는 울먹이면서 탄식했다.

"링쑤, 구태여 그런 마음에도 없는 말로 날 위로할 필요는 없어. 머물 곳은, 난 정말 감히 깊이 생각하지도 못하겠어, 예를 들어 웅덩이에 고인 물은 영원히 움직이지 않으니, 그것도 머물 곳이 생겼다고 하겠지, 그러나 너무 무의미하고 빈약해. 만약 내가 단지 그런 식의 머물 곳을 추구한다면, 그런 귀속처가 곧 인생의 진정한 의미지, 그렇다면 세상에 무슨 부족한 게 있겠니?"

"언니, 왜 그래? 설마 무슨 나쁜 일이 있는 건 아니지?"

사뤼는 고개를 흔들면서 탄식했다.

"내가 어떻게 감히 뜻대로 되기를 바라겠어. 세상에 어디 뜻대로 다 되는 일이 있니? 그저 이상과 현실이 심하게 충돌하지 않는다면, 이미 더할 나위 없는 행운이야!"

사뤼의 처량하고 침통한 어조는 모든 사람을 당혹스럽게 했다. 셋째 동생은 이런 죽음과도 같은 정적을 참지 못하겠다는 듯 벌떡 일어나더니 창가에 기대어 마당에 있는 꿀벌들이 이 꽃 저 꽃으로 꿀을 따러 다니는 것을 바라보았다. 링쑤는 여전히 사뤼의 손을 꼭 붙잡고 그녀를 위로했다.

"너무 그렇게 흔적을 남기는 것에 구애되지 마. 무슨 견디기 힘든 것이라도 있어? 세상에서 말하는 이른바 진리는 원래 절대적이지 않아. 무슨 위대하니 영원하니 하는 것도 결국은 아주 편면적이야. 어떻게 모든 인생을 다 해결할 수 있겠어? 인생이란 게 그렇게 간단한 게 아닌데, 누가 빈틈없이 다 고려할 수 있겠니!……천지가 완벽한 것이었다면 여와(女媧)가 왜 돌을 갈아 하늘을 메웠겠어. 그러니 너도 생각을 넓게 가져."

"링 언니 말이 옳아. 인생이란 정처 없는 여행자 같아서 발길 닿는 곳이 바로 머물 곳이지. 다만 애써 걸어갔다면 모든 책임을 다한 거지 뭐……. 언니는 해결할 수 없는 문제라는 걸 알면서도 끝까지 매달리는 걸 좋아하는데, 매달리면 매달릴수록 마음만 더 불안해질 뿐이야……. 사뤼 언니가 비웃어도 괜찮아, 나 요즘 들어 독신주의 고집하던 생각이 많이 흔들리고 있어……. 왜냐면 고집이 인생을 힘들게 하는 원인이라는 것을 깨달았거든. 다른 사람은 볼 것도 없이, 우리 고모만 봐도 알 수 있잖아."

"고모 요즘 어떻게 지내시는데? 최근까지도 불면증을 심하게 앓고 계시다고 들었는데 좀 좋아지셨다니? 셋째 너 고향에서 오면서 고모 소식 좀 들었어?"

"언니, 언니도 물론 고모가 열심히 사는 것을 부러워하지……. 다른 사람들도 다 고모 같은 사람이야말로 정말 위대한 사람이라고 그래. 그러나 불행하게도 동시에 무의미한 짓이라고, 주제넘게 행동한다고 비웃는 사람들도 있어. 고모는 분해서 입술을 깨물면서 인간은 자기와 뜻이 다른 사람에게 영원토록 잔혹하대. 그렇지만 누가 고모를 이해하겠어. 그 거리가 인간과 인간 사이에 마치 철판을 겹겹이 쌓아놓은 벽이 있는 것 같다니까."

셋째 동생이 답답하다는 듯 말하는 것을 들으면서 링쑤도 역시 마음이 어지러워졌다. 그러나 여전히 가까스로 침착한 태도를 유지하면서 담담하게 말했다.

"난 세상에 완전한 것은 없다고 생각해, 그렇다면 처한 환경에 적응하고 안주해 사는 게 얼마나 즐겁겠어. 구태여 세상을 바꾸는 데에 이름을 걸 필요가 있을까?"

사뤼는 고개를 저었다.

"링쑤, 분명 넌 나보다 더 모든 것을 잘 이해하고 있을 거야. 때문에 네가 하는 말도 다 날 위로하려고 하는 말인지 알아……. 어쨌든 너도 나 때문에 눈물을 삼켰는데, 우리 함께 실컷 우는 것도 괜찮지 않을까!……

솔직히 말하면, 여자들 마음은 다 이상의 화원에 미혹되어 있어. 장미는
사랑의 상징이지. 달빛이 쏟아지는 밤에 연인들이 나란히 꽃밭에 앉아 있
으면 모든 게 다 인간 세상을 초월해 있고, 두 영혼은 하나로 묶여 있는 것
같아. 세상에 비록 죽음과도 같은 적막함이 있어도 그와 그녀는 서로 통하
고 잘 어우러지지. 아, 이런 유혹 아래서 누가 그 밑에 감추어진 참모습을
믿겠니!…… 영 딴판이야. 결혼의 결과는 그들을 천국에서 인간세상으로
끌어내려. 남자들은 집안을 돌볼 사람과 성욕의 배출구를 찾아 아내를 맞
이하는 거고, 더 솔직히 말하면, 아주 많은 여자들이 밥 먹고 편안하게 살
아 보자고 시집가는 거지. 그러나 이상의 화원을 꿈꾸는 여자들이 이런 환
경 속으로 뛰어 들어가면……. 링쑤, 그게 비극이 아니고 뭐겠어?…… 엊
그제 즈펀(芷芬)이 왔었어. 그녀는 나한테 요즘 어떠냐고, 이 혼란한 사회
를 보면서도 혁명에 참여할 뜻이 조금도 없냐고 묻더구나. 링쑤, 그 말이
내게 얼마나 자극을 주었는지, 넌 알 거야! 그렇지만, 난 죄를 지었어. 그
때 난 나 자신과 그녀를 속이는 말만 늘어놓고 말았단다. '지금 난 아무
것도 생각하지 않아. 그저 이 아이만 잘 키우면 그걸로 족해. 기분이 좋을
때 조금씩 글도 쓰고 책도 읽고 그러면서 하루하루를 지내. 난 원래 평범
한 인간이야. 게다가 그 모든 게 다 허영에 불과하다는 걸 알아버렸어
…….' 즈펀이 듣고서는 아주 불쾌해 했지. 그녀는 실망스러운 눈빛으로
날 바라보면서 말하더구나. '네가 여기에 만족한다니 그것도 좋지. 하지
만 난 내 생각이 있어……. 장군이 말에 올라타면 각기 제 앞길로 달려가
잖니…….' 그녀는 아마도 날 더 이상 어떻게 할 수 없는 쓰레기로 보았
는지 앉지도 않고 가 버렸단다. 그때 난 그녀에게 정말 미안했지. 게다가
가슴에 손을 얹고 말해서 내가 왜 정말로 책임감을 느끼지 않았겠니?……
아, 링쑤, 나약한 나는 그저 내가 왜 결혼했는지 후회 막심할 뿐이야."

사뤼는 말하면서 너무 속상해서 끊임없이 수건으로 눈물을 닦았다.

그러나 셋째 동생은 여전히 결혼하지 않는다고 모든 것을 다 이룰 수 있
다고는 믿을 수 없었다. 그녀는 사뤼와 링쑤를 보면서 말했다.

"우리 다시 결혼하지 않은 고모에 관해 얘기해 보자구. "

"언니들 모두 고모에 대한 인상이 있지? 봄꽃처럼 화사한 얼굴에 얌전하고 고운 몸매가 마치 이 아름다우면서 그윽한 정향화 같았잖아. 하지만 단지 이 순간뿐이야. 이 때가 정향의 청춘기야, 향과 색이 다 가장 깊고 화려해. 그러나 사람을 재촉하는 세월과 사람을 위해 머물러 주지 않는 봄의 여신은 눈 깜짝할 사이에 그냥 지나가 버리고 모든 게 다 변하지. 두견새가 울고, 꾀꼬리가 잔가지를 그리워할 때가 되면 봄은 다 져버린 거야. 단지 지나간 청춘을 그리워 할 뿐이라구. 그건 또 얼마나 슬프고 얼마나 처량하겠어?…… 고모가 요즘 부쩍 초췌해지신 것도 내가 보기엔 제때 결혼 안 하신 것이 후회되셔서 그러는 것 같아. "

사뤼는 이 이야기를 들으면서 믿을 수가 없어서 미소를 지으며 말했다.
"너 고모를 너무 약하게 보지 마. "

"언니, 내 얘기 좀 들어 봐. 이번 추석에 고모랑 고산(鼓山)에서 묵었어. 이날 밤 마침 온 산에 달빛이 참 곱더라. 폭포와 계곡도 은빛으로 반짝이고. 저녁 먹은 뒤 고모와 나는 산에 난 계단을 따라 천천히 북쪽 봉우리 쪽 반질반질한 암석들이 드문드문한 별처럼 늘어진 곳으로 올라갔어. 우리는 삼각형 모양의 돌을 하나 골라 나란히 앉았지. 간간이 향내 섞인 실바람도 불어오고, 환한 달빛에 암석 위로 얽혀 있는 많은 넝쿨들도 보이고 산호색 나는 뭔지 알아 볼 수 없는 둥그런 것들도 보였지. 우리 발 아래로 움푹 들어간 곳에 있는 계곡엔 물이 졸졸 흐르더라. 우린 서로 말없이 앉아 있었어. 얼마 지나지 않아 갑자기 은은하게 노랫소리가 들려오는 거야. 바로 맞은 편 산에 있는 예배당에서 나오는 소리였어. 고모가 흥분해서 벌떡 일어나더니 그러는 거야. '정말 아름답구나, 이 순간 이 자리에서, 만약 여기서 죽는다면, 그렇다면?…… 정말로 그런 날이 온다면, 어떤 사람들은 탄식하겠지. 안타깝구나, 너무 일찍 죽었어, 만약 죽지 않았다면 정말 많은 일을 이루었을 텐데!……' 난 그 말을 듣는 순간 일종의 암시를 얻어서 고모 맘 깊은 곳에 퉁퉁 부어 있는 상처를 엿본 것 같았어. 그래서 물었지. '고모, 왜 이런 실망스러운 말씀을 하세요, 고모 앞날은 아직도 창창하고, 다들 고모가 성공했다는 소식을 전해주기만을 기다리고 있는데…….' 고모는 내 어깨를 어루만지시면서 탄식하시는 거야. '바로 나에게 희망을 두고 있는 사람들이 많기 때문에 일찍 죽었으면 하는 거란다. 내가 일찍 죽는다면, 죽음만이 가장 많은 동정을 얻을 수 있는 것이니까……. 2년 전 베이징에서 여성운동 한다고 이리저리 뛰어 다니던 때를 생각하면, 내게 부끄러움만 더해주었을 뿐이야. 어떤 이들은 나에게 준 (准)정치인이라는 달갑지 않은 호칭을 주었지. 후에 운동헌법수정위원이 우리를 많이 도와주었는데, 이게 또 얼마나 많이 비웃음거리가 되었는지 몰라. 나중엔 결국 사람들이 무수한 소문을 만들었는데, 누구와 약혼을 했다는 둥, 가장 잔인했던 건 내가 누구누구의 첩이 되려 한다는 것이었지. 게다가 나 하나만을 모욕한 것이 아니었어. 그들은 어느 정도 취기가 오르면 침이 질질 흐르는 입가에 왕왕 경박한 웃음을 흘리곤 했지. 이어서는 꼭 하나의 결론을 요구했단다. 이 여자들은 모두 여성운동의 팻말을 내걸고 주제넘게 나서고 있어……. 생각해 봐라, 내가 어떻게 참을 수가 있겠니? 하필 또 그 때 동지들이 지지리 못 나가지고는. 원란(文芸)과 메이전 (美真)은 삼각연애에 빠져서 하루 종일 사람들 입방아에 오르내렸단다. 난 화가 나다 못해 결국은 포기해 버렸어. 얼마 후 정치권에서 또 커다란 변동이 생겨서 국회가 해산되었단다……. 우리 부녀 동맹회도 와해되어 버리고 말았고. 베이징 생활은 정말 무의미했어. 게다가 눈치 없게도 어떤 차장이라는 사람이 어찌나 치근거리는지, 결국은 베이징을 떠나기로 결심했단다……. 돌아와서는 동지들을 다시 규합해서 일을 할 수 있을 거라고 생각했는데, 여기가 더 심하리라고 누가 상상이나 했겠니? 아……, 앞날은 막막하고, 성패는 기약할 수 없고, 만약 일이 정말 희망이 없다면……. 차라리 일찍 죽는 게 낫지…….'"

고모는 달빛 아래 침울하게 서 있었어, 어쩜 조용히 눈물을 흘리고 계셨는지도 모르지만, 난 차마 그녀를 쳐다볼 수가 없었어. 돌아오는 길에

고모가 또 그러시는 거야. '정말 지금 나는 사방에서 너무 고독하다는 것만 느낀다.'

"링 언니, 고모가 하는 말의 의미를 이제 알겠어."

사뤼는 아무 말 없이 듣고 있다가 마지막에 웃음을 지었다.

"그럼 결혼하는 게 낫다는 말이네!"

링쑤는 그녀의 말에 대꾸하지 않고 그저 혼자서 따져보고 있었다. 어떻게 하나? 결혼해도 문제고, 결혼하지 않아도 문제고, 이 많은 갈림길에서 돌아갈 곳은 도대체 어디란 말인가? 그녀는 자신도 모르게 탄식했다.

"정말 인생은 복잡하구나!"

사뤼와 셋째도 침묵했다. 각기 자신의 일을 생각하느라 주변은 쥐죽은 듯 고요했다. 단지 나뭇가지 위에서 꾀꼬리만이 마침 날갯짓을 하면서 고운 목소리로 지저귀고 있었다.

란티엔의 참회록(蓝田的忏悔录)

저녁을 먹고 나니, 사방이 벌써 황혼에 물들었다. 호랑이가 사납게 울부짖듯 산바람까지 불어서 내 마음은 더욱더 적막해졌다. 내가 몹시 무료해하며 혼자 외로이 앉아 있는데, 갑자기 샤오푸(肖圃)가 문을 열고 들어섰다.

"인(隐)! 내가 오리라고는 생각도 못했지?"

나는 반가워서 얼른 그녀를 맞았다.

"무슨 바람이 불어서 온 거야? 오늘같이 달도 안 뜬 밤에, 네가 오리라고는 꿈도 안 꿨는데……."

말을 하면서, 나는 그녀에게 차를 내주었다. 그녀는 한 손으로 받아들면서 다른 손으로는 노트 한 권을 쥐고 말을 꺼냈다.

"내가 온 건 이 일 때문이야, 이렇게 심금을 울리는 슬픈 음악이라고 해서 이런 적막하고 싸늘한 밤에 다시 연주하지 말라는 법은 없겠지?…… 게다가 내 여린 마음으로는 이토록 처량한 음악을 담아두고 있을 수 없어서, 어쩔 수 없이 너를 찾아온 거란다."

나는 샤오푸의 말을 듣고, 급한 마음에 그녀가 계속 말을 잇는 것도 기다리지 못하고 그 수첩을 펼쳐 들었다. '란티엔의 참회록'이라 쓰여진 여섯 글자가 눈에 들어왔다. 아! 이것만으로도 충분하다. 단지 이 여섯 글자가 이미 나의 마음을 혼란스럽게 만들었다. 난 더 읽기도 전에 이미 너무나도 낯익은 용모와 태도……, 동작의 란티엔의 인상이 머릿속에 떠올랐다.

사실, '예쁘다'라는 걸로 말하자면 그녀는 아니다. 그녀의 네모난 얼굴과 거친 눈썹은 그런대로 괜찮지만, 너무 넓고 흩어져 있어서 마치 들쭉

날쪽 제멋대로인 빗자루 같다. 눈은 크지만 안구가 너무 튀어나와서 결과 적으로 금붕어 눈을 닮았다. 코는 납작하다. 입은 넓은 바다처럼 큰데, 고 대 영웅같이 잘생긴 모양이긴 하지만, 여자의 얼굴에서는 적어도 생긋 웃 는 미소를 깎아내려 버리고 만다. 그녀의 자태 역시 모난 구석은 없지만 그렇다고 해서 특출난 곳도 없었다. 성격은 도리어 너무 성실하고 예의바 르다. 그녀와 오래 알고 지낸 사람이라면 누구나 그녀의 내적인 아름다움 에 경도되어 외모가 다소 우아하지 않다는 것은 잊어버린다.

"란티엔에게 왜 이런 참회록이 있는 거지?…… 어디에서 얻은 거야 ?…… 난 돌아온 이후로 그녀의 소식을 들은 적이 없는데."

내 영혼은 이 여섯 글자로 인하여 저절로 긴장이 되었고, 빨리 그녀가 어떻게 되었는지 알고 싶었다. 이 수첩은 당연히 나에게 상세히 알려줄 것 이다. 그러나 이런 상황에서 너무 늦었다고 싫어하는 건 아닐까? 그래서 난 먼저 샤오푸에게 물어 본 것이다.

"넌 왜 서둘러 이걸 보지 않는 거야? 거기서 적어도 참회록의 내력에 관해서는 만족할 만한 답을 얻을 수 있을 텐데……. 그녀의 최근 소식은 물론이고, 그녀의 일생이 모두 그곳에 있으니까. 이 수첩을 내가 갖게 된 경위는 아주 간단해, 즈(芝) 언니가 베이징에서 부쳐온 거야……. 좋아! 시간이 늦었으니 너 혼자 조용히 한 번 읽어 봐. 난 지금 가 봐야겠다. 내 일 우리 다시 얘기하자."

샤오푸는 이렇게 말하더니 정말로 일어나 집으로 돌아갔다. 난 가볍게 고개를 끄덕이며 잘 가라는 것과 그녀가 내일 다시 오길 바란다는 뜻을 나 타냈다. 이 점은 느낌상 누구나 다 말하지 않아도 알 수 있을 것이다.

이 때 바람은 여전히 사납게 울부짖고 있었고, 멀리서 인기척이 들리긴 했지만 어렴풋했다. 그저 어떤 사람들이 이야기하고 있구나, 라는 정도밖 에는. 가까운 곳은 적막하기 그지없다. 가끔씩 창문이 바람에 부딪혀 나는 소리가 울리는 것 외에 모든 것이 잠들어 있다. 란티엔의 참회록을 읽기에 는 너무나도 좋은 환경이다.

8월 10일

아! 이 낡은 집이 어떻게 밤새 내리는 비를 견뎌낼까? 창문의 종이는 조각조각 바람에 춤을 추고 빗방울들이 그 틈으로 조용히 흩날려 들어온다. 비록 아직은 초가을의 날씨지만 병으로 약해진 탓에 뼛속까지 한기가 느껴졌다. 특히 내 공허한 마음은 이 비바람의 공격을 이겨내기에는 역부족이다. 하지만 방법이 없다. 어제 오후 즈 언니가 다녀간 이후로 사람의 그림자도 본 적이 없다. 아휴, 이런 낡은 집안에 아직도 유령과 같은 란티엔이 살고 있으리라고 누가 짐작이나 하겠나. 난로는 언제 또 이웃집 커다란 검은 고양이가 와서 뒤집어놨는지 모르겠다. 약 항아리 역시 한 쪽에 나동그라진 바람에 약 찌꺼기가 바닥에 흘러 나와 있었다. 왕(王)씨 아주머니는 양심도 없지, 어제 아침에 나가서 지금까지 돌아오지 않고 있다. 이도 당연하다. 이번 달 월급도 아직 주지 못했는데, 그녀의 성격에 참을 수 있었겠는가? 천지는 본디 작다고 할 수는 없다. 그러나 비가 새고 바람이 들어오는 이런 낡은 집 외에 어떤 곳에서 나를 받아 주려 하겠는가?

비가 점점 더 세차게 퍼붓기 시작했고 계단 앞의 낙엽만이 처량하게 신음하며 앓고 있었다. 그것들이 나와 동병상련이 될 수도 있을 거다. 그러나 우린 서로 너무 약한데, 서로 안쓰러워 해봤자 무슨 도움이 되겠나! 나는 눈을 크게 뜨고 바깥만 응시하고 있었다. 그러나 어젯밤부터 지금까지 열여덟 아홉 시간이 지났건만, 실망을 사그라뜨리는 것 외에 무엇을 기대했었나!

오후에 즈 언니가 힘없이 들어왔다. 나는 보물을 찾아낸 것처럼 반가웠는데, 나도 모르게 무슨 이유에서인지 오히려 눈물이 흘러내렸다. 즈 언니가 "왕씨 아주머니는 아직도 안 온 거야?"라고 물었을 때, 나는 마침내 억울함을 당한 아이가 어른들에게 내 억울함을 알아달라고 하는 것처럼 대성통곡하기 시작했다. 즈 언니는 마음이 언짢아서, 내 대신 어질러진 책상 위를 치우고 바닥에 사방으로 흩어져 있는 찻잔과 난로, 약 항아리들을 정리했다. 이는 나로 하여금 더욱더 칼로 에이는 듯한 아픔을 느끼게 했다. 아, 내가 만약 일찍 그녀의 말을 들었다면 이렇게 빈곤과 질병 속에서 허덕이는 지경까지 이르지는 않았을 텐데. 나는 참회한다. 또 두렵고 부끄럽다. 나를 이토록 사랑해 주는 즈 언니에게 어떻게 해야 할까. 온통 위험이 잠복해 있는 이 곳에서 궁지에 빠졌을 때, 그녀만이 언제나 따뜻하게 나를 대해주며 세상에 대해 미련을 갖게 만든다.

"'세상의 물정은 차고 따뜻함에 따라 눈을 돌리게 되고, 사람의 얼굴은 지위의 고하를 따라간다[3])지.' 즈 언니, 난 오늘 언니에게 그저 후회한다는 말밖엔 못 하겠어." 즈언니는 처량하게 나를 바라보았다. 눈물이 그렁그렁한 두 눈엔 나를 불쌍히 여기는 동정심으로 가득했다. 그녀는 나의 침대 앞으로 걸어오더니, 내 곁에 앉아서 깊은 한숨을 내쉬었다.

"과거는 다시 얘기하지 말자, 지금 눈앞의 일들을 먼저 해결해야지! 왕씨 아주머니는 보아하니 오늘도 안 올 것 같고, 너 몸도 안 좋은데 혼자 여기에 어떻게 있겠니? 내가 오늘 여기 네 옆에 있으마! 그치만 허런(何仁)은 정말 양심도 없다. 처음에, 네가 몇 천원이라도 손에 쥐고 있을 땐 하루가 멀다 하고 드나들면서 귀찮게 하더니, 지금은 그림자조차 안 보이니, 원!"

즈 언니는 슬픔과 분노가 뒤섞여 허런을 욕했다. 아! 내 이 허전하고 외로운 마음이 뉘우침과 실망으로 갈기갈기 찢겨 나가고 있음을 누가 능히 상상이나 할 수 있을까?

이 비바람, 구슬픈 비와 가혹하기 그지없는 바람이 밤이 깊도록 그칠 줄 몰랐다. 즈 언니는 내가 피로할까봐 말을 많이 못하게 했다. 하물며 우리가 이야기를 하지 않으면야 상관없지만, 얘기를 하다보면 다 자극적이고 흥분시키는 것들뿐이니. 즈 언니가 소설책 한 권을 꺼내 들고 묵묵히 희미한 불빛 아래 앉았다. 사방이 다 꿈나라로 향하고 있지만, 내 자그만 영혼

---

3) 世情看冷暖, 人面逐高低. 『명심보감(明心宝鉴)』

의 바다 안에서는 여전히 거칠고 사나운 풍랑이 일어 나를 과거의 고통 속으로 끌어당겼다. 앞으로 닥쳐올 무서운, 심지어 아무 희망도 없는 미래를 생각했다. 나는 이미 세상의 끝까지 걸어온 것이나 마찬가지다. 비록 지구가 둥글다는 건 알고 있지만 난 거의 용기도 없고, 방법도 없다. 다른 새로운 세계에 대한 망상은 마치 시꺼먼 구름 속의 번갯불처럼 유유히 사라져 버렸다.

나는 두 눈을 감고 울음소리를 삼키면서 조용히 눈물을 흘렸다. 즈 언니가 불안해하는 것이 가장 겁이 난다. 세상에서 오로지 그녀만이 나를 가엾게 생각한다. 어떻게 내가 나 때문에 그녀가 더 걱정하고 비통에 빠지도록 내버려두겠는가? 오래지 않아, 즈 언니는 내가 잠들었다고 생각했는지 조용히 책을 내려놓고 천천히 내가 있는 쪽을 바라보았다. 그리곤 사방을 둘러본다. 아, 황폐한 무덤가와도 같은 이 분위기 속에서 어찌 그녀가 탄식하지 않을 수 있겠는가! 그녀도 잠자리에 들었을 때 아마도 나처럼 눈물샘이 터진 듯 그렇게 베갯잇을 적시었으리라! 한 30분 정도 흐른 뒤 가냘프게 코고는 소리가 들려 왔다. 나는 즈 언니가 잠들었다는 것을 알았다. 천천히 일어나 앉았다. 내 삶에 대한 절절한 참회의 글을 적기 위해. 나는 아무것도 미련 둘 것이 없는 이 세상에서 얼마 머물지 못할 것이라는 것을 예감하고 있다. 설사 내가 몸이 아파서 죽지 않더라도 마음이 아파서 죽게 될 것이다. 게다가 내 이기적인 마음에서 생각해도 죽어야만 이 모든 고통을 태워버릴 수 있을 것 같다.

8월 11일

오늘 아침에 즈 언니가 백목련을 한아름 사들고 와서 침대 앞 작은 탁자 위에 놓인 도자기 병에 꽂았다. 폴폴 날리는 꽃향기가 시시때때로 나의 마음을 들뜨게 하면서도 실의에 빠지게 만든다. 인생에서 어느 땐가는 종내 꽃과 같은 시절이 있다. 삶의 의욕을 상실했다지만, 어찌 그리운 기억이 없겠는가, 그러나 나는 어쨌든 다른 사람들만 못하다. 내 어린 시절은 실로 너무나 참혹하다. 한 15년 전쯤 되었나. 한창 어머니의 무릎을 그리워할 일곱 살 나이였다. 그때의 기억이 생생하다. 매일 아침 일찍 일어났는데, 어머니는 나의 머리를 양 갈래로 총총히 땋아주셨고, 어떤 때는 또 제비꽃도 꽂아 주셨다……. 그러던 어느 날 갑자기 나의 갈래 머리가 댕기머리로 변했다. 나는 당연히 신기해했다. 다만 왜 어머니가 머리를 빗겨 주시지 않고 대신 장(張)씨 아주머니가 머리를 땋아주는지 이해하지 못했다. 난 자연히 기분이 나빠서 신경질을 부렸다. 내가 울자 돌연 아버지께서 근심이 가득 찬 얼굴로 나에게 말씀하셨다. "착한 아이는 우는 게 아니지. 엄마가 아프단다!" 나의 여린 머리는 아픈 경험을 특별히 이해할 만한 능력이 되지 못했다. 다만 아버지의 엄한 표정이 무서워서 난 차츰 울음을 멈추었다.

 그 날 이후로 장씨 아주머니가 날마다 내 머리를 땋아주었다. 온 집안사람들이 무슨 일 때문인지 항상 바쁜 것 같았다. "떠들면 안돼요. 의사선생님이 오셨어요. 엄마 병이 위독하세요!"라는 장씨 아주머니의 말이 끊임없이 내 귀에 들려왔다. 그러던 어느 날 밤 갑자기 잠을 자고 있을 때 장씨 아주머니께서 나를 부둥켜안으시더니 울음 섞인 목소리로 이렇게 말했다. "에구 불쌍도 하지, 이제 엄마가 없어." 나는 이게 어찌된 영문인지 몰랐지만 그녀가 나의 잠을 방해했기에 나는 울기 시작했다. 어머니의 방에 갔을 때 나는 아버지와 친척 언니들의 울음소리를 들었다. 우리 엄마는, 흰 종이로 얼굴을 덮으신 채로 침대 위에서 곤히 잠들어 계셨다. 그 날부터 나는 영원히 어머니를 볼 수 없었다. 며칠이 지나자 장씨 아주머니도 나가고 대신 왕(王)씨 아주머니로 바뀌었다. 난 그녀가 너무나 싫었다. 그녀는 나에게 항상 욕을 했고 어쩔 때는 때리기까지 했다. 자연, 아버지가 자주 집을 비우시니 그녀가 주인인 양 전횡을 부리는 것도 당연했던 것이다!

 어머니가 돌아가신 지 일년이 지난 후 아버지는 새어머니와 결혼을 하셨다. 새엄마는 내 머리를 빗겨 주시고 나를 항상 어루만지며 뽀뽀해 주던 어머니와는 너무나 달랐다. 그녀는 한 번도 나를 어루만져준 적도 뽀뽀를 해 준 적도 없었다. 나에게 전혀 신경을 쓰지 않는 것 같았다. 그러나 내가 말썽만 피웠다 하면, 아버지는 집에 돌아오셔서 종내 알게 되셨다. 아버지 또한 이전과 너무 달랐다. 일년이 지난 후 새어머니는 남동생을 낳았다. 아버지는 항상 동생을 안아 주시고, 그의 뺨에 얼굴을 부벼 대셨다. 그리하여 나에게 신경 쓸 틈이 더더욱 없어졌다. 이때 나는 겨우 열 살짜리 여자 아이였지만 나의 황금시대는 이미 지나갔음을 느꼈다. 나는 나를 사랑해 주고 쓰다듬어 주시던 어머니가 생각날 때마다 혼자서 조용히 눈물을 뿌렸다. 난 새엄마에게 들키지 않도록 조심했다. 내가 우는 걸 보면 "불길한 것"이라면서 욕을 했기 때문에.

나는 집은 나에게 박정하지만 사회는 어쩜 내가 들어갈 여지를 남겨 두었을지도 모른다는 생각을 했다. 그래서 소학교를 다니면서 열심히 공부했고, 열네 살이 되었을 때 중학교에 들어갈 수 있었다. 그러나 새어머니는 왕왕 내가 공부하는 것이 쓸데없는 짓이라고 생각했다. 어느 날 그녀는 아버지에게 말했다. "티엔얼(田儿)도 이제 다 컸는데, 결혼시킬 준비를 해야지요." 그러면서 그녀는 그녀의 조카를 얘기했다. 부잣집 도련님이고 인물도 훤하고 집에 돈도 많단다. 아버지는 더 이상 생각하지 않고 그녀에게 내 혼사를 맡겼다. 이때부터 내 마음은 한층 더 어두운 안개로 뒤덮였다. 그렇지만 나는 내가 가늠할 수 없는 미래에 대해 여전히 희망을 가지고 열심히 공부했고, 끊임없이 유명 인사들의 작품을 읽었다. 이 때 새로운 사상의 물결이 나도 모르는 사이에 내 안에 자리 잡았고, 이는 나로 하여금 때때로 집안에서 결정해 버린 결혼 문제를 고민하게 만들었다. 그러나 아무에게도 의지할 곳이 없는 나는 조용히 눈물을 흘리는 것 외에 나의 울분을 풀어놓을 데도 없었다. 아직도 기억한다. 어느 날 밤 내가 미래의 위험 앞에서 눈물을 쏟고 있을 때 갑자기 옆집에 사는 시우(秀) 언니가 나를 찾아왔다. 시우 언니는 나의 유일한 친구라고 할 만하다. 우리는 이웃

일 뿐만 아니라 같은 반이다……. 이 때 그녀는 나의 이불을 살짝 젖히고
선 말을 꺼냈다. "티엔, 어디 아파? 무슨 일 때문에 그렇게 속상해하고 있
어?" 아! 이 때 내 마음은 마치 사막을 헤매는 고독한 나그네가 돌연 여행
의 동반자를 만난 듯했다. 나의 외로움과 슬픔은 오로지 그녀에게 쏟아 놓
을 수밖에 없었다……. 그녀는 내 말에 울분한 듯 나를 바라보며 말했다.
"난 네가 스스로 이겨나가야 한다고 생각해. 내가 오늘 너를 찾아온 것도
너에 관한 좋지 않은 소식 때문이야. 네 약혼자가 이미 아내가 셋이라는
건 알고 있니? 만약 네가 시집간다면, 화목하고 즐거운 행복을 얻을 수 있
을까?" 맙소사……. 나는 그때 이 소식을 듣고 정말 어떻게 해야 할지 몰
랐다. 게다가 결혼 날짜는 다음 달 20일로 정해진 상태였다. 나는 나도 모
르게 시우의 손을 꽉 잡고 애원하면서 황급하게 말했다. "시우, 내가 어떻
게 했으면 좋겠는지 생각 좀 해 봐. 이렇게 그냥 굴복해야만 하는 거야
?……. 너무 혼란스러워. 죽는 거 말고 더 좋은 저항할 방법이 있을까?"
시우는 이 말을 듣더니, 자신도 모르게 나를 부여잡고 울기 시작했다…….
나중에 그녀는 고개를 낮추고는 낮은 목소리로 나에게 말했다. "삼십육계
에서 도망치는 게 상책이야." 아! 난 결국 도망갔다. 결국 그 자유 없는
결혼에 싸워 이겼다. 그러나 무정한 사회와 참혹한 인류는 물웅덩이에서
막 나온 나를 불구덩이로 처넣고 말았다.

연이어 있는 쇠줄처럼, 내가 어린 시절에 당했던 모든 일들이 떠오른다!
하나님! 과거의 이 비참한 상처로 나의 마음은 더욱 아픕니다. 나도 모르
게 침묵 가운데 고통의 신음소리가 새어나왔다. 즈 언니가 막 날 위해 다
린 약단지를 급히 내려놓으며 내 손을 잡고 물었다.

"간이 심하게 아파?……."

나는 힘없이 고개를 끄덕였다. 뜨거운 눈물이 뚝뚝 그녀의 손위에 떨어
졌다. 나는 결국 내 자신을 저주했다.

"쓸모없는 삶이야, 빨리 죽어버리는 게 나아……. 즈 언니, 내가 바로
죽어버리면 언니의 온정과 따스함으로 나의 죄업을 좀 더 씻어낼 수 있을

거야. 하지만 여기서 더 살게 되면 내 앞날은 더 더럽고 무시무시해져서 어쩜 언니의 그 눈물마저도 얻지 못하게 될지도 몰라! 품행이 단정치 못한 타락한 여자, 누가 그녀의 그 타락이 악으로 가득한 환경 때문이라고 이해해 주겠어! 아! 난 통곡할 거야. 온 힘을 다해 통곡할 거야. 난 내 참회의 눈물이 어쩜 내가 봉건 예교로 인해 당한 모욕이며 심지어 새로운 사상으로 더럽혀진 자국까지도 깨끗이 씻어갈지 모른다는 망상을 해."

내가 울다 언제 지쳐 쓰러졌는지도 모르겠다. 즈 언니가 연거푸 나를 흔들어 깨우는 소리에 가까스로 눈을 뜨자, 두 명의 젊은이가 내 눈앞에 서 있는 게 보였다. 아! 또 한 번 날카로운 칼날이 가슴을 후비고 지나갔고, 난 다시 한 번 가슴이 찢어질 듯한 아픔으로 의식을 잃고 말았다.

8월 14일

내가 쓰기로 결심한 이후 질박하게 사실대로 쓴다. 기쁜 일이든 후회되는 일이든, 슬픈 일이든, 화가 난 일이든 모든 것을 다 하나도 빠짐없이 사실대로 쓰고 싶다. 이렇게 써 내려가면, 내가 마음속 깊이 견뎌내고 있는 쓰라림이 사라질 것 같다. 이게 나의 최후의 작품이 된다면 죽어도 여한이 없다. 그러나 그 날 두 번이나 의식을 잃은 후 내 가슴앓이의 고통은 멈추지 않았으며, 그 결과 몸의 고통이 마음의 고통을 짓누르고야 말았다. 이 이틀 동안 펜을 잡을 수 없었을 뿐만 아니라 생각도 할 수 없었다. 오늘은 가슴앓이의 통증이 조금 나아졌기에 온 힘을 다해 써 내려가고자 한다……

나는 병이 들면서부터 바로 하루하루를 빈곤하게 살아가고 있다. 비록 아버지가 살아계신 여자아이지만, "집이 있으나 돌아갈 수 없는", 다시 말해 갈 곳 없는 고아와 같다. 많은, 세상 경험이 있는 어른들은 나에게 그냥 대충 시집을 가라고 권하지만, 나는 여성운동에 심취되어 있는 사람이다. 먹고 입는 것을 해결하기 위해서 나의 뜻과 인격을 희생시킬 수는 없었다. 자연히 나의 곁에 있는 한두 사람을 제외하고는, 모두들 나를 문제나 일으키기 좋아하는 여자로 생각한다. 무엇보다도 나의 마음을 아프게 하는 것은 내 이 공허한 심신을 기댈 곳이 없다는 사실이다. 사회 또한 암담하기 그지없다. 그들은 이상은 있지만 힘이 없는 여자를 조금도 이해하려 들지 않는다. 지금까지, 지식이 날 오도하고, 이성이 날 고통스럽게 했다고, 내 선택을 후회하지는 않았다. 시집갔다면 대충 그냥 시집갔다면, 지금 이렇게 외롭게 떠도는 신세보다 더 나았을 것이라고 장담할 수 있겠는가? 아! 이런 지경이 되었지만 뜻은 하늘보다 높다. 그러나 사람에게 유린당하여 더럽혀진 온 몸은 언제쯤이면 깨끗이 씻어낼 수 있을까? 아! 나는 내 운명을 증오한다. 무정한 인류는 더더욱 원망스럽다!

처음 베이징에 도착했을 때가 기억에 새롭다. 나는 모 대학에서 공부를 했다. 보통, 미친 것 같은 남자들은 온갖 추잡한 유혹과 수단으로 나를 곤경에 빠뜨렸다. 하지만, 그들은 한편으로는 또 유달리 허울이 좋았다. 그들은 나를 투쟁의 용사니 패기가 있는 여성이니 심지어는 나를 여성계의 등불이라고까지 하면서 아첨했다. 가엾게도, 세상 경험도 부족하고, 화살에 놀란 새와도 같았던 나는 이런 뜻밖의 칭찬과 위로 앞에서 내 영혼을 그들 앞에 적나라하게 바쳤고, 그들이 맘껏 가지고 노는 장난감 신세가 되고 말았다.

허런(何仁)과 왕이(王义)는 가장 교활하고 잔인했다……. 내 영혼은 그들의 손아귀에서 온통 다 파괴되었다.

아! 전능하신 하나님, 당연히 나는 감히 당신을 속이지도, 당신을 속일 수도 없습니다. 봉건 가족제도에서 도망쳐 나와 밝은 미래를 꿈꿀 때, 나는 내 개인의 행복을 위해서만이 아니라 같은 처지에 놓여있는 여성들을 위해 선봉에 섰습니다. 당시 내가 품었던 기개는 전지전능한 하나님이시니 당연히 아실 것입니다. 나는 내 높은 뜻을 세울 수 있다고 생각했지요. 그렇지만, 아마도 하나님은 아실 거예요, 그들의 동정으로 포장된 유혹,

115

그것은 아무런 경험이 없는 순진한 여자는 피할 수 없는 위험이라는 것을!

그 당시 나는 마침 가슴앓이 병을 앓고 있던 것으로 기억한다. 그렇지만 지금처럼 자포자기하여 나락으로 떨어진 상태는 아니었다. 미친 듯한 허런과 왕이는 비록 지금 그들의 교활한 면을 십분 드러내고 있지만, 그때는 의기로 충만했었다. 그들은 말했다. "우리는 반드시 최선을 다해서 뜻은 있지만 힘이 없는 여성을 도울 것입니다. 하물며 지금 그녀는 병마와 싸우고 있는데요." 당연한 거야, 나는 이제야 깨달았다. 나는 당시 모 신문사의 통신원을 지내면서 매달 3, 40원의 월급을 받고 있었지. 지금 같은 처량함은 면할 수 있었을 텐데……. 그렇지만 이미 소 잃고 외양간 고치는 것이나 매한가지다. 지금 깨달아봤자 이미 늦어버린 거다.

돈과 허영은 본디 젊은이들로 하여금 쉽게 추종하게 만든다. 그 때의 란티엔은 비록 두 달이 넘도록 병상에 있었지만, 늘 찾아오는 사람들이 있었다. 어떤 이는 음식을, 어떤 이는 꽃을 보내왔다. 특히 허런과 왕이는 나에게 극진했다. 그들 둘은 매일 밤 번갈아 가며 내 옆을 지켜주었는데, 그때 나는 정말 감동하면서도 속이 아렸다. 외롭고 힘없는 나 같은 인간은 이 무정한 인간세상에서 사람들과 왕래할 때 실로 무시당하기 십상인데 모처럼 이런 두 청년을 알게 되었다고 생각했던 것이다. 특히 허런과 나는 한층 더 강한 동병상련의 감정을 느꼈던지라—그 역시 나처럼 냉혹한 계모 밑에서 자란 처량한 신세다—자연 그와 더 쉽게 가까워졌다. 나의 병세가 호전된 후, 허런은 즈 언니를 통해 그의 마음을 전달했고, 우린 얼마 후 공원에서 약혼식을 올렸다. 이 얼마나 아름답고 원만한 결합이었던가? 그렇지만 지금 생각해 보니 마치 누에가 스스로 고치를 엮은 격이다. 자승자박인데 누굴 원망하겠는가! 아! 너무 원통하여 손이 떨린다. 후회한다. 나의 눈물을 무슨 방법으로 막을 수 있으리오!……

8월 19일

매번 한 번씩 자극을 받을 때마다 며칠 동안 죽는 것처럼 아프다. 내 병은 좋아졌다가 나빠졌다가 한다. 즈 언니가 비록 몇 번이나 나를 달래고 주의를 주었지만, —아, 이 세상에서 그녀만이 오로지 내가 살아갈 방도를 마련해 준다. 가장 잊지 못할 말이 한 마디 있다. "란티엔, 건강에 신경써야 해, 아직 마지막 투쟁이 남아 있잖아. 네가 너 자신을 포기해서는 안돼!" 이 말은 분명 나를 강하게 자극했고, 절망에 빠져 있던 나는 내 앞날이 그렇게 아무 희망도 없지는 않을 거라는 생각을 했다.

어제는 날씨가 매우 맑았다. 몸이 좀 가볍게 느껴졌다. 오후에 즈 언니가 왔을 때, 나는 벌써 일어나 등나무의자에 앉아 있었다. 즈 언니가 매우 기뻐하며 말했다. "네가 병든 이래로 나는 공원에 가본 적이 한 번도 없어. 모처럼 네가 자리에서 일어났으니 우리 같이 공원에 산책이나 하러 가자. 아마 네 몸에도 좋을 거야."

나는 그녀의 호의를 거절하기도 어려웠고, 오랫동안 움직이지 않으면 운동하고 싶어진다고, 나가서 환경을 좀 바꿔보고 싶었다. 그래서 즈 언니가 정성스레 나의 머리를 손질해 주었다. 손질이 끝난 후 나는 거울을 보며 세수를 했다. 초췌하니 병든 몰골에 내 자신도 깜짝 놀라고 슬퍼서 그만 눈물을 흘리고 말았다. 즈 언니가 바로 거울을 빼앗아가면서 내 눈물을 닦아주었다. 얼마 후, 우리는 곧 비취색의 잣나무가 무성하고 온갖 새들이 지저귀는 공원에 도착했다. 그 날은 정말로 날씨가 좋았다. 가을바람이 시원스레 내게 다가온 순간 머리가 확 맑아졌고, 돌연 주위가 온통 생기발랄해 보였다. 비단처럼 곱지는 않았지만 나무 그림자가 흔들리는 모습이 운치를 더했다. 그러나 갑자기 들려온 웃음소리. 귀에 거슬리는 웃음소리가 나의 마음을 두근거리게 했다. 과연 '원수는 외나무다리에서 만난다'더니, 바로 허런과 그의 새신부가 서로 몸을 기댄 채 바싹 붙어서 걸어오고 있는 게 아닌가. 중추신경의 명령을 더 기다릴 것도 없다는 듯, 내 양쪽 다리는 반사적으로 일어났고, 나는 황급히 걸어갔다. 즈 언니는 무슨 영문인지도 모르고 나를 쫓아왔다. 자연 그녀는 나의 핏기 없는 얼굴에 놀랐다. 그녀가 다시 한 번 뒤를 돌아다보았을 때, ―허런이 이미 가까이 다가와 있었고, 그녀는 모든 것을 알아챘다. 그녀는 가볍게 한숨을 내쉬었다. "아! 이게 무슨 고생인지!" 나는 그녀의 이 말 뜻을 깊이 생각하지 않을 수 없었고, 나도 모르는 사이에 정말 이게 무슨 고생인지 후회했다.

물론, 허런의 새신부는 아주 우아한 자태를 지녔다. 이것은 하늘이 그녀에게 내린 축복이며, 난 감히 그녀를 원망하지 않는다. 그렇지만 허런이 나를 속여서 고통스럽게 만든 것도 사실이다. 우리가 약혼한지 얼마 되지 않아, 나는 그에게 다른 사랑이 있다는 것을 알았다. 그래서 나는 그에게 그랬다. "우리의 결혼, 이것은 서로의 인격을 담보로 하는 거예요. 내가 어쩌면 당신과 외적으로 어울리지 않을 수도 있다는 거 알아요. 우리가 수년 간 알고 지내오면서 나는 항상 당신을 동생처럼 대해 왔어요……. 만약 영원히 남매의 관계로 지낸다고 해도 안 될 것은 없지요……. 당신의 진심을 말해 주세요." 그 당시 그는 내가 그를 의심한다고 생각했나 보다. 진심으로 부끄러워서 그랬는지, 아니면 유일하게 쓸 수 있는 수단이었는지 모르겠지만, 그는 의외로 울면서 내게 맹세를 했다. 당연하지, 난 지금에서야 깨달았다. 어떤 바보라도 상대방에게 뭔가 구할 것이 남아 있을 때에는 절대 거기서 포기하지 않는다는 것을. 그러나 그 때 나는 자연 그의 눈물에 속아 넘어갔다. 그들이 결혼을 이틀 앞두고 있을 때까지도 그는 여전히 내 집에서 지냈다. 아! 이게 무슨 죄악인가……. 나를 한 번 깊은 연못에 빠지게 하더니, 결국 빠져 나오지 못하도록 만들어 버렸다!

본래 남자들은 정절을 지키지 않아도 된다. 동시에 그들은 아주 교활하게도 미리 빠져나갈 구멍을 다 마련해 놓고 사랑을 한다. 이것은 이 사회에서 그들이 누릴 수 있는 특권이고, 그들은 사방을 오가며 즐거움을 찾는다. 그러나 나는 사랑은 동시에 제3자를 받아들일 수 없다는 신념 때문이

아니었다면, 혼인을 피하지는 않았을 것이고, ― 심지어 전통사회에 배척
당하지도 않았을 것이다. 그러나 허런이 나를 농락한 이후, 인간을 이해하
지 않는 인류사회에 또 시비곡직은 따지는 인간이 좀 있어서 난 결국 새로
운 사회나 전통 사회 어디서도 받아들여 주지 않는 타락한 인간이 되고 말
았다! 아! 이 연약한 몸뚱이가 얼마나 심한 상처를 받았는지, 폭우가 퍼붓
고 지나간 뒤의 새싹처럼 작은 바람에도 견뎌내지 못하고, 그 날 이후로
병세가 더욱 심해지고 말았다!

내 몸과 마음이 다 지치고 힘든 상황에서, 나약함을 수치로 아는 사람이
아니었다면 벌써 자살을 하고도 남았을 것이다. 어떤 때에는 이렇게 넓은
세상에 어떻게 내가 다시 삶을 시작할 수 있는 여지가 정말 없는지 의심스
럽다. 그러나 지금, 하나님이 그 자녀를 사랑하는 마음을 가진 즈 언니를
제외하고는, 내 뒤에서 나에 대해 수군거리지 않는 사람은 하나도 없는 것
같다. 몇몇 사람들은 심지어 직접 내 앞에 와서 나를 곤란하게 만들기도
하는 걸! 물론, 내가 타락했다는 의심을 받을 만 하다. 하지만, 인류가 조
금이라도 이해심을 가지고 내게 회생할 여지를 준다면, 난 감히 과분하게
그들의 도움을 구하지는 못하겠고, 단지 너무 지나치게 나를 짓밟지 않기
를 바랄 뿐이다. 그것만으로도 고마워하고 감격할 것이다. 아! 무슨 할 말
이 더 있겠는가, 내 이 가장 작은 요구마저도, 어느 누구도 무겁게 나를
짓누르고 있는 손을 거두고 내가 이 난관을 지나갈 수 있도록 도와주려 하
지 않는데!

9월 10일

아! 죽음이 임박해 있다. 이렇게 의식을 잃은 십여 일 동안, 나는 사람
들이 나를 어떻게 비난하고 있는지 모른다. 다만, 내가 이 길로 세상을 떠
나게 되면, 아마도 그 때는 몇몇 사람들의 불필요한 동정을 얻을 수 있을

거라는 느낌은 든다. 그렇지만 이미 아무 쓸모도 없다! 내가 상관할 바는 아니지! 단 하나, 내 마음에 위안이 된 일이 있다. 바로 허런의 부인이 방금 나를 만나러 온 것이다. 그녀는 나의 손을 꼭 잡고서 말했다.

"언니, 비록 언니와는 두 번밖에 만난 적이 없지만, 언니를 진심으로 동정하는 마음으로 언니를 만나러 왔어요. 허런이 언니와 알고 지낸 시간이 저보다 더 길었다는 것을 최근에야 알게 되었어요. 그렇지만 그가 나에게 청혼을 했을 때 그는 저에게 아무 말도 하지 않았답니다. 결국 언니가 이 지경까지 오고 말았군요! 언니에게 무슨 말을 해야 될지 모르겠어요……. 다만 오로지 이 한 마디는 언니가 믿을 거라고 생각해요……. 아! 언니, 우린 똑같이 희생양이예요! 게다가 나는 언니보다 더 비참해요. 남자의 마음은 어쩜 이렇게 믿을 수가 없는지! 우리가 결혼하기 전에 그는 언니를 속인 동시에 나를 속였어요. 만약 내가 그때 그와 언니의 관계를 알았다면, 내 머리가 잘릴망정, 그에게 우롱 당해서 결국 그의 희생양이 되는 일은 없었을 텐데……. 이제야 나는 깨달았어요. 사랑은 세상을 어지럽히는 마왕이예요. 얼마나 많은 남자와 여자가 사랑의 희생양이 될 지. 제가 오늘 주제넘게 언니를 만나러 온 것은 언니에게 내 잘못을 빌고 나의 경솔함이 언니에게 상처를 주었을 뿐 아니라 저 자신도 망치고 말았기 때문이예요. 또 불결한 사랑을 순수한 사랑으로 오인하여 욕망의 희생양이 된 것을 참회하자는 뜻에서예요……."

아, 그녀의 마음 깊은 곳에서 우러나오는 눈물은 내 영혼의 더러움을 깨끗이 씻어내기에 충분했다. 나는 물론 영원히 인류를 저주할 생각이지만, 그녀의 진심 어린 눈물에 바로 세상의 모든 여자를 용서했고, 그녀들을 위해 통곡했다. 남자들의 노리개가 되지 않은 여성은 아직까지 없었기 때문이다. 내가 만약 병마와 싸워 이겨낼 수 있다면, 나는 지금 또 새로운 희망을 품을 텐데. 안타깝게도 이 희망은 너무나 미약하다. 만약 내가 전 세계의 여자와 손을 잡고, 이들이 새로운 시대를 열어가도록 도와줄 수 있다면, 나는 이전의 모든 것을 뉘우치고, 미래를 위해 싸워나갈 것이다.

아! 잿더미에서 되살아나려는 희망이 피어오르고 있지만, 누가 나를 위해 힘껏 숨을 불어넣어 그것이 되살아날 수 있도록 해 줄지! 나의 마음은 들끓어 오른다! 내 영혼도 들썩인다! 하지만 무심한 운명과 예견하기 힘든 사회는 도대체 어떨지? 누가 나에게 분명히 알려줄 수 있을까, 결국, 지금까지의 내 흥분은 허황된 거울 속의 꽃일 뿐이다! 흩어져버릴 물 속의 달에 불과할 뿐이다……

<란티엔의 참회록>은 여기서 끝나 있었고, 즈 언니가 덧붙여 놓은 것이 한 장 더 있었다.

란티엔이 앓아누운 다음부터 나만이 그녀 곁에서 밤을 지새웠다. 나는 그녀의 슬프고 비참한 처지로 인해 많은 눈물을 흘려야 했다. 그녀가 이 참회록을 나에게 주었을 때, 그녀의 병은 이미 위중한 상태였다. 하지만 의사 선생님은 그녀의 병이 대부분 정신적인 것이라면서, 정신적인 고통이 신체에 영향을 준 것이니, 만약 마음을 넓게 가지지 않는다면 몸의 건강을 회복하길 바라는 것도 불가능하다고 했다. 아! 샤오푸! 사람 노릇하기는 너무 어렵다. 사회는 마치 빈틈없이 그물망이 쳐진 것처럼 사방에 함정이 도사리고 있다. 불행하게도 한 번 실족했다간 어떻게 몸을 빼낼 도리도 없다! 란티엔의 말로를 난 감히 돌아볼 엄두가 나지 않는구나. 그녀 스스로 나을 수 없다는 걸 알고 있었기에 이 참회록을 나에게 준 거겠지……. 인간은 너무나도 잔혹하다. 어쩜 란티엔은 정말 병이 나을 가망이 없었을지도 몰라! 샤오푸! 세상에는 얼마나 많은 란티엔들이 있을지……. 나는 일생동안 경계심을 놓지 않을 것이다. 아! 어두컴컴하고, 모든 게 다 무너져버렸다. 이것이 오늘날의 세계야!

아! 호랑이가 울부짖는 듯한 산바람은 더 심해지고, 적막하고 외로운 깊은 밤, 모골이 송연하고, 온갖 생각이 다 떠올라 잠을 이룰 수가 없다!

중국 현대 여성소설 명작선

왜 세상에서는 나쁜 소식만 들려오는 것일까······.

스핑메이

(石评梅 : 1902~1928)

스핑메이는 산서성(山西省) 평정현(平定县) 출신으로서, 아명은 심주(心珠)이고 학명은 여벽(汝壁)이다. 완고한 아버지와 후처인 어머니 사이에 태어난 스핑메이는 어렸을 적부터 봉건적 가족제도가 빚어낸 음울하고 어두운 분위기속에서 정신적 고통과 갈등을 겪지 않으면 안 되었다. 1919년 북경여자고등사범학교 체육음악과에 입학한 그녀는 "5·4운동"의 영향 아래 시와 산문을 쓰기 시작하여 '北京의 저명 여류시인'으로 불리워졌으며, 이후 여러 잡지에 산문과 시가, 소설 등을 잇달아 발표하였다. 이처럼 활발했던 문단 활동과 달리 스핑메이의 애정생활은 북경에 도착한 이후, 북경에서 유부남에게 농락당한 일, 공산당원이자 유부남인 고군우(高君宇)와의 순탄치 못한 애정생활과 그의 죽음 등 불행이 연속되었다. 고군우에 대한 죄의식과 연민으로 괴로워하던 그녀 역시 1928년 9월, 27세의 나이에 급성뇌막염으로 세상을 떠났으며, 북경의 도연정(陶然亭)에 있는 고군우의 무덤 옆에 나란히 묻혔다.

그녀의 작품집으로는 산문집 『우연초(偶然草)』와 『파도소리(涛语)』가 있다. 북경여자고등사범학교 동창이자 친구이었던 려은은 스핑메이를 기념하기 위하여 고군우와의 애정을 제재로 『상아반지(象牙戒指)』를 창작하기도 하였다. 스핑메이는 소설보다는 시와 산문에 뛰어났다고 평가받는데, 특히 그녀의 초기 시와 산문은 애상과 의기소침을 표현하는 가운데 때로 죽음을 애찬하는 격조를 보였다. 그러나 후기에 이르러서는 용감하게 현실을 직시하여 격앙과 비분의 정조를 보여주었다. 스핑메이의 소설이 지니고 있는 창작특징으로는 죽음을 찬미하고 삶을 저주하는 비극적 인생관이 낳은 감상과 연민의 색조를 들 수 있는데, 이는 애정생활에서 겪은 좌절과 비극 등의 개인적 체험과 직접적인 연관이 있다.

그녀의 소설창작은 내용에 따라 크게 세 가지로 나누어 볼 수 있다. 첫째, 불행한 여성에 대한 동정과 연민을 나타내고 있는 작품으로서, 『버림받은 여인(弃妇)』>『하룻밤(一夜)』, 『린난의 일기(林楠的日记)』, 『매이인(梅隐)』 등을 들 수 있다. 이 가운데 『버림받은 여인』과 『린난의 일기』는 신여성과 연애하는 남편에 의해 버림받는 여성의 갈등과 절망을 묘사하고 있다. 둘째, 혁명영웅이나 혁명에 뛰어든 여성의 기개와 좌절을 형상화한 작품으로서, 『붉은 갈기의 말(红鬃马)』, 『돌아오다(归来)』, 『백운암(白云庵)』, 『떠돌이 가수(流浪的歌者)』, 『필마 바람에 울고(匹马嘶风录)』 등을 들 수 있다. 셋째, 교직생활을 하는 작가의 체험을 형상화하거나 모성애 및 동심에 대한 추구를 보여주는 작품으로서, 『짓밟힌 어린 싹(被践踏的嫩芽)』, 『위웨이(玉薇)』, 『참회(忏悔)』, 『병(病)』 등을 들 수 있다.

버림받은 아내(弃妇)

이른 새벽, 막 머리를 빗고 있을 때였다. 쿤(琨)이 달려와 편지 한 통을 건네더니, 숨을 몰아쉬며 말했다.

"위(瑜) 언니, 언니 편지!"

고개를 들어보니, 동생은 벌써 내 등 뒤로 모습을 감추었다. 내가 몸을 돌려도 동생의 모습은 보이지 않았다. 알고 보니 동생은 아주 예쁘장하게 치장하였던 것이다. 녹색 비단셔츠에 짧은 머리카락은 어깨 위에 드리우고, 붉은 비단 매듭이 머리 위에 날아갈 듯 매어져 있었다. 까만 눈동자는 짙은 눈썹 아래에서 깊은 호수처럼 반짝였다.

"와! 이쁜데. 이렇게 곱게 차려 입고 어딜 가는 거야?"

나는 손으로 머리를 움켜쥐면서 물었다.

"엄마가 외숙모 댁에 가시는데, 엄마 따라 놀러 갈 거야. 지난번에 오빠가 얘기해 준 수련공주 이야기를 다 못 들었거든. 나머지 이야기 해달라고 할 거야. 그리고 다른 이야기도 들려달라고 할 테야. 언니, 내가 돌아올 때 사탕 가져다줄게. 큰 바구니에 하나 가득 가지고 올게"

이렇게 말하면서, 동생은 작은 팔로 큰 바구니 모양을 만들어 보였다.

"정말이야? 어제도 외숙모 댁에 가신다는 말씀이 없었는데, 갑자기 왜 가신다니?"

나는 의아해하며 물었다.

"정말이야, 정말. 못 믿겠으면 엄마한테 가서 여쭤 봐. 누가 언닐 속이겠어. 엄마가 어제 전보를 받았는데, 외할머니께서 엄마더러 다녀가라고 하셨대."

그녀는 말을 마치더니 휑하니 가 버리고, 나는 창가에서 그녀의 그림자가 울타리 너머로 멀어져 가는 것을 바라보았다.

곰곰이 생각해보니 외숙모집에 일이 생긴 게 분명했다. 그렇지 않다면 이렇게 급하게 전보를 쳐서 어머니를 부를 리가 없다. 무슨 일일까? 외할머니께서 편찮으신 걸까? 외숙이 돌아오신 걸까? 많은 생각들이 내 머릿속을 맴돌았다.

머리를 다 빗고, 탁자에 놓인 편지를 집어 들었다. 외지에서 보내온 것인데, 3원짜리 우표가 붙어 있다. 펜으로 썼는지라 누가 보낸 건지 알 수가 없었다. 열어 보니 이런 내용이었다.

위 동생에게

네가 베이징에서 돌아왔다는 얘기는 들었다. 진작부터 고모 댁으로 널 보러 가려고 했는데, 내 문제로 정신이 없어서 틈을 못 냈다. 네가 내 상황을 안다면 용서하겠지!

네가 이 편지를 받을 때면, 난 이미 고향을 떠났을 거다. 이번에 떠나면 아마 영원히 돌아오지 않을 거야. 나는 이런 가정에 아무 미련도 없다. 삼십 년 넘게 노예로 살아온 어머니만 마음에 걸릴 뿐.

난 감옥에서 탈주한 죄수지만, 어머닌 쇠사슬에 묶인 채 종신형을 살고 있어서 나올 수가 없다. 어머닌 여전히 날 사랑하셔. 하지만 좋지 않은 상황이 빚어낸 나쁜 결과를 사람들은 모두 내 탓으로 돌렸지! 내가 이 악의 세력에 선전 포고를 한 후 어머니는 불효자식 때문에 많은 눈물을 흘리셨고, 많은 비웃음을 당하셨단다!

나는 마음을 더욱 굳게 다졌어. 어머니가 당하는 현재의 고통은 그녀가 앞으로 당해야 할 고통이며, 어머니를 현실의 고통에서 구할 순 없지만, 미래의 고통을 없애줄 힘은 분명 가지고 있다고 생각했어. 그래서 만리 바깥에서 돌아온 거야. 어머니를 해방시킴과 동시에 나를 해방시키고, 어머니를 구함과 동시에 나를 구해내야겠다고 생각하면서 말이야.

하지만 실패하고 말았어. 나의 모든 꿈이 깨진 거야! 나는 영원토록 행복을 얻지 못하고, 영원토록 기쁨을 맛보지도 못하며, 영원토록 과도기의 희생양이 될 거야. 내 운명이 정해졌으니, 뭘 망설이겠니? 그저 정처 없이 떠도는 수밖에.

예전엔 내게도 물론 꿈이 있었어. 6년이 넘도록 이 꿈은 내 몸을 독사처럼 칭칭 감아 왔다. 6년 동안 품어온 이 꿈을 누구에게도 발설한 적이 없다. 귀중한 보물처럼 그저 깊이 숨겨 두기만 했지. 난 이 보물이 영원히 묻혀지길 바란다. 황토가 내 몸을 덮을 때까지. 이 보물이 잃어버리거나 드러나지 않도록. 이 꿈이 실현되기를 원하지는 않아. 그냥 영원히 꿈으로만 남았으면 좋겠다. 내 영혼을 그녀에게 다 바치고, 내 마음과 피로 그녀를 위해 영원히 적셔주고 싶지만, 그녀에게 내가 누군지 알리고 싶지는 않아.

내 정원엔 장미 한 그루가 있다. 깊은 밤 나의 피와 나의 눈물로 그녀에게 물을 주고, 그녀를 가꾸었지. 그녀가 꽃봉오리를 맺고 꽃을 피우자, 사람들은 그 공을 정원사에게 돌리지만, 그게 나의 보살핌인지 누가 알겠니! 그렇지만 사람들이 그걸 알아주길 원치 않고, 장미가 아는 것도 원치 않아. 깊은 밤, 사람들이 모두 편안히 쉬고 꽃은 잠들어 있어. 그러면 난 꿈속의 정원사가 되지.

이미 난 내 운명을 잘 알고 있고, 자신의 운명에 순응하기에 고통스러움을 느끼지 않아. 그렇지만, 이 순간 나를 위해, 그리고 그녀 자신을 위해 극심한 고통을 겪고 있는 사람이 있단다. 누군 줄 아니? 바로 명목상의 내 아내야.

우리 집에 대해 넌 잘 알고 있지. 어머니는 하루 종일 꼼짝 못하고 노예처럼 부림만 당하면서 살고 계셔. 우리 집에 온 지 삼십 년이지만, 고개 들고 큰소리 한 번 못 내셨다. 할머니의 성격이 워낙 드세서, 자칫 잘못이라도 하면 조상님 전에 하루 종일 무릎을 꿇고 있어야 해. 어머니가 이런 상황이시니, 내 아내는 말할 필요도 없겠지. 그녀가 겪는 고통은 더더욱 나로 하여금 그녀를 구해야겠다는 생각을 하게 한다. 안타깝게도 그녀는 너무 순진하고 너무 충직하잖니. 다른 집에서라면 좋은 며느리였겠지만, 우리 집에선 살아 움직이는 시체가 되고 말았구나.

나는 일찌감치 그녀를 해방시켜 주기로, 그녀를 이 악랄한 감옥에서 도망가게 하려고 결심했었다. 어느 곳을 가던 우리 집보다는 자유롭고 행복할 테니까. 나야 어디에도 얽매이지 않고 발길 닿는 대로 떠돌아다니면서, 사회활동을 통해 악으로 가득 찬 불행한 가정을 쳐부수든지, 아니면 남은 생애 동안 깊은 산중을 떠돌아다니던지. 구름 위를 날아다니는 새처럼 정처 없이 말이야.

이렇게 결심한 후에, 난 집으로 돌아와서 정식으로 아내와의 이혼문제를 꺼냈다. 그런데, 이게 그녀를 위한 것이라는 것을 가족들이 이해하지 못하리라고는 상상도 못했다. 오히려 아내를 버려서는 안 된다고 책망하더구나. 한 술 더 떠서 내가 다른 마음을 갖고 있는 것은 아닌지 의심을 하더라. 아내가 시집온 지 십 년이나 되었지만, 내칠 만한 칠거지악을 저지른 적도 없는데, 그녀의 친정에 이 문제를 어떻게 제기하겠느냐고. 게다가 아버지와 그녀의 조부가 사제관계니, 더더욱 그렇게 할 수 없다는 거지. 그들은 그녀가 이렇게 고통을 당하면서 살아도 그냥 내버려두기로 결정해 버렸고, 내 계획들은 완전히 실패로 돌아갔다. 불행하고 가련한 그녀, 영원히 내 이름 아래 구속되어 무덤까지 가야할 것이다. 얼마나 잔인한 일이냐? 나 또한 죽을 때까지 괴로워할 거다. 모든 게 끝나 버렸는데, 내가 뭘 더 말하겠니?

동생아! 내가 너에게 편지를 쓴 것은 어머니 때문이야. 어머니! 어머니에 대한 미련만큼은 떨칠 수가 없구나! 우리 집과 내 관계가 이렇게 박살나고 말았으니, 어머니가 얼마나 상심하고 계실지는 안 봐도 뻔하다. 내가 불효막심하여 어머니를 편히 모시지도 못하는구나. 동생아! 난 이후로 어디로 갈지 모른다. 언제 돌아올지 이 또한 더더욱 기약할 수 없다. 네가 어머니 좀 자주 찾아뵙고, 어머니께 전해 줘. 나는 영원히 당신의 아들이라고, 영원히 세상 어느 구석을 가든 어머니의 건강을 조용히 기원한다고!

동생아! 우리 집안이 앞으로 어찌될 지 생각할 엄두조차 나지 않는다. 난 그들이 나의 떠남으로 말미암아 뉘우치기를 바란다. 내가 한 발 한 발 고향에서 멀어질수록 나의 수심도 한 올 한 올 깊어 가겠지.

안녕! 건강하길!

후이쯔(徽之)

사촌 오빠의 편지를 읽고 나자, 나는 어머니가 외숙 댁에 간 이유를 짐작했다. 오빠가 이렇게 떠났다면, 외숙 댁은 한바탕 난리가 난 게 틀림없다. 그렇지 않았다면, 이렇게 급히 어머니를 부르지 않으셨을 거다. 난 어머니가 고생할 게 안쓰럽지만, 사촌 새언니의 운명이 더 걱정이다. 결혼한 지 십 년, 오빠는 한 번도 집에 온 적이 없다. 대학을 졸업하고서야 겨우 돌아왔는데, 이혼 이야기를 꺼낼 줄이야 누가 알았겠는가? 외할머니 댁은 대가족이다. 어른들은 새언니가 매우 현명하고 덕스럽다고 좋아하신다. 그런데 어떻게 쉽게 이혼을 허락하겠는가? 외숙은 지금 집에 안 계시고, 외할머니의 성격도 만만치 않으니, 오빠가 실패한 건 당연하다. 다만 이렇게 난리를 쳤으니, 앞으로 어떻게 될지 정말 알 수가 없다. 오빠야 남자니까 뜻대로 되지 않으면 집을 박차고 나갈 수 있겠지만, 새언니는 어쩌란 말인가? 여자이고, 오빠에게 시집온 사람이다. 이제 와서 오빠가 새언니를 싫다고 하면, 새언니는 어떻게 하란 얘긴가? 여기까지 생각이 미치자, 나는 정말 이 가여운 여자 때문에 마음이 너무 아렸다! 내가 편지를 들고 멍해 있을 때, 왕씨 아주머니가 들어와 말했다.

"마님께서 부르세요."

사촌 오빠의 편지를 접어놓고 왕씨 아주머니를 따라 어머니 방에 들어갔다. 어머니는 마침 작은 가방에 간단한 물건들을 챙기고 계셨고, 쿤은 작은 꽃바구니를 들고 있었다. 새언니는 계단에서 사람들이 물건을 내가는 것을 보고 있었다.

"위야! 어제 외할머니가 전보를 쳐서 오라고 하시는구나. 왜 그러시는지 모르겠는데, 바로 가 보긴 해야겠다. 널 데려갈까 했다만, 무슨 일이 생긴지도 모르니 데려가지 않는 게 낫겠다 싶구나. 너야 며칠 있다 베이징에 가기 전에 한 번 들르면 될 테고, 사실 그 집에 있는 게 그리 편하지는 않을 게 아니냐. 쿤이 따라간다고 난리를 치니, 그 애는 데리고 가는 게 낫겠다. 그러면 말썽 피우지 않아 집안이 조용해질 테니."

어머니의 말씀을 들으면서 처음엔 오빠 일을 말씀드릴까 했는데, 그러지 않는 게 나을 것 같아서 아무 말도 하지 않았다. 어차피 아시게 될 텐데, 미리 걱정하고 막막해하시지 않도록 말이다.

새언니와 함께 어머니가 기차 타시는 것을 배웅하고 돌아오는 길에, 새언니가 나에게 물었다.

"아가씨, 그 집 서방님 일 아세요? 듣자하니 상하이에서 공부할 때, 친하게 지낸 여학생이 있었는데, 올해 집에 돌아오더니 이혼한다고 했대요. 외할머니 댁이 그렇게 엄격하고, 외할머니도 그렇게 엄한데, 동서도 정말 운이 없어요. 여자는……, 동서 같은 여자는 그저 떠받들고 순종할 줄 밖에 모르는데, 기를 펴고 살진 못하더라도 남자의 사랑을 받아야 살 만할 텐데. 지금 사촌 도련님이 그녀를 싫다고 했으니, 얼마나 힘들겠어요! 서방님도 정말 그러면 안 되지요. 구식 환경 속에서 살고 있는 가련한 여자의 입장은 조금도 생각하지 않으신 거예요. 그저 자기 아내가 바깥의 신식 여학생보다 못하다고만 생각하겠죠. 춤도 출 줄 알고, 피아노도 칠 줄 알고, 사교적이고, 명예도 있고, 학식도 있는 그런 여자가 좋다고 생각했을 거예요. "

난 대꾸하기 싫어서 희미하게 웃기만 했다. 집에 와서는 오빠 얘기를 다시 꺼내지 않았다.

그렇지만 마음속으로는 가여운 새언니 생각이 떠나질 않았다. 주위의 예법은 그녀를 오빠의 아내로 인정했지만, 아내는 무슨 아내, 오빠에게 속한 물건이나 다름없지. 오빠는 그녀더러 어떻게 살아가라고 내치는지? 이후 그녀는 누구를 의지하면서 살아야 하는지? 오빠에게 시집온 지 십 년, 비록 결혼 후 오빠는 바로 상하이로 갔지만, 명목상 그녀는 어쨌든 오빠의 아내였다. 구식결혼의 병폐를 사실 우리 모두가 당하고 있다. 얼마나 많은 남자들이 자기 아내를 버리고, 밖에서 굶주린 까마귀마냥 여성들을 잡아먹고 있는지 모른다. 자유연애사상의 깃발 아래, 얼마나 많은 가여운 여인들이 버림받으면서 짓밟혀 오고 있는지 모른다! 속아서 첩 노릇을 하는 여자들 또한 그 수를 헤아릴 수가 없다. 어떻게 해야 새언니를 구할 수 있을까? 그런 가정은 정말 무덤처럼 음울하고 적막하다. 새언니의 생명 역시 바람 앞의 등불 마냥 그렇게 위험하기만 한데!

사흘 후, 어머니가 편지를 보내셨다. 내용은 간단했으나, 그녀가 전한 소식에 우린 경악했다! 오빠가 떠난 후 새언니도 친정으로 갔는데, 돌아간 이튿날 아침, 새언니가 음독자살을 했다는 것이다. 새언니의 할아버지가 외할머니께 와서 심하게 따졌단다. 외숙은 집에 계시지 않고, 오빠는 사람을 죽이고 줄행랑치듯 어디로 날아가 버렸는지 아무도 모르는 판국이라, 그래서 외숙모가 어떻게 해야 할지 상의하기 위해 어머니를 오라고 청했다는 것이다. 지금으로선 아무런 해결기미도 보이지 않고, 새언니의 시신은 이미 외할머니 댁으로 보내와서 어떻게 매장할지 의논 중이라고! 쿤은 있기 싫다고 하니 사람을 시켜 데려가는 게 나을 듯하고, 어머니는 잠시 돌아 올 수 없으니 아버지를 잘 돌보아 드리라고 당부하셨다.

새언니는 어머니의 편지를 읽고 눈물을 쏟았다! 당연히 새언니의 말로가 가여워서다. 그러나 나는 울 수 없었고 말도 하지 않았다. 그냥 정원으로 뛰쳐나와 포도나무 아래 서서, 푸른 하늘의 흰 구름과 나뭇가지 위의 작은 새를 바라보았다. 오빠는 떠났지만 언젠가는 돌아올 날이 있을 것이다. 하지만 새언니는? 그녀는 영원히 돌아올 수 없다! 그녀가 처한 환경과 그녀의 운명을 생각하면서 나는 조용히 고개를 숙이고 그녀가 편히 잠들기를 기원했다!

린난의 일기(林楠的日记)

7월 30일

샤오룽(小蓉)이 오늘 또 기침을 했다. 어머니는 밤에 춥게 자서 그런 거라고 하시지만, 기실 나의 소홀함을 탓하시는 것이다. 샤오룽도 요즘 어찌나 우는지 정말 짜증스럽다. 부모님은 요즘 부쩍 린(琳)을 그리워하시는데, 아이의 울음소리를 들으니 심기가 더 불편하셨나 보다. 어머니에게 약이 어디 있냐고 물어보는데, 어머니의 안색이 무섭도록 굳어있었다. 노란 작은 약병을 받아들 때 내 손이 떨리고 있음을 분명 감지하셨을 거다. 약을 먹인 후, 장(张)씨 아주머니가 아이를 재우고, 나는 부모님의 저녁시중을 들었다.

린은 부평초처럼 떠돌기만 한다. 집과는 갖가지 장애물로 가로막힌 듯하다. 우리는 모두 그를 만날 수 있기를 애타게 바란다. 국민당의 깃발이 옛 성벽 위에 나부낄 때부터는 더더욱 그가 돌아올 날이 가까워졌다고 학수고대해 왔다.

하루하루가 지나고 소식은 없다. 린은 타향을 고향으로 삼은 걸까? 아니면 다른 연유로 못 오는 것일까?…… 오로지 하늘만이 알겠지.

매일 식사할 때마다 모두들 무겁게 입을 다물고 있다. 목에 뭐가 걸린 것처럼 제대로 삼키기도 힘들다. 때로 어머니가 주저리주저리 이런 저런 이야기를 하실 때면 아버지는 아무 말씀도 안 하시고, 나는 젓가락질을 멈춘 채 그저 듣고만 있다. 쥐죽은 듯 적막한 공허함이 홀연 불안한 떨림을 가득 채운다. 마치 바람이 일어나 바다가 아무리 해도 자지 않는 것처럼.

저녁식사 후에 방에서 샤오리엔(小莲)의 귀를 씻어 주다가 어머니가 부르는 소리를 듣고 윗방으로 올라갔다. 아버지는 편지 한 통을 들고 계셨고, 어머니가 웃으면서 말씀하셨다. "린이 곧 돌아온단다."

15일에 쓴 편지였다. 상하이에서 며칠 머문 뒤 하루 이틀 내에 돌아온다고 했다. 이건 정말 기쁜 소식이다. 검은 구름이 가득한 하늘에 갑자기 구름이 흩어지고 파란 하늘이 얼굴을 내민 듯하다. 눈앞에 보이는 모든 것이 밝고 깨끗해 보인다. 이전의 칠흑 같은 밤이 지금은 찬란한 새벽빛을 받은 것 같다. 린은 분명 빛나는 별이다.

우울하고 어두운 것들이 삽시간에 사라졌다. 다들 정신을 차린 듯하다. 하인들조차 일하는 것이 재빨라졌다. 순식간에 집안을 청소하고 새로 이불을 준비한다. 정말 바쁘기 그지없다. 장씨 아주머니가 "룽 아가씨는 아빠를 처음 보니 예쁜 옷으로 입혀야지요."라고 했다. 나는 웃음이 절로 나왔다. 샤오룽의 장밋빛 뺨에 가볍게 입을 맞추자, 아이도 작은 손으로 박수를 치며 웃었다.

가슴이 계속 두근거린다. 삼 년 넘게 고통으로 일그러진 내 마음이 오늘따라 더 처량하기만 하다! 그를 만나는 것이 정말 두렵다. 상자에서 연한 하늘색 셔츠를 꺼내들었다. 거울에 비친 내 모습이 약간 초췌해 보인다. 린의 눈에 내가 예전처럼 보일까? 눈물을 참을 수가 없다! 하지만 나중을 위해 참아야겠다. 오늘의 눈물은 린의 품에서 흘릴 거다. 그가 나의 아픈 상처를 뜨거운 입맞춤으로 어루만지도록 해야지!

고개를 들어 보니 꽃병의 꽃도 웃고 있고 등불도 더 밝아 보인다. 나를 일부러 놀리듯이 내가 어디를 가든 따라 다니는 것 같다. 저리 가 버려, 등불아! 린이 돌아온 후, 그 때 우리 두 사람을 아름답게 비추렴.

11시다. 어머니는 아직 주무시지 않는다. 어머니께 오늘밤에는 돌아올 것 같지 않으니 주무시라고 했다. 샤오란(小芝)도 자려고 하지 않아서 아이에게 거짓말을 했다. "아빠는 네가 꿈나라에 가 있어야 오실 거야!" 과연 아이는 금방 잠자리에 들었다. 그렇지만 잠시 후 조그만 머리를 내밀며 물었다. "아빠 왔어?"

　정원의 포도나무 아래에 아이스크림, 음료수와 과일을 준비했다. 주방
도 아직 불이 켜져 있고, 집안 곳곳도 불을 끄지 않아 대낮과 같이 환하
다. 기다리다 지쳐 나는 조용히 대문 밖으로 나갔다. 밤은 깊었고, 골목은
차갑고 조용하다. 사람소리 하나 들리지 않는다. 은하수 가장자리에서는
쌍둥이별이 꿈을 꾸고 있다. 낚시 바늘 같은 초승달은 흐릿하게 이 조용한
대지를 비추고. 꼭 꿈나라 같다. 멀리서 자동차 경적소리가 들려와 나는
귀를 기울였다. 그가 온 건 아닐까! 하지만 점점 멀어져가고, 차가운 밤기
운만이 옷깃을 적시며 나를 감싸 안았다.

　두 시다. 아마 돌아오지 않을 것이다. 그래서 하인들을 잠자리에 들게
했다. 어머니는 창문을 열며 말씀하셨다. "안 올 것 같으니 자거라!" 어머
니도 나처럼 깨어 계실 것 같다. 잠든다고 하더라도 마음은 영원히 깨어
있겠지.

8월 2일

　린이 어제 저녁 돌아왔다. 이렇게 몇 자 적는 동안에도 내 마음은 몹시
불편하다.

　징(璟) 도련님과 그의 애인 시우친(岫琴)이 그와 함께 왔다. 시우친은
따이(黛)와 같은 고향사람인 데다가 공부도 같이 해서 둘은 잘 아는 사이
이다. 그래서 그들이 오기 전부터 나는 이미 따이로부터 징 도련님과 그녀
에 관한 일을 익히 들어 잘 알고 있다. 이 한 쌍의 연인은 이 집안에서는
마치 막 날아온 제비 같은 그런 존재로 보인다. 다들 신기해하면서 기쁘게
그들을 맞이했다. 그들은 정말 사랑의 신의 날개 아래 깃들어 있는 행복한
연인이다.

　시우친은 강하고 당찬 여자로, 그녀의 그런 기질이 곳곳에 드러난다.
그녀는 러시아에서 일 년여를 거주한 탓에 신 러시아의 기백까지 지니고

있다. 우리 집에서 그녀는 한 손에는 총을, 다른 한 손에는 횃불을 든 개혁자 같다. 어찌 그녀와 나를 비교할 수 있겠는가? 내 몸에는 족쇄와 수갑이 휘감겨 있고, 마음은 수많은 상처들로 찢겨 있다. 단지 그녀보다 6년 먼저 태어났을 뿐인데, 시대는 나를 내던져버렸다. 어머니는 그녀에 대해 아무 말 없이 고개를 저으신다. 하지만 나는 그녀의 세계에 있는 광명을 미치도록 알고 싶고, 그 빛이 나의 이 암담한 현실을 비추기를 바란다.

린! 나는 여전히 그를 린이라 부른다. 그러나 그의 영혼은 이미 나와 갈라져 있다.

운명은 내게 내 앞은 칠흑 같은 동굴이라고, 그저 고통을 참고 눈물을 머금으며 한 발 한 발 나아가야 한다고 말한다. 앞날은 너무 묘연하고, 어디가 끝인지 모르겠다. 어두컴컴하고 깊은 숲 속에서 내 귀에는 오직 점점 멀어져 가는 린의 목소리만 들린다. 깊은 골짜기 어디선가 부엉이의 슬픈 울음소리만 들린다. 꿈에서 깨어 보니 혼자 울고 있다.

어제 밤부터 지금까지 린은 나에게 채 열 마디도 건네지 않았다. 내가 어디로 가든 그는 곧 숨어 버린다. 얼굴이 얼음장같이 차가워서 가까이하기가 힘들다. 그의 눈빛엔 무정함뿐이다. 어제 저녁 돌아와서는 하인들에게 바깥방에 잠자리를 마련하라고 재촉했다. 그에게 예전에 사용하던 비단이불을 건네주었더니 대번에 던져 버렸다. 장씨 아주머니조차 그가 누구 때문에 화가 났는지 영문을 몰라 했다.

나는 밤새 잠을 이루지 못하고, 조용히 그의 침대머리에 서서 그의 우뢰와 같이 코고는 소리를 들었다. 내가 들어온 것을 느꼈는지, 그는 희미하게 탄식하면서 몸을 뒤척였다. 그의 가슴속엔 분명 큰 고통이 있는데, 이 고통은 무엇 때문이지? 그가 나를 미워하고 피하는 이유를 도무지 알 수가 없다. 세 번째로 그의 침대 앞에 갔을 때, 낮은 목소리로 "린!"하고 불렀다. 그가 마치 저 하늘가 땅 끝에 있는 것처럼 멀게 느껴졌다. 공중에 나의 떨리는 목소리가 울려 퍼졌지만 아무런 대꾸가 없었다.

나는 침대 곁에 맥없이 쓰러졌다. 린이 돌아온 첫날밤은 이렇게 지나갔다.

8월 3일

새벽빛이 창문을 비춰올 때, 내 마음은 우울함으로 가득 찼다. 머리를 빗고 세수를 한 다음 그의 침대 머리맡으로 갔다. 그는 눈을 꼭 감고 있긴 했지만, 이미 깨어 있었다. 나는 조용히 다가가 그에게 몇 마디 건네고 싶었으나 그의 얼음장같이 차가운 얼굴이 무서워서 차마 그렇게 하지 못했다. 난 이미 내 숨소리가 뜨거워짐을 느끼고 있었고, 눈물이 금방 쏟아질 것 같았다. 하지만 그의 화를 돋울까봐 급히 나와 버렸다.

어머니의 방문을 살짝 열자, 어머니가 휘장 뒤에서 누구냐고 물으셨다. 대답을 하려는데 목이 슬픔으로 꽉 메여왔다.

"왜 벌써 일어났느냐, 좀 더 자게 하지. 네가 일어나는 통에 분명 린이 깼을 텐데."

나는 어떻게 대답할지 몰라 묵묵히 휘장 앞에 서 있었다. 어머니도 이상했던지, 옷을 입고 휘장을 열고는 나를 한 번 바라보시더니 물으셨다.

"린난, 왜 그러는 게냐?"

나는 요를 개키고 장씨 아주머니에게 세숫물을 가져오라고 했다.

오늘 손님이 많이 왔다. 큰 고모와 따이도 왔는데, 린은 그들에게도 냉담했다. 큰 고모는 예의상 조금 앉아 있다가 가버렸다. 따이는 정말 의아해하면서 멍한 표정으로 나와 린을 번갈아가며 바라보았다.

식사 후, 린은 곧 잠자러 가버렸다. 아버지조차 그와 말할 기회가 없었고, 어머니도 화가 나신 것 같았다. 그녀는 차라리 돌아오지 않은 게 나았다고 푸념하셨다. 징 도련님과 시우친은 더 난감한 기색이었다. 나와 린둘 다에게 대하기 어려운 뭔가가 있는 것 같았다.

어머니가 우연히 징 도련님의 트렁크를 열다가 많은 사진첩을 봤다. 다 그들 사진이었다. 그런데, 징과 시우친 외에 바로 린과 첸이칭(钱颐青)이 함께 찍은 사진들이 들어있었다. 대부분 서호(西湖)에서 찍은 것들이었다. 나는 린을 보면서 웃음을 지었다! 어머니는 숨김없이 말씀하셨다. "아이고! 알고 보니 이 여자 때문이로구나!" 징 도련님과 시우친은 서로 바라보면서 어쩔 줄 몰라 했다.

첸이칭은 우리 고향 사람이다. 그녀는 베이징 대학을 다니고 있다. 작년에 펑시(奉系)4)에서 학생들을 체포할 때, 그녀 역시 혐의를 받고 난징(南京)으로 피해 갔었다. 그때 린은 마침 어떤 군대의 군수처 처장으로 있었는데, 그곳에서 그녀를 좀 도와주었다. 린이 사는 곳은 매우 넓어서 시우친, 샤오핑(小萍), 첸이칭이 모두 함께 생활했다. 징 도련님과 시우친에게 기회가 만들어졌고, 자연스럽게 린과 첸이칭도 그렇게 되었다. 그런 낭만적인 분위기에서는 물론 낭만적인 사랑이 싹트기 마련이다. 작년에 린이 항저우(杭州)에서 요양을 할 때 보내온 편지에, 그는 첸이칭이 자기를 보살펴 주고 있다고 썼었다. 나는 타향살이에 더욱이 병까지 든 상황에서 첸이칭같은 사람을 만난 것은 정말 하늘이 준 복이라고 생각하고 그녀에게 매우 고마워했었다. 나는 첸이칭이 날 알 것이라고 철석같이 믿었고, 린 또한 나를 사랑하듯 그렇게 다른 사람을 사랑하지는 않을 것이라고 생각했다. 그 때 나는 그들이 우정을 넘어선 연애를 하고 있으리라고는 상상도 못했다.

그렇지만, 지금 사실이 그렇다고 알려주고 있지 않은가!

아! 나에게는 내 마음 저 깊은 곳의 슬픔과 분노를 삭일만한 힘이 없다. 그러나 린에게는 나를 떠나고, 나를 버리고, 나의 삶을 무너뜨릴 힘이 있다. 이런 상황이 딱 벌어진 지금 나야말로 가장 고통스럽고 가장 가련한 아녀자이다. 그런데 그들은 아무 거리낌 없이 사랑할 수 있을까? 난 다른 사람들처럼 운명에 농락당한 가여운 이가 될까 두렵다!

---

4) 중화민국 초기, 장작림(张作霖)을 총수로 했던 북양군벌의 한 파.

8월 5일

어제 저녁 린에게 말했다. "당신 무슨 문제 있으면 나에게 말해 봐요. 내가 방법을 찾아볼 테니. 하루 종일 이렇게 고민한들 무슨 수가 나겠어! 당신은 결단력 있는 사람이잖아. 왜 용기를 내지 않는 거지!"

몇 번을 다그치자, 그가 차갑게 대답했다. "난 아무렇지도 않으니 신경 쓰지 마." 재차 물었을 때, 그는 이미 얼굴을 벽 쪽으로 돌려버리고 자는 척 했다. 귀가 두 개나 있다고 원망하는 것처럼.

이때 난 정말 화가 나서, 그를 마구 때리고 물어뜯어야 풀릴 것만 같았다.

한밤중에 그가 일어나더니 보온병에서 물을 따라 마신다. 나는 신을 신고 냉장고에서 사이다를 꺼내 갖다 주었다. 그는 순식간에 두 병을 다 마셔버렸다. 마치 마음속에서 훨훨 불타오르는 울화를 다 꺼버리려는 것처럼.

탁자에 기대어 그에게 물었다.

"린! 내가 도대체 당신에게 무슨 잘못을 했는지, 당신한테 무슨 미안한 일을 했는지 속 시원하게 얘기 좀 해 봐. 내가 이 집에서 어떻게 살고 있는지는 당신도 잘 알고 있잖아. 다 당신을 위해서, 부모님 모시고 아이들 기르면서 감히 한 마디 원망도 못했어. 그런데 당신은 왜 나에게 이렇게 화를 내고 있는 거야! 아무리 생각해도 나에게 이렇게 차갑게 대하는 이유를 모르겠어. 무슨 해결하기 어려운 일인가! 내가 방법을 찾아 볼 테니 얘기 좀 해 봐요. 당신이 행복하기만 하다면 나는 당신이 잘 되도록 도울 거야. 하루 종일 한숨만 내쉰다고 일이 되겠어? 부모님은 오로지 당신이 돌아오기만을 학수고대하고 계셨는데. 먹어도 맛을 모르시고, 잠도 편안하게 한 번 못 주무셨다구요. 그런데, 당신은 오히려 식구들을 귀찮아하고 냉담하기만 하니. 요 며칠 어머니 안색이 얼마나 안 좋은지 좀 봐. 오늘은 아버님 방에서 우셨어요! 3년 만에 겨우 돌아와서는 나한테도 이런 식으로 하고, 정말 생각지도 못했어. "

그는 일어나 하품을 했다. "물론 당신한테야 미안하지. 하지만 부모님
역시 나에게 잘하신 것 없어! 관두자구. 가서 잠이나 자!"그는 바로 침대
로 가 눕더니, 머리까지 이불을 뒤집어쓰고 또 자버렸다.

나는 멍하니 탁자 옆에 서 있다가, 녹색 갓 아래 처량한 불빛을 보며 눈
물을 흘렸다. 그는 분명 내 울음소리를 들었으련만 모른 체 하고 있었다.
린. 나의 사랑은 물과 같은데, 어찌 철과 같은 당신 마음을 감당할 수 있
을까. 예전엔 그렇게 부드럽고 깊이 사랑해 주던 린, 몸은 지척인데 멀게
만 느껴져요.

8월 7일

오늘 새벽 막 잠이 들려고 하는데, 그가 밖에서 부산하게 짐을 정리하는
소리가 들렸다.

따이가 왔다. 그녀는 손에 물건을 가득 안고 와서 침대에 잔뜩 늘어놓았
다. 무슨 작은 강아지, 일기책, 사진기, 구두, 손수건, 스타킹, 옷감 등
등. 따이는 어린애처럼 물었다. "새언니! 오빠가 언니에겐 뭘 주셨어요?
이거 다 오빠가 금방 저에게 준 거예요. 모두 내가 좋아하는 거예요. 오빠
는 정말 여자에게 물건 선물할 줄 안다니까. 독특하기도 하고, 맘에 쏙 들
어요. "

나는 애써 웃었다. 그녀가 이어 말했다. "새언니, 내가 언니하고 친하
니까 하는 말인데요. 몰래 알려 주는 거예요. 그렇지만 오빠에겐 말하지
마세요. 오빠가 알면 절 미워할 거예요. "

"무슨 얘기인데요, 비밀 지킬게요. "

"시우친이 어제 왔는데, 내가 언니가 병났다고 하니까, 한숨을 길게
내쉬는 거예요! 그녀에게 오빠가 새언니에게 왜 그렇게 못되게 구는지 아

냐고 물어 봤지요. 시우친은 웃으면서 자기가 어떻게 알겠냐고. 난 그녀에게 이것저것 자세하게 물어봤는데, 어떻게 된 건지 알겠더라고요. 오빠가 첸이칭과 좋아진지 벌써 1년이 넘었는데 상당히 깊은 사이래요. 대체 왜 그녀를 사랑하는지 비밀스런 사랑이라 누군들 알겠어요. 기회가 그렇게 만들었나 봐요. 오빠가 아팠을 때 매번 첸이칭이 와서 간호했대요. 식사도 해주고 약도 해주고. 언니 한 번 생각해 보세요. 남자 혼자 있는데 여자가 와서 그렇게 잘해주면 어떻게 사랑에 빠지지 않겠어요! 더구나 남방의 그런 낭만적인 분위기에서요. 첸이칭이 난징을 떠났을 때는, 오빠도 휴가를 얻어서 항저우로 그녀를 만나러 갔대요. 항저우의 서호 근처에다 집까지 빌렸다는군요. 오빠는 항저우에서 요양을 했다지만, 요양은 무슨 요양? 그녀 때문에 병난 거겠지! 오빠가 그녀에 대해서는 징이나 시우친에게도 잘 얘기하질 않았대요. 어떻게 해결해보려고 해도, 오빠 자신도 어떻게 해야할지 모르나 봐요. 정식으로 그녀와 결혼하려고 해도 첸이칭이 원하지 않을지도 모르니까! 아마 무슨 목적이 있겠지, 술꾼 마음이 술이 아니라 딴 데 가 있는 거야. 오빠는 성실한 사람이잖아요. 그렇지 않다면 그런 어리석은 짓도 하지 않았겠지요. 집에 와서는 새언니에게 그렇게 대하니, 언니도 너무 애태우지 말아요. 오빠와 첸이칭은 그리 오래가지는 못할 테니. 듣자하니 첸이칭은 광시(广西)로 돌아갈 거라고 하던데요. 헤어지면 감정도 점차 식을 거예요. 새언니! 그때가 되면 오빠는 여전히 언니 거예요. 이번에 언니도 집에 남지 말고 오빠를 따라 가세요. 외국 사람들은 부부가 절대 헤어져서 안 살아요. 한 번 헤어지면 어떻게 될지 모르니까요. 오직 중국에서만 남자 혼자 밖에서 일한답시고 십 년 넘게 돌아다니면서 집에는 오지도 않고, 집에서는 여자 혼자 눈물 흘리면서 애타게 기다리죠. 그래서 문학에도 부부간의 이별이나 여자의 한을 담은 것들이 그렇게 많잖아요. "

그녀의 말에 웃음이 나왔다. 따이는 정말 작은 입으로 말도 잘한다. 오죽하면 어제 린이 어머니에게 따이는 좀 왕지펑(王熙凤)5)같다고 했겠는가!

백합가루를 먹고서 난 기운을 내려 했다. 내일은 아버님 생신이다. 다 내가 나서서 준비해야 한다. 그렇지 않으면 어머니가 화내실 것이다. 린은 나를 상대해주지 않아도 되고 사랑해주지 않아도 된다. 그러나 나는 그의 집안을 떠날 수 없고, 종일 상당한 책임을 떠맡아야만 한다. 시우친은 이런 나를 고루한 전통 관념에 찌든 사람이라고 비웃지만, 나도 어쩔 수 없이 이런 환경 속에서 반항할 수 없는 것이다. 나는 이미 시대의 희생양이 되었으므로. 시우친은 언젠가 징 도련님과 결혼하겠지만, 그녀의 위치는 나와 다를 것이다. 누구나 다 그녀는 손님처럼 앉아서 보고, 앉아서 먹고, 앉아서 웃으며 이야기나 하는 게 당연하다고 여기겠지만, 내가 처한 상황과 위치에서는 그게 불가능하다. 나는 얻어온 며느리이지 청해온 아내가 아니니까.

8월 9일

무슨 일로 벽이 생기면 고통이 따르는 법이다. 누구도 속 시원히 말하지 않고, 울고 싶어도 눈물을 삼키고 웃는 얼굴을 보여 줘야한다. 사실 당신을 미워하지만, 겉으로는 다정한 척 해야 한다. 이런 위선을 중국인들은 미덕이라고 생각하기 때문에, 사회나 가정이나 개인이나 다 그러하다. 나는 정말 싫지만, 이렇게 할 수밖에 없다. 네가 적나라하게 본성을 드러내어도 내버려두는 환경이 어디 있겠는가?

우리 집은 윗사람은 윗사람대로, 아랫사람은 아랫사람대로 다들 걱정거리가 있어 힘들어한다. 아무것도 모르는 천진난만한 세 아이만 빼고, 심지어는 손님조차도 그렇다.

---

5) 『홍루몽(紅樓夢)』에 나오는 여성 인물.

어제 아버지 생신을 치르는데, 겉보기에는 얼마나 흥겨웠는지 모른다. 적지 않은 손님이 오셨다. 따이는 특히 더 즐거워했다. 어디서든 그녀의 목소리가 들리고 그녀의 그림자가 보였다. 린이 따이는 무대에 오르는 사람 같다고, 어떤 무대에서든 그녀의 역할을 다 해낸다고 했다. 나는 그녀가 정말 사랑스럽다. 모두들 그녀를 사랑할 거다. 능력 있는데다가 예쁘고 성격도 좋다. 어느 곳에서든지 적당히 잘 어울릴 줄 알기 때문에 미워할 만한 구석이 없다. 그녀는 교사이다. 버는 돈은 혼자 쓰기에 충분하다. 어디 구속되는 것도, 걸리는 것도 없다. 어느 누구도 그녀를 무시하지 않고, 그녀 또한 누구의 눈치도 볼 필요가 없다. 그녀는 얼마나 행복한가! 만약 내가 그녀 정도라면, 린에게 연연해하지 않을 텐데. 마치 그의 장난감인양, 그가 좋아할 때는 그지없이 행복해하고, 그가 싫어할 때는 고통 받고, 버림당하면 그저 옆에서 눈물만 흘린다! 그렇다고 노라[6]처럼 문을 박차고 집을 나가지도 못한다.

점심 때 시우친과 따이가 모두 취했다. 린도 약간 취했다.

시우친도 아마 무슨 걱정거리가 있었나 보다. 술로 달래려다 오히려 불에 기름 부은 격이 되고 말았다. 징 도련님의 침대에서 잠을 잤는데, 발버둥을 치며 대성통곡을 하는 거다! 그녀는 정말 해방된 여성이다. 아무 것도 개의치 않는다. 어머니는 뒤에서 돼먹지 못했다고 욕하셨다. 예의도 모르고 다른 사람의 시선도 전혀 거리끼지 않는다고. 하필이면 아버지의 생신에 그녀가 울었으니 꺼림칙한 것도 당연하다. 그렇지만 그들이 이런 것들에 무슨 신경을 쓰겠는가. 그들에게 이런 일은 일상적이다. 술 마시고 싶으면 마셔서 취해버리고, 취해서 천지가 진동하도록 웃건, 땅이 뒤집히도록 통곡을 하건 자유다. 누가 상관하겠는가. 내가 보기에 시우친과 징 도련님은 결혼해서 그들끼리 사는 게 제일 좋을 듯싶다. 이런 대가정에서 어떻게 생활하겠는가! 곳곳에서 어른들과 충돌할 것이다. 어머니는 항상

---

6) 입센〈인형의 집〉의 주인공. 1920년대 중국에 입센이 소개되면서 "노라"는 중국 신여성들에게 많은 영향을 끼쳤다.

이렇게 말씀하신다. "너희는 정말 운이 좋지. 우리처럼 옛날에 며느리 노릇한 사람은 뭐든 다 해야 했다. 하루 종일 시어머니 옆에서 시중들고, 저녁에는 또 삼촌이며 고모들 양말 만들고. 어디 니들처럼 그렇게 종일토록 공원이네 영화관이네 놀러만 다닐 수 있었겠느냐." 얼마나 많은 세월이 흐르고 변했는데, 어머니는 오직 자신이 어릴 때 받은 고통만 얘기한다. 그녀는 우리를 부러워하지만, 우리는 이런 생활이 아직도 불만스럽다!

어제는 세 시가 되어서야 겨우 잠자리에 들었다. 원래 머리가 좀 아팠던 데다가 하루 종일 피곤했던 탓에 아침에 세수를 하고 나니 어지러워서 의자에서 일어나지 못했다. 린은 나를 보고 왜 그러냐고 묻지도 않았다.

나는 겨우겨우 안으로 들어가 침상에 쓰러지듯 누웠다. 눈물이 흘러내렸다! 내 신세가 가여웠다. 이 세상에서 린을 제외하고 나에게 또 누가 있겠는가. 부모님은 일찍 돌아가셨고, 형제자매 하나 없다. 혼자 쓸쓸히 웨이(魏)씨 집안에 시집와서, 갖은 수모와 고충을 다 겪었다. 그러나 린만 나를 사랑한다면 이 집에서 어떤 고통을 당하든 괜찮다고 생각했다. 15년을 이렇게 살아오면서도 내 운명을 원망한 적이 없다. 그런데 지금, 나의 행복을 잡아매고 있던 쇠사슬이 끊어져 버리고 말았다. 아마 난 어둡고 깊은 동굴로 굴러 떨어지게 될 거다.

울다 울다 지쳐 버렸다. 난 샤오룽이 잠든 모습을 물끄러미 바라보았다. 내 눈물이 아이의 얼굴에 흘러 내려 아이의 얼굴에 어머니의 아픈 눈물 자국이 남아 있다. 아이 외에 오직 하늘만이 나의 비통함을 알리라. 한밤중에 일어나 린을 보니, 머리를 안쪽으로 하고 잠들어 있었다. 무심결에 그의 머리를 어루만졌다. 손에 물기가 묻어 나온다. 아! 그렇구나, 린도 몰래 울고 있었구나! 마음이 더 아려 와서 그의 몸에 엎드려 물었다. "린, 왜 그래?" 묵묵부답이다. 연거푸 묻자, 그는 이불을 젖히더니 버럭 화를 냈다. "밤마다 잠도 못 자게 귀찮게 구니 원, 내일 여관으로 가버리던지 해야지. 당신 도대체 왜 그래?"

그가 무서워서가 아니라, 모두의 평안함을 위해, 난 참았다.

8월 11일

오늘 따이가 왔다. 막 징 도련님 방에서 우리 방으로 왔는데, 근심 어린 나의 모습을 보더니 길게 탄식을 한다. "어째 이 집은 즐거운 사람은 너무 즐겁고, 우울한 사람은 너무 우울해. 나도 정말 어떻게 해야 좋을지 모르겠어. 이 방에 오면 비극이 공연 중이고, 저 방에 가면 희극을 연출하고 있으니. 대체 어쩔 것인지 언니 오빠랑 좀 분명하게 얘기 좀 해봐요. 이런다고 될 일도 아니잖아요! 시대가 이미 변했다구요. 언니도 사범대학 졸업생이고 그 정도면 배울 만큼 배웠는데, 이런 가정에서 그렇게 굴욕적으로 고통스럽게 살 필요가 뭐 있어요. 새언니, 나는 언니가 정말 불쌍해요. 언니가 너무 가여워서 돕고 싶어요. 매일 울기만 하면, 홧병만 생기고, 문제도 해결할 수 없어요!"

"오빠와 무슨 말을 하겠어요! 그저 그가 나를 안중에 두고 있지 않을 뿐인걸요. 우리 사이는 완전히 갈라졌다는 걸 나도 알아요. 어떤 것으로도 사랑을 억지로 만들어낼 수는 없어요. 그도 고통스럽겠죠. 사랑하는 사람과는 함께 할 수 없고, 사랑하지 않는 사람은 항상 눈앞에 아른거리니, 게다가 쫓아도 가지 않고, 갔다가도 또 와서 귀찮게 하니까요. 지금 같으면, 그와 정식으로 이혼하는 게 불가능할 것도 없어요. 다만 부모님이 허락하지 않으실까봐 그게 걱정될 뿐이죠. 나는 물론 그의 아내이지만, 또 반은 부모님의 며느리예요. 부모님은 제가 필요하잖아요. 내가 가버리면, 요즘 누가 부모님을 모시고 산다고 하겠어요. 어머니는 전에는 저를 못마땅해 하셨어요. 어머니 세대처럼 며느리 노릇을 제대로 하지 못한다고. 하지만 시우친과 비교하면, 나는 완전히 구시대의 부인이고, 시우친은 이런 대가정을 개혁하려는 반항아예요. 그녀는 징 도련님의 아내는 될 수 있겠지만, 며느리는 될 수 없어요. 내가 설령 이 집을 나간다 해도 빌어먹지는 않을 거예요. 남의집살이라도 하면 나 혼자 못 살겠어요? 하지만 리엔, 란, 룽세 아이가 걸려요, 제가 어떻게 그 아이들에게 엄마한테 버림받는 고통을 느끼게 하겠어요. 샤오리엔은 이미 눈치 채고 있어요. 벙어리가 아니예요. 제가 우는 걸 보고 그 아이도 울더군요! 어떤 때는 밤에 우는 걸 들으면 침대에서 내려와 '엄마 울지 마, 울지 마' 하면서 저한테 안겨요. 샤오란은 어제 어머니에게 그러더군요. '할머니, 아빠가 엄마한테 막 화내서 엄마가 울어요! 왜 아빠를 혼내지 않으시는 거예요?' 어린 것들이 보기에 저는 이미 가련한 엄마인 거죠. 내가 정말 가버리면, 그 아이들이 어떻게 될 지 차마 생각도 못 하겠어요. 그래서 아이들 때문에 저는 이런 고통스런 상황에서도 참고 있는 거예요."

내가 따이와 이야기하고 있을 때, 린이 윈샹(云香)을 시켜 그녀를 오라고 불렀다.

조금 후에 차 경적소리가 들렸다. 그들이 영화 보러 나간 것이다.

따이가 나를 찾아오는 것도 고달플 것이다. 그렇지만 그녀는 정말 대단하다. 어느 쪽하고도 무리 없이 정말 잘 지낸다.

따이가 나에게 이혼을 권하는 게 어쩌면 린이 그녀에게 나의 심중을 떠보라고 부탁해서 그러는 것일 수도 있다. 내가 먼저 이혼문제를 꺼낼 경우에 대비해서 말이다. 만약 그렇다면 린은 정말 독한 사람이다. 나와 결별할 생각을 벌써 하고 있으면서도 겉으로는 아무 내색도 하지 않고, 사람들과 일부러 농담도 하고 그러니 말이다. 어머니는 일찍부터 나에게 불만이다. 린이 오지 않을 때엔 애타게 기다리더니, 돌아오니까 일부러 그의 기분을 상하게 한다고. 아들은 탓하지 않고 나만 나무라신다.

울 수도 없다. 울면 그들은 "린을 쫓아낸다"고 욕하고, 린도 집에 있는 게 고통스러워서 한 시도 참을 수 없다고 말한다. 누가 내 입장에서 나를 생각해준 적이 있는지.

어제 시우친이 그랬다. "이 집은 정말 갑갑해. 솔직하게 털어놓으면 간단한 걸 가지고 다들 가면은 벗으려고 안하고, 억지로 유지하려고만 하니. 며칠 있다가 어머니를 보러 갈 생각이예요. 우리 새언니네 집도 갑갑하긴 마찬가지예요, 하루 종일 내 결혼문제를 가지고 신나한다니까요. 여기도 또 이 모양이고, 언니니까 이렇게 참고 있는 거지, 나 같았으면 벌써 도망 갔지. 징은 항상 나한테 자기 집은 화기애애하고, 부모님 성격도 좋으시다 고 자랑했었는데, 와서 보니, 웬걸요. 솔직히 말해서, 저 정말 좀 후회돼 요. 린과 당신도 서로 사랑하는 부부였잖아요. 그런데 지금은 그 첸이칭이 라는 여자 하나 때문에 이런 지경까지 이르렀으니, 징도 나중에 어떻게 될 지 누가 알겠어요, 흥! 남자들의 마음은 믿을 게 못 된다니까. "

그녀가 왜 나에게 불만을 토로하는지 모르겠다. 난 뭐라 할 말을 찾지 못하고 그저 웃기만 했다.

8월 15일

요 며칠동안 유난히 우울하다. 일기도 쓰기 싫다.
떠날까, 죽어 버릴까, 아냐 그냥 이렇게 살아가야지.

스핑메이와 까오쥔위의 묘비. 북경의 도연정 공 원에 있다. 생전에 이루지 못한 이들의 사랑은 죽 어서 나란히 함으로써 위안을 받았다.

링수화

(凌叔华 : 1900~1990)

북경에서 태어난 링수화는 원적이 광동성(广东省) 번우현(番禺县)이며, 원명은 서당(瑞棠)이고 서당(瑞唐), 능서당(凌瑞唐), 소심(素心), 소화(素华) 및 Su Hua 등의 필명을 사용하였다. 전형적인 구식 문인으로 회화에 남다른 조예를 지녔던 그녀의 아버지는 여섯 명의 부인을 두고 있었는데, 그녀는 넷째 부인의 셋째 딸이자 전체 형제 자매중의 열째로 태어났다. 봉건대가정과 그녀의 예술적 재질에 대한 부친의 총애 속에서, 그녀는 봉건이데올로기에 대한 거부감이나 반역심리를 갖지 않은 채 온순한 여성으로 성장하였다. 이처럼 봉건 구가정에서 성장하였던 그녀의 남다른 체험은 훗날 그녀의 소설창작에서 구가정 내부의 삶과 의식을 반영함으로써 그녀 나름의 특색을 이루게 하였다.

　1924년 초부터 습작을 발표하였던 링수화는 1925년 이후 당시 진원(陈源)이 편집을 맡고 있던 『현대평론(现代评论)』에 『술 마신 뒤(酒後)』를 발표함으로써 문단에서 명성을 얻기 시작하였다. 1926년 6월 연경대학(燕京大学) 외국어과를 졸업한 그녀는 그해 7월 진원과 결혼하였으며, 1927년 여름에는 호적(胡适), 서지마(徐志摩), 양실추(梁实秋) 등과 함께 상해에서 신월서점(新月书店)을 설립하였다. 1928년 봄 그녀의 최초의 단편소설집 『화지사(花之寺)』가 출판된 이래, 잇달아 『여인(女人)』, 『나이어린 두 형제(小哥儿俩)』를 출판하였다. 또한 1953년에는 영문 단편소설집 『Ancient Melodies(古韵)』을 런던의 호가스 출판사(Hogarth Press)에서 출판하고, 산문집 『애산려몽영(爱山庐梦影)』을 싱가폴의 세계서국(世界书局)에서 출판하였다. 1970년 3월 진원이 뇌일혈로 세상을 떠난 후, 그녀는 회화와 문학활동을 지속하다가 1990년 5월 22일 北京에서 세상을 떠났다.

　링수화의 창작활동은 일반적으로 크게 세 시기로 나뉘어진다. 첫째 시기는 창작활동을 시작한 1924년부터 중일전쟁이 발발하기 전까지로서, 이 시기에 그녀는 『화지사』, 『여인』, 『나이어린 두 형제』 등의 단편소설집을 출판하면서 소설가로서 명성을 날렸다. 둘째 시기는 중일전쟁이 발발한 후 1946년 진원을 따라 영국으로 건너가기까지로서, 이 당시의 창작활동은 양적·질적인 면에서 그다지 두드러지지 않았다. 셋째 시기는 영국에서 거주하던 때로부터 세상을 뜨기까지로서, 싱가폴 남양대학(南洋大学)의 교수로 재직하던 때 신문학과 밀접한 관계를 회복한 것 외에는, 기본적으로 동서방의 회극과 회화에 몰두하였다.

　링수화의 소설세계는 여성의 내면심리를 여성의 섬세한 관찰로써 세밀하게 분석하고 있다는 특징을 지니고 있다. 그녀의 소설에 등장하는 인물형상은 대체로 '구식 혹은 신식 대가정의 규수, 반역사상을 지닌 신녀성, 구가정의 부인' 등으로 이루어져 있다. 특히 '고문거족(高门巨族)'의 여성들의 가정 일상사를 통해 이들이 느끼는 번민과 이상을 보여주고 있는 그녀의 소설은 "대단히 신중하고 적절하게 구가정의 온순한 여성을 묘사"하고 있으며, "여성의 온유한 기질을 풍부히 지님"으로써 "100% 여성적인 면"을 보여주고 있다. 따라서 "그녀의 소설은 피와 눈물로 얼룩진 삶이나 분노로 가득 찬 감정을 묘사한 작품이 거의 없으며" "忧愁와 苦闷이 있더라도 언제나 우아하고 정숙하다."는 평을 받고 있다.

술 마신 뒤(酒后)

　밤이 깊어지고 손님들도 다 돌아갔다. 거실 한 가운데 있는 소파에 서른이 훌쩍 넘어 보이는 한 남자가 술에 취해서 곤히 잠들어 있고, 난로가 옆에는 술기운으로 얼굴이 발그레한 한 쌍의 젊은 부부가 앉아서 소곤소곤 정답게 이야기를 나누고 있었다. 거실 안은 따뜻하고 부드러운 분위기로 넘쳐흘렀다. 여자가 갑자기 일어서더니 말했다.

　"우리 둘 다 정말 무심하기는, 즈이(子仪)가 저기서 저렇게 자고 있는데도 아무 것도 덮어주지 않았네. 내가 담요 하나 가져 올 테니 당신이 좀 덮어줘요. 그 쪽 등불도 좀 꺼 주고. 눈에 불빛이 비치면 잠자는 데 불편할 거 아녜요."

　"내가 가서 가져오지."

　남자가 서둘러 일어나면서 대꾸했다. 여자는 이 말에 대답하지 않고, 바로 들어가더니 담요를 안고 나왔다.

　"살살 신발 좀 벗겨 줘요. 담요도 잘 펴서 어깨와 발까지 다 덮어 주고. 이러면 좀 편안하게 잠잘 수 있겠죠."

　그녀는 남편이 자고 있는 남자의 신발을 벗겨 주고 담요도 잘 덮어주는 것을 보면서 말을 이었다.

　"우리 여기 좀 더 앉아 있어요. 조금 있다 깨어나면 분명 차나 물을 찾을 테니. 그가 방금 집에 돌아가지 않겠다고 하더군요. 그의 집 침대보다야 여기 소파가 훨씬 편하지."

　그녀는 말하면서 다시 앉았다.

　"허! 그의 가정도 정말 재미없어요. 가엾기 짝이 없어요."

　남자는 다시 그의 아내 옆에 앉았다. 조그만 전등에서 가느다란 불빛만이 새어나올 뿐, 거실 안은 어둡다. 난롯불의 부드럽고 환한 붉은 색이 두 사람의 웃는 얼굴에 비쳤다. 실내 온도가 높아서인지, 화분의 매화에서 유달리 달콤하고 따스한 향내가 풍겼다. 남자는 그의 아내를 바라보다가 눈을 가느다랗게 뜨고 웃으면서 말을 건넸다.

"차이사오(采苕), 나도 취했어."

"당신 술 조금밖에 마시지 않았다면서?"

여자가 미소를 지으며 대꾸했다.

"술에 취한 게 아니고, 이 분위기에 취했어……. 내 눈, 코, 귀, 입……. 영혼까지도 다……, 내 마음은 더 취했다구……. 얼마나 빨리 뛰고 있는지 한 번 만져 봐!"

그는 웃으면서 아내의 옆에 더 바싹 다가앉았다.

차이사오는 웃는 듯 마는 듯 그를 한 번 쳐다보더니, 그 잠들어 있는 남자를 힐끗 쳐다보고서 말했다.

"당신이 취했다는 것은 인정하지 않으면서, 귀와 코, 눈, 입, 영혼, 마음 등등이 하나하나 다 취했다고 말하는 건 또 뭐예요. 당신 얼굴은 즈이만큼 그렇게 빨갛지는 않네. 이 사람은 오늘 정말 취한 것 같아."

남자는 그의 아내가 무슨 말을 하는지 듣고 있지 않는 것 같았다. 그는 여전히 취한 눈을 가느다랗게 뜨고 그녀의 손을 잡아끌면서 말했다.

"내 사랑, 어떻게 내 온 몸과 맘이 취하지 않을 수 있겠어? 이렇게 좋은 사람, 이렇게 좋은 음식, 이렇게 아름다운 집이 다 나를 위해서 존재하고 있는데! 평소에 말야, 이렇게 이쁘고 푸근한 집에 앉아서 이 모두가 다 내가 사랑하는 사람이 정돈하고 꾸며놓은 것이구나 하고 생각하면, 그 자체만으로도 이미 내 마음이 취해 버린다구. 당신이 저어기서부터 다가오는 것을 보고 있노라면 내 마음은 바로 두근거려. 지금 내 눈앞에 앉아있는 이는 천상의 선녀이고, 살고 있는 곳은 하늘궁전이고, 귀에 들리는 소리는 내 영혼 속의 음악이고, 코로 맡는 냄새는……, 정신을 앗아가는 향내야. 매화나 장미 같은 것들이야 말할 것도 없고, 연꽃향내와 비교해도,

연꽃 이파리 배어 있는 냄새가 싫어질 정도야. 내 입은……, 방금 내가 사랑하는 사람이 특별히 정성을 다해 만든 좋은 음식을 맛보았지……. 아, 난 또 맛볼 수 있을 것 같아. 그 꽃 냄새 같기도 하고 아닌 것 같기도 한, 사탕처럼 달콤한 것 같기도 하고 아닌 것 같기도 한, 단 술 같기도 하고 아닌 것 같기도 한……. "

"됐어요, 됐어. 당신 정말 취했다니까. 어디 소설에나 나올 법한 말로 날 놀리는 것 좀 봐. 좀 조용히 얘기하세요. 즈이가 깨겠어요. "

그는 부인의 손을 가져다 한껏 그 내음을 맡았다. 그리고 고개를 들어 그녀를 바라보면서 말했다.

"당신도 좀 취했지? 뺨에 술기운이 어려 있는데. 어떤 꽃이 이것보다 더 사랑스러울까?…… 복숭아꽃? 너무 속되어 보여 싫어. 모란? 너무 화려하지. 국화? 너무 차가워. 매화? 너무 갸날퍼. 정말 어디 비길 데가 없다니까. "

그는 더 가까이 다가와 앉았다.

"아! 다른 건 차치하고 당신 눈썹만 보더라도 말야, 무엇에 비할 수 있을까? 원산(远山)[7]에 비긴다면……. 그건 너무 평범해서 싫어. 아미(蛾眉)[8]는 너무 둥글고, 버드나무 잎은 너무 곧고, 초승달은 너무 차갑고. 다 아냐. 눈썹의 아름다움이 정말 눈의 아름다움에 못지않은데, 왜 사람들은 눈썹의 아름다움은 보지 못하는 거지?"

오늘 밤 차이사오는 평상시의 그녀답지 않게, 융장(永璋)이 하는 말들을 하나하나 다 마음속으로 삼켜버렸다. 그녀의 눈은 시시때때로 그 잠들어 있는 사람에게 멈추었으며, 간혹 융장이 하는 말을 막기도 했다.

"오늘밤 내 정신도 멍해. 난 술 마시고 나면 말하기 싫어지던데, 당신은 말도 술술 잘 하네. 목마르지 않아요?"

융장은 아직 흥취가 다하지 않은 양 고개를 흔들면서 말을 계속했다.

---

7) 여성의 아리따운 눈썹을 가리키며, '원산미(远山眉)'라고도 한다.
8) 중국 사천성에 있는 산. 5대 명산에 속한다.

"차이사오, 진심이야, 눈썹이 예쁜 것도 아주 중요하다구. 하지만 평소에 처음 만나면 눈썹이 어떻게 생겼는가까지는 보지 못하지. 이건 말야, 깊은 밤에 서로 마주 보고 앉아 있을 때만 비로소 느낄 수 있는 거야. 아, 당신 눈썹은 정말 유난히 예쁘군!"

"융장, 나 당신과 말 안 할래. 날 가지고 이렇게 놀리기나 하고."

그녀는 어깨를 살짝 올리면서 등을 돌려 버렸다.

"내가 어떻게 감히 당신을 놀려?"

그는 황급히 변명하면서 손으로 가만가만 그녀를 돌려 앉혔다.

"난 지금 대자연이 이렇게 아름다운 선녀를 지상에 내려 보내서, 내가 가까이 모실 수 있게 해 준 것에 대해 감사하고 있는 거야. 내가 진심을 다해 찬미해도 모자라는 판에 어떻게 감히 놀리겠어……. 겉모습이 정말 아름다운 사람은 마음도 틀림없이 아름다울 거야. 예를 들어, 당신이 언제 날 즐겁게 해주지 않은 적이 있는지 보라구. 항상 내가 당신을 찬미하게 만들잖아. 이 방도 그래, 당신 손을 거치지 않고도 사람들의 감탄을 자아낸 곳은 어디 한 군데도 없잖아. 만약 누가 임금 자리를 줄 테니, 당신은 말할 것도 없고, 이 방 안에 있는 어떤 물건 하나하고라도 바꾸자고 하면, 난 그 사람을 당장 정신병원에 집어넣고 말 거야."

차이사오는 그의 말을 귀담아 듣고 있는 것 같지 않았다. 그녀는 다소 술기운이 남아있는 자신의 머리를 융장의 어깨에 기대고서, 저쪽에서 잠들어 있는 사람을 바라보고 있을 뿐이었다. 융장은 여전히 말을 이어나갔다.

"어, 글피가 바로 새해로구만. 무슨 선물을 해 줄까? 당신은 나에게 이렇게 넘쳐나는 행복과 빛을 주고 있는데, 오늘 밤새도록 말해도 그 백 분의 일도 다 이야기하지 못할 거야. 어서 말해 봐, 어떤 게 갖고 싶어? 돈은 신경 쓰지 마. 당신이 갖고 싶은 것은 아무리 비싸도 아깝지 않으니까."

차이사오는 이 말을 듣고, 잠깐 생각에 잠겼다. 눈길은 여전히 그 자고 있는 남자를 향한 채. 즈이는 한참 단잠에 빠져 있다. 발그레한 두 뺨이 꼭 연지를 발라 놓은 것 같다. 신비한 생각들로 반짝거리는 두 눈은 아주 평화롭게 살며시 감겨 있다. 까만 두 눈썹은 아주 선명하게 귀밑까지 뻗어 있다. 그의 입은, 평소에는 유머와 논변을 위한 것이지만, 이 순간에는 완만하니 가볍게 아물려 있고, 입가에는 엷은 미소가 흐른다. 이는 평소에 그녀가 보지 못했던 모습이다. 그는 평소에는 아주 예의바르다. 이렇게 술 취한 뒤의 부드러운 모습은 찾아볼 수 없다. 차이사오는 멍하니 바라보다가 갑자기 얼굴이 달아올랐다. 그녀는 융장의 말에 대답했다.

"난 아무 것도 필요 없어요. 다만 당신이 한 가지만 허락한다면……. 1분이면 족해요. "

"얼른 말해 봐, " 융장은 아주 기뻐서 대답했다.

"내 것은 다 당신 거야. 1분이 아니라 천 년 만 년이라도 괜찮아. "

"난……, 말하기가 좀 그런데. "

"괜찮아. "

"그……. "

"그 사람은 분명 안 깰 거야. 맘 놓고 말해. "

"그 사람 얼굴에 키스 한 번 하고 싶은데, 괜찮아?"

"정말이야, 차이사오?"

"진심이야! 정말로! "

"정말? 그게 어떻게?……. 당신 오늘 취한 거 아냐?"

"취하지 않았어, 취하지 않았어요. 왜 이런 생각을 갖게 되었는지 얘기하면 당신도 반드시 승낙할 거예요. 즈이를 알게 된 이후부터 난 계속 그를 존경해 왔어. 그의 행동거지와 용모, 그의 말투와 글, 사람과 사물을 대하는 그의 태도, 이 모든 것들이 다 시시때때로 제 마음을 끌었거든요. 하지만, 그도 아내가 있는 사람이기에 난 감히 내 이런 느낌을 표현할 생각을 안 했지요. 그런데 그의 가정생활이 그다지 행복하지 못한 것을 보니 너무 가엾어요. "

"그는 당신을 몹시 칭찬하고 날 아주 많이 부러워해. 날 부러워하는 사

람들이 너무 많아서 나야 신경도 안 쓰지만 말야. 나도 당신이 그를 존경
하고 있다는 건 알았지만, 이 정도로 그렇게 마음을 쏟고 있는지는 몰랐
군."

"좀 조그맣게 말해요. 내 생각을 좀 다 들어봐요……. 내가 천성적으
로 다소 특이한 분위기의 글을 좋아한다는 것은 당신도 알고 있잖아. 그런
글들을 볼 때마다 난 항상 작가의 분위기를 상상하게 되거든. 그런데 뛰어
난 글을 쓰는 작가들이라고 해서 모두 다 말이나 태도가 멋있지는 않아요.
오로지 그…… 정말 내가 어떻게 마음이 끌리지 않을 수 있겠어, 아, 그의
어디가 모자란 곳이 있는지!…… 난 지금까지 감히 이런 얘기를 입 밖에
내본 적이 없어. 행여 세상 사람들이 오해할까봐. 그런데 오늘은 술에 취
한 그의 모습이 날 더욱 설레게 해요. 불행한 그의 가정환경을 생각하
면……. 감정이라곤 조금도 없는 여자, 아무 상관도 없으면서 오로지 손
벌릴 줄만 아는 숙부와 숙모, 저도 모르게 또 그가 가여워져서……. 그는
정말 불쌍해!…… 여보, 이렇게 고아하고 멋있는 사람인데, 사랑해주고
가엾이 여기는 사람이 아무도 없다니 정말 안됐지 뭐야!"

"허! 그래서 당신이 그에게 키스를 해 주겠다고, 차이사오?"

"음, 방금 또 그를 보니까, 보면 볼수록 내 마음 깊은 곳에서 솟구치는
연민의 정을 제어할 수가 있어야지. 표현하지 않으면 터질 것 같거든."

그녀는 융장의 손을 꽉 끌어 잡았다.

"허락해 줘요."

융장의 얼굴에 난처한 기색이 역력했다. 하지만 그는 여전히 웃음을 머
금고 그녀를 설득했다.

"차이사오, 다른 것으로 하면 안 될까? 난 아무래도 용납할 수가 없
어……."

차이사오는 그의 말이 끝나기도 전에 그의 말을 낚아챘다.

"난 당신이 나를 아주 많이 사랑하고 있다는 거 확신해. 왜 내 이 요구
를 받아들이지 못하는 거죠?…… 즈이는 당신도 많이 아끼고 좋아하는 사

람인데……. ”

“내 사랑, 당신 정말 취했나 봐. 부부간의 사랑과 친구간의 사랑은 다르잖소! 그러나 내가 당신을 사랑하는 것만큼 내 친구를 사랑하는데도, 당신이 그에게 키스를 한다는 것은 왜 용납이 안 되는지 나도 잘 모르겠어. ”

융장은 서둘러 변명했다.

“나 취하지 않았어, 정말이야. ”

차이사오는 재촉했다,

“허락해 줘요. 1분만 키스하면 내 마음이 곧 편안해질 텐데. 당신 설마 날 못 믿는 건 아니겠지?”

그녀는 융장에게 시선을 고정했다.

융장은 그녀의 단호한 태도를 보자 이렇게 말했다.

“당신을 못 믿는다니 그런 말이 어디 있어. 다만 당신의 이런 요구를 받아들여서는 안 된다는 느낌이 든다는 거지. ”

“날 못 믿는 게 아니라면 왜 용납을 못한다는 거야?”

그녀는 일어서서 아주 간절하게 말했다.

“당신 정말 꼭 그에게 키스해야만 하겠어?”

“응, 그에게 키스하지 않으면 항상 마음에 걸릴 것 같아. ”

“좋아!”

융장은 과감하게 말했다.

그녀는 일어서서 두 걸음을 떼더니, 갑자기 되돌아와서 융장을 잡아끌었다.

“나랑 같이 가 줘. ”

“여기 앉아서 당신 기다릴게, 마찬가지잖아. 뭐가 두려워서 꼭 내가 같이 가야 한다는 거야?”

“싫어, 당신이랑 같이 가고 싶어. ”

“난 같이 갈 수 없어. 또 내가 당신과 같이 가면 그건 마치 당신을 못 믿어서 그러는 것 같잖아. 안 그래?”

　그녀는 대답하지 않고 걸어가다가 또 갑자기 멈칫했다.

　“가슴이 막 뛰어, 당신 어디 가면 안 돼.”

　“그래, 내가 여기서 당신 지켜보고 있을게.”

　“나 가요.”

　그녀는 말을 마치고 가만가만 즈이가 잠들어 있는 소파 곁으로 다가갔다. 가까이 다가갈수록 즈이의 얼굴이 더 분명하게 보였고, 그럴수록 차이사오의 마음도 더 심하게 쿵쾅거렸다. 그녀가 소파 앞에 다다랐을 때, 그녀의 심장 박동은 셀 수 없으리만치 빨라졌고, 소리도 더 커졌다. 그녀는 유난히 더 상기된 표정으로, 심장이 터질 듯 심하게 뛰는 것을 느끼면서 멍하니 즈이를 바라보았다. 잠깐이었다. 그녀의 얼굴에서 상기된 기색이 가시고, 금방이라도 터질 것 같던 심장도 순간적으로 그 울림이 사그라들었다. 그녀는 총총히 융장의 곁으로 걸어오더니, 한 마디 말도 없이 고개를 떨어뜨리고 앉았다. 융장이 황급히 물었다.

　“왜 그래, 차이사오?”

　“아무 것도 아냐. 나 그 사람에게 키스하지 않을래.”

수놓은 등받이(绣针)

　지독히도 무더운 날씨다. 강아지는 책상 밑에 드러누워 숨만 헐떡이고, 파리들은 열기로 꽉 찬 유리창 주위만을 맴돌고 있다. 그럼에도 큰아씨는 여전히 고개를 숙인 채 열심히 수만 놓고 있다. 그 뒤에서 장(张)씨 아주머니가 큰아씨에게 연신 부채질을 해주면서, 다른 한 손으로는 자신의 얼굴에 흐르는 땀을 닦고 또 닦는다. 하지만 제대로 닦여질 리가 만무하다. 콧등의 땀을 막 닦았는가 싶으면 금세 또 입가에 송골송골 땀이 맺힌다. 그녀는 주인아씨가 비록 자신보다는 땀을 덜 흘리기는 하지만, 얼굴이 빨갛게 달아올라 있고, 하얀 여름적삼도 흥건히 젖어 있는 것을 보고서는 더 이상 참을 수가 없었다.

　"아씨, 좀 쉬면서 땀 좀 식혔다가 하세요. 주인어른이 비록 내일 보내야 할 거라고는 그러셨지만, 아침일지 오후일지는 아직 모르잖아요. "

　"아버님이 내일 오전 12시 이전에 보내야 한다고 그러셨는데, 어디 쉴 틈이 있겠어. 장씨 엄마, 부채질 좀 더 해 줘요. "

　큰아씨는 대답하기가 무섭게 다시 또 고개를 숙인다. 장씨 아주머니는 왼쪽으로 돌아서서 부채질을 하면서, 눈은 큰아씨가 놓는 수에서 뗄 줄을 모른다. 그녀는 길게 숨을 한 번 들이쉬었다.

　"전 옛날에 사람들이 얼굴이 예쁜 아가씨들은 틀림없이 총명하고 재주도 뛰어나다고 얘기하는 것을 들을 때마다 그냥 사람들이 지어낸 것이지 정말 그럴 리는 없다고 생각했었지요. 아, 그런데 그게 사실일 줄이야. 이렇게 등심초 같이 어여쁜 아가씨가 손재주도 뛰어나다니! 여기 이 새를 수놓은 것 좀 보게나, 정말 귀여워 죽겠네!"

　큰아씨 입가에 잔잔하게 미소가 번지나 싶더니 순식간에 사라졌다. 하지만 장씨 아주머니는 여전히 감탄사를 연발한다.

"아이고, 이 등받이를 바이(白) 총장 댁에 보내기만 하면 사람들이 보고서 또 얼마나 많이 사돈 맺자고 달려올지. 아마 문지방이 좁아서 터질 거예요……. 듣자하니 그 댁 둘째 아드님이 스물이 넘었는데 아직 적당한 혼처를 못 찾았다지요. 아, 주인어른이 무슨 생각을 하고 계시는지 알겠네, 지난번에 관상쟁이가 아씨 올해 사주에 홍난성(紅鸞星)9)이 들어있다고 그랬다던데……."

"장씨 어멈, 쓸데없는 말 그만해요."

잠시 바느질을 멈추고 장씨 아주머니를 힐책하는 큰아씨의 얼굴에 수줍은 기색이 번져 오른다.

방안은 금방 천을 수놓는 바늘소리와 허공을 가르는 부채소리로 채워진다. 그 때 대나무발 바깥에서 열 서넛 된 아이가 "엄마, 저 왔어요"하고 부르는 소리가 들린다.

"샤오니우(小妞)냐? 이렇게 더운 날 왜 뛰어오고 그래?"

남색 적삼을 입고 있는 샤오니우는 온통 땀으로 범벅이 된 채, 그 조그마하고 갸름한 얼굴이 빨갛게 달아올라 있다. 이미 대나무 발을 걷고 들어온 그녀는 문지방에 서서 큰아씨를 넋 놓고 바라보다가 숨을 헐떡이면서 말했다.

"엄마, 어제 넷째 숙모가 그러는데, 여기 큰아씨가 벌써 반년이나 무슨 등받이를 수놓고 있는데, 다른 건 내버려두고라도 새만 수놓는 데도 삼사십 가지나 되는 실을 썼대서, 내가 못 믿겠다고 그랬거든요. 그러니까 숙모가 못 믿겠으면 직접 가서 보고 오래. 이삼일 내로 다른 사람에게 선물할 거라고. 그래서 오늘 밥 먹자마자 바로 온 거예요. 엄마, 나 들어가서 좀 봐도 돼요?"

장씨 아주머니는 딸의 말을 듣자마자 웃으면서 큰아씨에게 말을 건넸

---

9) 상서로운 일을 상징하는 별.

다.

"큰아씨, 얘 좀 보세요. 원, 자기 분수도 모르고서는 아씨 솜씨를 한
번 보고 싶다네요!"

큰아씨가 고개를 들고서 샤오니우를 본다. 샤오니우의 옷은 아주 더러
웠다. 회색 손수건으로 흐르는 땀을 연신 닦고 있는 그녀의 헤벌어진 입
사이로 누런 이가 드러나 보인다. 시선은 이쪽에 박힌 듯 고정되어 있다.
그녀는 순간 이마를 찡그리면서 대꾸한다.

"우선 그 애보고 나가 있으라고 그래요. 이따가 다시 이야기하고."

장씨 아주머니는 큰아씨가 샤오니우가 지저분해 보여서 싫어하는 것임
을 눈치 채고는 샤오니우를 나무랐다.

"너 코에 땀 흐르는 것 좀 봐라. 얼른 가서 얼굴부터 닦고 오질 않고
뭘 해! 엄마 방에 세숫물 있으니 그걸로 좀 씻어라. 이렇게 더운 날 땀 냄
새 풍기지 말고!"

샤오니우의 얼굴에 순간 실망한 기색이 가득하면서 엄마 말이 끝났는데
도 머뭇머뭇 나가려 들지 않는다. 장씨 아주머니는 샤오니우가 여전히 나
가지 않고 서 있는 것을 보고서는 눈을 부라리면서 다시 꾸짖었다.

"빨리 가서 씻지 못하겠어! 내가 곧 갈 테니."

샤오니우는 그제야 입이 한 치나 나온 채로 문발을 걷고 나갔다. 큰아씨
는 실을 갈아 끼울 때마다 잠깐 잠깐 고개를 들고서는 창 밖을 바라보았
다. 샤오니우가 앞 옷섶을 들어 올려서 이마의 땀을 닦아내고 있는 모습이
보인다. 이미 옷섶의 반이 땀으로 젖어 있다. 정원에 있는 석류가 빠알간
꽃을 토해낸 채 태양을 향해 곧추 서 있다. 이 모습이 외려 보는 사람을 더
후덥지근하게 한다. 그녀는 다시 고개를 숙이면서, 자신의 겨드랑이가 이
미 땀으로 촉촉하게 젖어 있음을 보았다.

세월은 쏜살같이 흘러 어느새 벌써 2년이 지났다. 큰아씨는 여전히 깊
숙한 규방에 앉아서 수를 놓고 있고, 샤오니우는 자기 엄마만치 그렇게 커

서 이제는 옷도 어느 정도는 깨끗하게 입을 줄 알게 되었다. 지금 그녀는 마침 자기 엄마가 잠시 집에 돌아가 있는 동안 엄마를 대신해 일을 해주러 와 있다.

여름밤이다. 샤오니우는 큰아씨의 아랫방에서 베갯잇을 꿰매고 있다가 갑자기 큰아씨가 자기를 부르는 소리를 듣고서 일감을 내려놓고 급히 올라 갔다.

그녀는 큰아씨의 다리를 주물러 주면서 이런저런 이야기를 늘어놓는다.

"아씨, 그저께 우리 양어머니가 제게 베갯잇 한 쌍을 보내 주었는데 정말 이쁘더라구요. 한 쪽엔 물새 한 마리가, 다른 한 쪽엔 봉황 한 마리가 수놓아져 있는 거였어요."

"아니 지금도 어떻게 새 한 마리만 수놓는 게 있어?"

큰아씨는 마치 그녀를 놀리듯이 대꾸했다.

"그 베갯잇 쌍에 대해 얘기하자면 길지요. 아이고, 그것 때문에 난 또 우리 양언니와 한바탕 다퉜다니까요. 그건 왕씨네 둘째 아줌마가 우리 양어머니한테 준 거예요. 원래는 아주 커다란 등받이 두 개가 있었는데, 더러워져서 그 부분만 잘라냈대요. 새 것이었을 때는 정말정말 이쁘고 보기 좋았다는군요. 한 개에는 연꽃하고 물새가 수놓아져 있었고, 다른 한 개에는 봉황하고 돌산이 수놓아져 있었대요. 어떤 사람이 왕씨네 아주머니 주인댁에 선물한 건데, 받은 그날 밤 응접실 의자 위에 올려놓은 것을 술 취한 사람이 그 위에 토해버려서 하나를 더럽혔다는군요. 나머지 하나도 마작하던 사람들이 바닥에 떨어뜨린 것을, 그걸 모르고 다른 사람이 가져다가 발판으로 사용해버린 바람에 원래 그렇게 보기 좋고 이쁘던 것이 사람들 발자국에 온통 더럽혀져버렸대요. 주인 아들이 보고는 왕씨네 아주머니한테 가져가라고 줘버렸구요. 우리 양어머니가 나중에 그걸 보고 왕씨네 아주머니한테 달라고 해서 저한테 준 거예요. 제가 그 날 저녁 집에 가져가서 자세하게 하나하나 뜯어봤는데 정말 너무너무 이쁘더라구요. 그 봉황 꼬리 하나만 해도 40가지가 넘는 실로 수를 놨어요. 물새는 또 어떻구요. 물새가 연못에 있는 물고기를 바라보는 눈이 마치 살아있는 것처럼 보여요. 대체 어떤 실로 수를 놔서 그렇게 눈이 반짝 반짝거리는지 모르겠어요."

큰아씨는 무심히 이야기를 듣고 있다가 갑자기 마음 한 구석이 무너져 내리는 것 같았다. 샤오니우는 그것도 눈치 채지 못한 채 그냥 이야기를 이어나간다.

"그렇게 예쁜 등받이가 그 모양이 되다니 정말 아까워요. 양어머니가 그저께 저보고 더러워진 부분은 잘라낸 다음 꿰매서 베갯잇으로 하라고 그러시더군요. 그런데 누가 알았겠어요, 양 언니가 그렇게 쩨쩨하게 굴 줄이야! 양어머니한테 좋은 물건이 있다고 하니깐 그걸 자기가 가져가려고 그러잖아요, 글쎄."

큰아씨는 그녀들이 다퉜다는 이야기는 이미 귀에 들어오지 않았다. 그냥 단지 2년 전 삼복더위 때에 수놓았던 한 쌍의 등받이 (윗부분에 역시 물새와 봉황이 있는 거였다)만을 생각하고 있을 뿐이다. 그 때, 낮엔 정말 너무 더워서 바늘을 잡을 수가 없었기에 왕왕 밤늦게까지 그걸 했었다. 수를 다 놓고 난 다음엔 열흘 남짓이나 눈병을 앓았다. 그녀는 샤오니우가 말한 그 새를 자기 것과 비교해 보고 싶어서 샤오니우에게 가져와 보라고 했다.

샤오니우가 그 베갯잇 조각을 가져왔다.

"큰아씨, 여기 좀 보세요. 여기 이렇게 검푸스름하니 보기 좋게 수놓아진 구름과 노을 진 부분이 온통 다 더럽혀졌잖아요. 듣자하니 이 새는 원래 오목하니 두드러져 보였다는데, 지금은 다 쏙 들어가 버렸어요. 이것 좀 보세요, 이 새의 볏하며 붉은 부리하며 아직까지도 색깔이 선명하게 빛나지요? 왕씨 아줌마 말이 새의 눈에 원래 진주가 박혀 있었대요. 아이, 이 연꽃은 못쓰겠어요. 다 회색으로 변해버렸잖아요. 연꽃 이파리도 너무 커서 쓸모가 없겠어요. ……산에 돌 옆에도 작은 꽃이 있네……"

큰아씨는 오로지 이 두 쪼가리 천에 마음을 뺏겨 샤오니우가 무슨 말을 하고 있는지 하나도 알아듣질 못했다. 그녀는 새의 볏을 수놓을 때에 세 번이나 뜯었다가 다시 수놓았던 일을 떠올렸다. 한 번은 연한 노랑색 실이 땀에 더러워진 것을 수를 다 놓고 나서야 발견했다. 또 한 번은 저녁이라서 색의 배합을 잘못 해서 다시 뜯었다. 세 번째는 왜 그랬는지 기억이 나질 않았다. 연꽃잎에 사용한 연분홍색 실은 손을 씻고 나서도 감히 만지지를 못하고, 손에 땀띠분을 뿌려 건조하게 만든 다음에야 실을 잡아 다시 수를 놓았었다……. 연꽃의 큰 이파리는 한층 더 수놓기가 까다로웠다. 한 가지 녹색으로만 하면 단조롭게 보일까봐 그녀는 장장 열두 가지나 되는 실을 배합해 썼다……. 다 만들어진 등받이를 바이 총장 댁에 보내고 난 다음에 친척들이며 친구들이 그녀의 부모를 찾아와 축하를 해주었다. 친구들도 그녀를 얼마나 많이 놀렸는지 모른다. 그런 이야기들을 들을 때마다 그녀는 얼굴을 붉힌 채 미소 짓곤 했다. 어디 그 뿐이었던가. 밤이면 그녀는 자신이 아름다운 옷과 장신구로 치장을 하고, 약간의 교태도 부리면서 한편으로는 수줍은 빛과 오만한 기색을 띠고 있는(이것은 그녀가 한 번도 해 본 적이 없는 일들이다) 모습을 그려보았다. 그리고 그런 그녀를 부러운 눈길로 쳐다보면서 많은 소녀들이 따르고 있는 광경을 상상하곤 했었다. 그것이 그냥 환상에 불과하다는 것을, 얼마 지나지 않아 그녀는 깨닫게 되었다. 때문에 그녀는 다시는 그런 환상으로 자신의 심경을 어지럽히려 들지 않았다. 그런데 오늘 뜻하지 않게 하나하나 다시 떠오르는 것이다.

샤오니우는 그녀가 한 마디 말도 없이 그저 그 천 조각만 응시하는 것을 발견했다.

"큰아씨, 아씨도 이게 맘에 들지요? 이렇게 잘 만들어진 수제품을 누가 안 좋다고 그러겠어요. 내일 이것처럼 한 번 수놓아 보는 게 어때요?"

큰아씨는 샤오니우가 무엇을 묻고 있는지도 모르고 그냥 좌우로 고개만 흔들었다.

화지사(花之寺)

사월 중순 어느 날 오후, 시인인 여우췬(幽泉)과 그의 사랑하는 아내 옌 췬(燕倩)이 처마 밑에 한가로이 앉아 있다. 그는 손에『사선(词选)』을 한 권 들고서 대충 대충 넘겨보고 있고, 그의 아내는 고개를 숙인 채 창문 커 텐에 수를 놓는다.

베란다에 새장이 하나 걸려 있다. 그 안에 있는 비둘기 한 마리가 파란 하늘을 바라보며 목청껏 노래를 부른다. 마치 주인 대신 푸른 하늘을 오가 는 흰 구름을 맞이하고 보내는 듯하다. 서쪽 창 앞의 자색 등나무에 벌써 부터 피어오른 꽃이 햇빛 속에 잠긴 채 달콤한 향기를 토해낸다. 따스한 바람이 때때로 새소리와 꽃향기를 실어와 이 화창한 봄날을 더 한층 멋지 게 장식한다.

"아…… 아…… 내 온몸이 이 봄바람에 온통 녹아날 것만 같은데."

여우췬은 길게 하품을 하더니, 책을 치우고서 허리를 쭉 폈다. 그리고 고개를 들어 등나무 의자에 등을 기댔다. 그가 손으로 눈을 부비며 옌췬에 게 말을 건넸다.

"당신 졸립지 않아? 이런 날씨에 바늘 들고 일 하기란 쉽지 않을 텐 데."

그녀는 고개를 들고 그를 보면서 웃었다.

"이런 날씨에 누가 졸립지 않겠어요! 방금도 비몽사몽간에 꽃잎의 수 를 잘못 놓은 걸요. 뜯어서 다시 해야겠어요."

"그만 하고, 우리 저쪽으로 산책이나 갑시다. 이런 날 어디 일이 되겠 소?"

여우췬은 팔을 베개 삼고 두 다리는 난간에 기댄 채 몸을 의자에 쭉 펴고 누웠다.

"당신 오늘 4시에 약속 있다고 하지 않았나요? 어디 한가롭게 산보하러 나갈 시간이 있어요? 난 오늘 이 커텐을 다 마무리 지을 셈이예요."

옌쳰은 꽃의 수실을 바꾸더니, 여전히 고개를 숙이고 한 올 한 올 수를 떴다.

"아이구, 맞다. 깜박 잊을 뻔했네. 이렇게 좋은 날씨에 나가 놀지도 못하고, 되려 아무 관심도 없는 문제나 토론하고 앉아 있어야 하다니. 정말 재수도 없군. 싫다, 싫어."

여우쳰은 여기까지 말하고는 기침을 한 번 토해낸다. 마음속의 답답함을 쏟아내고자 함이다. 이어서 그는 또 물었다.

"벌써 사월이니 서둘러 꽃구경하지 않으면 올 봄도 또 그냥 지나가겠어. 내일 아침 우리 어디로 꽃구경이나 갑시다."

"내일 아침도 안 되는 걸요. 장(張)씨 부인과 왕(王)씨 부인, 그리고 리(李)양이 내일 오전에 오겠다고 해서 약속했잖아요? 벌써 두 번이나 왔었는데 그때마다 내가 없어서, 이번에도 집을 비우면 미안해서 안 돼요."

그녀는 여우쳰이 몹시 실망하는 빛을 보더니 바로 말을 이었다.

"당신 내일 그녀들을 만날 건가요? 별로 만나고 싶지 않으면, 친구들한테 놀러나 나가지 그래요?"

여우쳰은 의자에서 일어나 앉았다. 그는 손으로 뒷머리를 당기면서 대꾸했다.

"솔직히 얘기할 테니, 제발 뭐라고 하지 마. 당신이 아는 그 부인네들은, 사실 보고 싶지가 않아요. 이렇게 좋은 날씨에 그 여자들이 누구네는 좋네, 누구네는 나쁘네, 시어머니가 못됐네, 며느리가 간이 크네 하면서 어쩌고저쩌고 수다 떠는 걸 보면, 정말이지 머리가 지끈지끈 아파서 죽을 지경이야……. 난 그녀들을 만날 생각은 눈곱만큼도 없어. 그렇다고 맘에 맞는 친구들도, 누가 있어야 말이지? 중윈(仲云)이며 다들 봄 휴가를 즐기러 산에 가버렸으니……. 누가 있겠어?…… 아무도 없단 말이야. 별 수 없군. 서재에 처박혀 잠이나 실컷 자야지!······"

그는 말을 마치고서, 후 하고 무겁게 한숨을 내쉬었다. 벽을 뚫어져라 쳐다보던 그가 다시 말문을 열었다.

"올해는 정말 살맛이 안 나. 젊은 사람이 말야, 꼭 무슨 기계가 된 것 같다니까. 정해진 시간에 일어나서 정해진 시간에 밥을 먹고 또 정해진 시간에 일하고······, 그래도 이건 낫지. 당신은 매일같이 아무 상관도 없는 사람들을 만나서 듣고 싶지 않은 말이나 들어야 하니······, 허, 그뿐인가. 때로는 풀이 팍 죽은 모습으로 그 교양 없는 사람들하고 식사도 하잖아. 아야, 정말이지 답답해 죽을 지경이야! 난 최근에 시를 한편도 쓰지 못했어!"

그는 말을 할수록 자신이 불쌍하다는 생각에 눈시울이 축축해졌다. 하지만 애써 눈물을 참고 그저 하늘만 바라다보았다.

옌첸이 하던 일을 내려놓고 물었다.

"방금 밥을 반 공기나 더 드시더니 소화가 안 되었나 보네. 레몬차 좀 드실래요?"

여우쳰이 고개를 끄덕였다. 옌첸은 이내 차를 준비하러 들어갔다.

그는 두 손으로 뒤통수를 받치고 홍얼거렸다.

"좋은 시절 아름다운 경치는 어느 날에나······."

"흐르는 물 떨어지는 꽃에 봄은 가버리고, 천상의 인간은······."

밤에 달이 그 모습을 드러낼 무렵, 그는 이상한 편지 한 통을 받았다. 아주 부드러운 글씨체에 문장도 매우 아름다웠는데, 정중하고 예의가 넘쳤다.

　　여우쳰 선생님께
　　우리가 전혀 모르는 사이라고 생각하지 마세요. 사실 우리는 벌써 2년 전에 서로를 알았습니다. 제 머리 속에 들어있는 책 모두가 당신의 시들이랍니다. 그것들은 항상 내 메마른 영혼을 조화롭게 하는 아름다운 음악들이에요.

　찬란한 아침노을 아래에서 청명한 아침 기운을 빌어, 전 모든 것을 고백하고자 합니다. 2년 전만 해도, 저는 높은 담벼락 밑의 말라비틀어진 작은 풀에 불과했어요. 따스한 햇빛과 촉촉한 단비는 말할 것도 없고, 부드러운 동풍조차도 담장 밑 말라버린 풀과는 함께 하려 들지 않더군요. 얼마나 암담하고 답답한 나날들이었는지. 그러다 가까스로 한 인자한 정원사를 만났습니다. 그가 나를 햇빛이 가득한 대지로 옮기고, 동풍과 맑은 샘물로 늘 호흡하게 해주었죠. 그제야 저는 생기를 찾았습니다. 파릇파릇한 잎사귀가 돋아나고, 일년이면 몇 차례씩 꽃도 피워냈죠. 고운 꽃송이는 바람을 따라 살랑거리면서, 다른 꽃들과 아름다운 봄경치를 서로 뽐내곤 했죠. 여우쉔 선생님, 당신이 이 작은 풀의 정원사세요. 당신은 이 풀에게 생명을 주었고 아름다운 영혼도 주셨습니다.

　최근 저는 취할 것 같은 봄바람에 줄기와 잎이 노곤해져서 아주 곤혹스럽습니다. 새의 노래와 나비의 춤이 저를 유혹할 때마다, 마치 내가 산에 핀 꽃들처럼 자유롭게 봄을 누리지 못하고 정원에 갇혀 있구나 하는 생각에 저도 모르게 마음이 불편합니다. 지금 나에겐 사치스런 희망이 하나 있습니다. 한 마리 카나리아나 나비가 되어 교외로 날아가 내 마음대로 노래하고 춤추며 대자연을 찬미하고, 나에게 아름다운 영혼을 주신 분도 찬미하고 싶습니다.

　이 희망은 정말 사치스러운 것일까요? 꼭 그렇지는 않겠죠? 저는 내일 아침 햇살이 대지를 따스하게 비출 때쯤, 서쪽 교외에 있는 화지사의 벽도(碧桃)나무 아래로 날아가려고 합니다. 그곳에선 봄꽃들이 조용히 아름다움을 다투고, 분위기도 아주 그윽하죠. 나를 살아나게 하신 장인(匠人)께서도 당신 자신의 성적이 어떠한지 한 번 와보시기를 진심으로 바랍니다.

　제 이름은 쓸 필요가 없을 것 같습니다. 저는 주야로 대자연을 찬미하고, 저의 감사함을 얘기합니다. 저는 당신을 사랑하지 않을 수 없습니다. 그러나 감히 사랑한다고 말하지는 못하겠습니다. 전 당신을 사랑할 뿐입니다. 제 사랑은 보답을 바라는 사랑도 아니고, 보답할 수도 없는 사랑입니다.

　우리가 지금보다 더 가까워지기를 감히 바라지도 않고, 바랄 수도 없습니다. 맑고 빛나는 태양을 향해 감히 맹세컨대, 저는 다만 당신께서 저의 영혼을 당신이 머무시는 그 곳에 있도록만 해 주신다면 그것으로도 충분히 만족할 것입니다.

4월 16일

"……이 여자, 상당히 재미있네."

여우쳰은 말을 마치고서 창밖으로 누가 오나 안오나 내다보더니 편지를 다시 읽었다.

"제법 말을 할 줄 아는데. 그녀는 작은 풀, 나는 그녀의 장인, 작은 풀에게 생명을 준……." 그는 편지를 다시 한 번 자세하게 읽어 내려갔다.

"글씨도 꽤 잘 쓰는 걸! 사람이 어떤지는 모르겠지만……. 국화골목에 산다구. 아주 우아한 지명이구만."

"'아침 햇살이 대지를 따스하게 비출 때' 교외로 나간다……. '화지사', '벽도나무 아래서' 아주 아름다운 곳이군!…… 내가 가면……. 옌쳰이 알면 어쩌지? 하지만 뭐, 그녀가 우리는 단지 글로 만나는 것에 불과하다고 그랬잖아, 옌쳰이 알아도 어쩔 수 없지 뭐! 한 번쯤 가본다고 뭐 대수겠어?…… 그녀도 이해할 거야……."

그는 편지를 들고서 한참을 생각한 후에 어쨌든 가보기로 마음먹었다.

"꼭 가봐야지, 인생에서 신비하고 아름다운 꿈을 꿀 수 있는 기회가 몇 번이나 되겠어? 옌쳰도 내가 어떤 사람인지 아는데, 이런 조그만 일로 화를 내지는 않겠지. 글로 만나는 거야 뭐, 안 되겠어?…… 신비하고 아름다운 꿈을 이번에 한 번 꾸어보지."

잠자리에 들면서 여우쳰은 옌쳰에게 그의 감정이 너무 메말라서 황량하다고, 내일 아침 일찍 교외로 나가 대자연도 좀 보고 기분전환도 좀 해야겠다고 했다. 아내도 그가 잠시 나갔다오는 것에 찬성했다.

다음 날 해가 아직 떠오르기도 전에 여우쳰은 잠자리에서 일어났다. 그는 서둘러 세수를 하고 화장대 앞에 가서 짧은 앞머리를 빗었다. 옌쳰은 그에게 머리칼이 너무 건조하니까 머릿기름을 좀 바르고 머리카락을 양쪽으로 가른 다음, 차분하게 빗어 내리라고 했다. 그는 거울을 비춰보면서, 아직은 젊어 보여서 봐줄만 하다 싶었다. 무심결에 아내를 쳐다보았다. 그녀는 마침 미소를 머금고 자신을 보고 있었다. 그의 얼굴이 약간 붉어졌다.

서둘러 아침식사를 마치고, 그는 웃음을 지으면서 집을 나왔다. 차를 타고 상쾌하고 부드러운 아침바람을 맞으며 서직문(西直门)을 나섰다. 태양은 이미 대지를 가득 채우고 있었다.

"이게 '아침 햇살이 대지를 따스하게 비추다' 인가?…… 그녀도……."

그는 그 편지 생각이 줄곧 마음에서 떠나지 않았다. 기쁜 건지 걱정스러운 건지 알 수 없는 묘한 느낌이다. 그는 일생동안 이런 느낌이 몇 번이나 있었던가 생각해 봤다. 가장 기억에 남는 것은 옌쳰에게 구혼하던 그 날이다. 이 일이 떠오르자, 그는 문득 마음이 불편해졌다. 마치 자신이 '관계자 외 출입금지'라고 씌어있는 곳에 잘못 들어갔다가 책망을 듣고 몸 둘 바를 몰라 불편해 하는 것 같았다. 그는 생각에 생각을 거듭했다. 두 번이나, 거의 기사에게 집으로 돌아가자고 할 뻔했다. 그러나 동시에 머릿속엔 '그녀의 달콤한 샘……. 그녀에게 아름다움을 준 영혼'이라는 글자가 떠올라 얼굴이 자기도 모르게 달아올랐다.

차가 들밭, 묘지, 초가, 진흙탕 그리고 황토 길을 지났다. 그는 깊은 생각에 잠겨 차가 가는 대로 내버려두었다. 불현듯 차가 너무 느리게 간다고 느껴졌다. 한참이 지난 것 같은데 아직도 도착하지 않았다니. 가까스로 작은 길을 빠져나와서 화지사를 물어보니 서쪽 마을 멀지 않은 곳에 있다고 했다.

서산(西山)에 희미하게 무성한 수풀과 사원이 보인다. 아침놀은 산기슭을 덮고 있다. 그 풍경이 마치 송원(宋元) 시대 유명한 그림을 보는 듯 하다. 그러나 그는 지금 이 아름다운 경치가 조금도 눈에 들어오지 않았다.

"아저씨, 앞쪽의 큰절이 화지사죠, 앞쪽에 내려주시겠어요?"

기사의 목에는 땀이 잔뜩 흐르고 있었다. 적삼의 등 쪽도 땀으로 흥건하다.

"저 절의 대문에 내려주세요."

그는 다급히 말했다.

기사는 절 문에서 십 미터정도 떨어진 곳에 차를 세웠다. 그는 곧 차에서 내려 절 안으로 걸어 들어갔다.

정원에는 돌이 깔려 있었는데, 사이사이로 멋대로 자란 잡초들이 무성하다. 대웅전 양옆의 불경을 보관해둔 건물의 기와는 벌써 사람들이 많이 빼내가 버렸고, 적갈색 담장의 회칠도 많이 벗겨져서 을씨년스러웠다. 마당엔 사람 그림자 하나 보이지 않았고, 나무 한 그루도 없었다. 겨우 하나, 큰 줄기는 벌써 누군가에게 잘리고, 작은 줄기만 하나 남아있는 명자나무가 담장가를 외롭게 지키고 있을 뿐이었다. 담장 너머로 손을 내민 나무의 여린 가지에서 분홍색 꽃망울들이 태양을 향해 입을 벌리고 있었다.

"화지사엔 겨우 이 가련한 명자나무뿐인가?"

그는 막막한 심정으로 그 꽃나무를 바라보았다. 갑자기 서쪽 담장 바깥에서 수탉이 우는 소리가 들렸다. 그는 황급히 발길을 그쪽으로 돌렸다. 안에 들어가 보니, 온갖 야채를 심어놓은 커다란 채소밭이다. 한 노인네가 쭈그리고 앉아서 갓 돋은 잡초들을 뽑고 있고, 일고여덟 마리쯤 되는 통통한 닭들은 모이를 다투느라 정신이 없다.

남쪽 담장 가에는 대여섯 그루의 복숭아나무, 살구나무와 명자나무가 우뚝 솟아 있었다. 다들 큰 줄기는 잘려나가고 없었지만, 뿌리에서 올라온 가지도 3미터는 족히 넘어 보였다. 복숭아나무와 살구나무는 벌써 꽃을 피우고 잎도 열었다. 단지 반쯤 꽃망울을 터트린 명자나무만 봄내음이 아직 가시지 않았다. 여우췐은 오로지 '벽도나무 아래'라는 말만 줄곧 마음에 새겨두고 있었던 탓에, 채소밭에 떠돌고 있는 봄의 잔영을 조금도 느끼지 못했다. 그는 노인네에게 말을 건넸다.

"말씀 좀 여쭙겠습니다. 이 절 안에 벽도나무가 있나요?"

노인이 고개를 들었다. 그는 미간을 약간 찌푸리면서 날카로운 눈빛으로 여우췐을 한 번 훑어보더니 느릿느릿 담장가의 복숭아나무를 가리켰다.

"저게 이 절에 있는 복숭아나무요."

"제가 듣기로는 벽도나무라던데요, 복숭아나무가 아니고."

여우췐은 다시 한 번 설명했다.

노인은 입을 벌리고 그를 한 번 보더니 고개를 저었다.

"저 복숭아나무는 못 잘라 갑니다[10]. 재작년에도 저기 서쪽 마을에 사는 사람 하나가 와서 접붙이기를 한다고 작은 걸로 줄기를 좀 잘라가자고 합디다. 대가로 오 푼을 주겠다면서요. 그러더니, 겨우 두 푼 밖에 안 주고, 줄기도 큰 것까지 다 잘라가 버렸어……. "

여우쵄은 노인네가 약간 귀먹었음을 알았다. 그는 노인네가 주저리주저리 불평하는 것을 더 이상 듣고 있을 여유가 없었다. 답답한 마음으로 문을 나서는 그의 등 뒤로 노인네의 불평이 들려왔다.

"복숭아나무를 잘라가면서, 돈도 안 주고, 홍, 나무를 잘라가면서……. "

여우쵄은 바깥 정원을 한 번 휘 둘러보았다. 안쪽에 있는 건물 뒤편으로 작은 정원이 하나 있는 게 눈에 들어왔다. 그는 급히 그쪽으로 들어갔다. 과연, 세월의 흔적이  고스란히 남아 있는 낡은 정원이 그를 맞이한다. 조그마하니 인공으로 쌓아놓은 돌산 옆으로 잎이 무성한 살구나무 한 그루가 서 있다. 그리고 눈부실 정도로 새하얀 꽃들이 한창 자태를 뽐내고 있는 벽도나무가 마침내 눈에 들어왔다. 햇빛이 환하게 쏟아지는 곳으로는 나비들이 무리를 지어 날아다니고 있다. 나무 아래에도 이름 모를 풀들이 무성하다.

"이게 바로 벽도나무가 아닌가? 그녀는 어디에 있는 거지?"

그는 나무에 눈을 고정시키고 생각에 잠겼다.

"아직 도착하지 않았나 보군. 성에서 여기까지 오자면 좀 멀긴 하지……. 여기서 그녀를 기다리자. "

그는 돌 위의 먼지를 툴툴 털어낸 다음, 꽃나무 아래에 자리를 잡았다. 초조하고 불안한 마음으로 자그마치 두 시간을 기다렸다. 온 몸이 다 뻐

---

10) 중국어의 碧(bi:푸르다)와 劈(pi:자르다)는 발음이 비슷하다.

근했다. 새들이 날갯짓 치는 소리에도 놀라 두근거리는 심장을 부여잡고 벌떡 일어나 사방을 살폈다. 그 뿐이랴. 몇 번이나 입구까지 나가서 휘휘 둘러보았다. 하지만, 그를 태우고 온 기사가 입을 쩍 벌리고 단잠에 빠져 있는 것 외에는 강아지 한 마리도 보이지 않았다.

그는 자신의 그림자가 어느덧 곧추섰음을 발견했다. 벌써 정오가 된 것이다. 애도 타고 실망스럽기도 한 그는 망설이기 시작했다.

"설마 내가 놀림 당한 건 아니겠지? 누가 날 이렇게 놀리겠어?…… 이 편지를 쓴 게…… 누구지?"

그는 정원에 들어가기에 앞서 <서상기(西廂記)>의 한 구절이 떠올랐다.

한낮 창문에 비치는 탑 그림자는 제 모습을 찾았고, 봄빛은 눈앞에 환하구 나……. 미인은 보이지 않네…….

"조금만 더 있다가 돌아가야겠다. 그녀는 안 오는 건가?…… 허, 괜히 헛꿈만 꾸었군!"

그는 한숨을 푸욱 하고 내쉬었다.

"누굴 탓할 것도 없지 뭐. 어쨌든 그 유명한 화지사까지 와 보고, …… 이렇게 생겼었구나, 청대 초기에 시인이며 문인들이 많이 찾아 왔었다구."

그는 스스로를 위안했다. 벽도나무 아래에 도착하니, 절 바깥에서 갑자기 차가 멈추는 소리가 들렸다. 그의 심장이 다시 또 가빠졌다.

"그녀가 차를 타고 왔나?"

그는 머릿속으로 화려한 옷에 비단 양말, 꽃신 또는 구두를 잘 맞춰 신고, 곱게 화장을 했을 부잣집 아가씨의 모습을 그려보았다.

"이것은 여자의 발자국 소리인데. 안쪽 건물까지 도착했구나. 맞이하러 나가야 하나?"

그는 고민하다가 자신도 모르게 몇 발짝을 뗐다. 잠시 후 안쪽 건물 담

장 옆으로 한 여자가 나타났다. 그는 그녀를 알아본 순간, 멍하니 한참을
있다가 겨우 입을 열었다.

"어떻게 당신도 여기를 온 거야!"

옌쳰이 함뿍 미소를 머금은 채 그를 바라보면서 말을 받았다.

"당신은 어떻게 이곳에 왔어?"

여우쳰은 어리둥절하여 잠시 할 말을 잃었다. 막 대답을 하려는 순간,
옌쳰이 웃으면서 먼저 말머리를 채갔다.

"내가 얘기해 주지! 아침 내내 듣기 싫은 말을 듣고 있었더니 머리가
어찌나 아픈지, 교외에 날아와 대자연을 찬미하고, 나에게 아름다운 영혼
을 선사해 준…….."

순간 여우쳰의 얼굴이 붉게 달아올랐다. 그는 멋쩍은 웃음을 지으면서
옌치앤의 손을 잡고 큰소리로 말했다.

"또 당신한테 당했군……. 어쩐지, 다 당신이 꾸민 연극이었구만…….
좋아, 당신, 날 이런 낡은 절에서 오전 내내 쪼그리고 앉아있게 만들었으
니, 이번엔 절대 용서하지 않을 거야."

"그만 해요. 당신이 어찌 생각이나 했겠어요?"

그녀는 웃으면서 그와 함께 밖으로 나왔다.

"배고프시죠. 내가 차에 먹을 것을 좀 가져왔어요. 우리 어디 깨끗한
데 찾아서 도시락 먹어요."

그는 여전히 쑥스러운지 그녀 말을 안 듣겠노라 구시렁거렸다. 그녀는
차에 올라타더니 그를 놀렸다.

"신이 나서 왔다가 흥이 깨져서 돌아가네."

"아직도 날 놀리네? 만약 당신이 차 안에 먹을 것이 있다고 안 했으면,
난 절대로 당신 말 안 들었을 거야. 누가 당신더러 그런 편지 쓰라고 했
나, 그런 말을 하게."

"그만, 그만해요. 내 말대로 해요……. 난 정말 이해가 안 가. 왜 당신
네 남자들은 외간 여자하고 연애하는 것은 재미있다고 하면서, 자기 아내

하고 연애하는 건 재미없어 하는지?……"

　여우쳰이 웃음을 터뜨렸다.

　"난 왜 당신네 여자들은 항상 남편을 믿지 못해 온갖 방법으로 떠보는 건지 모르겠단 말야. "

　"당신 괜히 억울한 소리 마세요. 이게 무슨 떠보는 거예요? 내가 오늘 당신을 여기에 나오게 한 것은 순전히 당신 기분 전환 좀 하라고 그런 거예요. 만나기 싫은 사람을 만나 듣기 싫은 얘길 들을 필요는 없지……. 설마 내게 대자연과 나에게 아름다운 영혼을 선사한 사람을 찬미할 만한 자격이 없다는 건 아니겠죠?"

뼁신

(氷心 : 1900~1999)

1924년 유학생
시절의 뼁신

뼁신은 복선성(福建省) 복주시(福州市) 출신으로서, 원명은 사완영(谢婉莹)이다. 삼남 일녀 중 큰딸로 태어난 그녀는 해군장교인 부친의 부임지를 따라 상해(上海), 연대(烟台) 등지로 옮겨 다니면서 부모의 따뜻한 사랑 속에서 바다의 대자연을 벗 삼아 생활하였다. 1919년 54운동 당시 북경여학계연합회(北京女学界联合会)에서 선전부의 일원으로 참여하였던 그녀는 이로부터 창작활동에 뛰어들었으며, 1921년 초 문학연구회(文学研究会)에 가입하였다. 1923년 연경대학(燕京大学)을 졸업하고 미국 웰스리(Welsley)대학의 장학금을 받아 유학길에 올랐고, 1926년 3년간의 유학생활 끝에 『이청조의 사를 논함(论李清照的词)』으로 석사학위를 취득하고 귀국하였다. 1929년 6월 미국에서 사귀었던 오문조(吴文藻)와 결혼하였으며, 이후 줄곧 중국문화계와 여성계를 대표하여 활동하였다. 1957년 반우파 투쟁과 1966년 이후의 문화대혁명의 시기에 고초를 겪었으며, 1980년대 이후 중국 문단에서 '문단의 조모(祖母)'로서 활약하다가 1999년 노환으로 세상을 떠났다.

그녀의 소설·산문집으로는 『초인(超人)』, 『지난 일(往事)』, 그리고 소설집으로 『고모(姑姑)』, 『출국(去国)』, 『뚱얼아가씨(冬儿姑娘)』 등이 있다. 또한 시집으로는 『뭇 별(繁星)』과 『봄물(春水)』, 사산문집으로는 『한가한 심정(闲情)』 등이 있다. 이밖에 산문집으로는 유학직전부터 유학직후에 걸쳐 아동독자들에게 보내는 편지글 모음집인 『어린 독자에게 부침(寄小读者)』과 『남쪽으로 돌아가다(南归)』, 그리고 중일전쟁기에 중경(重庆)에서 '남사(男士)'란 필명으로 발표하여 선풍적 인기를 모았던 글의 모음집인 『여인에 관하여(关於女人)』 등이 있다.

그녀의 시집 『뭇 별』과 『봄물』에 실린 시들은 '소시(小诗)'라고 일컬어지는, 자유시의 또 다른 신형식이다. 이 시들은 깨끗하고 세련되며 섬세하고 철리가 풍부한 문체와 대자연에 대한 찬양을 주로 하는 제재로써 소시의 신기원을 이루었다고 할 수 있다. 뼁신의 소설세계는 '사랑(爱)의 철학'으로 요약할 수 있다. 뼁신에게 있어서 '사랑'이란 모성애, 동심, 자연애 및 인류애 등을 포괄하고 있다. 그녀의 모성애에 대한 깊은 경애와 애착은 『어린 독자에게 부침』과 『지난 일』 등의 산문 곳곳에 표출되고 있다.

뼁신의 창작 시기는 크게 세 단계로 나누어 살펴 볼 수 있다. 첫째 시기의 작품은 내용에 따라 크게 여성문제, 지식인문제, 반전(反战)문제로 나누어 볼 수 있다. 이 가운데에서 여성문제를 그리고 있는 작품은 『두 가정(两个家庭)』, 『누가 널 희생시켰는가?(是谁断送了你)』, 『주앙훙의 누나(庄鸿的姊姊)』, 『가을 비바람 근심으로 애타게 하네(秋雨秋风愁煞人)』, 『최후의 안식(最後的安息)』 등인데, 이들 작품은 대체로 여성교육의 중요성을 계몽적인 시각에서 강조하고 있다. 둘째 시기는 54 운동 이후와 유학시기를 포괄하며, '사랑의 철학'이 표면화된 시기이다. 그중에서도 '爱情三部曲'이라 일컬어지는 『초인』, 『번민(烦闷)』, 『깨달음(悟)』 그리고 『사랑의 실현(爱的实现)』, 『적막(寂寞)』 등은 '인생의 의의는 무엇인가?'의 고민에 대한 해답으로서 모성애와 동심, 대자연애, 형제애, 나아가 인류애 등에 최고의 가치를 부여하고 있다. 셋째 시기는 1930년대로 뼁신은 삶에 대한 관념적인 태도에서 벗어나 새로운 관점으로 사회문제를 바라보기 시작하였다. 이 시기의 대표작으로는 『나눔(分)』, 『우리 마님의 응접실(我们太太的客厅)』, 『뚱얼아가씨(冬儿姑娘)』, 『사진(相片)』 등을 들 수 있다.

두 가정(两个家庭)

　두 달여 전 리(李) 박사라는 분이 우리 학교에 오셔서 '가정과 국가의 관계'라는 제목으로 강연을 해주셨다. 가정의 행복과 고통이 남자의 사회적 성공에 미치는 영향관계를 동서고금의 많은 실례를 들어가면서, 아주 명확하고 분명하게 말씀을 하셨다. 나는 들으면서 적어나갔다. 강연은 거의 오후 4시가 되어서야 끝이 났고, 나는 바로 집으로 돌아가기로 했다.

　가는 길에 인력거 안에서도 나는 그 메모를 보고 있었다. 갑자기 한 여자애가 부르는 소리가 들렸다.

　"언니, 우리 집에서 놀다 가."

　고개를 들고 보니 벌써 외삼촌댁 입구였고, 동생도 마침 학교에서 돌아온 길이었다. 전에도 외삼촌댁에 가면 나는 그 애에게 옛날이야기를 해주곤 했었다. 그래서 오늘도 동생이 날 보자마자, 그렇게 날 끌고 가려고 하는 것이었다. 내 생각에도, 내일은 일요일이니 오늘밤에는 여기서 좀 놀다 가도 괜찮을 듯싶었다. 그래서 바로 차에서 내려 그녀와 함께 집으로 들어갔다.

　외숙모는 집에서 바느질을 하고 계시다가 내가 들어오는 것을 보시더니, 바로 바느질감을 내려놓으시고, 의자를 끌어다 주시면서 웃음을 띠고 물었다.

　"오늘 어떻게 틈을 내어 놀러 왔구나, 식구들은 다 잘 있고? 공부하느라 바쁘지?"

　나도 웃으면서 대꾸하고 있었는데, 얘기가 다 끝나기도 전에 동생이 나를 뒤뜰에 있는 포도넝쿨 아래로 끌고 갔다. 그 곳에 앉아서 이야기를 해달라는 것이었다. 나는 갑자기 무슨 이야기를 할지 생각이 나질 않아 웃으면서 말했다.

"옛날이야기는 벌써 다 해 버렸는걸. 요즘 나오는 이야기 해 줄까?"

그녀가 대답하려고 하는 순간, 어린 아이가 칭얼거리는 소리가 들려왔다. 나는 그녀의 주의를 딴 곳으로 돌리려고 물었다.

"누가 우는 거야?"

그녀는 옆집을 바라보면서 대꾸했다.

"천(陳)씨 아저씨네 집 따바오(大宝)가 우는 거야, 우리 가서 구경해요."

그녀는 나를 끌고 울타리 옆으로 가더니 손으로 가리켰다.

"저 집이 천씨 아저씨네 집이에요. 저기 우는 애가 따바오야."

외숙모네 집과 천 선생네 집은 울타리 하나를 사이에 두고 있었다. 원래 울타리에는 많은 편두(扁豆) 이파리들이 넝쿨을 이루었었는데, 지금은 다 떨어져 버렸다. 동생 말로는 옆집 아이들이 편두 뿌리를 다 뽑아버려서 지금은 그저 누렇게 변한 이파리 몇 잎만이 위쪽에 매달려 있다고 했다.

천 선생네 뒤뜰은 울타리를 마주하여 부엌이 있었다. 안이 분명하게 보이지는 않았지만, 벽이 음식 연기로 시꺼멓게 변한 것 같았다. 밖 입구에는 깨진 대야 같은 물건들이 겹겹이 쌓여 있고, 마당에는 옷이 몇 가지 널려 있었다. 처마 쪽에 세 명의 유모와 세 명의 남자아이들이 보였다. 그 형제들이 무엇 때문에 다퉜는지, 따바오가 막 울고 있었지만 나머지 아이들은 본 체도 않고, 그저 땅바닥에 앉아서 흙장난만 하고 있었다. 그 유모들도 뭐라고 투덜거리고만 있었다. 동생이 소곤거렸다.

"저 유모들도 참 이상해. 다들 자기가 돌보는 도련님들 편든다고 늘상 다퉈요."

이 때 천 부인이 머리를 틀어 올린 채 신발을 질질 끌면서 잠이 덜 깬 눈으로 나왔다. 생각보다 예쁘긴 했지만 어른스럽지 않고 게을러 보였다. 나오자마자 따바오를 나무랐다.

"너 왜 울고 야단이니?"

그리고는 두 유모에게 나머지 두 아이를 데리고 나가라고 했다. 따바오
는 그들을 가리키면서 계속 울먹였다.

"날 놀리고 못 놀게 했어!"

"그깟 것 가지고 그렇게 운단 말이냐. 유모는 달래지 않고 뭐 하고!"

리(李)씨 아주머니가 고개를 들지 못하고 뭐라 변명을 하는지 천 부인
이 앉으면서 손을 훼훼 내저었다.

"변명할 필요 없어요. 유모들이 모두 상관하지 않는다면 내가 뭐 하러
돈 들여 유모를 고용하겠어. 아무려면 유모들더러 아이들 싸우는 거나 도
우라고 고용했겠어요?"

그러더니, 주머니에서 돈을 한 움큼 꺼내어 따바오에게 건넸다.

"이 돈 가지고 아줌마랑 밖에 나가서 놀아라. 너 우는 소리에 정신 사
나워서 못 살겠어. 다시 울면 가만 안 놔둔다!"

따바오는 돈을 받아 들더니 눈물을 닦고 리씨 아주머니와 함께 나갔다.

천 부인이 왕(王)씨 아주머니를 부르자, 안에서 아낙네 한 사람이 빗 상
자를 들고 나와서 그녀의 머리를 빗겨 주기 시작했다. 내가 천 부인을 유
심히 보고 있을 때, 동생이 돌연 웃으면서 내 옷을 잡아끌었다.

"언니! 따바오 좀 봐. 흙이 잔뜩 묻어 있던 손으로 얼굴을 문지르고 있
어!"

잠시 후 천 부인이 머리 손질을 끝냈다. 그녀가 얼굴을 씻고 있는데, 안
에서 전화벨 소리가 울렸다. 왕씨 아주머니가 달려가 전화를 받고 나왔다.

"마님, 까오(高) 댁에서 어서 오라고 채근하시네요. 마작 할 손님들이
다 모이셨다구요."

천 부인이 얼굴에 분을 바르면서 곧 간다고 전하라면서 바로 따라 들어
갔다.

나는 정신없이 그들을 보고 있었다. 동생이 잡아끌었다.

"모두 들어갔어, 우리도 그만 가."

"조금만 더 있자, 서두르지 마!"

10분 정도 있으니, 천 부인이 곱게 단장을 하고 나왔다. 그녀는 문틀에 오른손을 기대고 서서 주방에 대고 말했다.

"까오 댁에서 어찌나 채근을 하는지 저녁 먹을 시간도 없네. 집에 아무도 없으니 어르신이 돌아오면 자네가 이야기 좀 잘 해줘요. "

그녀는 말을 마치더니 바로 나가버렸다.

내가 돌아가려고 하는 순간, 외숙모가 부채를 들고 나오셨다.

"너희들 알고 보니 여기 있었구나. 나무 그늘 아래가 집안보다야 시원하지. "

나는 그녀와 함께 앉아 이런저런 이야기를 나누었다.

돌연 구둣발 소리가 천 아저씨네 집 쪽에서 들렸다. 동생이 내게 소곤거렸다.

"천 아저씨야. "

천 선생의 말소리가 들려왔다.

"리우(刘) 아줌마, 집사람은?"

"방금 까오 댁에 가셨어요. "

한참동안 아무 소리가 없더니, 또 천 선생의 말소리가 들렸다.

"아이들은?"

"밖에 놀러 나갔어요. "

천 선생이 놀라서 리우 아주머니를 채근하는 것 같았다.

"빨리 나가 아이들을 데리고 와요. 곧 날이 어두워지는데 아직까지 집에 안 오고 있다니. 게다가 길바닥이 무슨 놀이터도 아닌데 말야. "

리우 아주머니가 나간 지 한참이 되었는데도 돌아오는 기척이 없었다. 천 선생은 처마 아래에서 왔다 갔다 하면서 한숨을 내쉬더니 의자에 앉았다. 담배를 물고 신문을 펴 들었으나, 하늘을 보면서 깊은 생각에 빠져들었다.

또 한참이 지났는데도 아무도 돌아오지 않았다. 천 선생은 벌떡 일어나서 담배를 던져 버리고 모자를 쓰더니 지팡이를 들고 나가 버렸다.

동생이 웃으면서 말했다.

"천 아저씨가 또 화가 나서 나가 버리셨네. 어제도 아줌마랑 아저씨랑 싸우시던데. 아저씨가 아줌마는 가정주부 같지 않다고, 종일 밖에만 돌아다닌다고 뭐라고 그랬어. 말다툼을 막 하더니 각자 나가 버리더라. 리씨 아줌마가 그러는데 한두 번이 아니래."

"다른 사람들 일을 네가 뭐 안다고 상관해. 어린애들이 남 말 하면 못 써!"

외숙모가 나무랐지만 동생은 여전히 웃으면서 말을 그치지 않았다.

"누가 상관한다고 그래요, 그냥 들은 얘기 좀 하는 거지."

외숙모가 말을 이었다.

"천 선생도 참 이상해. 천 부인이 다른 사람들에게 잘 못하는 것도 아니고 싹싹한데, 그저 나이가 좀 어려서 놀기 좋아하니 집안일엔 자연 좀 소홀할 수밖에 없는 거지. 그런 조그만 일을 가지고 저렇게 화를 낼 건 또 뭐람!"

이야기를 나누다 보니 벌써 일곱 시 반이었다. 인력거가 밖에서 아직도 기다리고 있었다. 나는 외숙모에게 인사를 드리고 집으로 갔다.

다음 날 아침, 세수하고 나니 어머니가 날 찾으셨다.

"셋째 오빠가 베이징에 온 뒤로 너 아직 한 번도 안 가봤지. 어제 오전에 야시(亚茜)가 와서 오늘 네가 놀러 왔으면 하더구나."

셋째 오빠는 우리 사촌 오빠이고, 야시는 내 동창이면서 오빠의 부인이기도 하다. 내가 중학 때에 그녀는 대학 4년이어서 겨우 1년만 같이 다녔지만 친하게 지냈다. 그래서 난 그녀의 이름을 부르는 것이 습관이 된 지라, 아직 호칭이 입에 익지 않고 있었다. 나는 오빠랑 야시가 많이 보고 싶었기 때문에 점심을 먹자마자 바로 나갔다.

오빠네가 살고 있는 동네는 깨끗하고 조용했다. 거리엔 서점과 학당밖에 없었다. 집에 도착해서 벨을 누르니, 깔끔하고 바지런해 보이는 아주머니가 웃음을 지으면서 나왔다.

"누구세요? 누굴 찾아 오셨나요?"

내가 미처 대답을 하기도 전에 야시가 나왔다. 우리는 서로 반가워하면서 손을 잡고 안으로 들어갔다. 6년 만이다. 야시는 더 부드럽고 온화해 보였지만 여전히 활발했다.

정원에 많은 꽃들이 심겨 있고, 조그마한 길이 풀밭에서 계단까지 이어져 있었다. 안으로 들어서니 갈대 뒤쪽의 등나무 의자에 한 남자아이가 집짓기 놀이를 하는 게 보였다. 까만 눈, 홍조 띤 뺨, 물어 볼 필요도 없이 조카인 샤오쥔(小峻)이 분명했다.

야시가 웃으면서 불렀다.

"샤오쥔, 고모한테 인사해야지."

꼬마가 웃으면서 인사를 하더니 스스로도 어색하다고 느꼈던지 바로 가서 집짓기 놀이를 계속했다. 입으로는 노래를 흥얼거리면서. 가운데에 있는 방으로 들어갔다. 창 밖으로 나무가 무성했다. 방은 서양식 의자 몇 개와 피아노, 골동품들을 비롯하여 화분과 그림, 사진 등으로 꾸며져 있었다. 깔끔하게 정돈된 것은 아니었지만 독특한 분위기가 넘쳐흘렀다. 오른편 방문이 하나 열려 있었는데, 몇 개의 책꽂이에 동서양의 책이 빽빽하게 꽂혀 있는 게 보였다. 셋째 오빠가 책상에 앉아 글을 쓰고 있었다. 맞은편에도 의자가 하나 있었는데 야시가 앉아 있었던 모양이다. 내가 들어오는 것을 보고 오빠가 일어났다.

"아, 오늘이 일요일이구나!"

"맞아요, 오빤 왜 이렇게 바쁘세요?"

"바쁘기는, 야시하고 책을 하나 번역하고 있는 중이다. 거의 다 했어, 오늘 좀 한가해서 소일 삼아 하고 있었지."

책상 위에 책 두 권이 놓여 있었다. 하나는 원서이고 하나는 오빠가 불러주는 것을 야시가 받아 적은 것이었다. 여기저기 고친 흔적이다. 탁자 저 쪽엔 야시가 쓴 것으로 보이는 노트가 몇 권 쌓여 있었다. 이미 번역이 끝난 것들이란다.

야시가 미소를 지었다.

"내가 무슨 번역을 할 수 있겠어, 그냥 이번 기회에 영어 공부 좀 하는 거지."

"정말 오빠 부부는 량치차오(梁启超) 선생이 읊은 시구와 딱 들어맞네요, 그 '마주 앉아 번역하니 붉은 소매가 향기를 더하고'라는 시구 말예요."

내 말에 다들 웃었다.

오빠가 샤오쿤더러 들어오라고 했다. 나는 그의 손을 잡고 얘기를 나누었다. 꼬마임에도 사근사근 사람을 잘 대했다. 유치원에 다닌다고 해서 노래를 시켰더니, 웃으면서 야시만 바라봤다. 야시가 격려했다.

"노래 해 봐, 고모가 듣고 싶대."

그는 바로 한 소절을 불렀다. 목소리가 맑고 발음도 정확했다. 노래가 끝나자 우리는 열심히 박수를 쳤다.

그리고 나서, 야시가 집 구경을 시켜주었다. 구석구석이 깨끗하고 정리가 잘 되어 있었다. 내가 보기엔 최고였다.

오후 두 시에 오빠는 친구를 만난다고 나갔고, 샤오쿤도 낮잠이 들었다. 우리는 함께 마당에 나와 밖에 앉았다. 실바람에 향긋한 냄새가 실려 왔다. 야시는 샤오쿤의 양말을 뜨면서 나와 이야기를 나누었다. 잠시 후 오빠가 돌아오고 샤오쿤도 일어나서, 우리는 다시 함께 어울렸다. 해가 뉘엿뉘엿 넘어가면서 저녁놀이 마당에 피어있는 화려한 꽃들과 녹음이 짙은 나무들에 비춰 들었다. 마당이 정말 작은 낙원 같았다.

저녁은 야시가 손수 준비했는데, 꽤 맛있었다. 우리는 밥을 먹으면서 창 밖을 내다보았다. 샤오쿤이 일찌감치 밥을 다 먹고 처마 아래서 흙장난을 하고 있었던 것이다.

벨이 울렸다. 일하는 아주머니가 들어와 손님이 왔다고 알렸다. 천 선생이었다. 오빠는 명함을 받아 보더니, 야시에게 말했다.

"내가 아직 저녁을 다 먹지 못했으니 우리 꼬마 접대원더러 맞으라고 합시다. ”

아시가 일어나 샤오췬을 불렀다.

“꼬마 접대원, 손님 왔다!”

샤오췬이 고개를 들었다.

“엄마, 나 안 나갈래요, 지금 탑을 쌓고 있는 걸!”

아시가 웃으면서 말했다.

“그럼 이 다음부터 접대원 자격을 취소할 거야. ”

샤오췬이 얼른 일어났다.

“제가 나갈게, 나갈게요. ”

샤오췬은 손에 묻은 흙을 털면서 달려 나갔다.

천 선생과 샤오췬이 함께 웃으면서 거실로 들어왔다. 알고 보니 외숙모 이웃에 사는 바로 그 천 선생이었다. 이 때, 오빠가 나가고 샤오췬이 들어 왔다. 하늘이 점점 어두워갔다. 아시가 등을 켜면서 나에게 말했다.

“샤오췬에게 얘기 좀 들려 줘. 나는 계산할 게 좀 있거든. ”

그리고 그녀는 밖으로 나갔다.

나는 ‘세 마리 곰’이라는 이야기를 해 주었다. 샤오췬은 무척 재미있 어 했다. 좀 피곤해 보여서 시계를 보니 벌써 8시였다.

“샤오췬, 자야지. ”

그는 눈을 비비더니 일어났다. 나는 그의 손을 잡고 침실로 데려갔다.

그의 침실은 정말 귀엽게 꾸며져 있었다. 같은 색으로 자그마한 침대와 가구들을 맞추었는데, 작은 유리가 달린 정리장에는 장난감들이 나란히 진열되어 있었다. 또 벽에는 각종 그림들이 걸려 있었는데, 그 중에는 샤 오췬이 직접 그리고 만든 것도 있었다.

샤오췬은 잠옷으로 갈아입고 침대로 들어갔다. 내가 나가는 것을 보면 서 미소를 짓더니 고개를 끄덕였다. 나는 아시에게 말했다.

“샤오췬은 정말 겁이 없던데. 혼자 방안에 있어도 무서워하지 않고, 게다가 어두운데 말야. ”

야시가 웃으면서 대답했다.

"내가 애한테 무섭고 기괴한 이야기를 해서 그 여린 맘에 자극을 준 적이 없거든. 하늘이 깜깜해지는 것도 그 원인을 아니까 두려움이 무엇인지를 잘 몰라."

나는 그녀 옆에 앉아서 맞은 편 환하게 불이 켜져 있는 거실을 바라보았다. 이야기하는 소리가 꽤 높았다. 야시는 또 일하는 아주머니가 찾아서 나가 버렸기에, 나는 나도 모르는 사이에 거실에서 들려오는 이야기 소리에 귀를 기울였다.

"우리가 영국에서 유학할 때, 난 네가 이렇게 자포자기할 사람이라고는 생각지 않았다. 그런데 어쩌다 요즘 그렇게 술에 빠지게 되었지? 우리의 목표가 무엇인지 우리의 꿈이 무엇인지 설마 잊은 건 아니겠지?"

천 선생이 낮게 대꾸하는 소리가 들렸다.

"이런 환경에서 놀지 않고 술 마시지 않으면 무엇을 하겠어? 그렇다고 영웅이 힘을 발휘할 곳이라도 있단 말인가?"

오빠가 탄식하면서 고개를 저었다.

"물론 그 말도 옳다. 이런 상황에서는 넘쳐나는 열정도 어디 발산할 데가 없으니 정말 무엇이든 포기하게 되지. 그러나 진정한 영웅은 맨손으로 시대를 이끌어나가는 사람이지, 시대에 의해 끌려가는 게 아냐. 스스로 먼저 그 뿌리를 상하게 버려두면 장차 필요할 때가 있어도 큰 영웅이 되지는 못해. 이게 자포자기가 아니고 무엇이란 말인가?"

이때 천 선생이 일어난 것 같았다. 큰 그림자가 창문 앞에서 끊임없이 요동쳤다. 잠시 뒤 그의 말소리가 들렸다.

"네가 그런 말을 하는 것도 당연해, 넌 즐거우니까 희망이 있지. 난 기쁨이 없어. 그래서 앞날도 그저 깜깜하게만 느껴질 뿐이야!"

천 선생의 목소리에는 울분과 참담함과 슬픔이 뒤섞여 있었다.

"어째 그럴 수가 있지? 우리는 같이 졸업하고 같이 유학하고 함께 돌아왔어. 지위로 따지자면 네가 나보다 높고, 월급도 많이 받잖아. 꿈을 이루지 못한 거야 피차일반인데, 왜 나는 기쁨이 있고 자네는 없다는 거야?"

"자네 가정은 어떤가? 우리 가정은 어떻고?"

오빠는 침묵했다. 천 선생이 냉소했다.

"자네도 대강은 알겠지……. 우리가 귀국할 때의 목표와 희망은 다 타격을 입고 이미 물거품이 되었어. 사무실에서 종일 하는 일 없이 앉아만 있는 것도 이젠 참을 수가 없다구. 가까스로 집에 돌아오면 집안은 난장판이지, 아이들은 울고 싸우지, 정말 짜증이 안 날래야 안 날 수가 없어. 내 안사람은 관료집안 출신이라 집안일에 대해선 아무 것도 모르고, 그저 밖에 나가서 사람들하고 어울리기만 해. 아이들 교육도 엉망이고 일하는 사람들은 더더구나 못하는 짓이 없어. 내가 몇 번이나 타일러 봤지만 듣질 않아, 외려 한 술 더 떠서 '여권(女权)을 존중하지 않는다'느니, '불평등'이라느니, '간섭한다'느니 하면서 오해나 하지. 나도 그녀를 힘들게 하지 말자고, 내 스스로 고쳐보자고 다짐하기도 했었어. 그렇지만, 먹거리며 생필품 값도 하나 모르는데다가 하루 종일 집안에만 있을 수도 없으니 어쩌겠어. 결국 살림은 나날이 어려워 가고, 아이들도 갈수록 버릇이 없어지고, 내가 어떻게 하루라도 밖으로 돌지 않을 수 있겠나! 나가면 결국은 그런 극장이나 술집 같은 시끌벅적한 곳을 찾게 돼, 자극적인 행동으로 마음속의 번뇌를 좀 태워볼까 해서. 이렇게 하루하루를 지내다 보니 어느 새 습관이 되어버렸네 그려. 술집의 불이 꺼지고 극장의 사람들도 다 돌아가고, 밤이 깊어져서 어슬렁어슬렁 돌아올 때면, 내가 지금 뭐하고 있는가 라는 생각이 왜 들지 않겠나? 그렇지만…… 아! 쥔! 네가 날 좀 구해 줘!"

천 선생의 말소리는 벌써 울음에 잦아들었다. 오빠가 일어나 그의 앞으로 다가갔다.

벨 소리가 또 울렸다. 일하는 아주머니가 들어오더니 내가 타고 갈 차가 이미 도착했다고 말해 주었다. 그래서 야시에게 작별 인사를 하고 집으로 돌아왔다.

두 달간의 여름 방학이 다 지나갔다. 개학 첫 날 외숙모 댁을 지나가는데, 천 선생집 대문에 '세놓음'이라는 팻말이 붙어 있는 것이 보였다.

학교가 끝나고 집 대문에 막 도착한 찰나, 셋째 오빠가 왔다. 오빠의 옷깃에 흰 종이꽃이 꽂혀 있었고, 얼굴에는 상심한 기색이 역력했다. 나는 좀 놀랐지만 감히 물어보지 못하고, 반갑게 인사를 나눈 후 함께 집으로 들어갔다.

어머니는 셋째 오빠에게 연방 질문을 퍼부었다.

"야시와 샤오쿤은 잘 지내니? 왜 놀러 오지 않는다니?"

그제야 오빠의 얼굴에 웃음이 번지면서 옷깃에 꽂은 흰 꽃을 떼어 쓰레기통에 버렸다.

"야시는 너무 똑똑하고 야무져. 큰일이고 작은 일이고 할 것 없이 자기가 직접 다 하려고 하니, 내 생각엔 아무래도 그 애가 너무 일이 많다. 그렇지만, 여태껏 그 애가 하기 싫어서 억지로 하는 모습이나 피곤해하는 것을 본 적이 없어. 언제나 웃는 얼굴에 즐겁다는 듯 조용히 일을 다 해버리더구나. 정말 하는 짓이 너무 이뻐."

"지금은 일하는 아주머니를 하나 구했어요. 어쨌든 도와주는 사람이 있으니까. 원래 야시는 괜찮다고 했는데, 아무리 생각해도 집안일이며 샤오쿤 등하교시키는 것까지 혼자 하기엔 벅찰 것 같아서요. 게다가 중국 사람들의 생활수준이 아직 그렇게 높지 않아서 아줌마 하나 구한다고 해도 경제적으로 그다지 부담스럽지는 않거든요. 그래서 일하는 아주머니를 한 분 구했지요. 그렇지만 집안일도 다 야시가 하라는 대로만 하고, 저녁엔 야시에게 글자랑 '백가성(百家姓)' 읽는 법을 배우고 있어요. 지금은 명함에 있는 이름이나 장부의 글자는 거의 반절 이상은 다 읽을 줄 알아요."

나는 그 말을 듣고 보니 생각나는 일이 있었다.

"맞아요. 그 날 천 선생님이 오셨을 때 그 아주머니가 천이라는 성을 알더라고요. 좀 의외라고는 생각했지만 야시의 학생인 줄은 몰랐네."

셋째 오빠는 갑자기 한숨을 내쉬었다.

"그가 세상을 떠났단다. 지금 거기 문상 갔다가 오는 길이야. "

그제야 나는 그 오빠가 왜 흰 꽃을 꽂고 있었는지, 왜 그렇게 얼굴에 수심이 가득했었는지 알았다. 어머니가 물었다.

"그 유학 갔다 온?"

"예, 맞아요. "

"정말 이상하구나. 그렇게 뛰어난 젊은이가 죽다니. 돌림병으로 죽은 거냐?"

"무슨 돌림병이 있다고요. 그 사람은 너무 똑똑했어요. 꿈도 너무 컸고. 영국에 유학하고 있을 때, 돌아가기만 하면 중국을 완전하게 개혁시켜야겠다는 생각만 했었는데. 그런데 돌아오니까 정부에서 맡긴 일이라는 게 고작 한 달에 200원 받는, 별 하는 일도 없는 직책이었으니. 얼마나 실망하고 낙담했는지 몰라요. 품고 온 꿈도 거의 다 포기해버리고 말았지요. 게다가 집에 돌아가도 별 즐거움도 없고 하니, 날마다 술만 마시면서 지냈나 봐요. 우리 집에 한 번 왔었는데, 보고 놀랐다니까요. 그렇게 이상에 넘치고, 대단하다고 존경받던 그였는데, 기운이 하나도 없고 눈빛도 흐트러지고 몸도 많이 약해졌더라구요. 어찌나 속이 상하던지 안 되겠다 싶어서, 우리 집에 자주 놀러 와서 기분전환이나 하고 술은 그만 마시라고 했지요. 그런데 듣질 않아요. 그뿐 아니라 이런 말까지 했어요. '성의는 고맙다. 그러나 너희 집에 와서 너희 가족들을 보면 우리 집하고 비교가 되어 더 속이 상하다. 차라리……. ' 그러곤 말을 잇지 못하고 눈물만 흘리더군요. 나도 마음이 아파서 같이 눈물을 흘렸어요. 이후 그의 몸이 나날이 더 나빠지는 것 같아서 억지로 독일 의사에게 데리고 가서 검사를 했는데, 의사 말이 이미 폐병 3기라서 낫기는 힘들 것 같다고 하시는 거예요. 나는 더욱 걱정스러워 싫다는 걸 억지로 병원에 입원시키고 천천히 치료를 받게 했어요. 그리고 날마다 찾아가 봤고요. 그런데, 지난 월요일 저녁이 마지막이 될 줄을 누가 알았겠어요……. "

여기까지 말하더니, 오빠는 목소리가 심하게 떨려 더 이상 말을 잇지 못했다.

어머니가 깊이 탄식했다.

"정말 아깝구나! 아까워! 듣자하니 그의 학문이며 재능은 영국 학생들조차도 다 놀랐다던데."

오빠는 말없이 고개를 끄덕였다. 나는 불현듯 천 부인이 생각났다.

"식구들은 어떻게 되었어요?"

"다들 남방으로 돌아간다더라. 살림도 궁핍하고, 빚도 다 청산을 못했대. 아이들도 아직 어린데 앞으로 어떻게 살아나갈지!"

그녀가

"다 배우지 못한 탓이다. 공부를 좀 했으면 혼자 살아가지 못하겠니. 하지만, 그녀의 친정이 부자라니 어쨌든 그렇게 고생하지는 않겠지."

오빠가 미소를 지으면서 말했다.

"형제에 의지해 사는 것은 자기 자신의 힘으로 사는 것만 못해요!"

오빠는 잠깐 있다가 돌아갔다. 나는 그를 문 앞까지 배웅하면서 마음속이 복잡했다. 손에 잡히는 대로 책을 한 권 집어 들었는데, 하필 지난 학기에 기록해 둔 노트였다. 끝 페이지에 리 박사의 연설이 적혀 있었는데, 가정의 행복과 불행이 남자들의 성공과 어떤 관계가 있는지에 대한 내용이었다.

최후의 안식(最後的安息)

후이꾸(惠姑)는 성안에서 자그마치 12년을 살았다. 태어난 이래, 한 번도 성밖의 경치를 본적이 없다. 올해 여름, 그녀 아버지의 별장이 막 지어지자마자 가족들은 성밖으로 옮겨가 여름을 보냈다. 후이꾸는 무척이나 좋아했다. 때로 그녀 혼자 문 앞에 있는 커다란 나무 아래 조용히 앉아서 농부들이 모내기를 하면서 부르는 노래를 듣기도 하였다. 들꽃 위의 나비들이 그녀의 머리 위로 날아 다녔다. 온통 푸른빛 가운데 흙집이 줄지어 이어져 있었다. 저 멀리로는 각양각색의 옷을 입은 아낙네들이 노새를 타고서 좁은 길을 느릿느릿 가고 있는 것도 보였다. 그녀는 이런 풍경들이 매우 신기하고 재미있었다. 마치 다른 세계에 온 것 같았다.

그러던 어느 날이었다. 그녀는 낮잠에서 깨어나 1층으로 내려왔다. 집은 쥐죽은 듯 조용했다. 잠깐 집안을 어슬렁거리다가, 그녀는 갑자기 자신의 자전거를 오랫동안 타지 않았다는 걸 떠올렸다. 오늘 마침 할 일도 없었기에 그녀는 자전거를 타고 놀러 나가고 싶어졌다. 즉시 자전거를 문밖으로 끌고 나가 올라타고는, 그 조그마한 시골길을 따라 천천히 갔다. 언덕을 돌자 졸졸 흐르는 시냇물이 눈에 들어왔다. 시냇가 양쪽 모두 복숭아나무와 버드나무가 심어져 있어 풍경이 그윽했다. 주변을 돌아보는 사이에 어느덧 멀리 와 버렸다. 그런데, 경사가 심한 탓에 그만 그녀의 자전거가 멈추지 않고 미끄러져 나는 듯이 내려갔다. 후이꾸는 겁이 나서 되돌아가고 싶었지만 이미 제어할 수 없는 상태였다. 양옆으로 나무들이 나는 듯이 휙휙 지나갔다. 물 속으로 빠질 것 같아서 당황한 그녀는 비명을 질렀다. 순간, 누군가 뒤에서 자기를 끄는 듯한 느낌이 들었다. 자전거는 옆으로 쓰러졌고, 후이꾸도 땅바닥으로 넘어졌다. 일어나 보니 한 시골 여자애가 뒤에서 뒷바퀴를 붙잡고 있는 것이 아닌가. 후이꾸는 정신을 가다듬고 몸의 먼지를 털어 낸 다음 고개를 돌려 그녀에게 감사를 표시했다. 그녀는 단지 열 서넛밖에 먹어 보이지 않았는데, 얼굴은 까맣고 옷도 지극히 남루했다. 하지만 소박하고 귀여운 데가 있었다. 그녀가 웃으며 말했다.

"아가씨! 방금 하마터면 미끄러져 물에 빠질 뻔했네요, 큰일 날 뻔했죠?"

후이꾸 또한 웃으며 대답했다.

"그러게 말이야, 길이 낯설어서. 네가 잡아줘서 천만다행이었어. 그렇지 않았다면 그대로 미끄러져 벌써 물에 빠졌겠지?"

그녀는 후이꾸를 한 번 보더니 잠깐 생각하다 물었다.

"아가씨는 산 뒤에 있는 새로 지은 집에 머물고 있죠?"

후이꾸는 웃으면서 물었다.

"어떻게 알았어?"

"며칠 전에 사람들이 새로 지은 집의 주인이 이사 왔다고 말하는 것을 들었어요. 아가씨 차림새도 우리 시골 애들하고는 달라서, 그래서 그냥 그런 생각이……."

후이꾸는 고개를 끄덕이면서 웃으며 대답했다.

"맞아, 네 이름은 뭐지? 다른 식구들은 또 누가 있어?"

"내 이름은 추이얼(翠儿)이라고 해요. 집엔 엄마가 계시고 밑으로 남동생 둘과 여동생 셋이 있어요. 네 살 때 부모님을 잃은 후로 바로 이곳으로 왔죠."

"지금 어머니는, 큰어머니 아니면 숙모?"

추이얼은 고개를 저었다.

"둘 다 아니에요."

후이꾸는 잠깐 의아해하다가 추이얼이 민며느리일지도 모른다는 생각이 불현듯 떠올랐다.

"어머니가 잘 대해 주시니?"

대답이 없다. 추이얼의 눈자위가 붉어졌다. 그녀는 고개를 들고 해를 보면서 말했다.

"시간이 늦었네요, 가야겠어요. 만약 늦으면 어머니께서 또……. "

그녀는 힘껏 물통을 들더니 가려고 했다. 그 큰 물통에는 물이 가득 차 있었다.

"너 혼자 어디 들고 가겠어? 내가 도와줄게. "

"괜찮아요, 아가씨는 들기 더 힘들 거예요, 옷도 금방 젖어 버릴텐데. 제가 혼자 할게요. "

그녀는 힘껏 물통을 들고 한 발 한 발 발걸음을 떼었다. 후이꾸는 시냇가 언덕에 서서 그녀의 그림자가 사라지는 것을 보며 속으로 생각했다.

'저렇게 고생하는 모습을 보니 그녀의 엄마가 얼마나 그녀를 홀대하는지 알 만 하네! 가엾게 스리, 나보다 겨우 두 살밖에 많지 않은데, 그녀는 하루 종일 저렇게 힘들게 고생하는구나. 똑같이 하늘이 내린 사람들인데도 이렇게 다 다르다니!'

이 때 허(何)씨 아주머니가 뒤에서 부르는 소리가 들렸다.

"아가씨, 여기 계셨군요. 한참 찾았어요!"

후이꾸는 고개를 돌리며 미소를 짓더니, 자전거를 끌고 천천히 돌아섰다. 허씨 아주머니가 자전거를 대신 끌어주며 말했다.

"아가씨, 몇 시에 나가셨어요? 나도 부르지 않고. 조금 전에 마님이 내려오셔서 아가씨가 안 계신다고 금방이라도 무슨 큰 일이 날 것처럼 걱정하셨어요. 앞으로는 절대로 혼자 나가지 마세요, 만약……. "

후이꾸는 웃으면서 말을 끊었다.

"걱정 말아요, 어쩌다 한 번 혼자 나온 걸 가지고 아줌마 잔소리가 너무 길어. "

허씨 아주머니도 웃었다. 그녀는 다른 한 손으로 후이꾸의 손을 잡았다. 돌아오는 길에 후이꾸는 자전거 사고가 날 뻔했다는 사실만 빼놓고, 우연히 추이얼을 만났다는 얘길 했다. 허씨 아주머니가 한숨을 내쉬며 대꾸했다.

"저도 마을 부인네들이 하는 말들을 들었는데, 그 시어머니가 정말 무섭다대요. 그녀에게 너무 못되게 군다고 하더라구요. 이유인즉, 그녀가 온지 두 달도 못 되어서 시아버지가 그만 죽었답니다. 그래서 그 시어머니는 그녀 때문에 시아버지가 죽었다고, 욕하고, 굶기고, 아무튼 온갖 방법으로 구박한다는군요. 그 아이는 착하고 순해서 마을 사람들은 다 이뻐한대요."

이야기를 하다 보니 이미 집에 도착했다. 후이꾸의 부모님은 계단에 기대어 서서 그녀가 돌아오기만을 기다리고 있었다. 그녀가 돌아오는 것을 보자, 그들은 비로소 마음을 놓았다. 동시에 몇 마디 잔소리가 터져 나왔다. 후이꾸는 그저 웃으면서 건성으로 대답했다. 그녀의 마음은 이미 추이얼에게 가 있었던 것이다. 후이꾸는 추이얼의 처지가 너무 안타까웠다.

다음날 아침, 후이꾸는 또 시냇가로 추이얼을 만나러 갔다. 하지만 그녀를 볼 수 없었다. 후이꾸는 혼자 잠시 서 있었다. 그녀는 지금 어쩜 추이얼이 나올 수 없을지도 모르니 조금 더 기다려 보아야겠다고 생각했다. 그러나 한편으로는 어머니가 걱정하실 거라는 생각에 어쩔 수 없이 답답한 마음을 안고 되돌아왔다.

오후에 후이꾸는 아래층으로 내려와서 허씨 아주머니에게 말했다.

"나 잠깐 나갔다 올께. 엄마가 찾으면 산 앞으로 놀러갔다고 말해줘요."

허씨 아주머니의 알았다는 대답을 듣고서, 그녀는 바로 천천히 산 앞으로 걸어갔다. 저 멀리 시냇가에서 머리를 숙인 채 빨래를 하고 있는 추이얼이 보였다. 후이꾸는 다가가서 추이얼을 불렀다. 그녀가 고개를 쳐들자, 후이꾸는 그녀의 눈이 빨갛게 부어 있는 것을 보았다. 얼굴엔 또 가닥가닥 긁힌 상처가 나 있었다. 후이꾸는 놀라서 가까이 다가가 물었다.

"추이얼! 어떻게 된 거야?"

추이얼은 가까스로 입을 열어 별일 아니라고 대답했지만, 울먹이면서 계속해서 힘껏 빨래를 했다. 후이꾸도 더 이상 묻지 않고 깨끗한 돌 하나를 골라 앉더니, 골똘히 그녀를 바라보았다. 잠시 후 그녀가 말했다.

"추이얼, 거기에 있는 옷들 내가 대신 빨아줄게, 너 잠깐 쉬는 게 어때?"

이 말이 얼마나 따뜻하고 부드러운지, 추이얼은 저도 모르게 코끝이 찡해졌다.

가엾게도, 세상에 태어나 14년이라는 긴 시간동안 추이얼은 어느 누구의 동정도 받아본 적이 없고 따뜻한 말 한마디도 들어보지 못했다. 그녀의 머릿속엔 오로지 고통과 무서운 기억뿐이었고, 그녀의 작은 몸뚱아리에는 얻어맞았던, 추위와 배고픔으로 떨었던 일들만이 새겨져 있을 뿐이었다. 그녀는 세상에서 무엇을 사랑이라고 하는지, 무엇을 기쁨이라고 하는지조차 모르고, 그저 정신없이 그 고통스럽고 암울한 나날들을 보내왔다. 누군가 그녀에게 조금이라도 부드러운 말을 건넸다면, 그녀는 아주 이상하다고 생각하지, 기뻐하지는 않았을 것이다. 이 세상에 정말로 그런 좋은 사람이 존재하고 있다는 것 자체를 믿지 않는 것처럼. 그래서 어제 후이꾸는 진심으로 그녀의 고통에 대해 위로했지만, 그녀는 반신반의하는 태도로 혼자 가버렸던 것이다.

오늘 아침에도 그녀는 새벽같이 일어나 바쁘게 밥을 지었다. 그녀의 두 남동생들은 또 무슨 일인지 싸우기 시작했다. 그녀는 시끄러워서 시어머니가 깨면 또 그녀만 나무랄 것 같아서 얼른 두 동생들을 말렸다. 동생들은 오히려 추이얼에게 성을 내며 그녀의 얼굴을 할퀴고 욕했다.

"누나가 무슨 자격으로 우리보고 싸우지 말라는 거야. 빨리 부엌으로 꺼져 버려. 우리 엄마가 일어나면 조심해, 엄마가 나오면 또 몇 대 얻어맞을 걸!"

추이얼은 어떻게 말릴 수 없다는 것을 알고 서둘러 다시 부엌으로 들어갔다. 두 동생이 쫓아 들어왔다. 추이얼은 그들을 피하며 울먹였다.

"그만 해, 그만 좀 소란 피우란 말야. 밥이 다 타버리겠어!"

동생들은 솥뚜껑을 열어보더니 소리를 질렀다.

"엄마, 엄마, 이것 봐요. 추이얼이 밥하다가 솥마저 태워먹고 숨어서 계속 울기만 한대요!"

그녀의 시어머니가 머리는 산발을 하고 옷은 대충 걸쳐 입은 채 저쪽 방에서 달려 나왔다. 부엌으로 뛰어 들어온 그녀는 작은 솥 안의 끓는 물을 추이얼의 얼굴에 쏟으면서 욕을 해댔다.

"너 하루 종일 뭘 그렇게 울기만 하는 거냐? 나까지 너 우는 소리 때문에 죽어 버리면 네 속이 아주 후련하겠구나!"

이 때 추이얼의 얼굴과 손은 뜨거운 물에 데어 온통 물집이 올라와 있었다. 그녀가 울면서 대꾸를 하려는 순간, 동생들이 그녀를 부엌 밖으로 힘껏 밀쳐버렸다. 시어머니는 화가 단단히 나서 직접 밥을 한 다음, 자신의 아이들과 함께 먹었다. 추이얼은 마당에 웅크린 채 맷돌질만 하고, 감히 안에 들어갈 엄두를 내지 못했다. 오후에 시어머니가 잠이 들자 그녀는 비로소 살금살금 방안의 더러운 옷들을 챙겨 가지고 냇가로 나와 빨래를 하기 시작했던 것이다. 팔목의 데인 자국에 물이 닿을 때마다 따끔거리며 통증을 자극했다. 그녀는 빨래를 하면서 그저 눈물만 흘렸다.

후이꾸가 와서 또 그녀를 불렀다. 그 때만해도 그녀는 후이꾸가 그저 심심해서 놀러 나온 것이라 생각했다. 행여 자기를 놀리려는 것은 아닌가 해서 그저 건성으로 대답을 했다. 그런데 후이꾸는 오히려 그녀의 옆에 앉더니, 연민의 눈빛으로 그녀를 바라보고 있다가 도와주겠다는 말을 하는 것이다. 그녀는 고개를 들어 후이꾸를 잠시 쳐다보았다. 갑자기 한 줄기 영적인 빛이 그녀 마음속의 어두움을 걷어내는 것 같았다. 이 순간, 그녀의 머리 속이 새로운 생각들로 충만하게 차오르는 것 같았다. 감격과 고통이 질풍노도처럼 용솟음쳐서 한 곳으로 밀려가는 듯 했다. 울먹이면서 옷깃으로 얼굴을 가리던 그녀는 점점 크게 울기 시작했다. 손에 들고 있던 젖은 옷들이 다 물 속으로 떨어졌다. 후이꾸는 그녀 앞으로 가서 젖은 옷들을 건져 들었다. 그녀 곁에 나란히 서서, 후이꾸는 그녀의 산발된 머리를 뒤로 모아 몇 번 쓸어 내려주고 가볍게 그녀를 어루만졌다. 후이꾸의 눈에도 눈물이 가득 찼다. 그녀는 그저 머리를 숙이고 추이얼을 바라보았다. 한 줄기 사랑의 빛이 추이얼의 몸을 에워쌌다. 두 사람의 모습이 시냇물에 비쳤다. 비록 겉으로 보기에는 가난과 부, 지혜와 어리석음이 하늘과 땅 차이지만, 그들의 순수함 속에서 나온 동정과 감사의 마음은 그 두 사람의 정신과 마음을 하나가 되게 하여 평화롭고 신비로운 세계를 만들어냈다.

그 후, 활발하고 천진하고 장난기 많은 후이꾸의 머릿속엔 인간 사회의 불합리와 고통에 대해 분노하고 슬퍼하는 마음이 자리잡게 되었다. 그녀는 추이얼이 가장 사랑스럽고도 가장 불쌍한 사람이라고 생각했다. 동시에 그녀는 세상의 무수히 많은 어려운 사람들을 생각했다. 그리고 추이얼을 그 가련한 사람들의 대표라 여기고, 도와주고 위로했다. 그녀는 자주 추이얼에게 찾아가 성안의 모든 일들을 얘기해주었다. 또 매번 과자나 사탕 아니면 자기가 가지고 놀던 장난감을 가지고 가서 그녀에게 주었다. 그러나 추이얼은 그것들을 집에 가져가려고 하지 않았다. 동생들에게 빼앗길까 겁이 나기도 했고, 후이꾸가 자신에게 이렇게 잘 대해준다는 걸 시어머니가 알면 그녀를 나가지 못하게 막을 것 같았기 때문이다. 그래서 가지고 논 다음에는 다시 후이꾸에게 돌려주었고, 사탕이나 과자는 그 자리에서 다 먹어치웠다. 그들은 매일 한 시간 정도 같이 놀았다. 추이얼은 후이꾸가 도와주는 것을 이젠 기꺼운 마음으로 받아들였다. 어떤 때는 둘이 함께 옷도 빨고 물도 길면서 이야기를 나누었다. 후이꾸는 학교 친구들과도 이렇게 재미있고 친하게 지내지 못한 것 같았다. 추이얼의 마음 또한 어둠에서 빛으로 점점 열려갔다. 그녀는 세상이 단지 고통과 두려움, 추위와 배고픔만이 있는 것이 아니라는 것을 깨달았다. 비록 그녀의 어머니는 여전히 그녀를 구박했지만, 그녀가 느끼는 고통과 기쁨은 예전과는 완전히 다른 것이었다.

즐거운 여름이 거의 다 지나갔다. 그 날 오후 후이꾸는 창가에 서서 내리는 비를 보고 있었다. 맞은편 산꼭대기에는 안개가 뿌옇게 올라와 있었고, 풀들은 한층 더 짙푸러졌다. 집 앞의 나뭇잎들이 빗줄기에 끊임없이 흔들거렸다. 그녀는 돌연 여름방학이 거의 다 끝나가고 있음을, 곧 개학이라는 것을, 선생님과 친구들도 곧 만날 수 있을 거라는 생각이 들면서 기뻤다. 골똘히 생각에 잠겨 있을 때, 그녀의 어머니가 뒤에서 불렀다.

"후이꾸! 너 오늘 좀 우울한가 보구나, 그렇지?"

후이꾸는 웃으면서 엄마에게 다가가 앉아 머리를 엄마 무릎에 기댔다. 허씨 아주머니가 옆에서 웃으며 끼어들었다.

"오늘 비가 와서 못 나가니까, 추이얼하고 놀 수 없으니 답답해서 그러는 거예요."

후이꾸는 돌아가게 되면 꼭 추이얼에게 말을 하고 가야한다는 생각이 강하게 들었다. 이때 엄마가 웃으며 말했다.

"도대체 추이얼이란 아이가 어떻게 생겼기에 우리 애가 이렇게 좋아할까! 너 이틀 후에 서운해서 어떻게 돌아갈 수 있겠니?"

허씨 아주머니가 또 재빨리 어머니 말을 받았다.

"아가씨가 얼마나 우스운지, 마님은 아직 모르실 걸요. 저번 날에 제가 아가씨에게 사탕하고 과자를 주러 갔는데 둘이서 냇가에 앉아 빨래도 하고 물도 긷고 하면서 웃고 떠들고 있는 거예요. 어찌나 즐거워 보이던지. 아가씨가 집에서 그런 궂은 일들을 어디 해봤겠어요? 그런데 추이얼 그 애와는 그렇게 신나서 하더라구요."

어머니가 웃으면서 대꾸했다.

"그것도 좋다마다, 인내하는 법도 몇 가지 배우고 말야. 후에……."

그녀의 아버지가 마침 저쪽에 앉아 신문을 보면서 이야기를 듣고 계시다가 신문을 내려놓으며 한 마디 하셨다.

"우리 후이꾸는 정말 착하다니까. 전에 나한테 그 추이얼이라는 아이의 어려운 형편을 얘기하면서 어떻게 도울 수 없는지 묻더군. 그래서 나도 후이꾸가 매일같이 나가 놀아도 내버려 둔 거였어. 내 생각엔 말야, 시골 사람들은 교육을 제대로 받지 못해서 추이얼의 시어머니처럼 완고하고 잔

혹한 부인도 있을 수 있고, 추이얼과 같이 죄 없이 학대받는 불쌍한 여자
도 생기는 거야. 후이꾸가 이런 고통을 당하며 사는 사람들도 있다는 것을
알았으니, 앞으로는 반드시 어떤 방법으로든 그런 사람들을 도울 거라고
생각해. 후이꾸! 너도 그렇게 생각하지?"

후이꾸는 아버지의 말씀을 들으면서 두 눈엔 눈물이 그렁그렁 맺혀갔
다. 그녀는 일어나 아버지 앞으로 다가가더니, 무릎에 놓인 신문을 치우고
는 의자 옆에 서서 잠깐 곰곰이 생각하다가 말을 꺼냈다.

"저 돌아가면 자주 못 오니까 추이얼이 더 힘들지 않겠어요? 아빠! 우
리 추이얼 데리고 가요, 네?"

아버지가 웃으며 대답하셨다.

"이런 바보 같은 아이를 보았나! 잘 생각해 보렴, 남의 집 민며느리를
우리가 어떻게 마음대로 데리고 갈 수 있겠니?"

"그녀를 사서 데려가는 것도 안돼요?"

허씨 아주머니가 고개를 저었다.

"어떤 사람이 자기 민며느리를 팔아넘기겠어요? 그 시어머니도 틀림없
이 그렇게 하지는 않을 걸요."

어머니도 옆에서 거들었다.

"어쨌든 우린 설날에 또 올 거잖니, 후에 다시 못 볼 것도 아니고. 어
쩌면 추이얼도 앞으로는 더 나아질지도 몰라, 마음 놓으렴!"

후이꾸는 뭐라 다시 말을 하지 않고, 그저 아빠의 어깨에 기대어 있었
다. 잠시 후 그녀는 다시 엄마에게 물었다.

"엄마! 우리 언제 돌아가죠?"

"날이 개면 곧 갈 거야."

"저 너무 많이 놀아서 이제 돌아가 학교 다니고 싶어요."

그러자 허씨 아주머니가 웃으며 말했다.

"서둘지 않아도 돼요, 공부하는 게 또 지겨울 날이 또 올 텐데요,
뭐."

그녀의 말에 다들 크게 웃었다.

이틀이 지났다. 비가 점차 약해지고, 그저 먼지 같은 빗방울만이 계속해서 흩뿌렸다. 후이꾸는 추이얼이 보고 싶었다. 마당에 나가자 오싹오싹 한기가 느껴졌다. 땅도 매우 미끄러웠다. 그녀는 다시 집으로 들어가서 옷도 걸치고 신발도 바꿔 신고서 밀짚모자도 쓰고 나와 천천히 냇가로 갔다. 냇물도 불어나서 콸콸콸 흐르고 있었다. 둘이 자주 앉았던 그 돌도 물에 잠겨 버렸고 추이얼도 보이지 않았다. 잠시 서 있는데 매우 쌀쌀했다. 막 돌아가려고 하는 찰나, 추이얼이 저쪽에서 물통을 들고 다가오는 것이 아닌가. 후이꾸를 본 추이얼은 물통을 바로 내려놓고 웃으며 말했다.

"아가씨, 며칠 동안 계속 못 나왔죠?"

"모두가 다 이 비 때문이야, 잘 지냈어?"

추이얼이 고개를 저었다. "그저 그렇죠, 뭐. 어디 나아질 게 있겠어요!"

이야기를 나누면서, 후이꾸는 추이얼 머리가 온통 빗방울투성이인 것을 보았다.

"우리 나무 밑에 가서 비를 좀 피하자."

그녀는 추이얼을 끌고 나무 밑으로 갔다. 추이얼이 웃으면서 말했다.

"며칠 전에 아가씨가 가르쳐준 그 글자들 있잖아요, 나뭇가지로 벽에다 연습해서 이제 다 읽을 수 있게 되었어요. 새로운 글자들을 또 가르쳐 주세요"

"그래그래, 또 가르쳐줄게. 내가 알고 있는 글자도 많은 편은 아니야, 네가 이렇게 빨리 익히다가는 며칠 후면 나를 따라잡을 것 같아."

추이얼은 기뻐하며 말했다.

"언제쯤이면 아가씨만큼 많은 글자를 알게 될까요. 아가씨가 매일 매일 조금씩 가르쳐주면, 혹 1, 2년이면……."

이 때 후이꾸가 갑자기 눈썹을 찌푸리며 그녀의 말을 끊었다.

"나 너에게 할 말이 있었는데 잊어먹었네. 우리…… 우리 이틀 후면 성으로 돌아가는데, 어떻게 너에게 매일매일 글을 가르쳐줄 수 있겠니?"

추이얼은 이 말을 듣고 자신도 모르게 멍해졌다. 한 번도 그 일에 대해 생각해 본적이 없는 것처럼 계속해서 물었다.

"정말이예요? 아가씨 저 놀리면 안돼요!"

"어떻게 거짓말을 하겠어, 엄마가 날이 개면 가야한다고 그러셨어."

"아가씨 집, 여기가 아니었어요?"

"우린 성안에 집이 있어. 여기는 단지 여름을 보내려고 온 것이지 오래 살기 위해 온 건 아니야. 또 나도 돌아가서 학교를 다녀야 해."

"아가씨, 그럼 언제 또 오나요?"

"아마도 설이나 내년 여름쯤에 다시 올 거야. 너 집에서 잘 지내고 있어. 설에 다시 오게 되면 같이 놀자."

추이얼은 물을 길어야 한다는 것도 잊고 한참동안을 멍하니 서 있었다. 후이꾸도 아무 말 없이 그녀를 바라보기만 했다. 잠시 후 추이얼이 입을 열었다.

"아가씨가 가면 난 더 힘들 거예요. 저를 데려갈 순 없나요?"

후이꾸는 추이얼에게서 이 말을 들으리라고는 꿈에도 생각하지 못했기에 잠시 무어라 대답할 말을 찾지 못하고 마지못해 대꾸했다.

"너희 집에 다른 사람들도 있는데 어떻게 널 데리고 가겠니?"

추이얼은 울기 시작했다. 울먹이며 후이꾸에게 말했다.

"우리 집 사람들이 저를 사람취급하지 않는다는 걸 아가씨가 더 잘 알고 있잖아요. 하루하루 연명하는 것이 하루하루의 일인데, 어떻게 설까지 기다릴 수가 있겠어요? 아가씨가 저를 구해주셔야 해요!"

후이꾸는 그녀의 이런 모습을 보자 마음이 몹시 쓰라렸지만, 애써 그녀를 달랬다.

"슬퍼하지 마, 어찌됐든 나는 다시 올 거고, 설령 내가 너를 데리고 가려 해도 이건 불가능한 일이야, 네가 차라리 여기 남아서……."

한편, 추이얼의 시어머니는 추이얼이 물을 길러 나가서 반나절이 되어도 돌아오지 않자, 추이얼이 또 게으름을 피우는 건 아닌가 해서 직접 찾아 나섰다. 시냇가에 다다랐을 때, 그녀는 추이얼이 흰옷을 입은 여자와 함께 있는 것을 발견했다. 그녀는 살금살금 다가가서 그들이 하는 얘기를 다 들었다. 무슨 이야기인지 분명히 알아챈 그녀는 노발대발 화를 내며 달려들었다. 추이얼과 후이꾸는 까무라칠 정도로 놀랐다. 후이꾸는 아직 그녀가 누구인지도 몰랐다. 추이얼의 얼굴이 백지장처럼 하얘지면서 계속 뒤쪽으로 움츠려드는 것만이 보였다. 그 부인은 추이얼의 옷깃을 끌어당기며 때리고 욕을 퍼부었다.

"이 망할 년! 사람 뒤에서 욕을 하면서 내가 너를 사람취급 안 한다고 나를 원망해!"

추이얼은 고통스러워서 그저 비명만 질러댔고, 후이꾸는 무섭고 초조해져서 자신도 모르게 그 시어머니에게 다가갔다.

"그 손 놔요, 그 애는 아무 말도 하지 않았다구요……."

그 부인이 냉소했다.

"시어머니가 며느리 교육시킨다는데 아가씨가 무슨 참견이야. 아가씨가 그 애를 데려가면, 사람을 납치해 간 것이니, 그건 죄지, 죄!"

부인은 추이얼을 질질 끌면서 데려갔다. 가엾은 후이꾸, 한 번도 이런 모욕을 당해 본 적이 없는 후이꾸는 이내 양 볼이 빨갛게 달아오르면서 눈물이 쏟아져 나오려고 했다. 그녀는 양손을 꼭 쥐고 추이얼이 끌려가는 것을 지켜보았다. 혼자 돌아온 후이꾸는 억울하기도 하고 추이얼이 너무 불쌍하기도 해서 한참을 울었다. 그렇지만 그녀가 그 부인네와 다투다가 모욕을 당했다는 것을 부모님이 알면, 철없는 짓을 했다고 나무라실 것 같아 부모님께는 감히 말씀드리지도 못했다.

이튿날 비가 그쳤다. 후이꾸는 어제 일어났던 일들을 떠올렸다. 추이얼이 너무 걱정되었지만 감히 보러 갈 엄두가 나지 않았다. 과연 오후에도 추이얼의 모습은 보이지 않았다. 혼자 답답한 마음으로 집에서 하인들이 물건 정리하는 것들을 바라보았다. 저녁식사 후 잠깐 앉아 있다가, 그녀는 허씨 아주머니와 같이 잠을 자려고 아래층으로 내려갔다. 허씨 아주머니와 마을 아낙네 몇 명이 입구에 앉아 이야기를 나누고 있는 것이 보였다. 한 아낙의 말소리가 홀연 들려왔다.

"추이얼이 이번에는 정말 죽을 것 같아, 그녀 엄마 말로는 추이얼이 도망가려고 했다는데 무슨 영문인지 모르겠어. 맞아서 꼴이 아니라더군. 어젯밤에도 그 애가 우는 소리를 들었는데 오늘은 아무 소리도 들리지 않는 거야. 혹시……."

깜짝 놀란 후이꾸는 급히 아낙네들에게 달려가 물어보려고 했다. 허씨 아주머니는 후이꾸가 온 것을 발견하고는, 바로 아낙네들에게 손을 내저었다. 그 순간 그네들은 입을 다물었다. 이 때 후이꾸의 어머니가 위층에서 허씨 아주머니를 불렀다.

"허씨! 애 자전거는 어디 있지?"

허씨 아주머니가 일어나서 대답하면서, 후이꾸를 잡아끌었다.

"아가씨, 올라가죠. 시간이 늦었네요."

"아줌마 먼저 올라가세요. 엄마가 아줌마 부르잖아요. 나는 조금 있다 갈게요"

허씨 아주머니는 어쩔 수 없이 혼자 올라갔다. 후이꾸는 아낙들에게 급히 물었다.

"추이얼이 어떻게 되었다구요?"

그녀들은 웃으면서 대꾸했다.

"추이얼이 어떻게 됐다는 말은 안 했어요."

후이꾸는 초조해하며 다시 물었다.

"저에게 말해줘도 괜찮아요."

"어제 그 애 엄마가 그 애를 그저 몇 대 때렸다나 봐요, 별 큰일은 없고."

"추이얼이 어디 사는지 아세요?"

"거기 산 밑 토지묘 옆이요, 남향으로 난 문이 그 애 집이지요. 문 옆에 몇 그루 큰 버드나무가 있는 그 집."

허씨 아주머니가 다시 나왔다. 그녀는 그들과 몇 마디 이야기를 나누더니, 후이꾸를 데리고 들어갔다.

그 날 밤, 후이꾸는 제대로 잠을 이룰 수가 없었다. 먼동이 터 오르자, 그녀는 슬며시 일어나 살금살금 아래층으로 내려가더니, 대문을 열고 산 앞을 향해 걸어갔다. 풀잎 위엔 이슬이 가득 맺혀 있고, 서늘한 바람이 소매를 스쳐 지나갔다. 지평선 부근의 아침놀이 사방을 온통 붉은 색으로 물들이고 있었다. 태양은 아직 그 모습을 보이지 않았고, 나무 꼭대기의 참새들은 쉬지 않고 재잘거렸다. 토지묘 옆에 다다르니 과연 남쪽으로 난 문이 있었다. 안을 한 번 슬쩍 들여다보았다. 마당에서 두 여자아이가 놀고 있었다. 후이꾸를 발견한 그녀들은 히히덕거리면서 곧장 걸어 나왔다. 후이꾸가 물었다.

"여기가 추이얼이 사는 곳 맞니?"

"맞아요, 아가씨 무슨 일이세요?"

"그 앨 좀 만나려구."

그 애들은 바로 엄마를 부르려고 했다. 후이꾸는 급히 손을 내저었다.

"괜찮아, 너희들이 나를 데리고 가면 돼."

그녀는 한 손으로 동전하나를 꺼내 그 애들에게 건네주었다. 그 애들은 매우 기뻐하면서 곧장 후이꾸를 데리고 안으로 들어갔다. 후이꾸가 낮은 목소리로 물었다.

"엄마는?"

"엄마는 아직 자고 있어요."

"잘됐구나, 엄마를 깨울 필요는 없어. 나 금방 돌아 갈 거야."

그 애들과 말하는 동안, 어느덧 굉장히 더럽고 비좁기 짝이 없는 방에 다다랐다. 그 애들이 방을 가리켰다.

"추이얼은 저 안에 있어요."

"너희들은 그만 가도 돼, 고마워."

후이꾸는 혼자 문을 열고 들어갔다. 방안은 어둡고 침침했으며 역겨운 냄새가 코를 자극했다. 추이얼이 어디 있는지조차 보이지 않았다. 조용조용 추이얼을 불렀다. 방구석 어딘가에서 매우 희미한 목소리가 들려왔다. 후이꾸는 그쪽으로 다가가 고개를 숙이고 자세히 들여다보았다. 그제야 추이얼이 작은 구들 위에 웅크리고 누워있는 걸 발견했다. 얼굴엔 눈물자국이 희미하게 남아 있었다. 발치에는 낡은 솜들이 엉켜 있었다. 마음이 아려서, 후이꾸는 구들 옆에 앉아 가볍게 그녀를 어루만졌다.

"추이얼! 나 왔어!"

추이얼이 천천히 눈을 떴다. 힘껏 눈을 한 번 뜬 그녀는 후이꾸임을 알아보자, 여러 차례 눈썹을 움직였다. 말을 하고 싶어도 목소리를 내지 못하고 울고 싶어도 눈물이 메말라버린 것 같았다. 후이꾸의 눈에서 하염없이 눈물이 쏟아졌다. 그녀는 추이얼의 손을 잡고 애써 눈물을 참으면서 앉아 있었다. 추이얼은 마치 잠이 든 것처럼 아무 말도 하지 않았고, 호흡도 아주 가늘었다. 잠시 후, 그녀의 입에서 희미한 소리가 새어나왔다.

"아가씨…… 이 글자들…… 나 모두 익혔어요……."

목소리가 끊어졌다. 그러다 갑자기 또 깨어났는지 입을 열었다.

"아가씨! 이 시냇물 흘러가는 소리를 들어 보아요……."

후이꾸는 억지로 미소를 지으면서 고개를 끄덕였다. 추이얼도 웃으며 눈을 감았다. 그녀는 천천히 후이꾸의 손을 끌어다 자기의 가슴 위로 가져갔다. 후이꾸는 그녀의 손이 꽉 잡으면 잡을수록 더 딱딱하게 느껴졌고, 식은땀도 줄줄 흐르는 것 같았다. 잠시 후, 그녀가 몸을 살짝 움직였다. 무슨 노래를 흥얼거리는 것 같았지만 알아들을 수가 없었다. 곧 아무 소리도 들리지 않았다. 후이꾸는 한참을 앉아 있다가, 그녀가 잠이 들었다고 생각하고 살며시 일어나 그녀의 얼굴을 한 번 쳐다보았다. 그 초췌하고 상처투성이의 얼굴이 미소로 환했다. 찬란한 아침 태양이 어두운 창살을 통해 그녀의 얼굴을 비춰 주었다. 마치 그녀를 극락세계로 데리고 가려는 것처럼. 이것이 가엾은 추이얼의 최초이자 최후의 안식이 되고 말았다!

띵링

(丁玲 : 1904 ~ 1986)

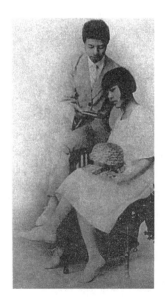

띵링과 남편 후에핀, 열렬한 공산주의자였던 후에핀의 영향으로 띵링은 "5.4운동기"의 여학생에서 적극적인 혁명가로 변모하게 된다.

땅링은 호남성(湖南省) 임풍현(临澧县)의 몰락한 관료 지주가정에서 태어났으며, 원명은 장빙지(蒋氷之)이고 필명으로는 빈지(彬芝), 효함(晓菡) 등이 있다. 1918년 땅링은 송교인(宋教仁)이 설립한 도원(桃源) 성립(省立) 제이여자사범학교 예과에 진학하였으며, 5·4운동기에는 이곳에서 알게 된 왕검홍(王劍虹)과 함께 시위에 참여하고 단발을 하였다. 1919년 신민학회(新民学会) 회원이던 진계민(陈启民)으로부터 신사상과 신문학에 대해 배우면서 문학에 흥미를 갖게 되었고, 백화시를 쓰는 등의 습작활동을 하기도 하였다. 1922년 평민여자학교에 입학한 그녀는 봉건과 부권(父权)의 상징인 성씨를 버리기로 선언하고서 이름을 '땅링'으로 바꾸었다.

1923년 여름 상해대학 중국문학과의 방청생으로 입학한 땅링은 사회학과 교수로 재직하던 구추백(瞿秋白)과 알게 되었으며, 이후 북경대학에서 당시 작가 지망생인 호야빈(胡也频)을 만나 1928년에 결혼하였다. 땅링과 호야빈은 1930년 5월 좌익작가연맹에 가입하여 열성적으로 활동하였으며, 이로 인해 호야빈은 1931년 2월 국민당 특무기관에 체포되어 처형당하였다. 땅링 또한 1933년 5월 국민당 특무기관에 체포되어 남경에 연금 당하던 중, 1936년 9월 연안으로 탈출하였다.

그녀는 1927년 가을 『멍커(梦珂)』를 발표한 후, 잇달아 『사페이여사의 일기(莎菲女士的日记)』, 『여름방학에(暑假中)』, 『아마오아가씨(阿毛姑娘)』 등을 발표하여 당시 적막한 문단을 깜짝 놀라게 하였다. 그녀의 1920, 30년대의 작품집으로는 첫 단편소설집인 『어둠 속에서(在黑暗中)』와 『자살일기(自杀日记)』, 『한 여인(一个女人)』 등을 들 수 있다.

1920년대 丁玲의 창작세계는 같은 시기의 여성작가들과는 다른 특징을 보여주는 바, 봉건가정과의 투쟁을 그려내는 데 머물지 않고, 이미 봉건가정과 결별하여 사회 속에서 고통 받고 갈등하는 여성형상을 창조하고 있다는 점이다. 다시 말해 이전의 여성작가들이 반봉건적 열정을 봉건가부장제 아래에서의 여성에 대한 억압에 초점을 맞추고 있는 반면, 땅링의 작품은 신사상의 세례를 받은 여성이 느끼는 '자신의 삶으로부터의 소외감'과 여기에서 벗어나기 위한 갖가지 행동양식에 초점을 맞추고 있다는 것이다. 또한 작가가 대체로 삶의 진정한 출로를 찾아내지 못한 채 여전히 방황하고 갈등하는 쁘띠부르조아 지식여성을 형상화한다는 점을 들 수 있다. 이러한 경향은 『멍커』, 『사페이여사의 일기』, 『여름방학에』, 『자살일기』 뿐만 아니라, 1920년대 말에 발표되었던 『설(过年)』, 『세모(岁暮)』, 『증기선위에서(小火轮上)』, 『날(日)』에서도 똑같이 드러나 있다. 이처럼 감상적이고 소극적인 경향은 1930년대 이후에 불식된다.

멍커(梦珂)

1

9월 초 어느 날, 몇 명의 여학생이 테니스를 치고 있었다.

"저기 봐, 코!"

그 중 한 명이 함께 테니스를 치는 동료에게 급박한 목소리로 외쳤다. 동료는 당황해서 한 쪽으로 뛰어가더니, 가방에서 손수건을 꺼내어 힘껏 코를 닦았다.

네트 저 쪽에서 공이 날아오더니 마침 소리를 지른 친구의 다리에 맞았다. 그녀가 허리를 구부리며 두 손으로 다리를 감싼 채 신음하는 모습을 보고는 다들 웃음을 터뜨렸다.

"뭐가 우스워? 저기 좀 보라니까. 딸기코 선생님의 코 말이야!"

알고 보니, 저쪽 복도에서 땅딸막한 선생님이 걸어오고 있었다. 신입생들은 들어온 지 얼마 안 되었기 때문에 선생님들을 잘 알지 못했다. 그러나 이 교사는 빨갛게 익은 앵두처럼 생긴 코 때문에 사람들의 이목을 끌었다. 그래서 자연히 그의 특징이 이름을 대신했다. 사실 그가 다른 사람들과 다른 점은 많았다. 둔각 삼각형처럼 생긴 눈은 퉁퉁 부은 눈꺼풀에 딱 달라붙어 있다. 길을 걸을 때면 그 큰 손으로 몇 가닥 되지 않는 머리카락을 쉬지 않고 긁어댄다. 그리고 그의 기침. 아주 오래도록 가래가 목안에서 끓고 있지만, 한 번도 그가 가래를 뱉는 것을 본 적이 없다.

이 때 그는 제8교실에서 나오고 있는 중이었다. 얼굴이 빨갛게 상기된 채, 비어진 살 틈새로 흘러내리는 땀을 연신 닦고 있는데, 오른손은 벗겨진 대머리 위를 힘껏 쓸어 긁적이고 있었다. 돌길 위에 크게 울리는 구두 소리는 경고하는 것 같기도 하고 탄식하는 것 같기도 하다.

"아이구, 좀 천천히! 내일 또 구두장이 아얼(阿二)에게 한 소리 듣겠군."

그는 매우 화가 난 모습으로 성큼성큼 교무실 안으로 들어갔다.

운동장에 있던 사람들이 급히 움직이기 시작했다. 테니스를 치고 있던 몇 명도 사람들과 함께 제8교실로 들어갔다. 무슨 일이 벌어졌는지 궁금해 하지 않을 사람이 어디 있겠는가?

"무슨 일이야?"

한 여학생이 빠른 걸음으로 앞으로 나오더니 문을 비틀어 열었다. 사람들이 앞 다투어 우르르 몰려 들어갔다. 교실 안에는 학생들이 삼삼오오 모여 낮은 목소리로 욕하거나 원망하며, 저주를 퍼붓고 있었다. 휘장 쪽의 진홍색 벨벳이 깔려 있는 낮은 침상에는 옷을 채 입지도 못한 모델이 소리 없이 눈물을 훔치고 있었다. 그녀는 떼 지어 몰려온 침입자들의 탐색하는 듯한 눈빛을 보더니 갑자기 침상에 푹 엎드려 버렸다. 매미 날개처럼 얇은 가운 아래에서 그녀의 살이 바들바들 떨렸다.

"이봐, 무슨 일이야?"

문을 비틀어 열었던 그 여학생이 물었다. 그러나 아무도 대답하지 않았다. 모두들 마치 뭔가에 놀라 입이 막힌 것처럼 아무 말 없이 고통스러운 표정만을 짓고 있었다.

벽 쪽에 있는 세 번째 이젤 옆에 까만 긴 옷을 입은 아가씨가 서 있었다. 그녀는 멍하니 커다란 눈으로 냉랭하게 교실 안에 있는 사람들을 쏘아보고 있었다. 그녀가 천천히 그 속눈썹이 빽빽한 눈을 내리까는가 싶더니, 마치 조각상처럼 꼿꼿이 서 있던 몸을 움직여 그 모델에게 다가가서 그녀의 고개를 들어올리고 바짝 쳐다보았다. 그 반라의 여자의 눈에서 더욱 굵은 눈물이 뚝뚝 떨어졌다.

"눈물을 닦아! 닦으라구! 이렇게 속상해할 필요가 어디 있어!"

그녀는 그 모델에게 주섬주섬 옷을 입혀 주었다. 손을 내밀어 그녀의 몸을 일으켜 세우려는 순간, 그 모델이 갑자기 푹하고 그녀의 품안으로 쓰러지더니 통곡하기 시작했다.

가까스로 멋대로 흐트러진 머리를 다시 안아 일으켰다. 울음소리는 그 쳤지만 여전히 울먹이며 말했다.

"모든 게 나 때문이야……. 너……, 나 정말 견디기 힘들어……. "

"애! 이게 무슨 대단한 일이라고! 걱정하지 마, 난 상관없으니까! 어 서 눈물이나 닦아. 내가 데려다 줄게. "

그녀들이 채 몇 걸음도 떼기 전에, 무리 속에서 머리가 좀 긴 소년이 튀 어 나왔다. 그는 아는 체 인사를 건네면서 그녀에게 좀 있다가 가야 할 이 유를 설명했다. 이런 일이 생긴 것이 매우 유감스럽고 자기가 이 일의 내 막을 잘 알고 있으니, 회의를 열어 이 문제를 해결할 생각이라고 했다. 동 시에 예닐곱 명의 사람들이 앞 다투어 자신들의 의견을 얘기했다. 콩 볶듯 시끄러웠다. 누구도 다른 사람의 말을 들으려 하지 않았다. 그러나 그녀는 떠들썩한 가운데서 크게 소리쳤다.

"좋아, 너희들은 가서 회의인지 뭔지 해! 홍…… 난, 난 필요 없어, 그 만 간다!"

그녀는 눈물로 범벅이 된 그 모델을 데리고 사람들 틈을 빠져나와 총총 히 교실 쪽으로 걸어갔다.

교실 안은 더욱 엉망으로 혼란스러워졌다.

"어, 누구야?"

"3학년, 멍커. "

남학생 두 명이 사람들 틈에서 소곤거렸다.

이후로 예전과 다름없이 아주 평온한 나날이 지나갔다. 다만 학교에서 멍커의 모습을 다시는 볼 수 없었을 뿐이다. 딸기코 선생도 여전히 빨간 코 그대로 복도를 지나다녔다. 두 달이 지난 다음에야 간신히 월 20원에 매주 두 번 오는 조건으로, 이미 오랫동안 나오지 않은 지난 번 그 모델을 대신할 아가씨 한 명을 구할 수 있었다.

멍커, 그녀는 퇴직한 태수의 딸이다. 태수가 젊었을 때 정말 잘 생겼었다. 언변도 능하고, 술도 잘 마시고 돈도 잘 썼다. 그는 일어나서 잠들 때까지 화려하게 장식된 응접실에서 지냈다. 그러다 보니 술 잘 마시고 시 좀 짓는다는 인사들과 골동품이나 서화 같은 물건을 파는 사람들이 그에게 찾아와서 아첨을 떨었다. 조상이 남겨준 삼백 마지기가 넘는 전답을 다 팔아 넘기고 빈털터리가 될 때까지 그는 종일토록 닭싸움을 구경하거나 유람하면서 즐겼다. 그리고 나서, 그는 하는 수 없이 관리로 들어갔다. 일찍이 과거에 합격한 사람과 베이징에 있는 아버지 친구 두 분의 도움으로 별 어려움 없이 금방 태수에 올랐다. 원래는 이삼년 후에 더 좋은 자리로 옮겨 갈 생각이었는데, 얼마 지나지 않아 잘리게 될 줄을 누가 알았겠는가? 친구에게 속아 자신도 모르는 사이에 풍속교화의 일에 연루된 것이다. 그래서 그는 원망과 비분 속에 마음을 접고 얌전하게 집안에 눌러 앉을 수밖에 없었고, 내키지는 않았지만 씀씀이를 줄여야만 했다. 그러나 불행한 일은 인정사정없이 곧바로 닥쳐왔다. 이듬해 그의 아내가 난산 끝에 딸을 낳고서 죽어버렸던 것이다. 아내는 그가 열여덟 되던 해에 맞이한 옛 선비의 딸이었다. 비록 중국의 구식 예법에 따라서 그들 두 사람이 젖먹이였던 때에 결정된 혼인이긴 했지만, 이 처녀는 친정에서 받은 교육의 영향으로 현숙함과 자존심을 갖추고 있었기에 그의 낭비와 방탕함, 실의한 뒤의 의기소침과 걸핏하면 화를 내는 신경질적인 성격에 대해 이렇다 저렇다 불평한 적이 없었다. 그래서 그는 자연히 고통과 탄식의 눈물을 펑펑 쏟았으며, 평생 동안 그의 유일한 딸자식을 키우면서 애태우고 근심하는 중에 그의 낡은 옛집에서 천천히 늙어갔다.

어린 딸은 걸핏하면 술에 취하고 걸핏하면 사람을 욕하는 아버지와 더불어 나날이 성장해갔다. 몸매는 한 줄기 난꽃처럼 늘씬하고 얼굴은 눈처럼 하얬다. 이 아이가 처음으로 배운 것은 그 가느다랗고 긴 눈썹을 찌푸리거나, 날 때부터 짙었던 속눈썹을 깜박이면서 길게 탄식하는 일이었다. 그렇지만, 아마도 그 방랑자의 피가 이 여자아이에게도 흐르고 있었던지, 그녀는 동시에 그 아버지와 마찬가지로 미친 듯이 웃어젖히는 웃음과 유혹하는 듯한 어여쁜 눈을 가지고 있었다. 다만 안타깝게도 이제는 물 쓰듯 돈을 낭비하면서 얻을 수 있는 쾌락이 없을 뿐이었다.

그녀는 여우양(酉阳)의 집에서 여러 해 공부를 했고, 여우양중학교에 입학한 적도 있었다. 상하이(上海)에 온 것은 2년 전의 일이다. 공부를 시키기 위해, 그리고 이 기회에 다시 집안을 일으키기 위해, 그녀의 아버지는 탄식을 머금은 채 외동딸과 이별하지 않을 수 없었다. 그는 상하이에 있는 그의 사촌 여동생에게 신신당부를 하며 딸아이를 맡겼다.

이 날, 멍커는 그 모델을 데리고 학교에서 나와 그녀를 먼저 보낸 후, 인력거에 올라탔다. 십여 구비를 돌아 푸쉬루(福煦路) 민허우난리(民厚南里)의 가장 끄트머리에 있는 스쿠먼(石库门)앞 집에 이르러 멈추어 섰다. 서른이 훨씬 넘은 아낙네가 문을 열더니, 멍커를 보자마자 얼굴에 가득 웃음을 짓더니 고개를 들어 외쳤다.

"아가씨, 아가씨, 손님 왔어요!"

이층 창문에서 고개가 나오더니 물었다.

"누군데? 멍커구나. 어서 올라와."

이곳은 멍커와 가장 친한 윈전(勻珍)의 집이다. 그들은 소학교부터 중학교까지 함께 공부하고 함께 놀았다. 멍커가 상하이로 오고 나서 얼마 후에, 윈전의 아버지도 윈전과 그녀의 어머니, 동생을 몽땅 상하이로 데려왔다. 그의 월급이 많아졌기 때문이다. 윈전이 이사 온 뒤, 멍커도 토요일 날이면 여기로 와서 다음날 오후에 학교로 돌아갔다. 그녀의 고모 집엔 서너 달에 한 번 꼴로 들르는 정도였다. 그래서 그녀가 상하이로 온 지 2년이 되었지만 사촌들과는 그리 친하지 않았다. 오히려 윈전네 집이 자기 집 같았다.

마침 아버지 대신 아버지 친구 분께 답장을 쓰고 있던 윈전은 문소리가 나자마자 오늘 어떻게 시간을 내어 왔는지, 학교가 방학을 했는지를 묻고는, 멍커에게 앉으라고 권하고는 이어 말했다.

"두 줄만 더 쓰면 돼, 조금만 기다려."

아무 대꾸가 없자, 그녀는 펜을 놓고 고개를 들었다.

"그만 쓸래. 왜, 너, 너 어디 아프니?"

멍커는 시종 말이 없었다.

"흠, 누구와 또 싸웠나 보구나."

경험으로 보자면, 그녀를 속일 순 없다. 단번에 알아 맞춘다. 윈전은 이미 무슨 일인지 눈치 챘으면서도 내색하지 않고, 별 상관없는 이야기를 하면서 그녀를 웃겼다.

멍커는 얼굴을 팔목으로 감싼 채 의자 등받이에 기댔다. 듣고 싶지 않다는 의미이다.

그 뜻을 눈치 챈 그녀는 곧 입을 다물었다.

윈전의 어머니도 나와서 이것저것 물었다. 멍커는 아주머니의 친절한 태도에 좀 미안하기도 하고 계면쩍기도 하여 그들을 따라 웃었다. 저녁식사로 면이 나왔다. 윈전의 어머니는 그 신선한 시금치 면을 보자 고향생각이 났다. 그렇다. 여우양은 상하이와 비교가 안 된다. 여우양엔 너무 높고 험해서 오를 수도 없는 산이 있다. 구름은 단지 산기슭에서 오르락 내리락거릴 뿐이며, 산꼭대기에서 흘러내리는 수많은 줄기의 계곡물은 맑고 깨끗하며 달콤하다. 계곡물은 절벽에 이르러 곧바로 쏟아져 내리는데, 길이가 수십 미터가 넘고 물보라도 몇 미터나 되며, 울려 퍼지는 소리는 맞은편 산에서도 들을 수 있을 정도이다. 그 뿐인가. 두세 사람이 빙 둘러도 에워쌀 수 없는 아름드리 나무들이 헤아릴 수 없이 빽빽하다. 이런 곳이라면 상하이의 멋진 건물을 지어도 좋을 것이다. 아주머니는 쉬지 않고 말했다. 윈전의 아버지는 수염을 만지작거리면서 웃으실 뿐이었다. 윈전의 남동생인 마오즈(毛子)가 참지 못하고 끼어들었다.

"여우양에 어디 이렇게 많은 학교가 있어요? 또 이렇게 좋은……."

아주머니야 나름대로의 의견이 있었다. 원래 여우양엔 그렇게 많은 학교가 필요하지 않을 뿐더러, 여우양의 성궁(圣宫)(중학교가 있는 곳)은 아주 잘 지어져서, 정면에 있는 건물 대들보의 너비는 일 미터나 되고 기둥의 크기도 책상 만하며, 건물 앞에 있는 56개의 계단도 오르기에 적당하다고 하셨다.

"홍, 너희 학교에 있는 그 그네만 놓고 봐도 그래, 얼마나 우습게 만들어 놓았니, 운동장 한 구석에 덩그러니 말야. 우리 사당 안에 있는 것과는 비교도 안 되지! 너희들 잊지 않았겠지? 얼마나 높은지 생각해 봐라! 그 오동나무 가지 아래로 족히 이십 미터는 될 거고, 위쪽의 잎사귀는 하나하나가 바구니만큼 커서 나무 아래엔 햇빛이 든 적이 없었다. 어린애들이 그곳에서 그네를 뛰면 정말 보기 좋았지. 네 큰 형이 그네를 뛰면 동쪽으로 솟구쳐 무성한 물푸레나무 꽃에까지 손을 뻗었지. 꽃이 피어 있으면 한 움큼은 땄는데, 아래에서 쳐다보던 아이들이 서로 꽃잎을 주우려고 야단이었는데. 윈전은 좀 기억이 날게다!"

윈전은 아버지를 바라보면서 애매하게 대답했다.

멍커에게는 외려 수많은 지난날의 모습들이 솟구쳐 올랐다. 마치 자기가 지금 은회색의 셔츠를 입고 바위굴 속에 누워 『서상기(西廂記)』를 읽고 있는 듯하였다. 한 무리의 사내아이들이, 때로는 계집아이들도 뒤섞여 함께 굴 밖 도랑에서 게를 잡다가 날이 어둑어둑해질 때쯤이면 수많은 진흙투성이의 발들이 굴 밖을 지나갔다. 그녀도 밖으로 나와 석양을 지고 집으로 돌아갔다. 야오(幺) 아가씨(명칭으로 보아서는 아주 젊은데)를 아이들은 야오 아줌마라고 불렀는데, 그녀는 멍커의 집에서 삼사십 년 동안 하녀로 일했었다. 야오 아줌마는 늘 평소처럼 조문(朝门)밖 돌계단 위에 앉아 그녀를 기다리곤 했었지.

"얼른 들어가세요, 아버지가 찾아요!"

그녀는 아버지께서 보시고 혼낼까봐 책은 먼저 야오 아줌마에게 건네주었다. 아버지는 방문소리가 들리면 바로 곁채에서 물었다.

"멍커냐, 어째서 이제야 돌아오는 게야?"

그러면 야오 아줌마는 바빠지기 시작한다. 산얼(三儿)(아줌마의 손자)에게는 아가씨 세숫물을 가지고 오라 이르고, 쓰얼(四儿)에게는 얼른 식사를 준비하라고 재촉하며, 자기는 술을 데우러 간다. 늘상 술독에서 술을 퍼서 제대로 담지 못해 땅에 다 흘려버리고는, 술을 마시려고 할 때에야 비로소 술주전자가 비었음을 안다. 아버지와 멍커가 웃음을 터뜨리고, 산얼과 쓰얼도 할머니를 보면서 웃는다. 웃음거리가 된 이는 당연히 기분이 좋을 리 없어 구시렁거리면서 밖으로 나가 닭을 부르고, 산얼이 다시 주전자에 술을 담아서 데운다.

술을 마시면서 두 사람은 얼토당토않은 말을 해댄다. 아버지는 옛날과 같은 날이 다시 오기만을 꿈꾼다. 그런 날이 되어 친구들이 다시 그에게 와서 굽신거릴 때, 그들을 실컷 모욕해줄 거라고, 그래서 수년 간 맛봐 온 세상살이 쓴맛을 단숨에 쏟아버릴 거라고 생각한다. 멍커는 다만 어머니의 무덤을 잘 꾸밀 수 있기를 소망한다. 책에서 보았던 것처럼 멀리서부터 돌사람, 돌말을 쌍으로 늘어놓아야지……. 마침내 아버지는 화가 치밀어 오르는지 그저 다른 사람의 트집을 잡아 욕할 궁리만 한다. 때로는 아주 온화하고 감상적으로 변하여 딸아이의 머리에 손을 올려놓고 까맣게 윤이 흐르는 머리칼을 만지작거리면서 탄식하듯 내뱉는다.

"멍아, 넌 정말 갈수록 엄마를 닮아 가는구나. 요즘 또 말랐구나……. " 멍커는 손으로 눈을 가리고 아버지의 무릎에 기대어 꼼짝도 하지 않는다.

우기가 되면 멍커는 학교에 가지 않아도 되었다. 그럴 때면 아버지는 어린 아이같이 좋아하면서 딸을 데리고 화려하게 꾸민 정자로 가서(최근 아버지는 혼자 가시지 않는다) 빗소리를 들었다. 아버지는 또 멍커와 장기 두는 것을 좋아했는데, 왕왕 한 수 때문에 얼굴이 벌게지도록 다투곤 했다. 하지만 수를 물러주는 쪽은 그래도 아버지였다.

아버지가 얼굴이 벌개져서 장기 알을 빼앗던 모습을 떠올리다가 멍커는 자신도 모르게 미소 지었다. 원전이 슬쩍 그녀를 건드렸다.

"왜 웃어?"

원전을 보니 더 웃음이 비어져 나왔다. 머리를 두 갈래로 땋은 원전의 모습이 눈앞에서 아른거렸다. 왕산(王三), 웬다(袁大), 둘째 숙부집의 둘째와 큰 애도 있었지. 몇 사람이 함께 있을 때면 늘 사내아이들을 본떠 뒷산 대나무밭으로 달려가 대나무 옮겨 타기 놀이를 즐겼었지. 늘 반쯤 오르다가 큰 나무 위로 미끄러져 내려갔다가 복숭아나무로 쪼르르 도망치고는, 큼지막한 복숭아를 따서 원전의 땋은 머리를 때리곤 했다. 특히나 웬다에게 저팔계라는 별명을 붙여 주고 놀리는 것을 좋아했건만, 그는 그녀와 오히려 아주 친하게 지냈다. 그가 항상 그녀를 보살펴주었기 때문이다. 가장 재미있는 일은 야오 아줌마 몰래 토란을 서리하여 몇몇이 함께 산에 올라가 구워 먹었던 일이다. 밤을 줍고 버섯을 따고……. 지금 생각하면 이 모든 게 꿈만 같다. 그리고 그 곰보였던 저우(周) 선생, 그 선생님이 이야기해 주실 때면 얼마나 재미있었던가. 선생님의 수염은 항상 가슴에서 흩날렸었지 …….

생각하면 생각할수록 황홀했다. 마치 눈앞에서 벌어지고 있는 듯하였다. 소를 몰던 작달막한 스님, 주방에서 일하던 티엔다(田大), 일꾼들도 다정하게 느껴지기 시작했다…….

가장 기억에 남는 것은 뭐니 뭐니 해도 야오 아줌마와 산얼, 쓰얼, 그리고 아빠의 청색 두루마기, 자신의 긴 댕기머리, 은회색의 린네르 셔츠이다.

원전과 그녀 두 사람만이 남게 되었을 때, 그녀는 발을 원전의 의자 팔걸이 쪽으로 뻗으면서 이름을 불렀다.

"원!"

"멍, 무슨 생각이 났어?"

손을 천천히 내밀어 꼭 잡았다.

"원!"

" ……. " 그저 손을 움켜쥐고만 있었다.

"나 학교생활이 지겨워. "

'싸운 게 분명하구나. ' 그녀는 입 밖으로는 말하지 않고, 묵묵히 멍커를 바라보았다.

"나 돌아가고 싶어, 아버지 혼자 무척이나 외로우실 거야……. 그리고 웬다들도 날 많이 보고 싶어 할거구. "

원전은 오히려 이런 생각을 하고 있었다. '너도 왕왕 아버지를 잊어버렸었지. 홍, 웬다, 곧 있으면 아이가 생길 판인데, 누가 너와 놀아 준다고……. '

집으로 돌아가지 말라는 원전의 충고에, 멍커는 선뜻 결정을 내리지 못했다. 맞다. 지금 돌아가 봐야 그녀와 함께 들판과 산을 뛰어다닐 사람도, 함께 낚시할 사람도, 진달래를 따러 갈 수 있는 사람도 없다. 아버지 또한 이미 다섯째 숙부네 두 동생이 와서 공부하고 있기 때문에 그다지 외롭지는 않으실 것이다. 야오 아줌마는 아직 건강하고, 산얼과 쓰얼은 이미 다 컸다. 그렇다면 학교는…….

생각이 여기에 미쳤을 때 또다시 분노가 치밀어 올랐다.

"원! 어쨌든 난 학교로 돌아가진 않을 거야. "

멍커는 자초지종을 털어놓기 시작했다. 그 딸기코 선생이 학생들이 오기 전에 그 모델을 모욕하자, 그 모델이 놀라서 소리 지르고, 자신이 그 비명을 듣고 달려가서 그에게 욕을 퍼부었는데 도리어 그 선생이 그녀에게 화를 내고 많은 사람 앞에서 그녀를 모욕했던 일을. 비록 많은 학생들이 그녀를 이해한다고 하지만, 그 무력하고 냉담한 시선들, 사건이 끝나고 난 후의 용기, 이 모든 것들이 그녀에게 깊은 상처를 남겼음을. 정말 더 이상 그곳에 머물 자신이 없다고, 어찌 되었든 학교를 바꾸는 것이 좋겠다고 했다.

두 사람은 밤새도록 상의한 끝에, 그래도 먼저 고모에게 편지를 보내는 게 좋겠다는 결론을 내렸다. 그녀는 상하이에서 오랫동안 살았기에 학교의 좋고 나쁜 것은 어느 정도 알고 계실 것이며, 이 학교에 들어가라고 한 것도 고모였기 때문이다.

2

다음 날 오후 눙썅커우(弄巷口)로부터 수레소리와 말방울소리가 들려왔다. 고모가 멍커를 맞으러 보내온 마차였다. 사촌 오빠인 샤오쑹(曉松)이 직접 그녀를 데리러 왔다. 막 스물다섯이 된 그는 프랑스에서 돌아온지 반년도 채 되지 않았다. 아주 오래 전에 잡지에서 자주 그의 이름을 볼 수 있었는데, 대개 소설의 번역자로 나오곤 했다. 이날 회색 서지(serge) 치파오를 걸쳐 입은 그는 윈전에게 매우 깍듯한 태도로 감사하다는 말을 하고서, 그의 사촌 누이를 부축하여 차에 태웠다. 제복을 입은 마부가 고삐를 한 번 당기자 말이 따각따각 걷기 시작하고, 방울 소리가 다시 끊임없이 울렸다. 골목 양쪽 가에 사는 부인네들이 말방울 소리를 들었는지, 문을 반쯤 열고 내다보았다. 마차가 동네어귀를 벗어나자 사촌 오빠가 그녀에게 위로의 말을 던졌다. 그녀가 고모에게 보낸 편지를 모든 사람들이 다 읽었으며, 다들 그녀를 이해하고 동정하며 그녀가 오는 것을 환영한다고 했다.

"너도 알다시피 우리 집엔 재미있는 친구들이 네 명 살고 있지."

마지막으로 그는 그녀가 편지를 아주 잘 썼다고 칭찬했다. 상당히 문학적이어서 단숨에 읽어내게 만들었으며, 다 읽고 나서도 좀 더 길었으면 하고 아쉬워했다는 것이다.

그녀가 이렇게 속되지 않은 칭찬을 들은 것은 이번이 처음이었다. 여우양중학교 시절에 그곳 선생님들의 무슨 "……떠가는 구름, 흐르는 물과 같이……" 따위의 지나친 평가들과 다른 사람이 듣도록 크게 "1등"이라고 외쳤던 거친 목소리들을 떠올리면서, 그녀는 자신도 모르게 그 커다란 눈을 꿈벅거리며 경이에 찬 눈빛으로 오빠를 바라보았다. 그도 그녀의 그 빽빽한 속눈썹을 보면서 놀랐다. '야아, 이렇게 예쁜 눈이 있다니.'

마차가 대문에 들어서자 말은 걸음을 늦추면서 널따란 풀밭을 돌아 계단가에 멈추었다. 윗층 베란다에서 조그마한 머리가 나오더니 '삼촌'하고 외쳤다. 복도에서 마침 사촌 언니가 걸어 나오고 있었다.

"나도 방금 도착할 때가 되었다고 생각했어."

약간 불안해졌다. 짙은 향수, 분 내음이 자신을 휩싸는 순간, 손가락이 자기도 모르게 다른 고운 손안에서 움찔거렸다.

거실에는 머리가 흐트러진 남자가 털로 짠 잠옷을 입고 구석 소파에 웅크리고 있었다.

멍커는 그를 알아보았다. 소학교 다닐 때의 동창이다. 얼마나 장난꾸러기였는지 늘 선생님께 붙들려 있다가 저녁 먹을 때가 되어서야 집에 돌아가도록 허락 받던 아이였다.

그녀는 고개를 돌려 예전의 더럽던 모습과는 사뭇 다른, 그의 깨끗하게 다듬어진 얼굴을 관찰하듯 뜯어보았다.

"아……, 저……"

그녀가 누구라는 것을 알아본 순간, 그는 알아들을 수 없는 말을 웅얼거리면서 흐트러진 머리를 몇 번 흔들었다. 그러나 사촌 언니가 이미 그녀의 손을 잡고 거실을 나오고 나서야 사촌 오빠가 들어와 그의 어깨를 쳤다.

"이 봐, 좀 좋아졌어?"

집 뒤편의 복도에서 고모를 찾을 수 있었다. 약간 살이 찐 사십 여세의 부인인데, 아주 젊게 치장하고 있었다. 정수리 부분의 머리카락이 한 움큼 빠지긴 했지만 기름을 발라서 멀리서는 알아볼 수 없으며, 양쪽으로 가지런히 빗어 내린 머리는 귀를 반 너머 덮고 있었다. 가지런히 늘어진 비단 치마는 걸을 때마다 사각거린다. 그들이 고모를 찾아냈을 때, 그녀는 막 부엌에서 장미 오리를 어떻게 만들 것인지 지시하고 나온 탓인지 조금 피곤한 기색을 띤 채 눈꺼풀을 반쯤 감고서 흔들의자에 누워 있었다. 의자가 그 육중한 몸을 안고 천천히 힘겹게 흔들거렸다. 복도의 저쪽 끝에서는 네 명이 자그마한 둥근 탁자에 둘러앉아 포커에 열중해 있었다.

멍커는 고모를 보자마자, 반가운 양 고모를 부르면서 들어갔다. 이것은 아마도 그녀가 그녀의 아버지가 당부한 말을 이해하고 있으며, 자신이 혼자 상하이에 있는 한 모든 것을 고모의 말에 의존해야 한다는 것을 이해하

고 있었기 때문일 것이다. 비록 그녀가 잠시 윈전의 집에 머무를 요량을
하고 있더라도 말이다.

고모도 그녀에게 수없이 많은 위로의 말을 해주었다. 초조해하지 말고
내년에 다시 시험을 봐서 학교에 들어가도 된다고 하시면서 여기에 친구들
도 많다고 했다. 그림공부를 하려고 한다면 선생님을 소개해 주겠다고도
했다.

사촌 큰오빠 부부가 포커를 그만 두고 다가왔다. 새언니가 고모의 말에
맞장구를 치면서 덧붙였다.

"누가 아니래요, 우리 집에 활기가 더 넘치겠군요. (고개를 돌리며) 홍,
양(楊) 아가씨! 난 당신이 없어도 상관없으니, 돌아가세요."

그러더니 의기양양하게 웃었다. 노란 줄무늬 양복을 입은 젊은이가 탁
자에서 일어나 다가오더니 따라 웃었다.

그러나 양 아가씨는 멍커의 손을 힘차게 잡으면서 왼손으로 그녀의 어
깨를 감싸 안았다.

"아, 멍커 동생, 정말 오랜만이야……."

이 열정적인 태도에 그녀는 다소 놀랐다. 그러나 침착해지려고 애썼다.

"어, 그러네요, 오랜만이예요, 정말……."

그리고 그 놀라움에 가득 찬 커다란 눈을 동그랗게 뜨고서 그녀를 바라
보았다.

사촌 언니가 그녀에게 경제를 공부한다는 학생을 소개시켜 주었다. 그
노란색 줄무늬 양복에 뿔테 안경을 끼고, 커다란 몸집을 꼿꼿이 세우고서
불그스레한 양 볼에 웃음을 띠고 있는 사람이었다. 그의 말투를 듣지 않아
도 한눈에 그가 북방에서 온 멋있는 청년이라는 것을 알아볼 수 있었다.

얼마 지나지 않아 학교에서 짐이 옮겨져 왔다. 멍커는 그녀를 위해 특별
히 치워진 방에 혼자 남았다. 마음이 안정되지 않은 채 창가에 서 있노라
니, 방금 있었던 모든 일들이 하나하나 떠올랐다. 거실, 양탄자, 어여쁜
긴 치파오, 붉은 입술……. 모든 것들이 눈앞에서 춤추기 시작했다. 일부

러 이 생각들을 끊어버리려고 그녀는 손을 창틀에 기댄 채 고개를 내밀어 잔디밭을 바라보았다. 햇빛은 벌써 정원의 모퉁이로 달아나버렸고, 옆집 건물의 유리창에서 되비치는 빛에 눈이 시렸다. 자동차의 경적소리가 끊임없이 먼 곳에서부터 들려왔다. 몸을 돌리니, 자기의 가죽가방 두 개가 어지럽게, 소리 없이 가엾은 모습으로 저쪽 낮은 의자 위에 놓인 채 입을 쩍 벌리고 그녀를 멍청하게 쳐다보고 있는 것이 보였다. 그녀는 자신도 모르게 안락의자에 기대고 앉아서 두 손으로 얼굴을 감쌌다. 안절부절못하는 심정은 막막한 미래로 다시 옮겨갔다.

깊은 밤, 그녀는 깊은 잠을 이루지 못하고, 향내 나고 부드러운 새 침대 위에서 뒤척였다. 손가락 끝으로 벨벳 베개를 만지작거리자, 우아한 장식과 아름다운 얼굴과 쾌활하게 웃는 얼굴들이 하나하나 떠올랐다. 이 모든 것들이 이틀 전의 분노를 깨끗이 씻겨주는 듯하여, 마치 술에 취한 양, 아직까지 누려보지 못했던 물질적인 향유와 이른바 친구들의 우정을 음미했다. 그러나 사실 이 새로운 환경은 오히려 그녀를 어지럽히고 속박했다. 그녀는 자기가 그 남녀들 틈에서 아무렇지도 않은 척 일부러 웃고 얘기하던 모습을 떠올리자, 그만 창피해서 눈물이 났다. 수많은 '어쩔 수 없어서'라는 이유를 들어서 자기가 억지로 꾸며냈던 그 추태들을 용서하고자 했지만, 그러나 그 수치스러운 마음은 정말 내버릴 수가 없었다. 그녀는 이렇게 뒤척거리며 한밤중까지 잠을 이루지 못했다. 정말 그 자유롭고 솔직하며 진실하고 꾸밈없는 생활이 떠올랐다. 어렸을 적으로 돌아가지 않는 한. '여기 온 사람들 모두가 다 솔직하지도, 진실하지도 않은 건 아닌데…….' 결국 그녀 자신을 탓하는 수밖에 없었다. 왜 자신은 여기 사람들의 친절을 진심으로 받아들이지 못하는 건가.

"그들은 나에게 정말 잘 해주는데……."

이렇게 생각하면서 그녀는 조금씩 잠 속으로 빠져들었다.

이 집 사람들 모두가 그녀를 환영하는 건 분명했다. 제일 먼저 사촌 언니였다. 그녀는 멍커의 까만색 면 치파오가 이미 한 물 갔다면서 더 길고 커야 한다고, 옷감도 너무 거칠다고 여겼다. 다음 날 아침 일찍, 뉴욕 비단으로 새로 지은 커피색 겹옷을 보내왔다. 그녀는 다른 사람의 호의를 지나치게 거절한다고 할까봐 그것을 받았다. 비록 걸을 때마다 바스락거리며 발등에 거치적거려서 그 좁고 작은 겹옷 가장자리가 매우 불편하고, 부드러운 질감과 번쩍거리는 광택 때문에 사람들 앞에 나서는 게 매우 어색하긴 했지만 말이다. 게다가 그녀가 조금만 발걸음을 재게 놀리면 구슬 장식들이 책상 가장자리나 문틀에 부딪쳤기에 걸음걸이에 신경이 쓰이고, 그 구슬들이 몇 개가 바스러졌을지 걱정스러웠다.

단밍(澹明), 그는 전문학교의 미술 교사이다. 그녀가 온 첫날 저녁 그는 그녀가 그림을 배우는 여학생이라는 것을 들었다. 게다가 멍커의 맑은 눈과 매끄럽게 뻗은 어깨가 그의 호기심을 자극했다. 그는 프랑스에서 가져온 꽤 괜찮은 나체화와 풍경화 등을 골라서 그녀에게 선물했다. 당연히 그녀는 아주 소중하게 그것들을 가져다가 아무 때나 볼 수 있도록 그녀를 위해 특별히 마련해 놓은 책상 위에 올려놓았다.

낮에 사촌 언니들이 학교에 가면, 그녀는 새언니와 함께 고모랑 이야기를 나누었다. 나중엔 그녀들에게 포커를 배웠다. 그녀들과 함께 있는 것이 피곤해지면 리리(麗麗)-새언니의 세 살배기 딸이다-한테 가서 놀았다. 저녁에는 대부분 침대에 누워서 샤오쑹에게 빌린 소설책을 꼼꼼하게 읽었다. 샤오쑹은 특별히 작은 살구색 스탠드를 그녀에게 사주었는데, 이것은 그녀의 침대 옆 작은 탁자 위에 올려놓기에 딱 적당했다.

시간이 화살처럼 빠르게 지나갔다. 멍커의 불안도 시간이 흐름에 따라 사라져 갔다. 차츰차츰 마음을 놓고 생활에 적응해 나갔다. 이제 그녀는 일찍이 그녀가 다가갈 엄두도 내지 못했던 생활에 어느 정도 익숙해졌다.

저녁 식사가 끝난 후는 하루 중 가장 떠들썩한 때인데, 모두가 거실로 모여든다. 경제학을 전공한 북방 출신의 선생은 큰 소리로 피황(皮黃)[11]

---

11) 중국 전통극의 하나.

을 부른다. 경극에 심취한 양 아가씨와 사촌 언니도 날카롭고 작은 목소리로 따라 한다. 샤오쑹과 단밍은 파리의 박물관과 공원과 극장과 식당 등에 대해 자주 얘기를 늘어놓는다. 멍커는 매번 즐겁게 듣는다. 때때로 몇 마디 끼어들어 질문도 한다. 그녀는 어렸을 적의 동창과 친해지려고 애를 썼다. 그래서 원전이 없어도 과거의 즐거웠던 일을 회상할 수 있게 되기를 바랬다. 넷째 날 밤, 그들의 대화는 마침내 시작되었다.

"넌 아마 기억하지 못할 거야. 나와 멍루(梦如)는 동기동창이야. 여우양 현립 고급소학교에 다녔었어."

"무슨, 어떻게 너를 기억하지 못하겠어, '빙빙(丙丙).'"

"그 이름 안 부른지 오랜 걸, '야난(雅南)'이야, 중학교 때 바꿨지."

겸연쩍은 웃음 속에 사람에게 잊혀지지 않았다는 자신만만함이 배어났다.

"요즘 멍루는 잘 지내니?"

"우리 큰언니는 재작년에 시우산(秀山)으로 시집갔어, 요즘 둘째 큰어머니는 언니 생각할 때마다 눈물을 흘리셔. 넌 언제 왔니?"

"지난달에 난징(南京)에서 왔어. 아파서 기숙사에 있을 수 없었거든. 네가 상하이에 있고, 이 집과 친척이라는 걸 좀더 일찍 알았으면, 진작 너를 찾아갔을 텐데. 만약 이 집과 눈곱만큼의 친척 관계도 없었다면 난 여기에 머물지 않았을 거야. 너도 못 만났을 거고……."

매일 밤 그들은 나란히 긴 의자에 앉아서 오륙년 전의 일들을 회상했다. 그러나 야난이 이 집 식구들 중 누군가를 다소 비꼬면, 멍커는 미간을 찌푸리면서, "아, 아홉 시 반이네. 나가서 자야겠다."라고 하든지, 아니면 놀란 듯이, "사촌 언니는? 언니 어디에 있지?"라고 물으면서 일어나 거실에서 나오곤 했다. 그러면 야난은 약간 실망하면서 잠옷을 꼭 여미고 몸을 웅크리고 앉아 다른 사람들이 음악이나 춤이나 연극이나 영화 따위에 대해 이야기하는 것을 묵묵히 들었다. 그러다 사람들이 다 흩어지면 그도 천천히 자기 방으로 돌아가는 것이었다.

사촌 언니가 야난을 싫어하는 건 분명했다. 어느 날 밤, 그녀가 막 거실에서 나왔을 때 사촌 언니가 따라 나오면서 한 손으로 그녀의 어깨를 감쌌다. 두 사람은 나란히 계단을 올라갔다.

"멍커, 너희들 이야기하는 게 어쩜 그렇게 다정하니?"

마치 그녀를 차갑게 비꼬는 듯한 말투였다.

"우리 집 맞은 편 산에 살았거든요. 어렸을 적에 학교도 같이 다녔구."

"항상 옛날이야기만 하는 것도 재미없잖아. 멍커, 너 단밍하고도 얘기 좀 나눠 봐, 그는 정말 재미있는 사람이야."

"나도 물론 그 사람과 이야기하는 거 좋아요."

사촌 언니는 그녀를 방문까지 데려다 주면서 여전히 쾌활한 목소리로 "내일 보자"고 인사했다.

며칠 뒤, 그녀는 그들의 재촉을 못 이기고 단밍으로부터 많은 물감과 캔버스를 빌려다가 유화를 그리기 시작했다. 하루 종일 방안에 틀어박혀 그녀가 좋아하는 그림을 모방하거나, 창 밖으로 보이는 푸른 하늘과 맞은 편 대나무 울타리와 지붕 위로 우뚝 솟은 나무 등을 그렸다. 한 4시간 정도는 들여 그녀는 드디어 창 밖으로 보이는 정원 모퉁이의 아름다운 경치를 완성했다. 정향화 꽃무더기에서 시작하여 집 뒤 풀밭 정자까지의 정경이었는데, 앞쪽의 풀밭에선 리리가 큰 공을 가지고 놀고 있었다. 스스로도 그럴 듯하여 사촌 언니에게 보냈는데, 양 아가씨가 낚아채 가더니 아래층에 있는 사람들에게 보였다. 단밍이 제일 먼저 "잘 그렸는데!"라고 칭찬했다. 샤오쑹도 그녀에게 격려의 말을 아끼지 않았다. 그녀는 마치 자신의 천부적인 재능에 놀란 듯, 이후로 더 열심히 그림을 그렸다. 뿐만 아니라, 전처럼 방에 틀어박혀 창 밖으로 보이는 경치나 자신의 손과 발만을 그리지 않았다.

샤오쑹이 다시 많은 화구와 물감, 매우 잘 만들어진 이젤과 삼각 걸상까지 보내 주었다. 이로 인해 그녀는 자연 야외에서 그림을 그리는 것에 더한층 재미를 붙였다. 샤오쑹도 그녀를 데리고 나가는 것을 좋아했으며, 단밍도 자주 학교에 휴가를 냈다. 그래서 세 사람은 차를 타고 야외에 나가 그림을 그렸는데, 어떤 때는 한두 장을 그리기도 하고, 어떤 때는 이야기에 정신이 팔려 그림 그리는 것은 까맣게 잊은 채 가져간 깡통 고기, 과일, 빵과 술 따위만 다 먹어 치우고 들어오기도 하였다. 그러나 이 조그만 여행은 항상 즐거웠다. 단밍은 천성적인 활달함과 유모감각을 지니고 있었으며, 사촌 오빠 또한 그지없이 온화하고 어머니처럼 모든 것을 세심하게 챙겨 주었다. 멍커는 이들 사이에서 지극히 천진난만하여 정말로 어린 여동생 같았다.

한 번은 그녀가 마침 샤오쑹의 방에서 어항의 물을 바꾸는 것을 도와주고 있었는데, 옆방에서 크게 말다툼하는 소리가 들렸다. 금붕어를 내팽개치고 단밍의 방으로 달려간 그녀의 눈에 경제학을 전공하는 주청(朱成)이 얼굴이 빨개진 채 장기 한 수를 물러달라고 떠드는 것이 보였다. 단밍은 '차(车)'를 만지작거리면서 씨익 웃기만 할 뿐, 절대 물러주려고 하지 않았다. 후에 단밍은 그녀의 중재 아래 '차'를 주청에게 돌려주었다. 하지만 그게 마지막이라고 못을 박았다. 그녀도 옆에 앉아 구경하기 시작했다. 장기가 다시 시작되었다. 처음에는 평온하게 진행되었다. 조금 지나자, 단밍이 장을 부를 생각으로 '말(马)'을 놓았는데, 자기가 상대방의 '말'에 먹힐 자리로 들어가고 있다는 것을 알지 못했다. 주청도 미처 눈치 채지 못하고 자신이 위험하다고만 여겨 한참을 생각하더니 한숨을 내쉬면서 '장(将)'을 한 걸음 후퇴시켰다. 단밍은 계속해서 '말'을 가게 할 참이었다. 그런데 멍커가 갑자기 왼손으로 단밍의 손을 꽉 누르더니, 오른손으로는 주청의 '말'을 먹으면서 입으로 줄곧 외쳤다.

"장이야, 장! 오빠 가만있어. 내가 대신 할게."

주청은 자기가 상대방의 '말'을 먹는 것을 잊어버린 바람에 오히려 상대방에게 '말'이 잡아먹히고, 자신의 '장'은 또다시 후퇴할 수밖에 없

는데다가, 만약 맞은편의 '차'까지 압박해 온다면 이번 장기판은 끝장이
라는 것을 알았다. 그래서 그는 다시 한 수만 물려달라고 떼를 썼다. 멍커
는 이미 장기판을 흩트려 놓고 득의양양하게 큰 소리로 웃고 있었다. 단밍
도 따라서 의기양양해 했다. 뿐만 아니라, 대담한 태도로 그녀를 바라보면
서, 평소에는 감히 하지 못하던 농담을 했다. 결국 그녀는 며칠 동안 쭈뼛
거리면서 그를 피해 다녔다. 그러나 얼마 뒤에 그들은 다시 전처럼 좋아졌
다. 멍커는 자신이 좀 더 어려 보이길 원했고, 그는 더 솔직한 것처럼, 더
어른스러운 것처럼 보이길 원했기 때문이다.

어느 날 저녁 또 장기를 두게 되었다. 그녀는 단밍의 맞은편에 앉아 있
었고, 샤오쑹은 그녀 의자 등 위에 비스듬히 앉아서 그녀의 고문역할을 맡
겠다고 우기면서 때때로 그녀의 손에서 장기 알을 빼앗아 갔다. 그의 몸이
앞으로 기울 때마다 그의 미미한 호흡이 그녀의 목 뒤를 간지럽혔다. 그래
서 그녀는 얼굴을 한쪽으로 돌렸다. 샤오쑹은 그녀의 속눈썹 그림자가 콧
대까지 드리우는 것을 보았다. 그도 얼굴을 비스듬히 했다. 좀 더 자세히
그 등불 그림자 아래 빛나는 검은 눈동자를 보고 싶어서 의자를 좀더 당겨
앉았다. 멍커는 오로지 장기에만 몰두해 있었기 때문에 맞은편에서 한 쌍
의 눈이 자신의 가늘고 긴 손가락, 백설같이 흰 손 위에서 한층 돋보이는,
곱게 가다듬어진 연분혼색 손톱을 주시하고 있다는 것을 눈치채지 못했다.
그녀의 피부 또한 투명하기 그지없어서, 그 가운데 살짝살짝 수많은 자색
혈관 무늬와 가느다란 핏줄까지 분별할 수 있을 정도였다. 단밍은 손 이외
의 일을 생각하는 듯 했다. 그래서 매번 다른 사람이 재촉해야 장기 을 옮
겼다. 보기에는 상당히 열중하고 있는 것 같았지만 질 게 분명해졌다. 그
녀는 기뻐서 얼굴을 돌렸다.

"내가 도와줄 필요 없다고 했잖아! 둘째 오빠, 나 많이 늘었지? 맨날
나한테 지는 거 봤지!"

사촌 오빠는 말없이 동의의 웃음을 지어 보였다. 진 사람도 마찬가지로
기뻐하면서 그녀를 힘껏 칭찬해 주었다.

아직 장기가 다 끝나지 않았는데, 양 아가씨와 사촌 언니가 손을 맞잡고
들어왔다.

"멍커, 나 좀 봐봐!"

양 아가씨는 문을 들어서자마자 소리쳤다.

"아, 정말 예쁜데!" 단밍은 다가가서 오른손을 그녀에게 내밀면서,
타조털로 된 술에 코를 대고 킁킁거렸다. 그 금빛의 실내용 모자에 달린
술이다. 그러면서 그는 입으로 연신 그 결에 따라 들어온 향기를 칭찬했
다.

멍커는 옷이 예쁘다는 말이 차마 나오지 않았다. 그 진홍색 조끼는 색깔
이 너무나 자극적이었다! 치마도 너무 알록달록해서, 치마 아랫부분에만
금색으로 작은 물결무늬가 수놓아져 있는 사촌 언니의 검은색 비단 치마보
다 못했다. 그녀는 칭찬을 해주긴 해야겠는데, 어떻게 하면 좋을지 몰라
난감했다. 한참 후에야 다른 사람들처럼 그저 "아, 아름다워! 정말 아름
답다!"라는 말만을 반복했다. 그리고 너무 어울리지 않게 화장한 그 얼굴
을 바라보았다.

"멍커! 큰오빠가 쏘겠대. 그가 일하는 교역소의 동료가 그러는데, 신
세계에서 헤이(黑)양이 부른 이화대고(梨花大鼓)12)가 굉장했대. 가, 얼
른 가서 옷 갈아입고 와. 오늘 오빠가 얼마나 일찍 돌아왔니!"

"안 갈래."

조금도 주저하지 않고 그녀는 거절했다. '신세계'라는 말을 듣자마자
과거의 한 토막이 떠올랐기 때문이다. 그녀가 막 상하이에 왔을 때였다.
학교 친구들과 놀러 갔었는데, 윙크를 하며 추파를 던지던 남자들 때문에
곤욕을 치렀던 것이다.

멍커의 눈빛을 보고 낌새를 챈 샤오쑹은 미소를 지으면서 안락의자로
물러나 책을 펼쳐 들었다. 가지 않겠다는 뜻이었다. 사촌 언니가 재차 가

---

12) 산동 지방에서 발생한 중국 민간 노래 이야기의 하나.

자고 하는 사이, 양 아가씨는 아직 주저하고 있는 단밍을 잡아끌었다.

"좋아, 쟤들은 안 간대! 우리 잠꾸러기나 찾으러 가자."

사촌 큰오빠가 직접 가자고 왔지만 멍커는 위층으로 올라가 버렸다.

떠들어대는 소리에 잠이 깬 주청은 졸린 눈으로 서둘러 세수를 했다.

창 아래에서 들리는 차의 경적 소리로 그들이 이미 떠났음을 알았다. 멍커는 마음이 어지러웠다. 그래서 치마를 벗고 베란다로 가서 바람을 쐬었다. 때는 2월 십 몇일, 달은 아직 그 얼굴을 내밀지 않았고, 직녀성이 머리 위에서 반짝반짝 차가운 빛을 뿜어내고 있었다. 은하수는 위치를 가늠할 수 없을 정도로 희미했다. 차가운 바람에 머리카락이 흩날렸다. 고즈넉한 밤 풍경에 자신도 모르게 감동을 받았는지 그녀는 머리를 천천히 숙이면서 손바닥으로 이마를 받쳤다. 몸을 힘없이 돌난간에 기댔다.

이 때, 사촌 오빠가 소리 없이 베란다로 올라왔다.

"감기 걸리겠다, 멍커!"

그의 손이 가볍게 그녀의 어깨를 만졌다.

별빛 아래 반짝이는 것이 자신이 사모하는 까만 눈동자 안에서 깜박이는 것을 보자, 그는 참지 못하고 그녀의 손을 꽉 잡았다.

멍커는 커다란 눈을 더욱 크게 뜨고 사촌 오빠를 바라보면서 웃기 시작했다.

두 사람은 팔짱을 끼고서 방안으로 들어갔다.

사촌 오빠는 걸상에 앉아서 멍커가 옷을 입는 것을 보았다. 짧은 까만 포플린 속치마 아래로 한 쌍의 매끈한 다리가 보였고, 얇은 비단양말을 통해 가늘고 흰 살이 비쳤다. 마치 또 다른 어떤 것들을 본 것처럼 그의 시선이 그녀의 두 다리에 깊숙이 꽂혔다. 멍커가 치마를 다 입자, 그는 자기가 방금 멍커에게 옷을 입으라고 재촉한 것을 후회했다. 이 헐렁한 치마는 허리의 곡선까지도 다 감추어 버렸다. 때문에 그는 여자의 치마는 몸에 꼭 끼는 게 더 낫다고 여기지 않을 수 없었다.

"오빠 이러는 것 싫어, 멍하니 무슨 생각을 하는 거야?"

조금도 주저하지 않고 그는 바로 대답할 말을 생각해 냈다.

"멍커! 난 지금 네 생각하고 있었어. 너랑 영화 보러 가고 싶은데 네가 어떻게 생각할지 몰라서. 오늘 밤 칼튼에서 <춘희(茶花女)>를 상영하거든……."

삼 년 전에 멍커는 이 작품의 번역본을 읽었었다. 읽으면서 우스꽝스럽게도 여러 번 눈물을 흘리기도 했다. 지금 그게 영화로 상영되고 있다는데, 왜 보러 가지 않겠는가? 그녀는 기분이 좋아서 샤오쑹에게 얼른 옷을 갈아입고 나오라고 재촉했다.

계단에 나가자, 리리의 울음소리가 들렸다. 그녀는 리리의 방안으로 달려갔다. 새언니도 눈이 빨갛게 부어 있었고, 리리는 작은 침대에서 발버둥치면서 울고 있었다. 새언니는 멍커를 보자, 그제야 리리를 안아 올리며 리리가 배가 아프다고 했다. 엄마가 안아주자 눈물이 그친 리리는 엄마의 거짓말을 듣더니 작은 주먹으로 엄마의 가슴을 마구 때렸다. 멍커는 함께 영화를 보러 가자고 했지만, 그녀는 리리의 유모가 집에 없어서 나갈 수 없다고 거절했다.

멍커는 다시 야난을 찾았다. 일하는 사람의 말로는 저녁을 먹고 나갔다고 했다.

그래서 결국 사촌 오빠와 그녀만 남게 되었고, 그들은 페이펑(飞凤)회사에 가서 차를 빌렸다.

칼튼에 도착했을 때는 영화가 이미 시작된 후였다. 멍커는 사촌 오빠의 손을 꼭 붙잡고 작은 손전등의 흐릿한 불빛을 따라 자리를 찾았다. 측면 맨 끝자리에 특별석 하나가 비어있는 것을 발견했다. 사촌 오빠는 그녀를 먼저 앉히고 자신은 간이용 의자를 약간 움직여서 그녀의 곁에 붙어 앉았다. 이때 영화에서는 마침 한 뚱보가 잠옷을 입고 비행기 안에서 이리저리 뒤척이고 있었다. 비행기는 순간 바다 위를 날기도 하고 순간 높은 산 위를 날기도 하다가 한 도시 위에서 맴돌기 시작했다. 멍커는 이상한 생각이 들었다. 이게 뭐지? 사촌 오빠가 고개를 돌리더니 낮은 목소리로 말했다.

"다행이 아직 영화가 시작하지 않은 모양이야. "

멍커는 그 뚱보가 연기하는 것을 별로 보고 싶지 않아서 눈을 크게 뜨고 다른 볼 것이 없나 살폈다. 몇 개의 작은 등불이 음악을 연주하는 무대 위의 남색 커튼에 은은하게 비쳤다. 윗줄과 아래층을 살펴보니 희미한 중에도 사람들로 가득 차 있다는 것을 알 수 있었다. 옆의 특별석에서 끊임없이 풍겨오는 향내가 코를 자극했다. 뒷좌석의 어떤 사람이 작은 소리로 휘파람을 불면서 음악에 맞추어 발끝으로 박자를 맞추고 있었다.

검은색 긴치마를 입은 여인이 돌계단에 나타나는 모습이 방영되는 순간, 멍커는 스크린에 눈을 고정했다. 예전에 읽었던 소설의 느낌을 되새기면서 그 분장한 여배우가 춘희일거라고 여기고서 마치 자신도 그러한 운명에 빠진 것처럼 그녀의 슬픔과 고통을 함께 나누었다.

때때로 옆에서 자신을 빤히 쳐다보는 시선을 느낄 때면 그녀는 손을 뻗으면서 말했다.

"정말 감동적이야! 오빠, 봐봐! "

"정말 그래, 정말 감동적이다! "

그녀는 이 대답이 또 다른 의미를 지니고 있으리라고는 전혀 상상하지 못했다.

그녀가 한창 영화에 빠져있을 때, 갑자기 음악이 멈추고 환해지면서, 강렬한 빛이 좌석으로 쏟아졌다. 휴식시간이었던 것이다. 사촌 오빠가 그녀에게 커피를 마실 것인지 물었다. 그녀는 말없이 고개를 좌우로 흔들었다. 머릿속에는 여전히 잘 다듬어진 눈썹, 커다란 눈, 가녀린 허리, 우수 어린 미소, 춤추는 자태만이 스쳐지나가고 있었다.

사촌 오빠는 북적이는 복도를 지나 밖으로 나왔다. 영화관 안의 답답하고 후끈한 열기는 그를 괴롭히고, 그의 격정적 감정에 고통을 더해 주었다. 하지만 그는 너무나 잘 알고 있었다. 남녀 관계를 잘 알지 못하는 여자 앞에서 방자하게 구는 것은 곧 일을 망칠 뿐이라는 걸.

식당 안에는 사람들과 아이들이 몰려들어 사탕과 담배를 파는 곳은 무척 붐볐다.

꼼짝하지 않던 남자들이 자리에서 일어나 목을 길게 빼고 친구들을 찾았다. 그러나 사실 눈빛은 다른 것을 좇고 있었다. 어떻게 그들이 여인의 그림자를 놓칠 리 있겠는가.

여자들은 끼리끼리 한 곳에 머리를 맞대고 모여 옆자리 여자들의 차림새에 대해 소곤거리면서도 눈길은 곁을 스쳐 지나가는 멋쟁이 남자들의 얼굴을 훔쳐보고 있었다. 어떤 이는 작은 거울을 꺼내들고 분을 바르고, 어떤 이들은 볼 위로 흘러내린 짧은 머리카락을 손질했다.

멍커의 옆자리에서는 한 이태리 여인이 몇몇 수염 난 남자들과 큰 소리로 웃고 떠들어대면서 뭇사람의 시선을 모으고 있었다. 그녀의 커다란 손은 멍커쪽 특별석 가까이 벽을 짚고 있는데, 담배를 꼬나든 손가락에 눈부시게 빛나는 보석 반지가 끼워져 있었다.

사촌 오빠가 돌아왔을 때, 칸막이 난간에서 멀리 있는 누군가에게 작별 인사를 건넸다.

영화가 계속되었다. 멍커는 슬픈 장면에서 눈물을 흘리더니, 영화가 다 끝나기도 전에 밖으로 나오고 말았다. 사촌 오빠가 그녀 뒤를 따라 나와 차에 올랐다. 그녀는 묵묵히 그가 내민 손에 기댔다. 그의 손이 살그머니 그녀의 허리를 감싸 안았다. 두 사람은 말없이 그 느낌을 음미하면서 각자 자신의 감정 속으로 빠져들었다.

차가 멈추자마자, 그녀는 곧장 자기 방으로 뛰어 올라갔다.

이 때, 작은 마차 한 대도 계단 앞 아스팔트 도로 위에 멈추었다. 고모가 막 리(李) 선생님 댁에서 생일 축하 술을 마시고 돌아온 것이다. 온 집안이 쥐죽은 듯 고요했다. 신세계에 놀러 나간 사람들은 아마 한창 신나게 놀고 있겠지.

샤오쑹은 어머니 옆에 편안하게 앉아서 생일 모임에 온 손님들, 차려진 음식과 술, 연극, 그리고 오늘밤의 영화에 대해 이야기를 나누었다. 그러다 어머니의 눈꺼풀이 무겁게 내려앉은 것을 보고 물러 나왔다. 이 때, 그의 정신은 아주 맑게 깨어 있었다. 그는 멍커의 어린아이처럼 순진한 모습을 떠올리자 웃음이 나왔다. 방금까지의 자신의 어리석은 생각과 행동이 남몰래 웃음 짓게 만들었다. 하지만 멍커는 분명 사랑스럽다. 그래서 그는 자신이 감탄했던 멋진 점을 곰곰이 생각했다.

"⋯⋯이 모든 게 내가 원하기만 하면 되는 거야!"

여기까지 생각이 미치자, 그의 얼굴에 의기양양한 미소가 피어올랐다. 그는 옷을 벗고 부드러운 침대 속에서 평온하게 잠이 들었다.

멍커는 이때 방금 본 영화를 회상하고 있었다. 은막 속의 여배우가 정말 마음에 들었다. 줄거리, 다른 모든 배역들은 깡그리 무시해버리고, 오로지 그 여배우의 찌푸리고 웃는 모습, 그리고 그 불쌍하기 짝이 없는 신세만을 마음속에 되새겼다. 이 신세는 오로지 그 여배우만의 것이지. 그녀는 그 여배우의 이름을 떠올리기 위해 애를 썼지만 종내 생각이 나질 않았다. 마음 같아서는 당장이라도 아래층에 내려가 사촌 오빠에게 물어보고 싶었으나, 이미 잠들었을지도 모른다는 생각에 내일 알아보기로 하고 참았다. 다음에라도 그 사랑스러운 여배우가 출연하는 영화가 있으면 보러 가야겠다고 생각하면서.

하지만 그녀는 이리 뒤척, 저리 뒤척, 잠을 이룰 수가 없었다. 그녀는 하는 수 없이 옷을 걸치고 골패를 골랐다. 다섯 판이 지났는데도 패가 맞아떨어지지 않았다. 화가 난 그녀는 손으로 패를 밀어버렸다. 패들이 좌르륵 바닥으로 쏟아졌다. 탁자 위에 사과가 몇 개 놓인 것을 발견한 그녀는 바로 발받침을 책상 위로 옮겨왔다. 사과를 먹으면서 한편으로는 무엇인가 생각하는 듯 전등갓에 눈을 고정했다. 사과 세 개를 다 먹고 나더니, 금테를 두른, 표지가 붉은 포켓용 책을 서랍에서 꺼냈다. 그녀는 아무 것도 쓰여 있지 않은 페이지를 찾아 만년필을 들고 조그맣게 뭔가를 쓰기 시작했다.

나는 모든 부귀영화에 냉담한데도

도리어 편안히 잠을 잘 수 없네, 이 깊은 밤에,
그녀의 그 서글픈 신세를 깊이 생각하느라.
......

좀 더 쓰려고 하는데, 계단에서 양 아가씨가 부르는 소리가 들렸다. 그녀는 서둘러 불을 끄고 침대 속으로 미끄러지듯 들어가더니 잠자는 척 숨을 죽였다.

"자니? 멍커!"

이때 그녀와 사촌 언니는 벌써 방문 앞에 도착해 있었다. 복도의 불빛이 그녀 두 사람의 몸을 비추고 있었다. 멍커는 눈을 가늘게 뜨고 그녀들을 똑똑히 보았다. 아무 기척이 없자, 두 사람은 곧바로 문을 닫고 가 버렸다. 멍커는 남몰래 웃음을 지었다. 만약 잠자는 척 하지 않았다면 틀림없이 귀찮은 일이 생겼을 거야.

옆방의 두 사람도 잠을 이루지 못한 채, 헤이 양의 용모와 목소리, 그리고 연극에 대해 신나게 떠들어댔다. 제일 재미있었던 것은 시작 부분의 '북춤'이었는데, 그 어릿광대의 가사 속에 간간이 영어가 섞여 있었단다. 양 아가씨가 그 목소리를 흉내 내어 노래를 부르기 시작했다. 무슨 "sorry, sorry, 정말 마음이 쓰리구나…… ."하는 가사였다. 사촌 언니도 따라서 했다. "그 Miss도…… 싫지 않아. "라는, '북춤' 가운데의 가락이었다.

"어이구, 언니! 부르는 게 뭐야? 얄궂게스리!"

"다른 사람한테 배운 거라구. "

"그 안에는 여자를 욕하는 내용도 많아, 그 어릿광대는 정말 밉살스럽다니까! "

두 사람이 키득거리면서 하는 이야기 소리에 멍커는 최면에 걸린 듯이 천천히 잠에 빠져들었다.

날씨가 나날이 차가워갔다. 자신의 낡은 솜옷이 입기에 좀 춥다고 느낀 멍커는 새로 한 벌을 사야겠다고 생각했다. 자줏빛 무늬의 포플린 옷감과 남색 무명 덧옷도 이미 입기에는 부끄러울 정도로 낡아버렸다. 사촌 언니들은 외출할 때마다 다들 소매 없는 외투를 걸쳤다. 멍커는 오륙십 원 정도 하는 긴 모피 옷만 있어도 좋겠다고 생각했다. 마침, 아버지가 한 번에 삼백 원을 보내 오셨다. 그녀가 고모 집에 거하는 것을 알고 돈이 더 많이 필요할 것이라는 생각에 급히 곡식을 반절 넘게 팔아서 돈을 마련한 것이다. 아버지는 내년 유채를 팔 때쯤 돈을 다시 보내줄 수 있겠지만 많이는 못 보낼 것 같다고 하셨다…….

그녀는 사촌 언니에게 함께 옷감을 사러 가자고 부탁했다. 사촌 언니가 억지로 권하는 바람에 그녀는 할 수 없이 담비 외투와 옷감 두 장, 모자, 가죽신과 비단 양말 등 자질구레한 물건들을 사느라 245원이나 쓰고 말았다. 그런데도 사촌 언니는 그 물건들의 나쁜 점만을 끄집어내면서 그녀에게 자신의 장갑과 향수 등을 주었다. 아버지를 생각하자 멍커는 마음이 아렸다. 돈이 얼마 남지 않은 것을 보고 그녀는 고모와 식구들에게 크게 식사 대접을 했다.

이렇게 온종일 놀고 즐기면서 멍커는 차츰차츰 원전을 잊어갔다. 어느 날 야난이 원전의 안부를 물었다. 그때서야 그녀는 4, 5주가 넘도록 그녀를 찾아가지 않았음을 깨달았다. 마침 가보려고 했으나, 야난은 자기가 다음 날 학교로 돌아가야 한다면서 그녀를 만류했다. 이날 밤, 그는 아직 세상 물정 모르는 이 여자의 마음에 평생 잊지 못할 기억을 선사했다.

그들 두 사람이 반송원(半淞园)에서 나왔을 때 날은 이미 어두컴컴했다. 야난이 그녀에게 말했다.

"재미있는 여자 친구들 좀 소개해 줄까? 그녀들은 다 중국 무정부당 당원들이야."

그녀는 무정부당이 무엇인지 이해하지 못했지만 좋다고 했다.

"다들 대단한 친구들이야. 친하게 지내면 좋을 거야. 그녀들이 네가 지금껏 전혀 모르고 있었던 일들과 이제부터 마땅히 해야 할 일들을 가르쳐 줄 거야. ”

“정말? 그럼 우리 한 번 가 보자!”

그들이 한 컴컴한 골목으로 들어서서 연기와 먼지로 찌든 뒷문으로 들어가니, 방안에서 거칠고 목쉰 노랫소리가 들려왔다. 주방 안에는 한 열대여섯 쯤 되어 보이는 심부름꾼 아이가 고개를 숙인 채 만두를 먹고 있었는데, 탁자 위와 부뚜막 위에는 바퀴벌레들이 득실거렸다. 야난은 거실로 들어갔고, 멍커는 수도관 옆 창가에 서서 방안을 똑똑히 바라보았다. 그 안에는 마침 두 쌍의 남녀가 있었는데, 노래는 긴 의자에 누운 남자가 부르고 있었다. 짧은 바지를 입은 여자가 그의 반신을 누르고 있어서 거친 목소리가 좀 숨차게 들렸던 것이다. 책상 앞의 한 쌍은 껴안은 채로 종이 담배를 피우고 있었다. 멍커가 마침 몸 둘 바를 모르고 있는데, 야난이 돌아 나와 그녀가 다가오기를 기다리면서 한 외국 이름을 불렀다. 멍커는 알아들을 수 없었다. 거실의 불이 밝아졌다. 네 명의 남녀가 뛰쳐나왔다. 그 짧은 바지를 입은 여자가 두 손으로 야난의 손을 붙잡고 맹렬하게 흔들면서 입으로는 연신 “동지! 동지”라고 외쳤다. 야난도 힘껏 답례했는데, 손이 잡힌 채로 고개를 돌려 얼굴이 얽은 다른 여자의 힘찬 키스를 받았다. 야난이 멍커에게 이들을 소개할 때, 멍커는 이미 이런 한 번도 본 적이 없었던 열정적이고 솔직하고 대담하고 거칠면서 다소 천박해 보이는 모습에 놀라서 멍청해져 있었다. 그녀는 자신을 지탱하려고 애쓰면서 번갈아 뻗어 오는 손들과 기계적으로 악수를 했다. 그러다 검은 털로 온통 뒤덮인 손바닥을 보았을 때 자신도 모르게 고개를 번쩍 쳐들었다. 아, 바로 그 노래하던 남자다. 사팔뜨기 눈! 보아하니 야난은 그를 가장 숭배하는 것 같았다.

책상 위에는 전단지며 신문들로 가득했다. 멍커는 가까이 다가가 보는 척했다. 귓가에 갑자기 그 사팔뜨기 남자의 말소리가 들렸다.

“……내일 회의할 때 물론 통과될 거요. 하지만 이전에 무슨 운동에 참가한 적이 있나?”

"있어요. 학생 시위에 참가했었습니다. 여우양 중학교에 다닐 때요. "
야난의 목소리였다.

멍커는 이상했다. 눈을 크게 뜨고 야난을 바라보았다. '이상도 하지, 설마 내 얘기는 아니겠지?'라는 의미였다.

야난이 그녀에게 익살맞은 얼굴을 지어 보였다.

사팔뜨기 남자가 그녀에게 몸을 돌렸다.

"상하이에 온지 얼마 안 되었죠?"

그는 멍커의 대답을 기다리지 않고 바로 말을 이었다.

"이 곳에 자주 오셔도 됩니다. 이분이 바로 우리 '중국의 소피아 여사'이십니다. 다시 한 번 악수할 만한 분이지요. "

한 쪽 눈으로는 그 짧은 바지 차림의 여자를 바라보는 것 같았다. 그 노랑머리 여자는 야난에게 착 달라붙어서 그녀 대신 다음 주에 열릴 시민대회에 쓸 원고를 써달라고 조르고 있었다. 그러더니 '소피아'라는 말을 듣자, 이쪽으로 달려와 멍커에게 말을 걸기 시작했다

"다음 주에 제가 꼭 만나러 갈게요. 아무리 시간이 없어도요. 보세요. 아직 다 못한 일이 얼마나 많은지. 전단지만 해도 이렇게 많은데 이게 겨우 10분의 1이라니까요! "

멍커는 야난의 거짓말과 이 몇몇 남녀가 내뱉는 소위 '일'의 의미를 이해하지 못했다. 그래서 그들이 작은 깃발을 점검하고 있을 때 몰래 빠져 나왔다. 급히 걸어 나오면서 행여 야난이 쫓아오지 않나 싶어 뒤도 돌아보지 않았다.

이튿날도 야난을 피하기 위해 날이 밝자마자 윈전의 집으로 향했다. 그러나 그 곳은 이미 예전처럼 그렇게 그리운 곳이 아니었다! 문을 들어서자마자, 그녀는 수없이 많은 질책 비슷한 비난을 들었다. 그녀는 열심히 변명하면서 조심조심 그들의 이해를 구했다. 그러나 윈전의 안색은 시종 풀리지 않았다. 그 겉옷 때문에 그녀는 너덧 번이나 날카로운 눈빛과 예리한 비웃음을 참아내야 했다. 이로 인해 그녀는 일찍이 그녀가 경멸했던, 그리

고 사용해본 적이 없던 많은 장식품들이 다 좋은 것이라고 생각하게 되었다. 왜 자신을 예쁘게 꾸미면 안 되는 것인가? 자신의 아름다움을 누리는 것이 그른 일은 아니지 않는가! 한 여인이 자신의 고상함, 그리고 남과 다른 특별함을 나타내고 싶은데, '흐트러진 머리와 거친 옷차림'을 상표로 삼아야 한다는 건 아니겠지? 참지 못한 그녀는 원전에게 몇 마디 쏘아붙이고는 집으로 돌아와 버렸다.

나중에 원전은 그녀에게 화해하고 싶다는 뜻을 전했으나 그녀는 여전히 화가 풀리지 않아서 대꾸도 하지 않았다. 겨울 내내 그녀는 멋쟁이 청년들과 함께 극을 구경하거나 영화를 보고 장기를 두거나 소설을 읽으면서 보냈다.

그러나 이것도 아주 유쾌하지만은 않았다. 특히 혼자서 두 명의 아가씨와 함께 있을 때, 그녀들은 조금도 거리낌 없이 요즈음 다정하게 굴었던 사람들을 욕하고 비난했으며, 굳이 그녀를 붙잡고 처세술이며 남자를 대하는 비결 등을 가르쳤다. 멍커는 그녀들이 다른 사람을 우롱한 후의 웃음소리와 그녀들이 펼치는 괴상한 인생철학의 의미를 꾹 참아가며 들어야 했다. 때때로 천진난만한 개구쟁이와 같은 그녀들의 모습에 웃음을 터뜨린 적도 있지만, 그녀들의 흉측한 심보와 계략을 보노라면 놀라움의 비명을 지르고 남모르게 주먹을 움켜쥐었다.

단밍도 대담해졌다. 그녀 앞에서 자주 외설적인 이야기를 해댔다. 그녀는 사촌 언니들처럼 그렇게 장난스럽게 받아넘길 줄 몰랐기 때문에, 하는 수 없이 못 들은 척 하고 묵묵히 피하기만 했다.

주청, 그녀는 그와 함께 마작을 하더라도 거의 말을 걸지 않았다. 사촌 언니들처럼 마음대로 부릴 수 있는 식객을 필요로 하지 않았기 때문이다.

그렇다면 사촌 오빠는? 그렇다. 그녀는 예전에 원전을 그리워하듯 샤오 쑹을 그리워했다. 그 태도만 봐도 얼마나 사람을 감동시키는지. 한 번은 벽난로 앞에서 멍커가 무언가 깊이 생각에 잠겨 있는 것을 보더니, 바로 책을 들고 그녀의 의자 뒤로 와서 그녀의 어깨를 툭툭 치고는 그녀가 혹

놀랄까봐 작은 목소리로 말을 건넸다.

"내가 시 한 수 읽어줄게."

그러면서 책을 펼치더니 136쪽에 가서 멈추고 읽기 시작했다.

> 타오르는 불꽃의 희미함 속에서
> 저녁놀과 같은 그녀의 아름다움,
> 아, 무엇을 보내
> 내 영혼의 떨림을 전할 수 있으리!

멍커의 가슴이 콩당콩당 떨렸다. 반은 놀라서, 반은 그 낮은 목소리에 감동을 받아서였다. 그녀는 얼굴을 가늘고 야윈 두 손에 천천히 파묻었다. 샤오쑹은 이 틈을 타서 옆에 있는 걸상에 앉더니, 눈자위에서 그녀의 두 손을 끌어내렸다.

"멍……."

그는 진즉부터 '멍 누이'의 '누이'라는 두 글자를 떼고 부르거나 때로 '누이'라고만 부르기도 했다. 이 목소리도 마치 감동을 받은 듯 약간 떨렸다. 그의 두 눈빛이 멍커의 얼굴 가까이로 압박해왔다.

그녀는 감히 얼굴을 들 수가 없었다.

사촌 오빠는 말없이 그녀를 바라보았다. 그 침묵은 말보다도 훨씬 더 사람을 감동시켰다.

더 이상 참을 수 없게 되었을 때, 그녀는 제비처럼 가볍고 날렵하게 달아났다.

사촌 오빠는 그녀가 방금 일어난 폭신한 의자에 엎어져, 득의만만하게 자신의 지혜, 자신의 심미적 방법을 자화자찬하고, 자기에게 감동받았을 그 처녀의 마음을 깊이 음미했다. 이 감상, 이 취미, 이 모든 것들은 일종의 '고상'하고 섬세한 향락이다.

남들이 자신의 부끄러움을 눈치챌까봐, 그녀는 대부분의 시간을 리리와 보냈다. 리리는 그녀가 아무 말도 하지 않으면, 골을 내고는 그녀의 목을 잡아당기며 무엇을 생각하는지 물었다.

이 때문에 그녀는 새언니와 친해지기 시작하여, 저녁에는 자주 새언니의 방에 가서 놀았다. 이 시간에 사촌 큰오빠는 돌아온 적이 없었다. 새언니는 쓰촨(四川) 서부 출신인데, 늘상 자기 집 앞의 서호(西湖), 팔십이 훨씬 넘은 그녀의 할머니를 그리워했다. 그녀는 여섯 살에 부모를 모두 잃었던 것이다. 그녀는 자주 낮은 소리로 거칠기 짝이 없는 남편이 자신을 짓밟아도 할머니 때문에 꾹 참고 산다고 하소연했다.

"설마 오빠가 언니를 사랑하지 않는 건 아닐 테지요?"

"동생은 그걸 이해하지 못할 거야!"

새언니는 웃었다.

"봐요, 요즘 거의 집에 붙어 있지를 않잖아요? 일부러 날 못살게 굴려는 거예요. 내 옷 속에 감추어진 마음속을 누구보다도 잘 아니까요. 하지만 난 오히려 더 편해요. 아, 멍 누이, 동생이 어떻게 내 고통을 이해할 수 있겠어요. 그가 술 냄새 풍풍 나는 입으로 다가올 때면 정말 두들겨 패주고 싶다니까."

"정말 두들겨 팼어요?"

새언니는 또 웃었다. 그리곤 그녀가 열일곱 살 신부의 몸으로 겪었던 수많은 놀랍고 무서웠던 일, 그리고 석 달 뒤 신랑이 껴안으려 하자 울고불고 난리를 쳤다는 일을 할머니가 알게 되었을 때의 속상함을 털어놓았다. 원래 새언니는 사(词)도 지을 줄 알았단다. 그녀는 새언니의 오래된 원고 중에서 그녀의 따뜻하고 너그러운 심성과 재능, 꿈과 실의를 발견했다. 둘째 사촌 오빠 같은 이와 결혼했다면 틀림없이 박복한 운명을 한탄하지는 않을 거라고 생각한 멍커가 물었다.

"둘째 오빠는 어때요?"

멍커의 말뜻을 잘못 이해한 새언니는 샤오쑹이 얼마나 세심하고 얼마나 여자에게 다정한지 이야기해 주었다.

멍커는 길게 탄식의 한숨을 내쉬었다. 이 한숨은 오로지 새언니를 위한 것이었다. 그러나 새언니는 이 동정을 깨닫지 못한 채, 그녀가 다른 생각이 떠올라 한숨을 내쉬는 줄 알고 그녀를 열심히 위로했다.

봄이 오고, 집안은 더 조용해졌다. 사촌 언니와 양 아가씨는 매일 악보를 끼고 학교에 갔다. 단밍과 주청도 모두 수업이 있고, 샤오쑹은 한 대학에서 매주 두 시간의 수업을 맡았다. 고모는 모임 때문에 자주 밖에 나가셨다. 새언니는 리리와 놀아 주어야 했다. 오로지 그녀만 할 일이 없었다. 그녀는 하루 종일 침대에 누워서 소설을 회상하듯이 미래에 대해 끊임없이 환상을 품다가도 문득 자기의 개성을 깨닫고서 '아무런 구속 없이 떠돌아다니는 것이 내게 필요한 삶'임을 인정했다. 때로 그녀는 파리 커피숍에서 일하는 여자들을 부러워하기도 하고, 때로는 자신을 영웅, 위대한 사람, 혁명가로 상상하기도 했다. 그러나 '혁명가'를 떠올리기만 하면 어떤 꿈이든 다 깨져버렸다. 그 '중국의 소피아 여사'가 그녀의 마음을 얼어붙게 만들어버렸던 것이다.

단밍은 그녀가 이미 흥미를 잃어버린 그림에 대한 열정을 다시 불러일으키고자 자주 그녀에게 그림을 그리러 가자고 했다. 그러나 그녀는 그의 경박함을 알고 있었기에 거절했다. 샤오쑹도 그림에 대한 이야기를 꺼내지 않은지 오래되었다.

파리에 가고 싶은 꿈 때문에 그녀는 사촌 오빠의 학교에서 불어를 공부했다.

얼마 후 아버지께서 편지와 함께 두 번째로 돈을 보내 오셨다.

멍아야, 너의 편지를 받고 네가 돈이 많이 필요하다는 것을 알았다. 그래서 가까스로 이백 원을 만들어서 보낸다. 많지는 않지만 온 식구가 반년은 쓸 수 있는 돈이다. 가능하면 네가 좀 절약했으면 한다. 네 무능한 아비도 이제 점점 늙어가고 있지 않느냐. 게다가 요즘 일년은 수확도 그리 좋지가 못하구나. 네가 혹시 외지에서 궁색하고 어려움을 겪을까봐 이런 말을 늘어놓았다. 그렇지만 넌 내가 이런 얘길 했다고 상심하지는 말아라. 내가 어떻게든 돈을 마련하여 네가 어려움을 당하게 하지는 않을 것이다. 사실 이 모든 게 네 아비가 못나서인 것을……. 아, 이런 것들을 더 말해서 무엇 하겠느냐…….

네가 좋아하던 그 늙은 소가 지난 2월에 그만 죽고 말았지만, 새끼 양들은 많이 늘어났단다. 한 마리 아주 쬐그만 놈이 있는데, 온 몸이 새하얀데다 턱 아래쪽만 약간 붉단다. 이 놈이 사람을 겁내지도 않고 하루 종일 작은 소리로 '매애애'하고 운단다. 쓰얼이 그놈을 좋아해, 너와 닮았다고. 그래서 그 놈을 '아가씨, 아가씨'하고 부른다. 지금은 우리 집 식구 누구든지 다 '아가씨'란 말만 들으면 웃음을 터뜨린다. 다들 너를 보고 싶어 해.

멍커는 생각에 빠져들었다. 다정한 아버지의 모습과 장난꾸러기 산얼, 맑은 날 푸른 풀밭에서 뛰어 노는 소와 양떼들이 선명하게 떠올랐다. 그리고 작고 하얀 나비 떼들……. 지나간 행복했던 나날은 얼마나 사람을 추억에 잠기게 하는가!

만약 네가 고모 집에 살고 있다면, 이 돈을 여비 삼아 집으로 돌아와도 괜찮다. 너를 못 본지 장장 이년 반이나 되었구나. 네가 돌아온 다음에라도 다시 떠나고 싶어 하면, 언제든지 보내주마. 멍아, 너도 알다시피 이 애비의 나이도 적지 않다. 부디 나중에 후회할 일을 남겨두지 않았으면 좋겠구나!

그리고 우스운 일이 하나 있었다. 그제, 네 이모님이 찾아 오셔서 너를 며느리로 삼고 싶다고 하시더라. 나는 물론 대답하지 않았다. 네 스스로 결정할 문제이니. 다만 주우(祖武) 그 녀석이 아주 총명하고, 너희들 어렸을 때도 같이 어울려 잘 놀았었다. 네가 좋다고만 하면 나야 달리 말할 게 없다. 멍아, 네 나이도 적지 않다!

편지지가 한 장 한 장 손가락 사이로 천천히 미끄러져 내렸다. 일종의 망설임의 곤혹스러움이 그녀에게 밀려왔다. 그러나 주우의 거친 모습, 그리고 집에서 며느리로서 지켜야 할 규율 등이 떠올랐다. 또, 아버지와 맞대면하여 충돌하는 것을 피하기 위해 결국 그녀는 돌아가지 않기로 마음먹었다. 답장에는 다만 '지금 공부하고 있는 중이니 이런 일은 꺼내지 말아주세요'라고만 썼다.

완곡하게 답장을 쓰고 나니 마음이 한결 편안해졌다. 며칠이 지나자 바로 아버지와 주우의 일은 잊혀졌다. 혼자서 심심할 때 그녀는 사촌 오빠를 찾아갔다. 그러나 사촌 오빠는 벌써 사흘째나 집에 돌아오지 않고 있었다. 멍커가 이토록 외로워하고 끊임없이 궁금해 하다니. 혹시 사촌 오빠가 나에게 그렇게 중요한 존재란 말인가? 이날 밤 뜻밖에도 그녀는 사촌 오빠의 편지를 받았다. 친구에게 중요한 일이 생겨서 집에 돌아올 시간이 없다는 소식과 함께, 시시콜콜하게 사흘 동안 어떻게 보냈는지 물었다. 그녀는 이 편지를 예닐곱 번이나 되풀이해서 읽고, 한밤중까지 잠을 이루지 못했다.

요 며칠, 단밍은 그녀 옆을 떠나지 않아 그녀를 꽤나 귀찮고 불안하게 만들었다.

사촌 오빠를 보지 못한 지 닷새째가 되던 저녁, 그녀는 마침 리리와 종이 접기 놀이를 하고 있었다. 그 옆에서 손톱을 다듬던 새언니가 낮은 소리로 그녀에게 물었다.

"멍 누이, 내 말이 맞지?"

"무슨 말이요?"

"어제 아래층에서 찾아낸 낡은 잡지에 실려 있던 여성 문제에 관한 얘기 말이야. 동생도 같이 보았잖아? 정말 그래. 특히 그 구식 결혼을 한 여자들을 이야기하면서, 시집가는 것은 매음이나 다름없으며, 헐값에 몽땅 넘겨주는 것일 뿐이라는 그 말……."

"다 그런 건 아니겠죠. 제 생각엔 두 사람의 마음이 맞기만 하면 된다고 봐요. 신식 연애도 만약 오로지 돈이나 명예를 위해서라면 마찬가지 아니겠어요? 게다가 자기가 스스로 자기를 파는 일이니, 무턱대고 부모 탓만 해서는 옳지 않아요."

"이런! 멍 고모! 고모가 인형 손까지 잘라 버렸잖아요."

다급해진 리리가 그녀를 밀치면서 말했다.

"엄마! 조금 있다가 고모랑 이야기하면 안 돼?"

"그래, 이건 버리자. 다시 이 예쁜 아가씨를 오리자. 양산도 쓰고, 또 가방도 들고 있는 아가씨로 말이야. 응?"

그녀는 다시 인형을 오리기 시작하면서 말을 이었다.

"새언니! 언니 혹시 신경과민 아닌가요? 별 일 아닌 것에도 속상해하고……."

"신경과민이니 그런 말 하지 마세요. 정말 우습지, 나도 스물이 넘었어요. 게다가 리리도 있는데. 당연히 만족하면서 살아야지요. 그러나 때로 나도 내 운명을 더 나쁘게, 더 이상 수습할 수 없는 지경으로 만드는 상상을 하기도 해요. 지금, 일개 기생도 나보다는 나을 거예요! 내가 부러워할 만하다구요!……"

멍커는 여태껏 들어보지 못했던 이런 대담하고 낭만적인 고백이 평소에 가장 겸손하고 온화하고 조심스러운 새언니의 입에서 터져 나오자, 깜짝 놀라서 종이를 떨어뜨리고 새언니의 손을 잡았다.

"정말요? 언니 그렇게 생각하세요? 혹 잠꼬대하는 거 아녜요?"

새언니는 그녀의 당황해 하는 모습을 보더니, 오히려 웃으면서 그녀를 토닥거렸다.

"이건 환상에 지나지 않은데, 이상하게 생각할 게 뭐 있다고! 동생도 차츰차츰 알게 될 거예요……."

이야기를 계속 하려는 참에, 양 아가씨가 갑자기 뛰어 들어오더니 멍커를 붙들고 달려 나갔다. 멍커는 계속 비명을 지르면서 집 앞 계단까지 질질 끌려갔다. 계단 앞 자동차 안에서는 단밍과 사촌 언니와 주청 세 사람이 떠들어대고 있었다. 단밍이 차 문을 열어주자, 양 아가씨가 그녀를 밀어 넣었다. 그녀는 단밍의 팔 안으로 밀려들어갔다. 양 아가씨가 차에 오르고, 차가 천천히 출발했다. 그녀는 양 아가씨와 단밍의 틈에 끼어 있었는데, 앞좌석에 있던 두 사람이 고개를 돌리고 웃음을 지어 보였다. 그녀는 화가 났지만 그들을 따라 웃을 수밖에 없었다.

"날 납치해서 어쩌려구요?"

"말해 줄게. 샤오쑹 오빠가 사오일이나 집에 안 들어오는 것을 보고,

뭔가 이상했어. 그래서 두 사람에게 물었는데 다들 모른다는 거야. 단밍 오빠는 샤오쑹 오빠와 한통속이니 분명 알 테지만, 만약 오빠들이 날 속이려고 한다면 물어도 대답해 주지 않을 거라고 생각했지. 그래서 내가 가서 그를 한 번 슬쩍 떠봤더니 바로 실토하더라구. 지금 우린 안락궁(安乐宫)으로 둘째 오빠를 찾으러 가는 거야. 너, 만약 이렇게 끌고 오지 않았다면 오려고 하지 않았을 걸. '안락궁'이란 말만 듣고 기분이 나빠져서."

"오빠는 안락궁에 살면서 뭐 하신대요?"

"허, 안락궁에서 어떻게 살아? 그들은 오늘 밤 거기서 춤추고 놀 거야. 뭘 하냐구? 그들은 대동(大东)여관에서 '무슨 일인가를 해!'"

그들은 모두 큰 소리로 웃음을 터뜨렸다.

차가 대동여관을 지날 때, 양 아가씨가 멈추라고 했다. 단밍은 이렇게 들어갈 수는 없다고 했다. 그러나 양 아가씨의 성난 모습을 보더니 바로 그가 묵고 있는 방 번호를 말해 버렸다. 그만 기어이 가지 않겠다고 하고, 나머지는 다들 차에서 내렸다. 그들이 143호에 이르렀을 때, 양 아가씨는 먼저 열쇠 구멍을 통해 안을 살폈다. 그리고는 웃음을 참으면서 문을 두들겼다.

"들어오세요!"

분명 사촌 오빠의 목소리였다. 멍커는 이상했다.

문이 열렸다. 사촌 오빠가 허리를 구부리고서 신발을 닦고 있었고, 거울 앞에는 분홍색 가운을 입은 요염하게 생긴 여자가 한가롭게 눈썹을 그리고 있었다.

"둘째 오빠, 자알…… 지내셨어요! 아직 우리에게 둘째 새언니를 소개시켜 주지 않으셨는데……."

주청과 양 아가씨가 가장 재미있어 했다.

그들 두 사람은 상당히 놀란 모양이었다. 사촌 오빠는 귓불이 발개져서 의자 위에 올려놓았던 발을 내리지 못하고, 입으로 더듬더듬 뭐라고 웅얼거렸다. 여자는 손을 가슴에 얹고 연방 앉으시라는 말만 되풀이했다.

양 아가씨는 득의양양하여 크게 웃었고, 온 방안을 돌아다니면서 구석 구석을 살폈다.

"너희들 어떻게 이럴 수 있니! 이 분은 쟝쯔우(章子伍)의 부인이야, 쯔우가 부인을 항저우(杭州)까지 좀 배웅해 달라고 편지를 보냈어. 이 애는 제 누이동생이고, 이 쪽은…… 애들이 모두 너무 어려서, 미리 알리지도 않고 이렇게 쳐들어왔군요. 부디 언짢게 여기지 마세요!"

이런 구차한 변명은 자연 아무 효력이 없었고, 오히려 사람들의 비웃음만 샀다. 웃기를 잘 하던 그 여자는 그제서야 진정이 되었는지 슬리퍼를 끌면서 그녀가 연정을 품고 있는 남자의 친구들을 대접했다.

단밍은 불안하게 차 안에 앉아 있었다. 그저 샤오쑹에게 미안해하면서 이후 그를 어떻게 다시 볼 것인지를 생각했다. 그가 그토록 당부했건만! 그러나 이것이 어쩌면 그에게는 다소 유리할 수도 있다는 생각에 다시 불안하고 망설여졌다. 어떻게 해야 좋을까…….

이 때 그는 멍커가 혼자 여관에서 나오는 것을 보고는 차에서 뛰어내려 그녀를 맞으러 갔다.

멍커는 말없이 차에 올랐다.

멍커에게 어디로 갈 것인지 물었다. 차는 곧 집 쪽으로 향했다.

그는 멍커의 두 손을 꼭 쥐었다. 멍커도 그가 하는 대로 내버려두었다.

그는 그녀에게 그 여자에 관한 불명예스러운 일들을 말해 주었다.

그녀는 울었다. 이 일은 그녀를 아주 슬프게 했다. 자기가 평소에 마음에 두고 연모하고 있던 사촌 오빠가 기꺼이 그런 창녀 같은 여자를 안았다고 생각하자 자기도 모욕을 받은 느낌이었다.

단밍은 외려 아주 신이 나서 가는 내내 계속 그녀의 손을 잡고 있었다.

그녀는 단밍이 방까지 데려다 주겠다고 하는 것을 거절하고 혼자 들어와 문을 잠그고, 침대에 누워서 어린아이처럼 울기 시작했다. 예전의 그 살뜰함, 부드러움, 그 혼을 빼앗길 것 같은 눈빛, 목소리가 세세하게 하나하나 떠올랐다. "아! 그는 얼마나 가식적이었나!" 그래서 그녀는 베개 밑에서 그저게 받은 애정이 철철 넘쳐흐르는 그 편지를 꺼내어 갈가리 찢었다. 침대가 온통 종이조각으로 어지러워졌다. 종이조각들을 보자 더 울화가 치밀었다. 그래서 그녀는 종이조각들을 다 바닥으로 흩뿌려 버렸다. 아무리 이것저것 탓하려 해도, 자기가 너무 순진했고, 쉽게 믿어버렸다는 것밖에는 다른 이유가 없었다. 유감스럽지만, 당연한 것이 아닌가…… . 이렇게 자신을 원망하고 남을 원망하면서 그녀는 울다가 웃다가, 웃다가 또 울었다. 얼마나 많은 시간이 흘렀는지 피곤함이 엄습해왔다. 머리가 무겁고 지끈거렸다. 그녀는 베개 위에 누워 하염없이 눈물만 흘렸다.

이 때, 가볍게 문을 두드리는 소리가 들렸다.

그녀는 펄쩍 뛰어 올라 힘을 다해 문을 막았다.

"멍! 한 번만, 마지막 한 번만 내 말을 들어 줘! 멍! 나 들어…… 갈게!"

이 부드럽고 동정을 구하는 애절한 목소리를 듣자, 심장이 다시 쿵쾅거리기 시작했다. 그녀는 힘없이 문에 기댄 채, 밖의 기척에 정신을 집중했다.

"멍, 나의 멍…… 네가……, 네가 나를 오해하고 있어!……"

손은 막고 있던 문에서 벌써 떨어졌다. 문을 열고 싶었지만, 그녀는 그만 기절하고 말았다.

샤오쑹은 아무 소리도 듣지 못하자, 아마도 화가 몹시 났나보다 생각했다. 그는 한편으로는 우습다고 여기면서 한편으로는 스스로를 위안하며 아래층으로 내려갔다.

멍커가 깨어나서 밖을 내다보니 단지 복도에서 흘러 들어온 불빛만이 벽을 비추고 있었다. 벽은 마치 죽은 사람의 창백한 안색과 같은 빛깔을 띠고 있었다.

그녀는 손수건을 한 장 들고 밖으로 나왔다.

뒤뜰 정자에 이르러서야, 그녀는 길을 잘못 들었음을 알았다. 그래서 그녀는 앉았다. 정자의 불빛이 울고 난 후의 눈을 아프게 찔러서 그녀는

정자 뒤편으로 갔다. 그 나무숲에는 쇠로 만든 의자가 하나 있었다. 그녀
는 일찍이 사촌 오빠와 나란히 앉은 적이 있었던 그 의자 위에 누웠다. 하
늘을 바라보니 별들이 빽빽한 나뭇잎 사이로 찬란하게 빛나고 있었다. 촉
촉한 풀내음이 들장미로부터, 양귀비꽃 사이로부터…… 스며 나왔다. 멍
커가 한기를 느꼈을 때쯤, 의자 뒤쪽은 이미 이슬로 촉촉이 젖어 있었다.
마침 몸을 일으키려는 찰나, 그녀는 구두 소리를 들었다. 누군가 정자를
향해 걸어오고 있었다. 멍커는 의자의 틈새로 바라보았다. 세상에! 사촌
오빠가 아닌가! 게다가 단밍까지 함께 불빛을 이고 걸어오고 있었다. 그녀
는 숨죽이고 누워서 그들을 지켜보았다.

굳은 표정의 사촌 오빠가 정자로 올라가서 등불을 끄더니 차갑고 거친
목소리로 말했다.

"말해 봐! 넌 뭔가 나에게 할 말이 있을 텐데!"

"난 네가 나에게 화를 내고 있을 거라고 생각해."

"왜?"

"멍커 때문에"

"넌, 네가 희망이 있다고 생각하니?" 이어서 끊임없이 차가운 웃음소
리만이 울렸다.

"어떻게 그런 말을……."

"하…… 하……."

"샤오쑹! 이렇게 사람을 난처하게 만들 필요는 없잖아. 하지만, 칠팔
년이나 간직해온 우리 우정이 그깟 여자애 하나 때문에 틈이 생기지는 않
겠지! 내 솔직히 말하마. 만약 네가 멍커를 사랑하지 않는다면, 물론 내가
일을 진행할 수 있어. 만에 하나 멍커가 날 받아들여도 화 내지 마라! 넌
도대체 어떻게 할 건데?"

"허, 너 잘못 생각하고 있어! 너한테 기회가 왔다고 생각하는 모양이
구나? 내가 말해두겠는데, 그녀와의 일은 별 것 아냐! 난 멍커에게 해줄
변명거리를 많이 생각해 낼 수 있다구."

"그녀가 아직도 너의 그 가면을 믿는다면, 그럼 정말 그녀에겐 불행이 다!"

"그래, 훌륭한 가면이지! 난 내 가면이 아주 맘에 드는 걸! 하…… 너 생각 있으면 해 봐! 네가 해내기만 한다면 난 질투하지는 않을 테니. 다만 그 때가서 양 누이가 말썽을 일으키더라도 난 상관하지 않을 거다. 그렇게 만만치 않은 여자라구."

멍커는 뛰쳐나가서 그들 두 사람을 두들겨 패주고 싶은 심정뿐이었다. 그러나 그녀는 그들이 정원을 빠져나갈 때까지 두 손으로 입을 꼭 막고 참았다.

사람들이 한창 단잠에 빠져 있을 때 그녀는 방으로 돌아왔다. 단밍이 그녀의 책상 위에 편지 한 통을 남겨 두었다. 그녀는 다 읽은 후에 떨리는 손으로 그것을 찢어 버렸다. 기실 이 일주일동안 그녀는 이런 일이 생길까 두려워서 단밍 혼자 그녀와 남게 되면 바로 재빠르게 피했었다. 단밍의 그 불안스럽고 화를 잘 내는 태도와 애매모호한 표현, 행동, 이 모든 것들이 다 그녀를 두렵게 만들었기 때문이었다. 더 두려웠던 것은 언제나 여자만을 쫓는 그 한 쌍의 눈이었다. 그러나 그가 감히 이런 말도 안 되는 편지를 보내리라고는 생각도 못했다. 마치 그와 이미 사랑을 약속한, 행실이 가벼운 여자에게 보내는 편지 같았다. 그녀는 자신도 다른 여자들처럼 한갓 이런 사람에게 모욕을 받은 느낌이 들었다. 이것보다 더 그녀를 마음 아프게 한 일은 없었다!

이튿날 점심시간에 이 집의 삼층이 약간 웅성거렸다. 이 집의 주인인 중년 부인이 그녀의 질녀가 남겨 둔 작별 편지를 공개했던 것이다. 그녀는 아주 완곡하고 정성스럽게 편지를 썼다. 자신이 고모의 호의를 어떻게 저버렸는지, 자신의 괴팍한 성격으로 인한 고충을 얼마나 따뜻하게 감싸주셨는지, 자신은 떠돌이 생활을 할 수밖에 없어서 이제 떠난다는 내용이었다. 사람들은 편지 내용을 듣고 다들 아쉬움을 느꼈다. 샤오쏭과 단밍은 더했다. 그러나 오래지 않아서, 단밍은 양 아가씨라는 쫓아다닐 수 있는 대상이 있었기에, 그리고 샤오쑹은 장부인과 그 외 가능성 있는 두 명의 여자 친구가 있었기에, 이 일이 그리 큰 손실은 아니었다.

3

그녀는 실상 그런 가식적인 인간들을 다시 보고 싶지 않아서 그 집에서 나왔지만 그녀가 바로 밝은 길로 갔을까? 그녀는 지옥의 깊은 골짜기로 곧장 떨어져 버리고 말았다. 그녀는 정말이지 미친 것처럼 자신의 장래에 대해 조금도 생각하지 않았다. 그 결과 자신의 삶에 많은 불행을 자초하고 말았다. 그러나 그녀만을 탓할 수 있을까? 아, 그녀더러 사람들을 위해 봉사하고 학교를 세우며 공장을 지으라고 한다면, 어디 그런 능력이나 있겠는가? 다시 학교에 다니면서 공부한다한들, 또다시 교사와 학생들에게 진저리치지 않을까? 구차한 친구관계에 아직도 마음이 덜 상했단 말인가? 자신을 희생해가면서 병원에서 간호를 하고 하루 종일 환자들과 부상자들을 따스하게 대해 줄 인내심을 갖고나 있을까? 아이를 좋아하니 보모를 할 수도 있겠지만, 하인 취급을 받으면서 개기름이 번지르르한 요리사들, 교활한 급사들, 물건이나 훔치는 하녀들과 함께 지낼 수 있을까? 물론, 그녀는 돌아가야 했다. 그러나 그녀는 겨우 이삼십 원 밖에 남지 않는 돈을 보면서 독하게 마음을 먹었다.

"아! 내가 왜 돌아가야 해! 난 돌아갈 때까지는 아직 견딜 수 있어!……"

그리고 그녀는 돌아가지 않기로 결정했다. 그녀는 환상을 품고 있었던 것이다. 그녀는 이것이 자신을 더 이상 어떻게 수습할 수 없는 지경으로 몰고 갈 것이라는 사실을 전혀 알지 못했다.

며칠 뒤, 이 여자는 복잡하게 붐비는 도로에 나타났다. 끝이 뾰족한 구두를 신고 비단 머플러를 두른 많은 남자들과 통이 넓은 바지를 끌고 다니는 상하이 여인들 사이를 뚫고, 그녀는 비교적 한산한 어느 거리의 높은 대나무 울타리로 된 문 앞에 멈추어 섰다. 옻칠한 대나무 울타리 위에 '원월극사(圓月劇社)'라고 쓰여진 글자가 희미하게 남아 있었다. 문 안에는 아무도 없었다. 그녀는 대담하게 안으로 들어갔다. 이층 문 안쪽의 구석 구리로 된 카운터 뒤에서 갑자기 한 넓적한 얼굴이 불쑥 솟아 나왔다.

"이봐요, 무슨 일이요?"

넓적한 얼굴 뒤에서 또 작은 소년 하나가 고개를 디밀었다. 차림새로 보아 심부름꾼이거나 자동차 운전수 같았다. 작은 두 눈으로 이 여자 손님을 멍청히 바라보던 그는 넓적한 얼굴의 어깨를 쳤다.

멍커는 배우들의 월급날짜와 규칙이 적힌 팻말이 걸려있는 카운터를 향해서 걸어갔다.

"제 성은 린(林)이예요."

그녀는 주머니를 뒤졌다.

"아, 명함 가지고 오는 것을 잊었군요…….."

"누굴 찾아 오셨소?"

"장(张) 선생? 꿍(龔) 선생?……" 그 소년이 끼어들었다.

"아니에요. 저는 이 곳의 사장님을 뵙고 싶어요…….."

"허, 사장님이라! 지금 이 곳에 안 계시는데."

"아…… 언제쯤이면 뵐 수 있을지…….."

"무슨 관계인데요?"

"아는 사이는 아니에요…….."

"하…….." 사내아이의 하얀 이가 드러났다.

"내일 와 보시오."

"오전에…….."

"언제 나올지는 부처님만 알지, 사장님은 아무 때나 오시거든."

"아…….. 그럼 여기에 다른 책임자 누구 계신가요, 저 한 번 뵙고 싶은데…….."

"도대체 무슨 일 때문에 그러는 거요?"

"번거로우시겠지만 한 번 알아 봐 주세요. 제 성은 린이예요,"

"허허……." 넓적한 얼굴의 사내가 웃자 그 얼굴이 더 넓어졌다. 눈도 실 자국처럼 가늘어졌다.

"아바오(阿宝), 너 가서 장 선생한테 한 번 여쭤봐라, 린이라고 하는 아가씨가 뵙고 싶어 한다고."

'린이라는 아가씨'에 힘이 들어갔다. 그는 살집들 사이로 누런 두 눈알을 뒤룩거리면서 카운터 앞에 서 있는 아가씨를 다시금 자세히 훑어보았다.

잠시 후, 그 소년이 절름거리며 달려 나왔다.

"아……. 들어가시죠, 아가씨!" 그녀를 인도해 들어가는 그의 얼굴에 웃음이 그치지 않았다.

응접실에서 기다리고 있는 사람은 아주 깔끔하게 생긴 청년으로, 진한 녹색의 서지 양복을 잘 차려입었다. 그는 화려한 소파에 비스듬하게 반쯤 누운 채 한가롭게 창가에 놓인 꽃을 바라보고 있다가, 문이 여닫히는 소리를 듣자 벌떡 일어났다. 침착하고 여유 있는 모습이 지극히 예의발랐다. 재빨리 손에 들고 있던 아직 반 이상 남아 있던 담배를 타구 안에 던져 버리고, 두어 걸음 걸어 나와 손님을 맞았다. 그는 허리를 약간 굽히면서 고개를 살짝 숙였다. 목소리는 맑고 부드러웠다.

"아, 린 양, 앉으십시오!"

"정말 실례합니다. 저는……."

"괜찮습니다만, 사장님은 여기 안 계십니다. 무슨 일이 있으시다면 제게 말씀하시지요."

이어서 건네준 명함에는 미국에서 유학한 희극 전문가이며, 현재 원월 극단의 연극과 영화 연출담당이라고, 이름은 장서우천(张寿琛), 본적은 쟝쑤(江苏)라고 적혀 있었다.

멍커는 이 희극 전문가를 향해 고개를 숙였다.

"죄송합니다. 명함 가지고 오는 것을 잊어 버렸어요. 린랑(林琅)이라고 합니다. "

"괜찮아요, 앉으세요, 오늘 린 양이 찾아오신 것은 무슨 일 때문인 것 같은데, 최근 저희가 공연하고 있는 <아씨의 부채(小奶奶的扇子)>를 비평하시려고 하는지, 아니면 이번에 출품한 영화 <상하이의 번화한 밤(上海繁华之夜)>에 무슨 모자라는 부분이 있어서 그러시는지, 부디 개의치 마시고 말씀해 주십시오, 또, 우리 회사나 제 도움이 필요하시다면 힘껏 도와드리겠습니다. "

멍커는 천진난만해 보이는 커다란 눈으로 이 낯선 사람을 주시하고 있었다. 얼굴은 말끔하게 면도를 했고, 콧구멍이 꽤나 선정적이었다. 자그마한 붉은 입술 틈으로는 말할 때마다 하얀 이가 드러났다. 왼손은 아주 섬세하고 미끈했는데, 가슴 앞에 늘여진 시곗줄을 만지작거리고 있었다. 아, 넥타이 위에 꽂은 그 핀은 또 얼마나 정교한가! 그녀는 이 남자에게서 눈도 떼지 않았다. 하지만, 마음속으로는 딴 생각으로 주저하고 있었다. 그래서 맞은 편 사람이 인사말을 건네는 것도 알아듣지 못하고, 그저 자기 얼굴을 주시하고 있는 그 눈빛만을 쳐다보았다. 그 눈빛에서 그녀가 말하기를 기대하고 있음을 알아챈 그녀는 그제야 머뭇머뭇 이곳에 온 목적을 말했다. 처음에는 빙 돌려서 말을 하다가 차츰차츰 마음을 크게 먹고 마지막엔 이렇게 말을 했다.

"……지금 저에 대해 구구절절이 설명할 필요는 없을 거라고 생각합니다. 제게 내재한 충동과 욕망 때문이라는 걸 앞으로 알게 되실 테니까요. 여러분을 크게 실망시키는 일은 없을 거라 확신합니다……. "

이 일은 그 젊은 감독을 깜짝 놀라게 했다. 그는 물론 승낙하기는 했지만, 이 희극에 푹 빠져버린 여자에게 수없이 많은 특수한 상황들을 설명해 주었다. 그리고 재차 그녀의 가정, 경제…… 등등의 상황을 물었다. 마지막으로 그녀가 마지못해 응낙한, 사람을 좀 불쾌하게 하는 요구를 했다. 그녀는 아무 말 없이 두 손으로 귀밑머리와 이마 위의 짧은 머리를 쓸어 올려서 그 둥그런 이마와 작고 섬세한 귓볼을 드러내어 그가 자세히 살펴 볼 수 있도록 해주었다. 이 때 그녀는 속이 상했다. 아니, 완전히 울고 싶은 심정이었다. 그러나 그녀는 오히려 열렬한 환영을 받았다. 그는 그녀를 칭찬했고, 떠받들었으며 격려해 주고, 흔쾌히 돕겠다고 했다. 그의 말은 곧 그가 그녀를 상하이에서 제일가는 배우로 만들어 주겠다는 뜻이었다. 그는 그녀에게 내일 다시 오면, 이 곳의 사장인 스산(石山) 선생을 소개시켜 주겠다고 했다.

그녀가 작별 인사를 건네자, 그는 자기의 희고 부드러운 손을 내밀면서 예의바르게 인사를 하고 웃으면서 객실 밖까지 배웅해 주었다.

그 넓적한 얼굴도 웃으면서 유리문을 열어 주었다.

"잘 가세요, 린 아가씨."

그녀는 나와서 바삐 걸음을 옮겼다. 그 옻칠한 문 쪽으로는 고개 한 번 돌리지 않았다. 혼란스러웠다. 혐오감, 아니면 수치심 혹은 그 지나치게 친절한 태도에 숨이 막혀버린 그녀는 얼마 걷지도 못하고 사지가 맥없이 늘어져 버렸다. 거리는 조용하고 차 한 대도 없었다. 간혹 두세 명의 노동자들이 대광주리를 들고 지나갔다. 그녀는 몸을 힘겹게 지탱하면서 나무 그늘 아래로 비틀비틀 걸었다. 길 입구까지 나와서야 차를 한 대 잡아 탈 수 있었다. 차 안에서 그녀는 불현듯 정신이 들었다. '고모한테 돈을 빌리면 되지 않을까?' 그러나 일종의 홧김 서린 자존심이 그녀를 격려했고, 차는 작은 골목 안으로 깊숙이 들어갔다.

밤이 되었다. 멍커는 작은 침대에서 일어나 앉아, 사뿐사뿐 탁자 옆으로 뛰어 내려섰다. 짧은 머리칼을 부드럽게 빗어 넘겼다. 거울에 자기의 부드러운 손가락 끝이 비쳤다. 그녀는 손가락을 다시 가슴께로 가져와 쓰다듬고 만지작거렸다. 이때 그녀는 어떤 희망에 이끌려 낮에 있었던 불쾌한 일을 잊었다. 그녀는 거울을 향해 아름다운 시선과 함뿍 정을 담은 미소를 던지고는 혼자서 연기를 하기 시작했다. 이 연기에는 어떤 줄거리나 배경도 없었다. 단지 혼자 탁자 앞에 놓인 여덟 치 높이의 거울 앞에서 온갖 다른 표정을 지어 보이는 것뿐이었다. 처음에 그녀는 가수 또는 무희로 분장한 것처럼 거울 안의 사람을 향해 온갖 거드름을 다 피웠다. 때로는 귀부인처럼 위엄 있고, 아름답고 고상한 척 했다……. 그러나 귀부인이건 무희이건, 그들의 운명은 다 불행해서 마지막에는 맞은편의 눈을 바라보면서 펑펑 눈물을 쏟았다. 그렇다, 정말 울었다. 그러나 그녀는 오히려 의기양양하게 웃으면서 손수건으로 눈물을 닦았다.

"정말 뜻밖이야, 내가 이렇게 눈물을 쏟을 수 있다니 생각도 못했네!"

이튿날 오후, 그녀는 신이 나서 원월희극사에 찾아갔다. 그녀는 이미 어떤 태도로 사장과 그 감독과 배우들을 대해야 하는지 생각해 두었다.

막 문에 들어섰을 때, 맨 먼저 그녀를 맞이한 사람은 또 그 얼굴이 넓적한 사람이었다. 그는 비웃는 듯 조소하는 듯한 웃음으로 그녀에게 다가왔다.

"아, 또 오셨군요. 장 선생은 위층에 계십니다. 이 문으로 돌아가면 계단 입구에 아얼(阿二)이 있어요. 그 애가 안내해 줄 거요……."

머뭇거리다가 걸음을 뗀 그녀는 그 비웃는 얼굴을 애써 지워버렸다. 그녀가 사무실 안으로 들어갔을 때, 그녀는 정말 우아하고 품위 있게 걸어 들어가 그 젊은 감독과 악수하고 반짝반짝 빛나는 눈으로 사람들을 둘러보았다. 한 말라깽이가 다가왔다. 안경 속의 눈은 끊임없이 그녀를 탐색하면서, 장서우천에게 어제 저녁에 말한 그 아가씨인지 물었다. 장서우천이 곧 그들을 소개했다. 이 쪽 역시 감독이자 상하이에서 유명한 문인이라고 했다. 애석하게도 그녀는 그 이름을 분명히 알아들을 수 없었다. 아마도 그 성이 청(程)이거나 전(甄) 중에 하나일 것이다. 그녀는 비록 그 안경 너머로 힐끔거리는 태도가 영 맘에 들지 않았지만, 부득불 아무렇지도 않은 척하며 겸손하고 존경하는 태도로 인사해야 했다. 이때 장서우천이 뜻밖에도, 하지만 분명히 알아들을 수 있는 상하이말로 그 말라깽이에게 하는 말이 들렸다.

"어때? 나이도 많지 않고, 생김새도 괜찮지. 당신 보기에는 어때?"

그 말라깽이는 그녀를 한 번 쳐다보고 연방 고개를 끄덕였다.

"좋은데, 좋아……."

그녀는 깜짝 놀라서 흠칫했다. 그녀 앞에서 마치 무슨 거래를 하는 것처럼 그녀의 생김새를 평해도 괜찮은 건지 도무지 알 수 없었다. 그러나 그녀는 고함을 치지도, 내키는 대로 몇 마디 욕을 퍼붓지도 못하고 그저 울분을 삭혀야 했다. 수치심에 온 몸이 마비되어 버렸다. 그녀는 어떻게 말하고 행동해야 할지 몰랐다.

몇몇 요염하게 생긴 여자들이 담배를 피우면서 그녀에게 다가와 말을 걸었다. 그녀는 그녀 본연의 활발한 태도로 이 여자들을 대하지 못하고, 오히려 사람들이 그녀에게 치근덕거릴까봐 복도로 나와 버렸다.

장서우천이 계약서를 가지고 와서 그녀에게 서명을 하라고 했다. 그녀는 안에 적힌 내용을 제대로 보지도 못하고 얼떨결에 서명을 해버렸다. 나중에 성이 주(朱)라고 하는, 짧은 바지를 입은 선생이 그가 편집했다는 『원월월간(圓月月刊)』을 몇 권 가져다주었다. 그 안에는 그의 명함도 끼어 있었다. 그때서야 마음이 좀 홀가분해진 그녀는 그에게 고맙다고 인사를 하면서 책을 받아들고 뒤로 좀 물러나 책을 넘겨보는 척 했다. 그러나 오래지 않아 건달처럼 생긴 양복쟁이가 들어와 그녀의 맞은편에 앉더니 그녀를 뻔히 쳐다보았다. 그녀는 정말 난감했다. 자신이 마치 무슨 물건으로 변해버린 것 같았다. 일거일동이 다 불편했고 고개도 들어올리지 못했다. 그녀는 속으로 생각했다. "돌아가자, 돌아가!" 그녀는 이렇게 돌아가려고 생각했지만, 몸은 여전히 그 곳에서 움직이지 않았다. 장서우천이 그녀를 옆방으로 데리고 가더니 무례한 태도로 그녀에게 10원짜리 4장을 건네주었다. 그녀는 괜찮다고 했지만, 이것은 월급이니까, 만약 그녀가 받지 않으면 15호실 옆 카운터에 앉아 있는 그 넓적한 얼굴의 사나이가 꿀꺽해 버릴 것이다. 그래서 그녀는 감사하다고 인사하면서 그 돈을 챙겼다. 그녀는 돌아가도 되는지 물었지만, 당연하게도 그녀는 이제 그녀 맘대로 행동할 수는 없게 되어버렸다. 장서우천은 저녁에 영화 촬영이 있으니 와서 봐도 된다고 하면서, 그 전인가 하는 사람이 오늘 저녁 별로 중요하지 않은 역할을 가지고 그녀를 한 번 테스트하고 싶어 하며, 그 자신은 그녀를 위해 대본을 쓰기로 했다고 말해 주었다. 그녀의 마른 몸매와 잘 찡그리는 눈매 때문에 비극의 주인공으로 아주 적합하다면서 이미 모든 줄거리를 다 생각해 두었다는 것이다. 그러나 오늘 저녁에 그녀는 전 선생의 요청을 거절할 수 없어서 먼저 그다지 중요하지 않은 역할을 맡기로 했다.

이 날, 응접실, 사무실, 식당, 영화촬영장, 분장실……, 그녀가 가 본 모든 곳에서 그녀는 남녀 배우들이나 감독들의 상스러운 농담, 아니면 그 넓적다리를 꼬집혀 가늘게 지르는 비명소리를 질리도록 들었다. 그들은 갖가지 야릇한 눈빛들을 주고받으면서 아주 자유롭게 즐거운 듯 이야기를 하고 놀고 있었다. 오직 그녀만이 놀라고 의아해할 뿐이었다. 일말의 존중도 보이지 않는 눈빛으로 훑어보는 곳에서 마치 기녀가 되어버린 듯했다.

그녀는 있는 힘을 다해 자신을 진정시키려고 애썼다. 난처한 지경을 당하지 않으려고 그녀는 아무 상관도 없는 일들을 떠올렸다. 저녁에 촬영을 해야 한다는 사실에 생각이 미치자, 정말 누군가가 와서 영화의 줄거리와 그녀가 해야 할 역할과 연기하는 곳이 어디인지…… 설명해 주길 간절히 바랐다. 그래서 그녀는 장서우천에게 다가가 물었다. 장 선생은 한참을 생각하더니 몸을 책상 아래로 굽히고는 어지럽게 널려있는 신문뭉치를 뒤적였다. 그는 그 곳에서 『신보(申报)』 한 장을 찾아내어 그녀에게 주었다. 거기에는 <진짜 가짜 친구(真假朋友)>라는 제목의 영화 줄거리가 소개되어 있었다. 그녀는 읽고 나서 대략적인 줄거리를 이해했다.

밥을 먹은 후 얼마 되지 않아, 장서우천은 그녀를 분장실로 데려갔다. 거기에는 거울을 보면서 기름을 바르고 있는 일고여덟 명의 남녀가 있었다. 그녀는 세 번째 의자에 앉았다. 연출가의 지시를 들은 젊은 청년이 다가와 그녀의 얼굴을 씻겨주고, 연분홍색의 기름을 바른 후 두텁게 분을 칠해 주었다. 그녀는 다른 사람들이 다들 빨간 입술에 눈두덩은 자주색인 걸 보고 자신의 얼굴을 상상할 수 있었다. 그녀는 큰 거울 앞으로 다가가 분장된 모습을 보았다. 정말 4번가의 매춘부들과 다를 게 하나도 없었다. 그러나 그녀는 왜 자신이 아직도 그 전 선생인가 뭔가 하는 작자가 이끄는 대로 참고 견디어야 하는지 알 수 없었다. 그녀가 그를 따라 촬영장에 들어갔을 때는 수은등이 이미 다 밝게 켜져 있었다. 배경은 달빛이 비치는 화원이었다. 그녀는 다른 여자 배우와 함께 친구사이인 것처럼 어두운 곳에서 한들한들 등불 있는 곳으로 나온 다음, 그 긴 의자에 앉아서 신나게 수다를 떨다가 남자 배우가 접근해 오면 곧 알았다는 표정으로 살그머니 자리를 떠나주면 되었다. 이것으로 끝이었다. 전 선생은 처음에 이 세 명의 배우에게 어떻게 해야 하는지 가르쳐 주고 나중에 그녀에게 다가와 말했다.

"겁낼 것 없어요, 그냥 한 번 테스트 해보는 거니까."

그녀와 그 여배우는 불이 비치지 않는 곳에서 앞으로 나갈 준비를 했다. 전 선생은 등나무 의자에 앉아서 큰 소리로 "액션!"하고 외쳤다. 그러나 이 순간 예상치 못했던 일이 발생했다. 이 가련한 신인 여배우가 놀라서 기절해 버린 것이다.

그녀가 깨어나서 방금 무슨 일이 벌어졌는지를 알고, 매우 상심했다. 그러나 그녀는 마음을 굳게 먹었고 눈물이 그렁그렁한 눈빛으로 주위를 돌아보았다.

장서우천이 다가와 낮은 목소리로 그녀를 위로했다.

"놀랐죠?"

"아녜요."

그녀는 대답했다. "괜찮아요, 이건 제 오랜 병인걸요……."

전 선생은 그녀에게 다시 할 수 있겠는지 물었다.

속이 상해서라도 이 강압적인 요구를 거절할 수는 있었지만, 그녀는 하겠다고 대답했다. 그녀는 왜 자신이 몸과 영혼을 팔듯이 스스로를 욕보이게 하는지 이해할 수 없었다.

전 선생이 다시 "액션"을 외치고, 카메라도 돌기 시작했다.

그녀는 참았다. 이 원월극사의 문을 나설 때까지 꾹 참았다. 차에 올라서야 그녀의 참았던 눈물이 터져 나왔다. 그러나 또 다른 사람이 알아들을까 봐 울음소리를 삼켰다.

이후, 변함없이 참아가며 이런 순전히 육체만을 중시하는 사회에서 지내다보니, 그 기괴한 정경들도 습관이 되어 점점 두려움 없이 받아들이게 되었다. 그녀의 인내력은 더 강해지고 더 위대해져서 어떤 지독한 모욕을 당하더라도 참을 수 있게 되었다.

지금, 상하이의 신문이나 잡지 등에서는 상하이의 문호니 희극가니 연출가니 비평가니 하고 자처하는 사람들과 이들을 추종하는 수많은 가련한 무리들이 "타고난 아름다움이 나라에서 제일가는 미인(天香国色)"이니, "달이 얼굴을 감추고 꽃이 부끄러워 할 정도의 미인(闭月羞花)"이니 하는 수식어를 가지고 시종일관 참아내고 있는 린 양을 떠받들고 있다. 이 전무후무한 운명을 타고 처음 은막에 등장한 이 여배우로부터 각자 떠받들어온 욕망의 만족을 얻거나, 혹은 이 욕망 중에서 자신의 천박한 쾌감을 조금이라도 만족시킬 수 있기를 희망하면서.

1920년대 말 여배우들의 모습. 시대의 유행을 이끈 가장 모던한 여성들이다

사페이 여사의 일기(莎菲女士的日記)

12월 24일

오늘 또 바람이 분다! 날이 채 밝기도 전에 바람 부는 소리에 깨어났다. 사환이 또 들어와 난롯불을 지핀다. 아무리 해도 더는 잠을 청할 수 없다는 걸, 그리고 이제 일어나지 않으면 머리가 어지러워지리란 걸 잘 안다. 나는 이불 속에 드러누워 이러저러한 기괴한 일들을 생각하는 걸 즐긴다. 의사가 나더러 많이 먹고 충분한 수면을 취하며 책도 보지 말고 아무 일도 생각하지 말라고 했지만, 도무지 이것만은 불가능한 게, 늘상 한밤 두세 시에 잠이 들었다가도 날이 채 밝기도 전에 깨버리니 말이다. 지금처럼 바람이라도 부는 날이면 여러 가지 골치 아픈 일만 떠오른다. 더구나 이렇게 바람 부는 날엔 나가 놀지도 못하고 집안에 틀어박혀 있어야 하니, 책조차 보지 않는다면 할 일이 뭐가 있겠는가? 혼자 우두커니 앉아서 시간이 지나가기만을 바라겠는가? 나는 매일 이 겨울이 빨리 지나가기를 기다리며 참고 있다. 날씨가 따뜻해지면 내 기침도 어느 정도 나을 것이다. 그 때쯤이면 남방에 가고 싶으면 남방에 가고, 학교에 가고 싶으면 학교에 갈 수도 있을 것이다. 그런데 이 겨울은 너무나 지루하다.

태양이 종이창문을 비출 무렵, 나는 세 번째로 우유를 데우고 있었다. 어제는 네 번이나 데웠다. 여러 번 데우지만 꼭 마시려는 것은 아니다. 이건 다만 홀로 바람 부는 날에 번뇌를 덜기 위한 기분전환의 방법에 불과하다. 이것이 때론 어느 정도 시간을 때우게도 하지만 어떤 때는 오히려 마음을 언짢게 한다. 그래서 지난주에는 내내 이 장난을 하지 않았다. 하지만 다른 방법을 생각해낼 수 없을 때에는 이 장난으로라도 노인네마냥 참을성 있게 시간을 때울 수밖에 없다.

신문이 오면 신문을 본다. 차례대로 큰 활자로 된 국내소식부터 국외의 중요한 새 소식, 이 지방의 시시한 소식……, 교육계, 당화교육(党化教育), 경제계, 9.6공채가격…… 등을 모두 본다. 그런 다음 또 어제 이미 보았던 남녀 초빙, 신입생 등급 편성 광고며 재산 분배 소송, 심지어는 무슨 606, 백령기(白零机), 미용약수, 개명희(开明戏), 진광(真光)영화…… 등 광고까지 익숙할 정도로 다시 읽어본 다음에야 마지못해 신문을 내려놓는다. 물론 어떤 때에는 새로운 광고도 발견하게 된다. 그러나 대부분 무슨 포목점의 5주년이나 6주년을 기념하는 세일소식이거나 주도면밀하지 못한 부고 따위이다.

신문을 다 본 다음에는 아무런 할 일이 없어, 그저 혼자 우두커니 난로 옆에 앉아 신경질을 부릴 따름이다. 짜증나는 일들도 매일매일 반복되는 것들이라 습관이 되어 버렸다. 매일 창밖 복도에서 "여보게, 끓인 물!" 혹은 "세숫물!"하고 세든 사람들이 사환을 부르는 소리에 골치가 아프다. 그 소리는 거칠고도 크며 쉰 소리에 단조롭다. 이는 아무라도 상상해낼 수 있는 듣기 거북한 소리이다. 아무 소리도 들리지 않을 때면 또 쥐죽은 듯 적막해서 무섭기까지 하다. 더욱이 심한 것은 흰 칠을 한 사방의 벽이다. 그것들이 숨 막힐 정도로 시야를 가로막는다. 어느 쪽에 앉아도, 심지어는 침대로 피해 누워도 하얗게 칠한 천정은 마찬가지로 무겁게 내리누르고 있다. 정말 한 가지도 마음에 혐오감을 일으키게 하지 않는 것이 없다. 그 곰보투성이 사환, 또 행주냄새가 가시지 않은 반찬, 깨끗이 닦지 않은 창틀의 흙먼지, 세면대 위의 거울……. 이 거울은 사람들의 얼굴을 한 자나 길어 보이게 만든다. 고개를 약간만 옆으로 기울이기만 해도 당신의 일그러진 얼굴에 당신 자신조차 겁을 집어먹을 것이다. 이 모든 것이 사람의 기분을 짜증나게 만든다. 어쩜 나 한 사람만 이러한지 모르겠다. 하지만 나는 차라리 새로운 불쾌감, 불만족을 찾겠다. 좋든 나쁘든 간에 새로운 것이란 모두 나하고는 너무 멀어진 것만 같다.

점심을 먹은 후 웨이띠(苇弟)가 찾아왔다. 복도의 저쪽으로부터 그 특유의 총총거리는 신발소리가 울려왔을 때 내 마음은 마치 숨 막힐 듯한 상황에서 한숨을 토해낸 듯 편안해짐을 느꼈다. 그러나 나는 감정을 잘 표현할 줄 모르기 때문에 웨이띠가 들어왔을 때, 그저 말없이 그를 바라보기만 했다. 그는 내가 또 고민에 빠졌는가 하여 나의 두 손을 꼭 쥐고서 "누이, 누이!"하고 연거푸 불렀다. 나, 나는 절로 웃음이 나왔다. 웃을 게 뭐람! 나는 알고 있다. 내 눈동자를 그저 바라만 보고 있는 반짝이는 눈동자에, 그 눈꺼풀 아래에 감추고 있는, 다른 사람들에게 알리고 싶지 않아 하는 그 무엇이 어떤 것이라는 것을 나는 분명히 안다! 이게 얼마나 오래 되었나! 당신, 웨이띠, 당신은 나를 사랑하고 있구나! 그러나 그가 나를 사로잡은 적이 있었던가? 물론 나에게는 눈곱만큼도 책임이 없다. 여성이라면 마땅히 이래야 한다. 사실 난 꽤 온후한 편이다. 나는 그를 이렇게 놀리지 않을 또 다른 여자가 있으리라고는 믿지 않는다. 게다가 난 그를 분명 가련하게 여기고 있기에 때로는 그를 좀 가르쳐 주고 싶은 생각까지 든다. "웨이띠, 당신 다른 식으로 할 수는 없어요? 이렇게 하면 오히려 날 불쾌하게 만든다구요……" 그렇다. 가령 웨이띠가 좀더 총명했더라면 나는 그를 조금이라도 좋아했을 것이다. 그러나 그는 그저 이렇게 자신의 진지한 감정을 충실하게 표현할 뿐이다.

웨이띠는 내가 웃는 것을 보더니 매우 만족했다. 침대 머리 옆으로 건너가서 외투와 그의 그 커다란 가죽 모자를 벗었다. 만약 그가 이때 다시 고개를 돌려 나를 바라보았더라면 그는 틀림없이 내 눈에서 내가 언짢아하는 것을 느꼈을 것이다. 왜 그는 날 좀 더 이해하지 못하는 거지?

나는 언제나 그 어떤 한 사람이 나를 아주 분명하게 이해해주기를 바란다. 만약 나를 이해하지 못한다면 나에게 그러한 사랑, 그러한 친절이 무슨 소용 있겠는가? 공교롭게도, 나의 부친, 나의 자매들, 나의 벗들은 모두 그처럼 나를 맹목적으로 아끼고 있다. 나는 그들이 나의 무엇을 아끼는지 도저히 모르겠다. 나의 교만 방자한 태도를 사랑한단 건가? 아니면 나의 성미, 혹은 나의 폐병 걸린 몸을 사랑한단 말인가? 어떤 때 나는 이 때문에 화도 나고 속상하기도 하다. 그러면 그들은 더욱 나에게 양보하고 더더욱 사랑해주며, 때려주고 싶을 정도로 마음에 안 드는 위로의 말을 건넨다. 나는 이럴 때 나를 이해해주는 사람이 있었으면 정말 좋겠다. 그러면 나를 욕하더라도 기분이 좋아서 우쭐거릴 텐데.

아무도 나를 거들떠보지 않고 찾아주지 않으면 나는 이내 그리워하고 또 원망하게 된다. 그러나 누가 찾아오면 나는 나도 모르게 그를 난처하게 만든다. 이것은 어쩔 수 없는 일이다. 근래에 나는 자신을 단련시키기 위해 말을 하려 하다가도 삼켜버린다. 또 무의식중에 상대방의 아픈 곳을 찌르게 될까봐 겁이 나서다. 비록 농담이라 할지라도. 이렇기 때문에 내가 어떤 심정으로 웨이띠와 함께 있었는지는 능히 상상할 수 있을 것이다. 그러나 웨이띠가 간다고 일어나면 나는 또 외로움이 두려워 풀이 죽고 그가 미워지기도 한다. 이 점을 웨이띠는 일찍부터 잘 알고 있기에 밤 열시까지 놀다가 돌아가곤 했다. 그러나 나는 남을 속이지도 않고 자신을 속이지도 않는다. 나는 결백하다. 웨이띠가 일찍 돌아가지 않는 것은 그에게 아무 좋은 점이 없을 뿐더러, 오히려 내가 그를 마음대로 부릴 수 있다고 여기게 되고, 그가 사랑의 기교를 모르는 것을 더욱 불쌍하게 보게 될 따름이다.

12월 28일

오늘 나는 위팡(毓芳)과 윈린(云霖)에게 영화 보러 가자고 했다. 위팡은 또 젠루(劍如)까지 데리고 왔다. 나는 화가 나서 울고 싶었지만, 마음껏 소리 내어 웃고 말았다. 젠루, 이 여자는 얼마나 나의 자존심을 상하게 하는가? 그녀의 용모, 행동거지 등 어느 면에서나 모두 나의 어릴 적 마음에 맞는 친구와 같았기에 나는 나도 모르는 사이에 그녀를 따랐다. 또 그녀에게서 가깝게 지낼 수 있을 것 같은 인상을 받았던 것이다. 그러나 후에 나는 참을 수 없는 푸대접을 받았다. 언제든지 이 일만 생각하면 나는 돌이킬 수 없는 자신의 과거의 무지한 행위를 후회하곤 한다. 일주일 사이에 여덟 통이나 되는 긴 편지를 보냈건만 그녀는 거들떠보지도 않았던 것이다. 위팡이 무슨 생각을 해서인지, 내가 지난 일을 꺼내기 싫어하는 줄을 알면서도 의식적으로 젠루를 청하다니 필경 나의 화를 돋우려는 것이 아니고 무엇인가? 나는 정말 화가 치밀었다.

나의 웃음에 대해 위팡과 윈린은 다른 변화가 있는지 신경 쓰지 않겠지만, 젠루만은 느낄 수 있었을 것이다. 그러나 그녀는 모르는 척 아무런 불쾌한 기색도 없이 나와 말을 했다. 나는 몇 마디 욕을 해주려다가 스스로 정한 규율을 생각하고는 입가에까지 나온 말을 삼켜버렸다. 게다가 너무 고지식하게 굴면 오히려 우쭐대게 만들 테니까. 그래서 나는 또 참고 그들과 같이 놀 수밖에 없었다.

진광극장에 좀 일찍 도착했다. 입구에서 고향 아가씨들을 만났는데, 그들의 습관적으로 짓는 웃음이 너무 싫어서 나는 그들을 거들떠보지도 않았으며, 심지어는 영화 보러 가는 사람들에게 아무런 이유 없이 짜증이 났다. 나는 위팡이 그들과 신나게 이야기하는 틈을 타서 내가 청한 손님조차 내버려두고 슬그머니 돌아왔다.

나 자신 외에 나를 용인해줄 사람은 없다. 모두들 나를 비난하고 있지만 모두들 내가 사람 앞에서 참아야 했던, 남들이 내게 준 느낌을 모른다. 남들은 내가 괴팍하다고 하지만, 내가 남들의 비위를 맞추어 주고 환심을 사려고 노력하고 있음을 그들이 어찌 알랴! 하지만 사람들은 마음에도 없는 말을 하도록 나를 부추기려 들지는 않고, 나 자신의 행위를 뒤돌아보게 하고, 나를 남들에게서 더 멀어지게 하도록 기회를 준다.

깊은 밤이면 온 아파트는 쥐죽은 듯이 고요하다. 나는 혼자 침대에 누운 지 오래다. 내가 분명하게 이런 일들을 꿰뚫어 보았으니, 또 무엇을 걱정하겠는가?

12월 29일

이른 아침에 위팡에게서 전화가 왔다. 위팡은 좋은 사람이다. 그는 거짓말을 모른다. 아마 젠루가 진짜로 앓는 모양이다. 위팡의 말에 의하면 나 때문에 앓고 있으니 나더러 가보라는 것이었다. 그러면 젠루가 나한테 변명할 것이라 한다. 위팡은 잘못 생각했다. 젠루도 마찬가지다. 사페이는 남의 변명을 듣기 좋아하는 사람이 아니다. 나는 세상에 변명이 필요하다는 것을 근본적으로 인정하지 않는다. 친구들 사이에 좋으면 좋고, 서로 맞지 않으면 상대방에게 쓴맛을 보여주는 것은 당연한 일이다. 난 또 내가 마음이 넓어서 다른 사람에게 복수 할 줄도 모른다고 생각했다. 젠루가 앓고 있다니 오히려 기쁘다. 남이 나 때문에 앓는다는 소식을 난 거부하지 않을 것이다. 게다가 젠루가 앓는다니 이전에 스스로를 원망하고 후회하던 걱정거리가 조금은 줄어든 듯하다.

나는 어떻게 해야 자신을 분석해낼 수 있을지 모르겠다. 어떤 때는 바람에 흩어진 한 조각 흰 구름만 보아도 아득한 느낌을 받으며 걷잡을 수 없는 슬픔에 잠긴다. 그러나 이십여 세의 남자가(사실 웨이띠는 나보다 네 살 위다) 나의 손등에 닭똥 같은 눈물을 뚝뚝 떨굴 때면 나는 도리어 야만인처럼 득의양양하게 웃는다. 웨이띠가 동성(东城)에서 편지지와 편지봉투를 많이 사 가지고 나에게 놀러왔다. 그를 즐겁게 해주기 위해 웃다가 나는 일부러 그를 놀렸다. 그가 눈물 흘리는 것을 보자 난 외려 즐거워져서 그에게 말했다. "당신의 눈물을 좀 아껴요. 누나가 다른 여자들처럼 눈물 한 방울에 약해질 것이라고는 생각하지 마…….", "또 우는구만. 울려면 집에 가서 울어. 나는 눈물만 보면 짜증이 나니까……" 물론 그는 가지도 않고 변명도 않고 화도 내지 않고, 그저 의자 한 켠에 구부리고 앉은 채, 그 많은 눈물이 어디서 나오는지, 그저 아무 소리도 없이 눈물만 흘리고 있었다. 나, 물론 득의양양했던 기분이 가시자 후회스러워져서, 다시 누나의 태도로 그에게 얼굴을 씻게 하고 머리를 어루만져 주었다. 그는 눈물을 머금고 웃음을 지었다.

순진한 사람 앞에서 나는 자신의 잔혹한 천성을 모두 발휘하여 그를 실컷 못살게 군다. 그러나 그가 간 뒤에는 또 그를 불러와 그에게 잘못을 빌고 싶다. "내 잘못을 알아요, 그런 진실한 사랑을 받기에 부족한 나 같은 여자를 더 이상 사랑하지 마세요."라고.

1월 1일

그런 법석대는 사람들은 어떻게 설을 쇠는지 모르겠다. 나는 우유에 계란 하나를 보탰을 뿐이다. 계란은 어제 웨이띠가 가져온 것이다. 모두 스무 개를 가져왔는데 어제 진한 찻물에 일곱 개를 끓였으니, 나머지 열세 개면 아마 나 혼자서 두 주일은 먹을 것이다. 만약 점심에 웨이띠가 온다면 틀림없이 통조림 두 개가 생길 것이다. 그가 오면 정말 좋겠다. 웨이띠가 올 거라는 생각이 들자, 나는 단패루(单牌楼)에 가서 그가 와서 먹도록 사탕 네 상자와 과자 두 봉지, 귤과 사과 한 바구니를 사왔다. 나는 오늘 그만은 꼭 올 것이라고 단정했다.

그러나 점심때가 지났건만 그는 오지 않았다.

나는 모두 다섯 통의 편지를 썼다. 모두 며칠 전에 웨이띠가 사온 좋은 편지지였다. 내게 몇 장의 연하장이라도 오겠거니 했건만 한 장도 오지 않았다. 이런 놀이를 제일 즐기는 몇몇 자매들마저 내가 마땅히 받아야 할 것을 잊었다. 연하장을 받지 못한 것은 대수롭지 않으나, 다만 나를 잊었다는 것이 화가 난다. 물론 내 자신도 이제껏 남들에게 설 인사를 한 적이 없었으니 오히려 당연할 수도 있다.

저녁밥도 혼자 먹었다. 나는 기분이 몹시 상했다.

밤에 위팡과 윈린이 놀러 왔는데, 한 키다리 소년을 데리고 왔다. 나는 그들이야말로 진정으로 행복하다고 생각한다. 위팡은 윈린이 있어 그녀를 사랑하고, 그녀는 이에 만족하며 그 역시 만족한다. 행복이란 애인이 있다는 사실만으로가 아니라, 두 사람 모두가 다른 욕망이 없이 서로 재미있고 화목하게 지내는 것이다. 물론 어떤 사람은 이런 평범한 생활에 만족하지 않을 것이다. 그런 것은 남들의 일이고, 나의 위팡과는 관계없다.

위팡은 마음씨가 곱다. 그녀에게 윈린이 있어서인지 그는 '세상의 연인들이 모두 다 가족이 되기'를 바라고 있다. 작년에 그녀는 마리(玛丽)를 위해 중매자로 나선 적이 있다. 그는 또 내가 웨이띠와 좋아지기를 바란다. 때문에 그녀는 오기만 하면 웨이띠에 대해 물어보곤 한다. 그러면서 그녀는 윈린과 그 키다리 소년과 함께 내가 웨이띠를 위해 사놓은 것을 몽땅 먹어치웠다.

그 키다리는 참으로 잘 생겼다. 그에게서 나는 난생 처음으로 남성의 미를 느꼈다. 이제껏 나는 이에 대해 주의를 기울여 보지 않았다. 단지 남자라면 말주변 좋고 눈치가 있으며 조심성이 있으면 된다고 여겼다. 오늘 이키다리를 보고서야 비로소 남자라는 게 또 다른 고귀한 유형으로 빚어진다는 것을 알게 되었다. 그 키다리 앞에서 윈린이 얼마나 왜소하고 멍청해보이는지……. 나는 윈린이 정말 가여웠다. 만일 그가 이 거인 앞에서 거인을 돋보이게 하고 있다는 불행을 안다면 자신의 세련되지 못한 눈빛이며 거동에 대해 얼마나 상심할 것인가! 나는 위팡이 이 키 큰 남자와 키 작은 남자를 비교했을 때에 어떤 느낌이 들지는 더더욱 모르겠다!

그, 이 낯선 사람, 내가 어떻게 그의 아름다움을 표현해야 할까? 물론, 그의 날씬한 몸매, 허여멀쑥한 얼굴, 얄팍하게 생긴 작은 입술, 곱슬곱슬한 머리카락 등은 사람의 눈을 번쩍 뜨이게 만든다. 하지만 그에게는 다른 그 무엇, 딱히 꼬집어 말하기 어려운 분위기가 있어 너의 마음을 움직인다. 예를 들면, 내가 그의 이름을 물었을 때, 그는 내가 예상치 못한 그런 차분한 태도로 명함을 든 손을 내밀었다. 내가 얼굴을 들었을 때, 아, 난 붉고도 보드라우며 움푹 패인 입술을 보았다. 내가 말해도 될까? 나는 마치 사탕을 바라는 어린애의 심정으로 마음을 끌어당기는 그 작은 입술을 바라보았다. 그러나 난 잘 알고 있다. 이 사회가 내가 원하는 것을 얻어 나의 충동, 나의 욕망을 만족시키도록 내버려두지 않는다는 것을. 이것이 남에게 전혀 피해가 없는 일임에도 불구하고. 난 그저 꾹 참고서 머리를 숙이고 묵묵히 명함에 씌어진 이름을 읽었다.

"링지스(凌吉士), 싱가포르……."

링지스, 그는 그렇게 아무 거리낌 없이 마치 아주 친한 친구의 집인 것처럼 내 방에서 이야기를 나누었다. 설마 그가 이러는 게 일부러 소심한 사람을 곯려주려는 건 아니겠지? 나는 솟구쳐 오르는 유혹을 눌러 참느라, 감히 얼굴을 들어 그 사랑스러운 난로의 모퉁이를 쳐다볼 수 없었다. 부끄러움을 모르는 두 짝의 낡아빠진 슬리퍼도 내가 탁자 앞 밝은 곳으로 다가서는 것을 막았다. 나는 스스로에 대해 화가 났다. 무엇 때문에 이렇게도 쭈빗거리고, 활발하게 대하지 못하는 거지? 평소에 남들의 교제를 깔보더니, 오늘에야 비로소 내가 얼마나 어리석고 멍청하게 보이는지를 알았다. 아, 그는 필경 나를 시골에서 막 올라온 촌뜨기로 보았을 거다.

원린과 위팡은 나의 딱딱한 모습을 보고 내가 이 낯선 사람이 싫어서 그런가 보다하여 그가 말하는 것을 자주 중단시켰고, 곧 그를 데리고 가버렸다. 이것도 그들의 호의라고 감격해야 하는 것일까? 하나의 큰 그림자와 두 개의 작은 그림자가 아래층 정원에서 사라지는 것을 바라보면서, 난 정말 그 사람의 발자국과 음성과 그가 먹다 남긴 과자 부스러기가 남아있는 방안으로 들어가고 싶지가 않았다.

1월 3일

이 이틀 밤 내내 기침을 했다. 약은 정말 믿을 수가 없다. 약과 병은 이미 아무런 상관도 없는 게 아닐까? 나는 정말 그 쓰디쓴 약물이 싫다. 그러나 또 시간에 따라 그것을 먹는다. 만일 약마저 먹지 않는다면 무엇으로 내 병에 희망을 걸 수 있겠는가? 신은 인간이 인내하며 살도록, 죽기 전에 많은 고통을 안배해 놓고, 인간으로 하여금 감히 죽음에는 가까이 가지 못하게 한다. 나는, 나는 이 짧은 생애 때문에 더욱 치열하게 살고 싶다. 죽음을 두려워해서가 아니라, 나의 삶에서 마땅히 누려야 할 모든 것을 아직 받지 못했다고 생각하기 때문이다. 나는 스스로가 유쾌하길 바란다. 밤이건 낮이건, 난 내가 죽을 때 아무런 유감이 없기를 꿈꾸고 있다. 나는 내가 아주 잘 꾸민 방의 침대에 누워 있고, 나의 자매들이 베개머리의 곰가죽 자리에 꿇어앉아 나를 위해 기도하고 아버지께서는 창 밖을 내다보시면서 조용히 탄식하시는 장면을 꿈꾼다. 그리고 나는 사랑하는 사람들이 보내온 수많은 편지를 읽고 있다. 벗들은 모두 나를 애도하여 진심으로 눈물을 흘린다…… 난 절박하리만큼 이들 인간의 감정을 원하고, 많은 불가능한 것들을 차지하고 싶다. 하지만 사람들이 나에게 무엇을 주었던가? 꼬박 이틀 내내 또 혼자 아파트에 갇혀 있는데도 한 사람도 찾아주지 않았을 뿐 아니라, 편지 한 통도 오지 않았다. 나는 침대에 누워서도 기침을 해댔고 난로 옆에 앉아서도 기침을 했으며 책상 앞으로 가서도 기침을 했다. 그러면서도 이 밉살스러운 인간들을 그리워하고 있다…… 사실 편지 한 통은 받았다. 그러나 이것이 나의 불쾌감을 더욱 자아내게 했을 뿐이다. 이것은 일 년 전 나를 귀찮게 하던 안후이(安徽) 출신의 건장한 사나이가 보내온 것으로, 다 보기도 전에 찢어버렸다. 정말 그 종이 가득한 "사랑하는 이여"라는 말이 소름끼쳤다! 내가 싫어하는 사람들의 그런 따스함이 혐오스럽다…….

나, 난 내가 정말로 원하는 것이 무엇인지 말할 수 있을까

1월 4일

일이 어디에서부터 잘못되었는지 모르겠다. 내가 왜 이사하려고 하게 되었는지. 더구나 모호한 중에 윈린마저 속였다. 마치 거짓말을 하는 것이 본능인 것처럼 오늘은 아무런 거리낌 없이 사용했다. 만일 윈린이 사페이마저 자신을 속였다는 것을 알면 얼마나 상심할까. 사페이는 그들이 그토록 아끼는 여동생이 아닌가. 물론 나도 마음이 편한 것은 아니며, 지금도 후회하고 있다. 그러나 내가 결정할 수 있을까? 옮길지 말지를?

나는 내 자신에게 이렇게 말하지 않을 수 없다. "너는 그 키 큰 사나이를 생각하는 거야!" 그렇다. 이 몇 날 몇 밤 동안 나는 나의 마음을 사로잡는 그에게 신경을 쓰지 않은 적이 없다. 그는 이 며칠 동안 왜 나를 혼자서 찾아오지 않을까? 그는 내가 그를 이처럼 그리워하게 해서는 안 된다는 것을 알아야 마땅할 것이다. 그는 마땅히 나를 찾아주어야 하며, 그도 나를 그리워하고 있다고 말해야 옳을 것이다. 만일 그가 오기만 한다면, 나는 그가 나를 사랑한다는 말을 거절하지 않을 것이며, 오히려 그에게 내가 무엇을 필요로 하고 있는지를 말해줄 것이다. 그러나 그는 오지 않았다. 나는 이 일이 전기(传奇)에 나오는 일처럼 실현되기 어렵다고 생각한다.

그렇다고 내가 그를 찾아간단 말인가? 여자로서 이렇게 경솔하게 굴어서는 좋은 결과를 얻지 못할 것이다. 더구나 남이 나를 존경하기를 바라면서. 나는 신통한 방법이 떠오르지 않아서 먼저 원린에게 가서 알아보기로 하고, 점심을 먹자마자 바람을 무릅쓰고 동성으로 갔다.

원린은 징뚜(京都)대학의 학생인데, 징뚜대학의 1캠퍼스와 2캠퍼스 사이에 있는 칭니엔 골목(青年胡同)에 세들어 살고 있었다. 내가 그에게 갔을 때 마침 그는 집에 있었고 위팡은 오지 않았다. 원린은 내가 바람이 몹시 부는 날에 나선 것을 의아해했다. 나는 독일병원에 진찰하러 갔다가 들른 길이라고 했다. 그도 더는 의심하지 않고 나의 병세에 대해 물었다. 나는 의식적으로 화제를 그 날 저녁 일로 끌고 갔다. 나는 별로 힘들이지 않고 그 사람이 제4기숙사에서 묵고 있으며, 징뚜대학의 2캠퍼스 바로 옆이라는 사실을 알아냈다. 얼마 후 나는 후욱 한숨을 내쉬면서, 서성(西城)의 하숙집 생활이 얼마나 적적하고 암담한가를 그럴 듯한 말로 묘사했다. 나는 또 거짓말을 했다. 나는 오직 위팡과 가까이 있기를 바란다고 했다(나는 위팡이 이미 원린의 처소로 옮겨오려 한다는 것을 알고 있었다). 나는 원린에게 근처에 셋집을 좀 찾아달라고 부탁했다. 원린은 물론 이 일에 대해 기뻐하며 당장 서둘렀다.

셋집을 찾아다니다가 마침 링지스를 만났다. 그도 우리를 따라나섰다. 나는 아주 즐거웠다. 기분이 좋아지자 담도 커졌다. 나는 몇 번이고 대담하게 그를 쳐다보았다. 그는 이것을 느끼지 못하고 나의 병세에 대해 물었다. 내가 다 나았다고 하자, 그는 믿지 못하겠다는 듯이 빙그레 웃었다.

나는 원린이 사는 곳 옆에 있는 대원 아파트에서 천장이 낮고, 조그맣고, 퀴퀴한 냄새가 나는 동쪽 방을 한 칸 찾아냈다. 그와 원린은 습기가 너무 많다고 말했지만 나는 기어코 이튿날 옮겨오겠다고 우겼다. 지금 살고 있는 그쪽은 너무 싫증이 났으므로, 한시 바삐 위팡이 있는 가까이로 오고 싶다는 이유를 내세웠다. 원린도 별 수 없이 동의하고 이튿날 일찍 위팡과 함께 와서 도와주겠다고 대답했다.

내가 왜 이런 집을 선택했는가를 말할 수 있을까? 그 집은 4호동 숙사와 윈린의 집 중간에 있었던 것이다.

그는 나에게 작별인사를 건네지 않았다. 나는 다시 윈린의 처소를 향해 돌아가 한껏 대담하게 웃고 떠들었다. 나는 그의 사소한 부분까지도 모두 훑어보았다. 나는 어느 곳에나 모두 나의 입술을 갖다대고 싶은 충동을 느꼈다. 그는 내가 그를 재보고, 저울질하고 있다는 것을 생각지 못했을까? 후에 나는 특별히 그에게 나의 영어학습을 도와달라고 부탁했다. 윈린은 웃었다. 그는 매우 부끄러워하면서, 어색한 듯 우물쭈물 대답했다. 하지만 나는 속으로 생각했다. 그는 나쁜 사람 같지 않아. 이렇게 큰 사나이가 얼굴을 붉히는걸 보니. 때문에 나의 열정은 더욱 타올랐다. 그러나 남들이 나의 속마음을 눈치 채지 못하도록, 나를 너무 가벼이 보지 않도록 내 자신을 다독여 일찍 되돌아와 버렸다.

지금 곰곰이 생각해보니, 오직 내 그 멋대로인 성격이 날 더 나쁜 지경으로 몰아갈까봐 겁이 난다. 잠시 벽난로가 있는 이 집에서 지내기로 하지. 그래, 내가 그 남양사람을 사랑하게 되었다고 말할 수 있단 말인가? 나는 아직 그에 대해 아무것도 모르고 있는데. 무슨 그 입술, 눈썹, 눈매, 손가락……. 얼마나 무의미한 것인가! 이런 것은 사람에게 중요한 것도 아닌데, 내가 귀신에게 홀렸나 보다. 그 따위를 먼저 생각하다니. 나는 이사하지 않고 오로지 병 치료에만 전념하기로 마음먹었다.

나는 결정했다. 나는 후회한다. 내가 낮에 한 모든 것이 잘못임을 후회한다. 정숙한 여자들은 할 수 없는 일이다.

1월 6일

내가 이사를 했다고 하니까 모두들 나를 이상히 여긴다. 남성(南城)에 사는 진잉(金英), 서성에 사는 쟝저우(江周) 모두 내가 있는 낮고 습한 작은방으로 왔다. 나는 웃으면서 이따금 침대 위에서 데굴데굴 굴렀고, 그녀들은 모두 내가 점점 어린애 같아진다고 말했다. 나는 더욱 크게 웃기 시작했다. 나는 단지 그녀들에게 내가 생각한 것이 무엇인지를 말하려고 했을 뿐이다. 오후에 웨이띠도 왔다. 웨이띠는 내가 이사한 것을 몹시 불쾌하게 여겼다. 왜냐하면 내가 그와 상의도 안 한데다가 그에게서 더욱 멀어졌기 때문이다. 그는 윈린을 보고 아는 체도 안 했다. 윈린은 그가 왜 화를 내는지 종잡을 수가 없어 그를 바라볼 뿐이었다. 그의 얼굴이 더욱 굳어졌다. 나는 웃음이 나와서 중얼거렸다. "가엾기도 해라. 윈린만 억울하게 됐네, 좋은 사람인데!"

위팡은 더 이상 내게 젠루 얘기를 꺼내지 않았다. 그녀는 이삼 일 안에 윈린이 살던 곳으로 이사 오기로 결정했다. 내가 이처럼 자신에게 의지해서 살기를 원하는데, 날 혼자 외롭게 이곳에 살게 할 수는 없다고 여겼기 때문이다. 그녀와 윈린은 나에게 이전보다 더욱 살갑게 대해준다.

1월 10일

요 며칠동안 계속 링지스를 만나고 있다. 그러나 나는 그와 많은 이야기를 해보지 않았다. 난 절대로 먼저 영어를 도와달라고 하지는 않겠다. 나는 그가 하루에 두 번 윈린의 집으로 가는 것을 보았다. 나는 웃음이 나왔다. 그가 예전에 윈린과 이렇게 친밀하지는 않았을 게 분명해. 나는 그에게 한 번도 내 집에 놀러 오라고 하지 않았다. 비록 그가 몇 번인가 이사한 곳이 어떠냐고 묻기는 했지만, 매번 난 알아듣지 못한 것처럼 웃는 것으로 대답을 대신했었다. 나는 내 모든 정신을 다 이 일에 쏟았다. 마치 어떤 것과 악전고투하는 것처럼. 나는 그 물건을 필요로 하지만 그걸 내가 가져오고 싶지는 않다. 난 기필코 그로 하여금 스스로 보내오도록 할 방법을 생각해내야 한다. 그렇다. 나는 내 자신을 안다. 그저 여성성이 충만한 한 여자일 뿐이다. 여자는 오로지 그녀가 정복하려고 하는 남자들에게만 온 신경을 집중한다. 나는 그를 소유하고 싶다. 나는 그가 무조건 그의 마음을 나에게 바쳤으면 좋겠다. 무릎을 꿇고서 나에게 그의 입맞춤을 받아달라고 매달리면서. 내가 정말 미쳤다. 되풀이해서 그저 내가 실행할 계획의 순서만을 생각하고 있으니 난 정말 미쳤다!

위팡과 윈린은 내가 흥분한 것을 알아차리지 못하고, 다만 나의 병이 빨리 좋아질 거라고만 했다. 나도 그들이 눈치 채는 것을 원치 않는지라, 역시 덩달아서 내 병이 곧 좋아질 거라고 말하고 이내 즐거운 척 했다.

1월 12일

위팡이 이사를 오자 윈린은 오히려 이사를 갔다. 세상에 결국 이런 쌍도 있다니. 그들은 아이가 생길까봐 함께 살려고 하지 않는 것이다. 그들 자신들조차도 감히 단정할 수는 없었을 테지. 두 사람이 한 침대에서 껴안고 있으면 다른 일을 할 수가 없을테니 그래서 하는 수 없이 사전에 미리 예방을 하여 육체를 접촉할 기회를 주지 않는 것이다. 단둘이 한 방에서 껴안고 키스하는 거야 위험하지 않으니, 몰래 몇 번 하면서 금지의 반열에 두지 않고. 나는 그들을 비웃지 않을 수 없다. 이런 금욕주의자들! 어째서 그리도 사랑하는 사람의 알몸을 포옹하는 게 불필요하다는 거지? 어째서 이런 사랑의 표현을 억제해야 하는가? 왜 두 사람이 아직 한 이부자리에서 잠을 자기도 전에 걱정할 만한 일도 아닌 것을 생각하는 것일까? 나는 연애라는 게 이렇게도 이성적이고 과학적이라고는 믿지 않는다!

그들 둘은 내 비웃음에 화내지 않았다. 오히려 자신들의 순수함을 자랑스러워했고, 내가 어린애 같다고 웃었다. 난 그들의 심정을 이해할 수는 있지만 천지간에 일어나는 많고 많은 기괴한 일들을 다 해석할 수는 없다.

이날 밤 나는 윈린의 집에서(지금은 위팡의 집이라고 할 수 있지만) 밤늦게 10시가 되어서야 돌아왔는데, 우린 유령에 대해 많은 이야기를 했다.

유령이라는 것은 내가 아주 어릴 때부터 들어서 습관이 되어 있었다. 이모 품에 안겨서 이모부가 『요재지이(聊齋志异)』를 이야기하는 걸 듣는 것은 일상적인 일이었고, 또 밤만 되면 즐겨들었다. 두려움은 달리 남에게 알리고 싶지 않은 것이다. 왜냐하면 무섭다고 말하면 분명 들려주지 않을 것이고, 이모부는 천천히 옆에 있는 서재로 가버릴 것이며, 아이는 잠자리에 들지 않으면 안 된다. 학교에 입학해서는 선생님으로부터 약간의 과학

상식을 얻어 듣고, 저우마즈얼(周麻子二) 선생님을 따르느라 교과서까지 믿었다. 이때부터 유령은 더 이상 무서움의 대상이 되지 않았다. 요즘에는 나이가 들어서인지, 이야기를 꺼내면 유령이 있다는 것을 부정한다. 그렇지만 믿지 않는다고 해서 소름이 끼치지 않는 것은 아니어서 모골이 다 송연해진다. 그러나 매번 사람들과 유령 이야기를 할 때 남들은 내가 다른 잡담으로 화제를 바꾸려 하는 걸 모른다. 무서운 밤에 혼자서 이불 속에서 잘 때 죽은 이모부와 이모를 생각하면 이내 슬퍼지기 때문이다.

돌아올 때 그 깜깜한 골목을 보자 정말 가슴이 약간 두근거렸다. 내 생각에 만약 어느 구석에서 싯누런 얼굴이 나타나거나 털이 숭숭한 손이 뻗쳐 나온다 해도 이 얼어붙은 골목에서는 의외라고 여겨지는 않을 것이다. 그렇지만 옆에 이 커다란 남자(링지스)가 보디가드를 한다고 생각하니, 그래도 믿음직스러워서, 위팡이 물었을 때도 난 그저 "무섭지 않아, 무섭지 않아"라고만 대답했다.

윈린도 우리들과 함께 나와서 그의 새 집으로 돌아갔다. 그는 남쪽이고, 우리들은 북쪽이어서, 한 서너 발자국쯤 걷자 그 고무장화창이 땅바닥에서 나는 소리는 잘 들리지 않았다.

그는 한 손을 내밀어 나의 허리를 감쌌다.

"사페이, 당신 몹시 두려워하는군요!"

난 필사적으로 벗어나려고 했지만 벗어날 수가 없었다.

내 머리는 그의 옆구리 앞에 멈춰 있었다. 만약 밝은 곳에서 본다면 내가 무슨 물건처럼 나보다도 머리 하나가 더 높은 사람의 팔 안에 끼여 있는 것 같겠지.

나는 몸을 한 번 움츠렸다가 곧 빠져나왔다. 그도 손을 놓고 나를 데리고 대문에서 문을 두드렸다.

작은 골목이 온통 캄캄했다. 그러나 그의 눈이 어디를 바라보고 있는지 나는 아주 분명하게 볼 수 있었다. 심장이 조금씩 뛰었고 문이 열리기를 기다렸다.

"사페이, 무서워하는군요!"

빗장소리가 나면서, 심부름꾼이 누구냐고 물었다. 나는 그를 향해 말했다.

"다시……."

그가 갑자기 나의 손을 꽉 잡았고, 난 더 이상 말할 힘이 없었다.

심부름꾼은 내 뒤의 큰 사람을 보고 의아한 표정을 지었다.

방에 두 사람만이 남게 되자 나의 대담함은 이미 전혀 아무런 쓸모도 없게 되었다. 일부러 몇 마디 인사치레 말이라도 하려고 했으나 할 수가 없었고, 단지 "앉으세요"라고만 말하고 세수를 하러 갔다.

귀신 이야기는 어디로 가버렸는지 까맣게 잊어버렸다.

"사페이, 당신 아직도 영어 공부 하고 싶어요?" 그가 갑자기 물었다.

이것은 그가 나를 찾아와 영어 공부 얘기를 꺼낸 것이다. 물론 그가 괜시리 시간을 낭비하면서 다른 사람을 위해 공부를 도와주지는 않으리라. 그 속셈을 스무 살 먹은 여자 앞에서 어떻게 속일 수 있겠는가? 나는 웃었다(단지 마음속으로 웃은 거다). 난 말했다.

"우둔해서 아마 공부도 못한다고 창피나 당할 거예요."

그는 아무 말하지 않고 탁자 위에 놓인 사진을 집어 들고 만지작거렸다. 이 사진은 내 언니의 한 살배기 딸아이의 사진이다.

난 세수를 하고 탁자 머리맡에 앉았다.

그는 날 한 번 쳐다보고 또 그 작은 애를 바라보다 또 나를 쳐다보았다. 그렇다, 이 여자애의 생김새는 정말 날 닮았다. 그래서 나는 그에게 물었다.

"재미있죠? 나랑 닮았지요?"

"이 앤 누구지요!" 분명 그의 목소리는 아주 진지했다.

"귀엽지 않아요?"

그는 오직 누구냐고만 캐물었다.

문득 그의 말뜻을 눈치 채고, 나는 다시 거짓말을 하고 싶었다.

"제 딸이예요." 사진을 나꾸어챈 나는 사진에 키스를 했다.

그는 내 말을 믿었다. 난 결국 그를 우롱했고, 나의 불성실함에 득의양양했다.

이 득의양양함이 그의 수려한 용모와 영준함을 줄일 수 있을 것 같았다. 그렇지 않았다면, 왜 그가 그리도 천진난만하게 놀랐을 때, 내가 그의 그 눈을 무시하고 그의 그 입술을 잊어버릴 수 있었을까? 그렇지 않으면, 이 우쭐거림은 틀림없이 나의 열정을 식혀주었을 것이다.

그러나 그가 돌아간 뒤 난 오히려 후회로 몸부림쳤다. 분명 많은 기회들이 놓여 있었던 게 아니었나? 그가 나의 손을 꽉 잡았을 때 달리 눈짓을 하여 그에게 거절당하지 않을 거라는 점을 깨닫게 해주기만 했더라면, 그는 틀림없이 더 대담한 행동을 했을 것이다. 이성간의 대담함이란 상대방을 싫어하지만 않는다면 몸을 녹여주듯 달콤한 쾌락을 맛볼 수 있게 해줄 텐데. 그런데 나는 왜 엄격함과 단정함만을 보여주려고 하는 걸까? 아! 내가 이 낡은 집으로 옮겨 온 것이 도대체 무엇 때문이란 말인가?

1월 15일

요즘 나는 적적한 편은 아니다. 낮에는 옆방에서 놀고, 저녁에는 또 새로운 친구가 나와 이야기해준다. 그러나 내 병은 갈수록 깊어졌다. 이것은 참으로 날 낙담케 한다. 내가 원하는 건 무엇이든 내게 무익할 따름이다. 내가 미련을 두는 것이 있단 말인가? 모든 것이 얼마나 우스운가. 그러나 죽음을 나도 모르게 생각하면 속이 상한다. 매번 의사선생인 커리(克利)의 낯빛을 볼 때마다 나는 이내 생각한다. 그래요, 난 알고 있으니 마음 놓고 말씀하세요. 난 이미 희망이 없죠? 그러나 난 오히려 웃음으로 나의 울음을 대신한다. 깊은 밤 내가 흘리는 눈물의 양을 어느 누가 알 수 있겠는가!

며칠 밤, 링지스가 계속해서 왔고, 그는 사람들에게 나의 영어 공부를 도와주고 있다고 말했다. 윈린이 내게 물었을 때, 나는 아무 대답도 하지 못했다. 저녁에 내가 『Poor People』이란 책을 꺼내 그의 앞에 내놓자, 그는 정말로 나를 가르치기 시작했다. 나는 하는 수 없이 책에서 손을 떼며 말했다. "다음부터는 남들에게 내 영어공부를 도와준다고 말하지 마세요. 내가 병이 났으니, 아무도 이 일을 믿지 않을 거예요." 그는 황급히 말했다. "사페이, 당신이 나은 다음에 가르치면 안 될까요? 사페이, 당신이 원하기만 한다면요."

이 새 친구는 이처럼 사랑을 받으려고 하는데, 나는 왠지 모르게 오히려 이런 일에 신경을 쓰는 것이 귀찮다. 매일 밤 그가 우울한 모습으로 돌아가는 것을 볼 때마다 항상 미안한 마음이 들긴 했지만, 그가 외투를 입을 때 이렇게 말하는 수밖에 없었다. "용서해주세요. 난 병이 들었어요!" 그는 내 뜻을 오해해서 내가 그에게 예의를 차린다고 생각했다. "병이 무슨 대수겠습니까. 나는 전염될까 두려워하지 않습니다." 나중에 곰곰이 생각해보니 이 말이 다른 의미를 품고 있는지도 모르겠다는 생각이 들었다. 나는 정말 사람들의 모든 행위가 상상하는 것만큼 단순하리라 장담하지는 못하겠다.

1월 16일

오늘 원(蘊) 언니가 상하이에서 보내온 편지를 받았는데, 날 전혀 희망이 보이지 않는 나락으로 빠뜨렸다. 내가 어디서 그녀를 위로할 말을 찾을 수 있을까? 그녀는 편지에서 "나의 생명, 나의 사랑, 모든 게 내게 아무 도움이 안 돼"라고 말했다. 그렇다면 나의 위로, 그녀를 위해 흘리는 나의 눈물은 더욱 필요 없겠지. 아! 그녀의 편지에서 나는 결혼 후 그녀의 삶을 짐작할 수 있었다. 그녀가 분명하게 말하지는 않았지만. 신은 왜 이렇게 사랑에 빠진 사람을 희롱하는 것일까? 원 언니는 아주 예민하고 정열적인 사람이다. 자연, 차츰 늘어가는 냉담과 감출 길 없는 공허한 애정을 견디지 못했을 거다. 나는 원 언니에게 베이징으로 오라고 하고 싶지만, 그렇게 할 수 있을까? 여전히 모르겠다.

웨이띠가 왔을 때 나는 그에게 원 언니의 편지를 보여주었다. 그는 정말 안타까워했다. 나의 원 언니에게 삶의 무의미함을 느끼게 한 당사자가 바로 불행히도 웨이띠의 형이기 때문이다. 그래서 나는 그에게 내가 새롭게 얻은 '인생철학'의 의미에 대해 이야기했다. 그는 또 그의 유일한 본능을 다해 울음을 쏟아냈다. 나는 그저 그의 눈이 어떻게 빨갛게 부어오르는지, 어떻게 손으로 눈물을 닦아내는지 지켜보고 있었다. 그리고 그의 행동에 대해 수많은 잔혹한 해석을 가하였다. 나는 그가 인간세상에서 예외적일 만큼 성실한 사람임을 생각하지 않았다. 얼마 후 나는 혼자서 조용히 뛰쳐 나왔다.

아는 사람과 부딪치기 싫어서, 밤이 깊어진 후에야 나는 혼자서 공원 안을 돌아다녔다. 시간을 어떻게 보내야 할지 알 수가 없었다. 그저 "얼마나 무의미한가! 차라리 일찍 죽는 게 깨끗하지……"라는 생각만 들었다.

1월 17일

나는 생각했다. 아마 내가 미쳤나봐! 정말 미친 거라면, 내가 오히려 원하는 바이다. 그럴 수만 있다면 인생의 번거로움을 느끼지 않을 거란 생각이 들었다.

족히 반년이나 병 때문에 술을 끊었는데, 오늘 다시 마음껏 마시기 시작했다. 토해낸 것이 술보다도 더 붉은 피라는 것을 똑똑히 보았다. 그러나 내 마음이 다른 무언가에 지배되고 있는 양, 이 술이 오늘 밤 날 죽음으로 내몬 양, 난 더 이상 그 복잡하고 번거로운 일들을 생각하고 싶지가 않다…….

1월 18일

지금 나는 아직도 이 침대에서 자고 있지만, 오래지 않아 이 방과 곧 이별하겠지. 아마 영원히. 내가 이 베개, 이 솜이불……과 입맞춤할 수 있는 행복을 다시 가질 수 있을까? 위팡, 윈린, 웨이띠, 진쌰(金夏)가 말없이 나를 둘러싸고 앉은 채, 초조하게 날이 밝기만을 기다리고 있다. 나를 병원으로 데려가려고 말이다. 나는 그들의 걱정스러워하는 소곤거림에 잠에서 깨었다. 난 말하고 싶지 않았다. 어제 오전의 일이 하나하나 생각났다. 방안에 남아 있는 술 냄새와 피비린내를 맡고서야 가슴에서 무서운 통증이 느껴졌다. 눈물이 솟구쳤다. 그들의 침묵 때문에, 그리고 그들 얼굴에 어리는 참담하고 어두운 표정 때문에, 난 이것이 내 죽음의 예고라고 느꼈다. 내가 만약 이렇게 오래도록 잠들어 깨어나지 않았다면, 그들도 이렇게 말없이 나의 굳어버린 시체를 둘러싸고 있지 않았을까? 그들은 내가 깨어난 것을 보고서, 모두들 다가와 어떠냐고 물었다. 이때 난 정말 무시무시한 사별을 느꼈다. 나는 그들 손을 꽈 쥐고서 그들 한 사람 한 사람의 얼굴을 자세히 바라보았다. 마치 이 기억을 영원히 간직하겠다는 듯이. 그들은 모두 내 손에 눈물을 떨구었다. 마치 내가 그들을 멀리 떠나 죽음의 나라로 영영 가는 것처럼. 특히 웨이띠는 우느라 얼굴이 일그러져 있었다. 아! 나는 생각했다. 친구들아, 나를 조금만 즐겁게 해주렴……. 그래서 나는 오히려 웃었다. 나는 그들에게 내 물건들을 좀 정리해 달라고 부탁했고, 그들은 즉시 침대 밑에서 등나무 상자를 끌어냈다. 상자 안에는 꽃무늬 손수건으로 싸놓은 꾸러미가 몇 개 있었다. "이게 내가 원하는 거야. 병원에 갈 때 가지고 갈래." 그들이 내게 건네준 그것들을 난 그들에게 보여주었다. 안에 가득한 것은 모두 편지였다. 난 그들에게 미소를 지었다. "너희들 것도 다 이 안에 있어!" 그들도 조금은 기분이 좋아진 듯싶었다. 웨이띠는 또 서둘러 서랍에서 사진첩을 꺼내 주었는데, 내가 가지고 갔으면 하는 눈치여서 난 더욱 웃음을 지었다. 그 안에는 웨이띠의 독사진이 일고 여덟 장 가량 들어 있었던 것이다. 난 웨이띠가 내 손에 입맞추는 것도 허용했으며, 내 손을 그의 얼굴에 부비는 것도 내버려두었다. 이렇게 해서 비로소 방안은 시체가 뉘여져 있던 것 같은 분위기에서 벗어날 수 있었다. 이 무렵 하늘도 점점 희뿌옇게 열리기 시작했다. 그들은 황급히 이곳저곳에 차를 알아보았다. 그리고 내 병원 생활이 마침내 시작되었다.

3월 4일

윈 언니가 죽었다는 전보를 받은 것은 이십 일 전의 일이다. 내 병은 오히려 나날이 좋아졌다. 1일에 날 병원으로 데리고 왔던 친구들이 또 날 아파트로 데려다 주었다. 방은 깨끗하게 청소되어 있었다. 내가 추위에 약하다는 것을 알고 일부러 조그마한 난로도 켜 놓았고. 난 정말 어떻게 그 고마운 마음을 표현해야 할지 모르겠다. 특히 웨이띠와 위팡에게. 진과 저우는 날 간호하느라고 내 방에서 이틀을 묵은 뒤에야 갔다. 난 매일 누워 있었다. 편안해서 아파트에 나와 사는 것 같지 않고 집에 있는 것과 별반 다를 바가 없었다! 위팡은 며칠 동안 나와 같이 지내기로 결정하고, 날씨가 좀 따뜻해지면 서산(西山)쪽에 방을 구해본다고 했다. 내가 오직 치료에만 신경 쓰도록. 나 역시 베이징을 떠나고 싶어 미칠 지경이다. 양력으로 3월인데도 날씨가 이렇게 춥다니, 정말 짜증난다! 위팡이 나와 같이 지내겠다고 고집을 부려서 거절하기가 미안했다. 그래서 이틀 전에 진과 저우을 위해 펴놓았던 작은 침상은 또 치울 수가 없게 되었다.

최근 병원에서 내 병을 많이 치료했다. 사실상 이들 친구들의 온정이 내 병을 낫게 해주고 내 맘을 다시 따뜻하게 만든 것이다. 천지간에는 아직도 사랑이 충만한 모양이다. 특히 링지스, 그가 병원에 문병을 와주었을 때 난 으스댔다. 멋진 외모의 그가 기껏해야 병원에 누워있는 여자 친구를 찾아 주었으며, 게다가 간호사들이 모두들 날 부러워하고 있다는 걸 나도 알고 있으니 말이다. 어느 날인가 예쁘장하게 생긴 미스 양(杨)이 나에게 물었다.

"그 키 큰 남자, 아가씨하고 무슨 관계예요?"

"친구지요!" 그녀의 질문의 무례함에 신경 쓰지 않았다.

"고향 사람인가요?"

"아니요, 그는 남양 화교예요."

"그럼, 같은 학교 친구?"

"그것도 아니고."

결국 그녀는 교활하게 웃더니 말했다. "단순히 친구란 말이죠?"

물론 내가 얼굴을 붉힐 필요도 없고, 그녀에게 따끔하게 경고해줄 수도 있었지만, 난 오히려 부끄러워했다. 그녀는 내가 눈을 감고 자는 척 하는 모습을 보더니 씨익 웃으면서 나갔다. 나중에 난 줄곧 그녀 때문에 성가셨다. 그 뿐 아니라, 귀찮은 일이 생길까 봐 누가 웨이띠에 대해 물으면 오빠라고 거짓말을 했다. 저우와 사이가 좋은 한 남자애는 고향 사람이라고 하거나 혹은 친척이라고 대충 거짓말을 했고.

위팡이 학교에 가고 나 혼자 방에 남아있게 되었을 때, 나는 한달 남짓 되는 시간동안 받은 편지들을 뒤적였다. 아직도 이렇게 많은 사람들이 날 기억하고 있다라는 사실에 기뻤고 만족스러웠다. 난 다른 사람들이 날 기억해주면 좋겠다. 그냥 호의만을 좀 많이 얻으면 그걸로 족하다고 생각한다. 아버지는 더 말할 것도 없다. 사진을 또 한 장 보내 주셨는데, 흰머리가 많이 느셨다. 언니들도 다 잘 지내고 있단다. 다만 애들 때문에 너무 바빠서 내게 따로 편지를 쓸 수가 없을 뿐.

편지를 다 읽기도 전에 링지스가 또 왔다. 난 일어나고 싶었지만 그가 막았다. 그가 내 손을 잡았을 때 난 좋아서 정말 눈물이 날 것 같았다.

"내가 이 방으로 다시 돌아올 수 있을 거라고는 생각도 못했죠?"

그는 한쪽에 놓여 있는 작은 침상을 쳐다보면서 별로 달갑지 않은 표정을 지었다. 그래서 난 그에게 전에 있던 두 명의 친구들은 갔고, 이것은 위팡 때문에 놓은 것이라고 설명했다.

그는 내 말을 듣고 나서 위팡이 싫어할 지도 모르므로 오늘밤엔 오지 않겠다고 했다. 내 마음은 더욱 기쁨으로 가득 차서 바로 그에게 물었다.

"내가 싫어할지 걱정되지는 않나요?"

그는 침대 머리맡에 앉더니 한달 남짓 동안의 생활에 대해 이것저것 늘어놓기 시작했다. 어떻게 해서 윈린과 충돌하고 의견이 맞지 않았는지. 그는 내가 일찍 퇴원하기를 바랬지만 윈린이 그럴 수 없다고 고집을 피웠다고 했다. 위팡도 윈린의 편을 들었고. 그는 날 알게 된 지 얼마 되지 않았기 때문에, 그의 말이 별 영향력이 없다는 것을 알고는 곧 이 문제에 대해 상관하지 않았단다. 병원에서 윈린과 마주치면 곧 자기가 먼저 되돌아갔다고 했다.

나는 그의 뜻을 이해했지만 모른 척 하고 말했다.

"원린을 들먹이니 하는 말인데, 원린이 아니었으면 난 아직 퇴원하지도 못했을 거구, 병원에서는 아주 편했다구요."

그는 내 말에는 대꾸하지 않고 묵묵히 고개를 한 쪽으로 돌려 버렸다.

위팡이 올 즈음이 되자, 그는 갔다. 내일 다시 오겠다는 말을 조용조용 남기고서. 과연, 얼마 지나지 않아 위팡이 돌아왔다. 위팡은 나에게 뭘 묻지를 않았으며 나 역시 그녀에게 말하지 않았다. 게다가 그녀는 내가 병 때문에 말을 하면 힘들거라 생각하여 나와 많은 말을 하려고 하지 않았다. 덕분에 난 기꺼이 다른 많은 사소한 일들을 생각할 수 있었다.

3월 6일

위팡이 학교에 가고 혼자 방안에 남게 되면, 난 바로 이들 소위 남녀간의 기기묘묘한 일을 떠올린다. 사실 이 방면에서는, 내 자랑이 아니라, 내 경험은 최소한 내 친구들의 경험을 다 합쳐야 할 만큼 풍부하다. 그러나 최근 난 정말 이해할 수가 없다. 혼자 그 키다리와 함께 있게 되면 내 마음은 곧 두근거리고, 부끄럽고, 두렵다. 그러나 그는, 그는 그저 그렇게 편안하게 앉아서 천연덕스럽게 그의 과거를 얘기한다. 때로는 아주 자연스럽게 내 손을 잡기도 한다. 그러나 내 손은 그의 커다란 손 안에서 그렇게 편안하게 있지 못하고 점점 뜨거워진다. 그가 가려고 준비할 때면 나도 모르게 내 맘은 어떤 무시무시한 불안 속으로 빠져 들어가는 것처럼 황망해진다. 그래서 난 그를 물끄러미 바라본다. 그 눈빛이 동정을 구하고 있는지 아니면 원망을 담고 있는지는 나도 모르겠다. 그러나 그는 내 눈빛을 본체만체한다. 어쩌다 눈치챈다해도 그저 "위팡이 곧 올 텐데!"라고만 말할 뿐이다. 난 응당 어떻게 말해야 하나? 그는 위팡을 두려워하고 있는 것이다! 당연히 나도 누군가가 내가 은밀히 생각하고 있는, 그리 상식적이지 못한 일을 눈치 채기를 원하지 않는다. 하지만, 한편으론 다른 사람이 내 감정을 이해할 필요도 있다고 생각한다. 여러 번 난 위팡에게 넌지시 내 속마음을 전하기도 했지만, 그녀는 여전히 그렇게 충실하게 내 이불을 깔아주고 내 약을 챙겨준다. 정말 내가 고민하지 않을 수 없단 말야.

3월 8일

위팡이 나가자, 웨이띠가 대신 날 간호하고 싶어 했다. 만일 웨이띠가 온다면 위팡이 있을 때보다는 훨씬 더 편하리라. 깊은 밤, 차가 마시고 싶어도 위팡의 쌕쌕이는 숨소리를 들으면서 그녀가 깰까봐 이불을 뒤집어쓰고는 그냥 포기해버렸던, 그런 일은 없을 거다. 그러나 난 당연히 그의 이 호의를 거절했다. 그가 고집을 피우는 바람에 나는 이렇게 말하지 않을 수 없었다. "당신이 여기 있으면 내가 여러 가지로 불편해요. 내 병도 많이 좋아졌고." 그런데도 그는 옆방이 비어 있다면서 옆방에 묵겠다는 거다. 내가 어찌 할 바를 모르고 있는데, 마침 링지스가 왔다. 나는 그들이 아직 서로 모르는 사이인 줄 알았는데, 링지스는 벌써 웨이띠와 악수를 나누더니 병원에서 두 번 본 적이 있다고 그랬다. 웨이띠는 냉담하게 그를 무시했다. 나는 웃으면서 링지스에게 말했다. "내 동생이에요, 어린애라 아직 사람 사귀는 법을 몰라요. 당신이 자주 좀 만나 주세요." 웨이띠는 정말 어린애처럼 울상을 짓더니 일어나 가버렸다. 나는 기분이 상했지만 사람이 앞에 있었기 때문에 억지로 감추어야만 했다. 게다가 링지스에게 좀 미안한 생각도 들었고. 그러나 그는 조금도 개의치 않고 내게 물었다.

"그의 성은 바이(白)가 아닌가요, 어떻게 당신의 동생이 되지요?"
나는 웃으면서 대꾸했다.
"그럼 당신은 단지 성이 링인 사람하고만 형, 아우 하겠군요!" 내 말에 그도 따라 웃었다.
근래 들어 젊은이들이 한자리에 모이면, 늘상 이 '사랑'이라는 단어를 연구하는 것을 즐긴다. 때로 나 역시 조금은 알 것 같기도 한데, 어쨌든 분명하게 딱 잘라 말하지는 못하겠다. 그렇지만 남녀간의 작은 행동들에 대해서는 난 또 너무 잘 알고 있는 듯 하다. 어쩌면 내가 이런 자질구레한 행동을 이해하기 때문에, 오히려 '사랑'이라는 것이 모호한지도, 연애를 주장하는 용기가 없는지도, 스스로가 다른 사람의 사랑을 받기에 충분한 아가씨라는 것을 감히 믿지 못하는지도, 뿐만 아니라 세인들이 말하는 '사랑'과 내가 받아들이고 있는 '사랑'을 의심하는지도 모른다……

내가 조금 철이 들었을 무렵, 나를 사랑하던 사람들에게 나를 괴롭히고, 아무 상관도 없는 사람들에게 나를 모욕하고 능멸할 기회를 주어, 나와 아주 가깝게 지내던 친구들도 멀어지고 말았다. 후에 또 사랑의 협박에 두려움을 느껴 나는 학교를 떠나고야 말았다. 이후 난 비록 나날이 성장해갔다고는 하지만, 늘상 자주 그런 무의미한 치근거림을 느끼곤 했다. 그래서 때로 이른바 '사랑'이라는 걸 의심할 뿐만 아니라, 이런 친밀함을 하찮게 여기게 되었다. 웨이띠는 날 사랑한다고 하면서 왜 나를 괴롭게 만드는 걸까? 오늘밤만 해도 그렇다. 그는 다시 날 찾아와서는 오자마자 운다. 마치 재미라도 느껴서 우는 듯하다. 내가 아무리 "당신 왜 그래, 말해 봐요!" "제발 부탁이야, 말 좀 해 봐, 웨이띠!……"라고 말해도, 도통 상관도 하지 않는다. 전에는 한 번도 이런 적이 없었는데. 아무리 생각을 해보아도 그가 당했을 법한 나쁜 일이 생각나질 않는다. 도대체 불행을 어느 쪽으로 추측해야 하나? 나중에 그는 다 울었는지 소리를 질렀다. "난 그가 싫어!" "이번에는 또 누가 널 무시했니? 이렇게 소란을 피우게." "난 그 키다리가 싫어! 당신과 친한!" 아, 알고 보니 나 때문에 화가 난 게로구나. 나도 모르게 웃음이 나왔다. 이런 무의미한 질투, 이런 이기적인 소유욕, 이런 것이 소위 사랑이라는 것인가? 난 웃었다. 이 웃음은 당연히 그 성난 사람에게는 위로가 되지 않을 터였다. 아무렇지 않아 하는 나의 태도는 그의 억제되어 있던 분노에 불을 당겨버리고 말았다. 그의 이글거리는 눈빛을 보면서, 나는 그가 사람을 잡아먹을 수도 있겠다고 느꼈다. 난 속으로 "해보라지 뭐!"라고 생각했다. 그러나 그는 또 고개를 떨구더니 울음을 터뜨리고는, 손으로 눈물을 닦으면서 비틀비틀 나가버리고 말았다.

이런 태도를 어쩌면 광적인, 진솔한 애정표시라고 할지도 모르겠다. 그러나 웨이띠가 아무 생각 없이 내 앞에서 보인 이 태도는 물론 실패일 뿐이다. 내가 그것을 허위나 가장이라고 여겨서가 아니라, 이런 어린애 같은 행동으로 나의 마음을 움직이려고 하는 것 자체가 쓸모없기 때문이다. 어쩌면 내 마음은 태어날 때부터 이렇게 모진지도 모른다. 그렇다면 내가 다른 사람의 마음에 들지 못하여 생긴 갖가지 고민이나 슬픔도 당연한 것이겠지.

웨이띠가 가버리고 나자, 나는 자연스레 그 온유하고 대범하고 솔직하면서 다정한 태도를 지닌 사람을 곰곰이 되돌아보았다. 그의 태도 하나만 보더라도 사람들의 감탄을 자아내게 할 만하다. 그의 부드럽고 달콤한 말솜씨와 행동은 사람을 취한 것 마냥 빠져들게 한다. 나는 지체하지 않고 그림엽서 한 장을 꺼내어 몇 마디를 적은 후, 심부름꾼을 불러 4호동 기숙사에 급히 전해달라고 부탁했다.

3월 9일

편안하고 한가롭게 내 방에 앉아있는 링지스를 보자, 불현듯 웨이띠가 가엾다는 생각이 들었다. 나는 세상 사람들이 나처럼 그 고귀한 진심을 무시함으로써 자기 자신을 헤어날 수 없는 비애 속으로 빠뜨리지 않기를 기도한다. 또한 어느 진실하고 순결한 아가씨가 웨이띠의 사랑을 받아들여 그가 느끼는 공허함을 메꾸어 주기를 소망한다!

3월 13일

며칠 동안 또 펜을 들지 않았다. 우울해서였는지 아니면 소위 의욕이라는 게 없어서 그랬는지 잘 모르겠다. 분명한 것은 어제부터 울고 싶은 생각만 든다는 사실이다. 사람들은 내가 우는 것을 보면, 내가 집 생각이 나서라거나 병 때문이라고 여긴다. 내가 웃을 때는 즐거워서 그러나 보다 하고, 건강의 조짐이라고 기뻐해 주기도 한다……. 그러나 이른바 친구들이 다 이러할진대, 눈물 흘릴 가치도 없고 웃을 힘도 없는 이 명한 심정을 누구에게 말해야 하는 걸까? 나는 사람들이 온갖 열망을 제때 포기하지 못하고 이를 좇다가 실망하던 모습을 똑똑히 보아왔다. 때문에 내 스스로조차도 더 이상 이런 철저하게 깨닫지 못하여 생겨나는 슬픔을 동정하고 싶지가 않다. 더욱이 어떻게 펜 한 자루를 부여잡고 나 자신에 대한 원망과 한을 절절하게 써낼 수 있겠는가!

그래, 내가 또 불평을 늘어놓고 있는 듯이 보일 거다. 그렇지만 이것은 내 마음 속에 숨겨놓고서 끊임없이 나 스스로에게 했던 말들로, 아직은 아무 장애가 없는 듯 하다. 난 지금까지 사람들 앞에서 눈살을 찌푸리거나 탄식할 만한 담량을 가져보질 못했기 때문이다. 비록 사람들은 벌써 내게 아무 거리낌 없이 '성급하고 교만하다'느니 '괴팍하다'는 등의 말을 붙여주고 있긴 하지만. 사실 난 불평하려고 그러는 게 아니다. 난 단지 울고 싶을 뿐이다. 누군가가 나를 그의 품안에서 울게 해 주었으면, 그리고 내가 그에게 이렇게 말할 수 있었으면 좋겠다. "난 또 내 자신을 짓밟았어요!"그러나 누가 날 이해해주고 안아주고 위로해 줄 수 있단 말인가? 난 단지 허허로운 웃음 속에 "난 또 내 자신을 짓밟았어"라는 흐느낌을 묻어둘 수밖에 없다.

도대체 무엇 때문인지, 정말 말하기가 어렵다! 물론 난 한시도 내가 그 키다리를 사랑하게 되었다는 것을 인정한 적이 없다. 그러나 그는 내 마음 속에서 분명히 해석할 수 없는 어떤 의미를 지니고 있다. 비록 그의 호리호리한 몸매에 야들야들한 장미꽃잎 같은 얼굴과 보드라운 입술, 사람을 끄는 눈매로 수많은 여자들을 유혹할 수 있고, 귀티 나는 태도로 애정을 지닌 이들을 넘어 쓰러뜨릴 수도 있겠지만, 내가 어찌 이런 무의미한 것들의 유혹으로 인해 한갓 남양인에게 미혹될 수 있단 말인가! 정말이다. 난 최근 그와의 대화를 통해 그의 가련한 생각을 알 수 있게 되었다. 그가 필요로 하는 게 무엇인가? 돈이고, 거실에서 사업상의 친구들을 접대할 수 있는 젊은 부인이고, 예쁘게 차려 입힌 통통한 아들이다. 그가 생각하는 사랑은 무엇인가? 돈을 가지고 사창가에서 물 쓰듯 하여 얻은 일시적인 육체의 쾌락이고, 푹신푹신한 소파에서 향수 냄새 풀풀 풍기는 몸을 껴안고 앉아 담배를 꼬나물고 친구들과 음담패설 같은 것을 주고받고, 거기다 왼쪽 허벅지를 오른쪽 무릎에 포개놓기도 하는 것이다. 놀다가 재미가 없으면 마누라가 있는 집으로 돌아온다. 변론회며 테니스 시합에 열중하고, 하버드에 유학하여 외교관을 할 것인지, 고위 공무원을 할 것인지, 아니면 부친의 사업을 이어받아 목재 사업을 하여 자본가가 될 것인지를 고민한다……. 이것이 그의 꿈이고 관심사다! 그는 그의 부친이 그에게 많은 돈을 남겨주지 못한 것에 불만인 것만 제외하면, 어떤 일에도 밤에 꿈도 꾸지 않고 푹 잘 수가 있다. 만약 있다면, 아마도 그것은 베이징에 예쁜 여자들이 너무 적어서 때론 유락원이나 극장이나 영화관이나 공원에 가는 것이 지겹다는 것 뿐……. 아, 내가 무얼 더 말하리요? 나를 사로잡았던 그 아름다운 용모 뒤에 이런 비열한 영혼이 자리 잡고 있다는 것을 명백히 알았는데도, 나는 아무 이유 없이 그의 많은 친밀한 몸짓들을 받아들였다. 이 친밀함, 이것은 그가 사창가에서 물 쓰듯 하고 남은 것의 절반의 가치도 없는 것이다! 그가 내 머리카락 끝에 남긴 키스를 생각하면 정말 후회스러워서 울고만 싶다! 내가 내 마음을 그에게 허락하여 제멋대로 가지고 놀게 했으니, 웃음을 파는 처녀들과 매한가지가 되어버리고 만 게 아닌가! 이 사실은 나를 더욱 자책하게 만들고, 더 괴롭게 한다. 만약 내가 거절의 뜻을 매섭게 눈동자에 담기만 했다면, 내가 감히 믿건대 그는 그렇게 대답할 수 없었을 것이다. 또 감히 믿건대, 그가 그렇게 대답하지 못함은 그가 사랑의 불꽃을 태워본 적이 없기 때문이다……. 아! 난 어떻게 내 자신을 저주해야 할까!

3월 14일

이게 사랑일까? 어쩌면 사랑이야말로 이런 마력을 지니고 있을 지도 모르지. 그렇지 않다면 사람의 생각이 이리도 예측할 수 없을 만큼 바뀌는 게 무슨 까닭이란 말인가! 잠자리에 들 무렵, 난 아름다운 사람을 경멸했다. 그러나 꿈에서 깨어나 눈을 비비자마자, 또 그 건달이 생각나는 거다. 그는 오늘 올까? 언제쯤이나, 아침에, 오후 지나서, 아니면 저녁에? 그래서 난 침대에서 일어나 급히 세수하고 이불을 개키고, 어젯밤에 바닥에 던져놓은 두꺼운 책을 집어 들어 연신 가장자리를 어루만졌다. 이것은 링지스가 어젯밤에 잊고 놓고 간 『윌슨 강연록』이다.

3월 14일 저녁

나는 아름다운 꿈 하나를 품고 있었다. 이것은 링지스가 나에게 준 것이다. 그러나 이것은 또 그로 인하여 깨져 버렸다. 나는 그로 인해 청춘의 달콤한 술을 한껏 마실 수 있었고 사랑의 미소 안에서 맑은 아침을 보냈다. 하지만 그로 인해 나는 '인생'이라는 이 녀석을 알게 되고, 낙담한 나머지 죽음을 생각했다. 내 자신이 기꺼이 타락하고자 하여 빚어진 일이라고 한스러워하니, 그야말로 가장 가벼운 형벌일 따름이지! 정말이다, 난 간혹 내가 아끼는 것을 간직하기 위해 '내게 사람을 죽일 힘이 있을까?'라는 생각마저 든다.

난 많이 생각했다. 나의 아름다운 꿈을 간직하기 위해, 내 삶의 의지가 나날이 소멸되는 것을 막기 위해, 가장 좋은 것은, 하루 빨리 서산으로 옮기는 일 뿐이다. 그런데, 위팡 말로는 방을 찾아달라고 부탁한 서산에 사는 친구에게서 아직 연락이 없다는 것이다. 내가 어떻게 다시 가서 알아보거나 재촉할 수 있겠어? 하지만 난 결심했다. 그 키다리에게 나의 괴팍함과 인정사정없는 오만 불손함과 건방진 면모를 똑똑히 맛보여주기로.

3월 17일

그 날 저녁 웨이띠가 화가 나서 돌아간 후, 오늘 또 조심조심 날 찾아와 화해를 청했다. 나도 모르게 웃음이 나면서 그가 귀엽다는 생각까지 들었다. 한 여자가 성실한 남자와 일생을 함께 하기를 소망한다면, 웨이띠만큼 믿음직한 사람도 없을 거다. 나는 웃으면서 물었다. "웨이띠, 아직도 날 원망하고 있어?" 그는 부끄러워하면서 답했다. "감히 어떻게 그래요. 누나, 날 이해해 줘요! 나는 누나가 날 버리지 않았으면 좋겠다는 바람 외에 다른 생각은 감히 하질 못해. 그저 누나만 좋다면, 누나만 기쁘다면 그걸로 족해요!" 이게 아직도 진지하지 않단 말인가? 이게 아직도 사람을 감동시키기에 부족하단 말인가? 그 하얀 얼굴에 붉은 입술을 가진 사람과 비교해 어떠한가? 그렇지만 난 말했다. "웨이띠, 넌 좋은 애야, 이 다음에 틀림없이 만족할 만큼 모든 것을 다 얻게 될 거야." 그는 도리어 처연한 웃음을 지었다. "영원히 그럴 수 없을……. 제발 누나가 말한 대로 그렇게 되기를……" 이건 또 무엇인가? 또다시 날 괴롭히는구먼! 난 그 앞에 무릎 꿇고 단지 내게 동생으로서 혹은 친구로서의 사랑만을 달라고 애원하지 못하는 게 한스러웠다! 오직 내 이기심 때문에, 나는 갈등하는 일이 적고, 기쁜 일이 좀 많기를 바란다. 웨이띠는 날 사랑하고, 게다가 그렇게 듣기 좋은 말도 할 줄 안다. 그러나 그가 간과하고 있는 게 있다. 하나는 그가 그의 열정을 정말로 좀 줄여야 한다는 것, 다른 하나는 사랑을 감출 줄도 알아야 한다는 것. 내가 이 성실한 남자 때문에 느끼는 어찌 할 수 없는 미안함 때문에 받는 고통도 정말 견디기 힘들다.

3월 18일

나는 다시 한 번 샤(夏)에게 서산에 방을 알아봐달라고 부탁했다.

3월 19일

링지스는 뜻밖에도 며칠 동안 날 찾아오지 않았다. 난 꾸밀 줄도 모르고, 접대할 줄도 모르고, 집안일을 잘 처리할 줄도 모르고, 폐병 환자인데다가 돈도 없으니, 당연히 그가 날 찾아올 일이 없지! 나도 원래는 그가 오든 말든 별 상관이 없는 줄 알았다. 그런데 그가 정말 오지 않으니 더욱 속이 상하고, 그의 경박함을 더 증명해주는 것 같았다. 그도 웨이띠처럼 그렇게 성실해서 내가 그에게 써 보낸 "아프니까 더 이상 날 귀찮게 찾아오지 마세요."라는 메모를 진짜라고 믿어버리고, 그것 때문에 찾아오지 않는단 말인가? 난 그를 다시 한 번만 만나고 싶다. 만나서 이 키다리 괴물이 도대체 얼마나 날 가볍게 보는지 자세히 보고 싶다.

3월 20일

오늘 윈린한테 세 번이나 갔다 왔는데도 내가 보고 싶어 하는 사람을 만나질 못했다. 윈린도 조금은 궁금해 하고 있었던지 내게 요며칠간 링지스를 본 적이 없는지 물었다. 나는 그냥 낙담한 채로 돌아오는 수밖에 없었지. 사실은 정말 초조하고 불안하다. 내가 감히 이 며칠 동안 그를 생각하지 않았다고 나 자신을 속일 수 있을까?

저녁 7시에 위팡과 윈린이 징뚜대학 제3캠퍼스에 영어 변론회를 들으러 가자고 왔다. 을(乙)조의 조장이 링지스라는 것이다. 이 소식을 듣자마자 내 마음은 곧 쿵쾅거리기 시작했다. 난 그저 병을 핑계로 이 선의의 요청을 거절할 수밖에 없었다. 이 쓸모없는 약자, 난 내 흥분을 감당할 배짱이 없다. 그냥 내가 그를 보지 않게 되기만을 바랄 뿐. 그렇지만 그들 두 사람이 갈 때, 링지스에게 내 안부를 전해달라고 부탁했다. 아, 이건 또 얼마나 바보 같은 짓인가!

3월 21일

막 계란과 우유를 먹고 났을 때, 귀에 익은 노크 소리가 울리면서, 종이 창 위로 호리호리한 검은 그림자가 비쳤다. 나는 달려 나가서 문을 열어주고 싶었다. 하지만 어떤 감정의 지배를 받았는지, 나도 모르게 숨을 죽이고 고개를 숙이고 말았다.

"사페이, 일어났어요?" 얼마나 부드러웠던지 난 그만 듣자마자 왈칵 눈물이 쏟아질 것만 같았다.

내가 이미 일어나 있으리란 걸 알기 때문일까? 내가 화를 내고 거절하지 못하리란 걸 알기 때문일까? 그는 살짝 문을 열고서 들어왔다. 나는 감히 젖어있는 눈꺼풀을 들어올리지 못했다.

"병은 좀 나아졌어요? 이제 막 일어난 거예요?"

나는 한 마디도 대답할 수가 없었지.

"당신 나 때문에 화난 거지요. 사페이, 내가 싫다면 가는 수밖에 없군요. 사페이!"

그가 가는 것, 물론 내 마음에 딱 들지만, 난 거칠게 고개를 들어 눈빛으로 그의 문을 열고 있는 손을 저지했다.

그를 나쁜 놈이 아니라고 말하는 사람이 누구인지, 그는 알고 있었다. 그는 내 두 손을 꽉 움켜쥐었다.

"사페이, 당신 날 우롱했어요. 매일 당신 문 앞을 지나면서도 감히 들어오질 못했습니다. 만약 윈린이 당신이 나 때문에 화가 나 있다고 말해주지 않았더라면, 아마 오늘도 감히 오지 못했을 것입니다. 사페이, 당신은 제가 싫지 않습니까?"

만약 이때 그가 과감히 날 껴안고 열렬하게 키스해 주었다면, 난 틀림없이 그의 어깨에 매달려 울음을 터뜨렸을 거라는 걸 누구라도 능히 느낄 수 있으리라. "난 당신을 사랑해요! 당신을 사랑한다구요!" 그러나 그는 오히려 이렇게 냉정하다. 난 그가 미워죽겠다. 그렇지만 난 마음속으로 말하고 있었다. "어서, 날 안아 줘요, 난 당신에게 키스하고 싶어요!" 물론 그는 예전처럼 나의 손을 잡고 그의 눈빛은 내 얼굴을 뚫어져라 쳐다보고 있었지만, 나는 그의 갖가지 몸짓 중에서 내가 기다리고 있는 것은 얻을 수 없으리라는 것을 알아챘다. 왜 그는 그래봐야 소용없다는 것, 그리고 나를 업신여길 수 없다는 것만 알 뿐, 그가 내 마음 속에서 어떤 위치를 차지하고 있는지는 알아채지 못하는 것인지! 나는 그를 발길로 걷어차서 내쫓아 버리지 못하는 것이 한스러웠다. 그런데 한편으로는 또 다른 내가 그를 향해 고개를 세차게 내저었다. 내가 그를 싫어하고 있지 않다는 것을 보이려고.

그리하여 난 또다시 유순하게 그의 경박하기 그지없는 애정의 표시들을 받아들이고, 그를 신나게 만드는 하잘 것 없는 향락거리들과 '돈을 버는 것과 쓰는 것'의 인생관에 대해 말없이 들어주었으며, 그가 내게 암시하는 여자로서의 지켜야 하는 본분들을 인정했다. 이런 이야기를 듣고 있으면서, 나는 다시 그를 경멸하고, 욕하고, 비웃고, 주먹을 들어 남몰래 내 가슴을 쳤다. 그러나 그가 의기양양하게 내 방을 나서려고 할 때, 난 감정이 북받쳐서 또 눈물이 날 것 같았다. 뜨겁게 솟구치는 욕망을 잠재워야 했기에, 나는 그에게 더 있다 가라고 할 수가 없었기 때문이다.

아, 그가 가버렸다!

3월 21일 밤

작년 이맘 때, 난 어떤 생활을 하고 있었던가? 윈 언니가 내 말이라면 무엇이든 다 들어주고 날 아껴주었기에, 난 병을 핑계 삼아 침대에서 일어나려고 하지 않았지. 윈 언니가 날 어루만져 주었던 일들을 생각하니, 이 것저것 후회되는 일들이 새록새록 떠올랐다. 나는 그만 책상에 엎드려 흑흑 흐느끼기 시작했다. 하루 종일 조용한 가운데서 이 생각 저 생각을 하다가 이따금 슬퍼지곤 했는데, 이런 담담한 처량함 때문에 난 더더욱 이런 기분을 훌훌 털어버리지 못했다. 마치 그 처량함 속에서 내가 어떤 달콤한 기억이라도 맛보는 양. 밤이 깊은 프랑스 공원 풀밭에 누워 윈 언니가 부르는 「모란정(牡丹亭)」을 듣곤 했던 일은 정말 더 이상 기억하고 싶지 않다. 만약 그녀가 귀신에게 홀린 듯이 그토록 창백한 그 남자를 사랑하게 되지만 않았더라면, 그녀는 이렇게까지 빨리 세상을 뜨지는 않았을 거고, 나도 혼자서 떠돌다 베이징까지 와서 돌봐주는 가족 하나 없이 병과 씨름하게 되지는 않았을 거다. 비록 몇몇 친구들이 날 아주 잘 보살펴주고 있긴 하지만, 그들과 나 사이의 관계를 원 언니가 날 사랑하는 것과 같은 선상에 놓고 말할 수 있을까? 원 언니를 생각하면, 난 정말 이전에 원 언니 앞에서 응석부리듯 통곡을 했던 것처럼 울어야 맞다. 그러나 이 일년이라는 시간을 보내오면서 나도 많이 컸다. 비록 시시로 울고 싶을 때가 많지만, 꾹 눌러 삼킬 줄도 안다. 다른 사람이 싫어할까 봐. 최근에는 무엇 때문인지 그저 조급하기만 하다. 여유를 갖고 내가 하고 있는 거, 내가 생각하고 있는 거, 내 건강, 명예, 내 앞날을 생각하고 싶은데 그럴 시간이 없다. 하루 종일 온 신경이 내가 생각하고 싶지 않은 일에만 몰려있다. 이것은 내가 생각하기 싫은 일이기에, 갈수록 말로 표현할 수 없으리만치 날 애타고 고민스럽게 한다! 그렇지만 내겐 '죽어도 싸지!'라고 말하는 것 말고는 다른 어떤 희망이 없다. 내가 조금이라도 동정이나 위안을 얻을 수 있을까? 하지만 이건 또 내가 남에게 동정을 구하는 것 같다.

저녁을 막 먹고 나니, 위팡과 윈린이 놀러왔다. 난 밤 9시가 되도록 그들을 가지 못하게 했다. 위팡은 내 체면을 생각해서 별 수 없이 그냥 눌러 앉았고, 윈린은 내일 수업을 준비해야 한다며 혼자 가버렸다. 그래서 나는 위팡에게 내가 요즘 느끼고 있는 절박한 상황에 대해 토로했다. 난 그녀가 이 일을 이해해 주고, 주동적으로 내 생활을 바꿔 줄 수 있을 거라고 생각했다. 내가 스스로 감당하지 못하는 것을 말이다. 그러나 그녀는 완전히 내 말을 상반되게 받아들이고, 간곡하게 날 충고했다.

"사페이, 내 생각에 네가 너무 진지하지 못한 것 같아. 물론 고의는 아니었겠지만, 네 눈빛을 너무 조심하지 않았구나. 링지스 같은 사람들은 우리가 상하이에서 어울렸던 그 애들하고는 달라. 그는 여자들하고 어울릴 기회가 아주 적었기 때문에 조금만 호의를 보여도 오해할 수 있어. 너 절대 그에게 상처를 줘서는 안 된다. 네가 어디가 좋다고 그를 사랑하겠니?"

이 오해는 나 때문인가. 만약 내가 그녀에게 도움을 구하려고 했던 게 아니라 용서를 청한 것이었다면, 그녀는 날 더욱 분노케 하고 더욱 슬프게 하는 이런 말들을 못하지 않았을까? 나는 치밀어 오르는 분노를 참고 웃었다. "황, 날 그렇게 나쁘게만 말하지 마!"

위팡이 하룻밤 묵고 가겠다고 했지만 난 그냥 가라고 보냈다.

재능 있는 여자들은 자신들이 많이 쓰임을 받지 못하기 때문에, "나는 늘 애수에 잠겨있네", "슬프구나 내 마음이……", "……" 어쩌구저쩌구 하면서 신시나 고시를 많이 지어내지. 싹수가 노란 나야 그저 이런 시의 분위기에 휩싸여, 싯구 대신 눈물로 내 마음의 갈등을 나타내려 하지만 그러지도 못한다. 바로 이런 점에서, 남만도 못하기 때문에 마땅히 모든 것을 홀홀 털어 버리고 열심히 사람노릇을 해야 옳다. 천 번 만 번 양보해서, 나 자신의 열정을 즐기기 위해, 한 떼의 천박한 눈빛들의 찬미를 얻기 위해, 나도 펜이나 창을 들지 못해서는 안 되지. 정말 나 스스로를 죽음보다 더 견디기 어려운 고통의 심연 속에 빠뜨릴 것인가, 단지 그 남자의 부드러운 머리카락, 붉은 입술 때문에……

나는 다시 유럽의 중세기 기사들의 풍모를 상상했다. 여기에 비유한다면 틀림없을 거야. 그 중의 어떤 사람이 링지스를 보았다면, 그는 동방의 장점인 이 온유함을 간직하고자 했을 것이다. 신은 좋은 것은 무엇이든지 모두 다 그에게 내려주었으면서, 왜 그에게 총명함은 조금도 주질 않았을까? 그는 아직 진정한 애정이 무엇인지도 모르고 있지 않은가. 그는 정말로 이해하지 못한다. 비록 그가 유부남이라고는 하지만(오늘 밤에 위팡이 말해주었다), 비록 그가 예전에 싱가폴에서 자동차를 타고 가는 여자를 자전거로 쫓아가서 얼마동안 연애한 적도 있다고는 하지만, 비록 그가 전에 한가담(韓家潭)에서 밤을 지낸 적도 있다고는 하지만. 그런데 그는 정말 한 여인의 사랑을 받아 보았을까? 그는 한 여인을 사랑해 보았을까? 감히 단언컨대, 없다!

이상한 생각이 또 내 머리 속에서 타올랐다. 나는 이 대학생을 가르쳐보

겠다고 결심했다. 이 세상은 그가 이해하는 것처럼 그렇게 간단하지만은
않아!

3월 22일

마음이 황망하고 어지러운 중에, 난 억지로 일기를 써왔다. 오래 전, 윈
언니가 여러 번 편지로 일기를 읽고 싶다고 해서 별 수 없이 쓰기 시작한
것이다. 지금은 윈 언니가 세상을 떠난 지도 오래되었지만, 그만두기가 아
쉬워서 계속 써왔다. 이런 생각도 든다. 윈 언니가 살아있을 때 내게 일기
를 쓰라던 간곡한 부탁을 저버리지 말고 영원히 일기를 써서 윈 언니를 기
념하는 셈 쳐도 괜찮으리라고. 그래서 펜을 들기가 싫어도 어떤 식으로든,
한 페이지든 반 페이지든 아무렇게나마 글자의 흔적을 남기고자 했던 것이
다. 원래는 자려고 했던 거였는데, 벽에 걸린 윈 언니의 사진을 보니 몸을
일으키지 않을 수 없었다. 윈 언니가 보고 싶어서 견딜 수 없는 심정을 사
그라뜨리려고 펜을 들었다. 물론 이 일기는 윈 언니 말고는 아무에게도 보
여주고 싶지 않다. 윈 언니가 내 생활을 알고 싶어 하여 쓰기 시작한 사소
한 일들이기 때문이다. 또 다른 이유는 누군가 이지적인 얼굴로 나를 바라
보면서 내 마음을 비꼬면, 다른 사람들이 존중하고 떠받드는 도덕으로 인
해 내가 마치 정말 범죄를 저지른 듯한 괴로움에 빠질 것 같아서이다. 그
래서 이 까만 표지의 작은 노트를, 아주 오랫동안 난 내 베개 밑의 요 아래
에 넣어 두어 왔다. 오늘 불행하게도 나는 나의 처음 뜻을 어기고 말았다.
비록 아무 생각 없이 나온 행동인 것 같기는 하지만 어쩔 수 없어서 그랬
다. 웨이띠가 요즘 자주 날 오해해서 그 자신을 힘들게 하는데다가, 나까
지 그 영향을 받고 있기 때문이다. 나는 평소 일거일동을 통해 내 마음을
다 표현한다. 그런데 왜 그는 내 뜻을 이해하지 못하는 걸까? 설마 내가
툭 까놓고 설명하고 그의 사랑을 저지해야 한단 말인가? 내 생각에 만일
웨이띠가 아닌 다른 사람이라면, 나는 어떻게 처리해야 가장 나을지 알 수
있을 것이다. 그는 너무 선량해서 내가 독하게 대할 수가 없어! 그저 내

일기를 보여주는 것 밖에는 다른 방법이 없어. 그가 내 마음 속에서 얼마나 희망이 없는지, 내가 얼마나 차갑고 박정하며, 사랑할 만한 여인이 아니라는 걸 알려주어야 해. 만일 웨이띠가 날 이해한다면, 난 당연히 그를 내가 마음을 터놓을 수 있는 유일한 친구로 대할 것이고, 열렬하게 그와 포옹하고 키스할 것이다. 그를 위해 세상에서 가장 사랑스럽고 가장 아름다운 여자가 되고자 할 것이다……. 일기를 웨이띠는 읽고 또 읽었다. 눈물을 흘리기도 했지만, 지극히 침착했다.

"누나를 이해하겠어?"

그는 고개를 끄덕였다.

"누나를 믿겠니?"

"어떤 면에 관한 건데?"

이리하여 난 그의 끄덕임의 의미를 이해했다. 어느 누가 날 이해할 수 있으리오. 고작 나의 만분의 일을 드러냈을 뿐인 일기를 이해할 수만 있어도 너에게 나의 이 쓰라린 마음을 어느 나마 보여줄 텐데! 하물며 남이 이해해주기를 바라며 온갖 방법을 다해 글로써 거듭 밝혀 놓은 일기를 보여준다는 게 얼마나 가슴 아픈 일인가! 게다가 나중에 웨이띠는 그가 날 이해하지 못했다고 내가 생각할까봐 걱정되어 연신 이렇게 말하는 것이었다.

"누나는 그를 사랑해, 누나는 그를 사랑한다구! 난 누나와 어울리지 않아!"

난 정말 화가 나서 일기를 갈기갈기 찢어 버리고 싶었다. 내가 이 일기의 의미를 훼손하지 않았다고 말할 수 있을까? 나는 별 수 없이 웨이띠에게 말했다.

"나 자야겠어. 내일 또 만나."

사람에게는 정말 무얼 기대할 게 없다! 이 사실은 정말 무시무시하지 않은가? 만일 윈 언니가 살아있어서 내 일기를 보았다면, 단언컨대, 그녀는 날 껴안고 울었을 것이다.

"사페이, 우리 사페이, 내가 왜 좀 더 잘 살아서 우리 사페이가 이런 고통을 겪지 않도록 도와주지 못했을까……"

그러나 윈 언니는 이미 죽었다. 내가 이 일기를 가지고 얼마나 통곡해야 좋을지!

3월 23일

링지스가 나한테 말했다. "사페이, 당신은 정말 특이한 여자군요." 이 말은 절대 나의 어떤 면을 이해해서 나온 감탄이 아니다. 그가 특이하다고 여기는 것은 내 낡아빠진 장갑, 향수를 찾아 볼 수 없는 서랍, 이유 없이 갈기갈기 찢겨진 새 솜옷, 고이 보존된 오래된 작은 장난감…… 그리고 또 뭐가 있더라? 이런 것들을 보아서이다. 평소답지 않은 웃음소리를 듣고서도 달라진 점에 대해 그는 절대로 깨닫지 못한다. 나도 그에게 한 번도 내 자신의 이야기를 한 적이 없다. 예를 들어 그가 "나는 다음에 열심히 돈을 벌 거예요"라고 말하면 난 웃는다. 물론 그가 말하는 특이하다는 것은 단지 그의 생활 습관으로는 자주 볼 수 없다라는 뜻이다. 그로 하여금 날 이해하고 존중하게 할 수 없다는 것이 아주 슬프다. 나는 아무것도 바라지 않는다. 서산에 가는 것 외에는. 내 과거의 망상을 생각하면 정말 우습다!

3월 24일

그가 일단 혼자 내 앞에 있으면 나는 곁눈질로 그의 얼굴을 쳐다보며 그의 음악 같은 목소리를 들으면서 마음속의 감정의 채찍질을 꾹 눌러 참는다. 왜 그에게 덮쳐 그의 입술이며 눈썹이며 그의…… 아무 곳이라도 입 맞추지 못하는가? 정말 어떤 때는 말이 입가에까지 맴돈다. "나의 왕자님이여! 내가 한 번만 입 맞추게 해주세요!" 그러나 또 이성에 억제되어, 아니, 내게는 이제껏 이성이 없었고, 또 다른 일종의 자존심의 제지로 나는 다시 삼키고 만다. 아! 그의 사상이 아무리 형편없더라도, 내가 그에게 미친 듯이 정을 품었던 것은 의심할 여지가 없는 일이다. 그렇다면 내가

295

그를 사랑한다는 걸 인정하지 못하는 것은 무엇 때문인가? 또한 나는 감히 단언컨대, 그가 나를 꼭 껴안아주고 내게 그의 온몸을 입 맞추게 해준다면, 나중에 나를 바다에 던지든 불 속에 던지든 나는 기쁜 마음으로 눈을 감은 채 영원히 나의 애정을 간직해줄 죽음이 오기를 기다리겠다. 아! 내가 그를 사랑하게 되었구나! 그가 내게 멋진 죽음을 안겨주기만 하면 족할 텐데……

3월 24일 깊은 밤

나는 결심을 했다. 내 자신을 색정적인 유혹과 타락에서 구해내야만 하겠다. 내일 아침 샤가 있는 곳으로 가야겠다. 링지스를 보기만 해도 느끼는 고통스러움에서 벗어나도록. 이 고통에 시달린지 너무 오래되었다!

3월 26일

갈등을 덜려고 갔다가 다른 갈등에 부닥치자, 나는 부득불 이내 돌아오지 않을 수 없었다. 내가 샤에게 간 이튿날, 멍루(梦如)가 갔다. 물론 그녀는 다른 사람을 보러 갔다지만, 나는 매우 불쾌했다. 밤늦게 그녀는 감정에 대해 최근에 깨달은 의견을 떠들어대면서 은근히 나를 비꼬았지만, 나는 잠자코 있었다. 나는 그가 더욱 의기양양해 하는 꼴을 보고 싶지 않아 뜬눈으로 샤의 침대에 누워 있다가 날이 밝자마자 화를 참고 돌아왔다……

위팡이 나에게 서산에 셋집을 구했다고 알려주었다. 뿐만 아니라 또 나를 위해 여자친구도 구했다는데, 역시 병 치료를 하고 있단다. 이 여자친구는 위팡과도 좋은 친구란다. 이 소식을 들으면 마땅히 기뻐해야 할 터이지만, 나는 눈가에 희색이 도는 듯 하다가 이내 암담한 처량함에 소침해졌다. 비록 어릴 때부터 집을 떠나 외지로 떠돌아다녔지만, 언제나 친척이나 벗들이 함께 해주었다. 이번의 서산행은 물론 시내에서 몇 십리밖에 떨어져 있지 않다고 해도, 스무 살밖에 안 먹은 내가 홀로 낯선 곳에 가는 일은 그래도 처음인 것이다. 만약 내가 그곳에서 아무 소리 없이 죽어간다면 누가 맨 처음 나의 시체를 발견할 것인가? 내가 거기에서 죽지 않는다고 보장할 수 있을까? 어쩌면 다른 사람들은 내가 이런 작은 일을 걱정한다고 비웃을지 모르지만 난 정말 울기도 했다. 위팡에게 내가 떠나는 게 서운하지 않냐고 물었을 때 위팡은 도리어 어린애 같은 질문을 한다고, 겨우 이정도 거리에 무슨 서운하고 말고 할 게 있냐고 하면서 웃었다. 위팡에게서 매주 한 번씩 날 찾아오겠다는 대답을 듣고 나서야 나는 계면쩍게 눈물을 닦았다.

오후에 나는 웨이띠에게 갔다. 웨이띠도 위팡이 오지 않는 날로 일주일에 한 번씩 찾아오겠다고 했다.

집에 돌아오니 밤이 깊었다. 나는 혼자서 쓸쓸하게 물건들을 챙겼다. 베이징의 여러 친구들과 헤어질 것을 생각하니 또 울음이 나왔다. 그러나 친구들은 한 번도 내 앞에서 눈물을 보인 적이 없다는 것이 생각나서 난 얼굴의 눈물 자국을 닦았다. 나는 이제 홀로 외로이 이 고성을 떠날 것이다.

외로운 가운데 난 또 링지스가 생각났다. 사실 이렇게 말해서는 안 된다. 링지스는 "생각한다", "또 생각난다"고 말할 수 없다. 완전히 온종일 그만 생각하고 있으니, "또 나의 링지스를 말하자"라고 해야 할 것이다. 이 며칠 사이에 내가 일부러 빚어낸 이별은 오히려 나에게 헤아릴 수 없는 상처를 가져다주었다. 나는 원래 그를 놓아버리려 했는데 도리어 더욱 꽉 붙들게 된 것이다. 내가 그를 마음속에서 지워버릴 수 없는 바에야, 무엇 때문에 회피하며 만나지 않으려 하는가? 이 일은 정말 나를 골치 아프게 한다. 나는 이렇게 그와 헤어질 수는 없다. 이렇게 쓸쓸하게 서산으로 갈 수 없어……

3월 27일

아침 일찍 위팡은 내 대신 방을 정리하러 서산으로 갔다. 나는 내일 가기로 했다. 그녀의 이런 성의에 무슨 말로 감사를 표시했으면 좋을지 모르겠다. 나는 원래 하루 더 시내에 머물고 싶었지만, 차마 이야기를 꺼낼 수가 없었다.

마침 내가 초조해하고 있을 때, 링지스가 왔다. 나는 그의 두 손을 꼭 쥐고 말했다.

"사페이! 며칠간 보지 못했군요!"

나는 이때 그를 끌어안고 울고 싶었지만 눈물을 머금고 웃어 보였다. 내가 내일 서산에 간다는 말을 듣고 그가 보여준 놀라움과 탄식은 나를 많이 위로해줬다. 그래서 나는 진짜로 웃었다. 그는 내가 웃는 것을 보더니 나의 손을 꽉 쥐었다. 너무 세게 쥐어 아플 지경이었다. 그는 원망 섞인 목소리로 말했다.

"웃어요! 웃으라니까요!"

이 아픔은 도리어 나에게 이제껏 느껴본 적이 없는 편안함을 주었다. 마치 가슴에 막혔던 무엇이 쑥 내려가는 것 같았다. 나는 그의 팔에 막 기대고 싶었다. 이때 웨이띠가 들어왔다.

그가 오는 것을 내가 싫어하는 줄을 뻔히 알면서도 웨이띠는 가지 않았다. 나는 링지스에게 눈짓을 하면서 "지금쯤은 강의가 있지요?"하며 링지스를 전송했다.

그는 내일 언제쯤 떠나는가를 물었다. 내가 대꾸하면서 또 오겠느냐고 하자 그는 갔다가 바로 오겠노라고 했다. 나는 그를 바라보면서 기분이 좋아졌다. 그의 아름다운 외모 속에 얼마나 비열한 인격이 감추어져 있는지조차 잊어버렸다. 이때 나의 눈엔 그가 전기 속의 연인으로 보였다. 허, 사페이에게 연인이 있네!……

3월 27일 저녁

내가 웨이띠를 쫓아 보내고 장장 다섯 시간이 지났다. 이 다섯 시간을 내가 어떻게 해야 형용할 적당한 말을 생각해 낼 수 있을까? 뜨거운 냄비 속에 든 개미처럼 자그마한 이 방안에 불안하게 앉아 있다가 다시 창문가로 달려가 문틈으로 내다보고. 그러나 그는 틀림없이 오지 않을 것이다. 틀림없이 오지 않을 거라구. 그래서 나는 또 울고 싶어졌다. 내가 이처럼 처량하게 떠나간다는 게 슬펐다. 어찌하여 베이징에는 나와 같이 울어줄 사람이 한 사람도 없단 말인가? 그렇다. 나는 마땅히 이 냉혹한 베이징을 떠나가야 한다. 나는 왜 이따위 나무 침대, 기름때 묻은 책상, 다리가 세 개인 의자를 차마 떠나지 못하는가? 그렇다. 내일 아침이면 나는 떠날 것이다. 베이징의 친구들은 다시는 사페이의 병 때문에 고달프지 않을 것이다. 친구들이 좀 홀가분하도록 사페이가 벗들을 위해 서산에서 죽는 것도 마땅한 것이다! 그러나 이렇게 샤페이 혼자만 외롭게 서산으로 가게 내버려두는 것을 보면, 사페이가 죽지 않더라도 사람들에게 해가 가거나 흥분시키지는 않겠지…… . 생각하지 말자. 생각하지 말자. 생각할 게 뭐가 있는가? 만일 사페이가 이토록 남들의 감정을 낚아채려고 욕심 부리지 않았다면 그들 눈에 어리는 동정만으로도 만족하지 않았겠는가?……

친구들에 대해 더 말하지 않으련다. 나는 이 세상의 우정이 영원토록 사페이를 만족시키지 못한다는 것을 안다.

그렇다면 내가 무엇에 만족할 수 있을까? 링지스가 내게 오겠다고 대답했지만, 벌써 밤 아홉시가 되었는데…… . 또 그가 온다 해도 나는 유쾌할까? 그가 내가 원하는 것을 줄 수 있을까?……

그가 오지 않는다고 생각하니 나는 내 자신이 더욱 미워졌다! 이전부터 남자의 부류에 따라 어떻게 대해야 하는지 알고 있지만, 지금 오히려 바보짓을 하고 있다. 내가 그에게 다시 오겠느냐고 물었을 때, 어떻게 그런 기대에 찬 눈빛을 보일 수 있단 말인지, 멋진 사람 앞에서는 그들이 깔보지 못하도록 너무 솔직해서는 안 되는 법인데…… . 그러나 내가 그를 사랑하는 마당에, 그럴듯한 수단을 부릴 필요가 뭐가 있는가? 내가 직접 그에게 사랑을 고백해서는 안 된단 말인가? 게다가 난 그 사람에게 해 끼치는 일만 없다면 백 번을 키스해도 상관없다고 생각하는데, 왜 이게 허용이 안 되는 걸까?

그가 온다고 했으면서 오지 않은 것을 보니, 날 희롱한 게 분명하다. 친구, 사페이가 떠날 때에 호의를 보인다고 무슨 손해를 보지는 않을 텐데.

오늘 밤에 나는 그야말로 미칠 것 같다. 언어, 문자가 이런 때에는 얼마나 무능한가! 나의 마음은 수많은 쥐새끼들이 물어뜯는 것 같고 또 화롯불이 활활 타오르고 있는 것 같기도 하다. 나는 무슨 물건이든지 모두 깨부수어 버리고 싶고, 또 캄캄한 밖에 나가 마구 달리고 싶다. 내 미칠 듯한 감정의 격동을 막을 길이 없다. 이런 뜨거운 감정의 바늘방석에 누워 있으니 돌아누워도 찔리고 모로 누워도 찔리는 것 같다. 마치 기름 가마 속에서 기름 끓는 소리를 듣고 온몸이 타오르는 것 같은 느낌이다……. 왜 나는 밖으로 나가지 못하는가? 나는 일종의 아스라하고 무의미한 희망이 오기를 기다리고 있다! 아…… 그 붉은 입술을 생각하니, 나는 또 미치겠다! 만약 이 기대가 이루어질 수만 있다면— 나는 혼자서 웃음을 참지 못하고 내 스스로에게 재삼 반복하여 물었다. "그를 사랑하는가?" 나는 더욱 웃어댔다. 사페이는 그 정도로 남양사람을 사랑할 머저리는 아니다. 그래, 내가 자신의 사랑을 인정하지 않는다 해서, 다른 사람에게 손해도 없을 하찮은 일을 하는 것마저 허락받지 못한단 말인가?

만일 오늘밤 그가 끝내 오지 않는다면, 내가 어찌 기꺼이 서산으로 홀연 떠날 수 있단 말인가……

아! 9시 반이 되었다!

9시 40분이다!

3월 28일 새벽 3시

사페이는 세상에서 살면서 남들이 그녀를 알아주고 그녀의 마음을 이해해주기를 바라는 마음이 너무 열렬하고 간절하였다. 그래서 오래도록 실망의 고민 속에 빠져있었다. 그녀 자신 외에 그 누가 그녀가 흘린 눈물의 분량을 알 수 있겠는가?

이 일기 안에 있는 것은 사페이 생활의 기록이라고 하기보다는, 아예 사페이의 눈물 한 방울 한 방울이라고 말하는 것이 더 낫고 사페이의 마음에서도 더욱 적절하다고 생각한다. 하지만 이 일기는 이젠 마무리 지을 때가 되었다. 그것은 사페이가 더 이상— 눈물로써 모든 분노와 위로를 드러낼 필요가 없어졌기 때문이다. 그건 일체의 모든 것이 무의미하다고 느껴서이며 눈물은 더더구나 이런 무의미함의 심오한 표시이기 때문이다. 그러나 이 최후의 한 페이지 일기에서 사페이는 마땅히 기쁜 심정으로 축하해야 한다. 그녀가 최대의 실망 가운데서 다행히 만족을 얻게 되었는데 이만족은 거의 사람을 기쁘다 못해 죽을 지경으로 만드는 것이다. 하지만 나는 그 만족으로부터 승리를 얻었으며, 승리로부터 처량한 느낌을 받았다. 또 자신의 불쌍한 점과 가소로운 점을 더욱 깊이 알게 되었다. 그리하여 이 몇 달 동안 나를 몽상에 빠지게 했던 약간의 '아름다움'은 오히려 가물가물 흐릿해졌다— 이 아름다움은 바로 그 키다리의 풍모다!

나는 어떻게 설명해야 할까? 완전히 남자의 외모에만 빠진 여자의 심리를! 물론 나는 그를 사랑하지 않는다. 사랑하지 않는다는 점은 아주 쉽게 설명할 수 있다. 그것은 그의 늠름한 풍채 속에 그처럼 비열하고 추악한 영혼이 숨어 있기 때문이다. 그렇지만 나는 또 그를 사모하고 그를 그리워하며, 심지어는 그가 없이는 삶의 의미를 상실해버린다. 게다가 나는 늘 이렇게 생각한다. 어느 날 나와 그가 친밀하게 키스를 한다면, 나의 몸이 이런 마음으로부터 터져 나올 미친 듯한 웃음 속에서 무너져 버려도 좋겠다고. 사실, 단지 기사 같은 그 사람의 부드러운 애무를 받을 수만 있다면, 그의 손길이 내 몸의 어느 곳에 마음대로 닿기만 한다면, 이 때문에 모든 것을 희생하여도 나는 원한다.

난 미칠 것만 같다. 그것은 이 환상 속의 기적이 꿈같이, 끝내 아무런 어려움도 없이 나에게 다가왔기 때문이다. 그러나 이 속에서 느낀 것이란 내가 상상하던 것처럼 영혼을 도취시키는 행복이었던가? 아니었다!

그가, 링지스가 밤 열시에 왔을 때, 내게 얼버무리면서 자신이 얼마나 나를 생각하고 있는가를 이야기하기 시작했다…… 그래서 내 마음은 몇 번이고 흔들렸다. 그러나 잠시 후 나는 그의 정욕에 불타는 눈길을 보았을 때 그만 무서워졌다. 그래서 그의 그 비열한 사고에서 연유한 더 추잡한 맹세들은 다시 나의 자존심을 불러일으켰다! 만일 그가 이처럼 천박하고 간지러운 사랑의 말들을 다른 여자들에게 속삭였더라면, 사실 듣기 좋았을 것이며 이른바 사랑하는 마음을 얻었을 것이다. 그러나 나에게 있어 이런 말들의 힘은 나를 더욱 멀리 멀어지게 했다. 아! 불쌍한 사나이여! 신께서 그대에게 이처럼 아름다운 용모를 주었지만, 도리어 암암리에 그대를 농락하였도다. 그처럼 어울리지 않는 영혼을 그대 인생의 중요한 것으로 삼았으니! 그대는 내가 바라는 것이 '가정'이라 여기는가? 내가 좋아하는 것이 '금전'이라 여기는가? 내가 자랑스러워하는 것이 '지위'라고 여기는가? "당신은 내 앞에서 얼마나 가련한 사나이인지!" 나는 참으로 그의 불행으로 인해 통곡하고 싶었다. 그런데, 그는 여전히 그 눈빛을 내 얼굴에 고정시키고 있었다. 정욕의 화염으로 이글이글 타올라 얼마나 무서워 보였던지! 만일 그가 육체적인 만족만을 얻고자 했다면, 그는 자신의 아름다움으로 능히 나의 마음을 짓밟을 수 있었을 것이다. 그러나 그는 오히려 울면서 나게 말하는 것이었다. "사페이, 날 믿어요. 나는 당신을 저버리지 않을 것입니다!" 아! 가련한 인간이여! 그는 아직도 자기 앞에 있는 여자가 얼마나 경멸하는 태도로 그의 이런 행동, 이런 말을 불쌍히 여기고 있는지를 모른다! 나는 그만 웃음을 터뜨렸다. 그도 사랑을 안다고, 나를 사랑할 수 있다고 하는 것은 농담에 지나지 않는다고 했다! 그 정욕에 불타는 소굴-한 쌍의 이글거리는 눈은 그가 비열하고 천박한 짓 외에는 아무 것도 모른다는 것을 똑똑히 보여주고 있지 않은가?

"이봐요, 좀 똑똑히 굴어요. 가버려요. 한가담 같은 데나 당신이 즐거움을 얻을 곳이라구요." 나는 기왕 그가 어떤 사람인지를 분명히 알아챘으니 당연히 이렇게 말해야 했고, 인류 가운데 가장 비열한 인간을 쫓아내야 마땅했다. 그러나 아무리 내가 속으로 그를 조소해도 그가 대담하게 팔을 뻗쳐 나를 끌어안았을 때, 나는 그만 모든 것을 잊고 말았다. 모든 자존심과 자긍심을 잃어버리고 그의 유일한 장점인 풍채에 매혹되었다. 마음속으로 단지 "꼭 껴안아주세요. 좀 더 오래 안아 주세요. 내일 아침이면 나는 떠나요."라고만 생각하면서 말이다. 만일 내가 그때 조금이라도 자제력이 있었더라면, 분명 그의 잘생긴 용모 이외의 다른 것들을 생각했을 것이며, 그를 돌멩이처럼 방밖으로 내던졌을 텐데.

오! 내가 무슨 말이나 심정으로 후회할 수 있으랴? 링지스, 그처럼 비열한 인간이 나에게 키스했다! 나는 조용히 받아들였다! 그러나 그때, 축축하고 부드럽고 뜨거운 것이 나의 입에 닿았을 때 내가 속으로 느낀 것이란 무엇이었을까? 나는 다른 여자들처럼 정신을 잃고 애인의 팔에 쓰러지지는 않았다! 나는 두 눈을 크게 뜨고 그를 바라보면서, 속으로 "내가 승리했구나! 내가 승리했구나!"하고 생각했다. 내가 그토록 미련을 두던 그의 그것이 나에게 키스했을 때, 난 벌써 어떤 맛인지를 알았기 때문이다.

나는 동시에 자신을 경멸했다. 이리하여 갑자기 서글퍼져서 나는 그를 힘껏 밀어내고는 울었다.

그는 어쩌면 내 눈물을 홀시하고, 그의 입술이 내게 그 정도로 따스하게 다가와서, 그 정도로 부드럽게 느껴져서, 내 맘을 도취시켜 거의 정신을 잃을 정도로 만들었다고 생각했나 보다. 그래서 그는 내 옆에 다가와 계속해서 수많은 이른바 사랑을 고백하는 낯간지러운 말들을 늘어놓았다.

"구태여 당신의 그 남이 애석하게 여기는 부분을 몽땅 드러내놓을 필요가 있나?" 나는 정말로 이렇게 또 그가 가련해졌다.

나는 말했다. "허튼 생각 마세요. 아마 난 내일 죽을지도 몰라요!"

그는 듣고만 있었다. 그가 이 말에 어떤 느낌을 받았는지 뉘 알겠는가? 그는 또 나에게 키스하려 했다. 나는 얼른 피하였다. 그러자 그의 입술이 그만 나의 손등에 닿았다……

나는 마음을 굳게 먹었다. 이때에 나는 정신이 초롱초롱 맑아졌기에 그더러 돌아가라고 재촉했다. 그는 원망하는 낯빛으로 나를 보며 치근거렸다. 나는 속으로 생각했다. "무엇 때문에 당신은 이처럼 머저리노릇만 하는 건가요?" 그는 밤 열두 시 반까지 나를 못살게 굴다가 돌아갔다.

그가 돌아간 후 나는 그사이 일들을 되새겨 보았다. 나는 젖 먹던 힘까지 다 짜내 내 가슴을 쳤다! 무엇 때문에, 내가 그토록 깔보던 남자와 입 맞추었는가? 그를 사랑하지도 않고 오히려 비웃으면서 나를 끌어안게 내 버려두다니? 정말, 그저 기사 같은 풍모에 이처럼 타락할 수 있단 말인가?

결국 나는 자신에 의해서 짓밟혔다. 사람의 원수는 바로 그 자신이다. 맙소사, 무슨 수로 보복하며 이 모든 상처를 보상받을 수 있을까?

다행히 이 우주에서 내 생명이란 다만 나 자신의 노리개에 지나지 않을 뿐, 나는 벌써 낭비할 대로 낭비했다! 그렇다면, 이번의 경험이 나 자신을 더욱 깊은 비탄 속에 빠뜨리게는 하였으나, 그리 중대한 사건은 되지 못할 것이다.

그러나 나는 베이징에 남아 있고 싶지 않으며, 서산은 더구나 가고 싶지 않다. 차를 타고 남방으로 가서 아무도 모르는 곳에서 내 남은 생을 보내기로 결정했다. 그리하여 나의 마음은 상처의 아픔 속에서 다시 흥분되었다. 나는 미친 듯이 웃으면서 자신을 안쓰러워했다.

"소리 없이 살다가 소리 없이 죽자. 아, 불쌍하구나! 사페이여!"

아마오(阿毛) 아가씨

제 1 장

1️⃣

오늘은 아주 특별한 날이다. 하지만, 단지 아마오가 보기에만 그렇다. 아마오는 이미 오늘 오후에 그녀가 상상도 할 수 없는 곳으로 시집가기로 정해져 있다.

초겨울의 태양이 아주 온화하게 이 황량한 산촌을 비춘다. 아마오네 초가집도 이 따사로운 햇빛 아래서 반짝반짝 빛나고 있다. 날이 밝자마자, 아버지는 평소처럼 채소밭에 물을 주러 나갔다. 그러나, 그가 돌아와서 아마오가 화롯가에서 밥을 짓고 있는 것을 보더니 농담하듯, 하지만 웃는 얼굴 뒤로 평소보다 더 처량하고 더 어두운 기색을 감추며 말했다.

"허, 내일부터는 밥 하는 게 내 몫이 되겠구나."

이 말이 퀭한 방안에서 울려 퍼지면서 아주 둔탁하게 아마오의 마음을 짓눌렀다. 아마오는 그만 또 울음을 터뜨리고야 말았다.

"이런, 바보! 무슨 울 게 있다고? 언젠가는 시집가야 하는 법, 그래 정말로 평생 동안 이 아비하고 살려고 그랬단 말이냐? 먹여 살리지 못하는 것은 차치하고서라도, 설령 내가 먹여 살릴 수 있다 쳐도 나 죽은 다음에는 어떡하려고?"

아마오는 더 서럽게 울었다. 그저 아버지의 품에 안겨들고만 싶었다.

아마오의 늙은 아비는 웃으면서 그녀를 위로했다.

"그쪽 집안은 아주 잘 산단다, 거기로 가면 어쨌든 여기서처럼 이렇게 고생하지는 않을 거다. 허허, 아직도 울고 있네, 간신히 이렇게 좋은 집하고 맺어 주었건만. 아비 혼자만 여기 두고 가는 게 걱정되어서, 그래서 우는 거냐? 걱정할 거 없다, 곧 있으면 셋째 고모가 와서 며칠간 나와 같이 있을 거다. 아바오(阿宝)도 나랑 같이 살겠다고 그러는데. 그도 집이 마땅히 없으니 와서 산다고 하면 뭐 좋지, 네가 쓰던 침대를 그냥 쓰라고 하고."

그러나 아마오는 더더욱 섧게 울었다. 그녀를 달랜다고 하는 모든 말들이 그녀의 심정을 더욱 슬픔 가운데로 몰아간 것이다. 아버지를 떠난다는 것을 더 감당할 수가 없었고, 그 낯선 생활도 더더욱 가까이 갈 엄두가 나지 않았다. 그녀는 정말 이 시집간다는 것의 의미를 이해할 수가 없었다. 비록 아버지며, 셋째 고모며, 중매 서 준 짜오(赵)네 셋째 숙부와 다른 사람들이 다 시집가는 게 당연하다고 했고, 스스로 생각해봐도 틀린 일은 아닌 듯싶기는 했지만 말이다. 이 의문은 단지 마음속에만 담아둘 수밖에 없었다. 왜냐하면, 셋째 고모가 진작 그녀에게 이것은 처녀들이 말하는 게 아니며, 부끄러운 일의 하나라고 얘기했기 때문이다. 비록 그녀가 자신이 이해하는 부끄러움이라는 개념 위에서 소위 시집간다는 것을 파악하기는 했지만, 그녀는 항시 이것이 아마도 그녀 혹은 그녀의 아버지에게 다소 불리하다고 생각하고 있었다. 근래 아버지의 바쁜 모습에서 약간의 불안을 느끼고 있었기 때문이다.

만약 다른 사람이 그녀에게, 어떤 사람이 있는데, 그녀를 아주 좋아하고, 그녀를 아주 필요로 하며, 얼마 뒤에 곧 그녀를 데리러 올 거라고, 이렇게만 말했다면, 그녀는 틀림없이 아주 기쁜 마음으로 그 특별히 준비해 놓은 옷을 입었을 것이다. 그녀가 얼마나 그녀의 아버지를 사랑하고, 그 황량한 산과 골짜기에 어떤 애착을 가지고 있다 해도, 그러나 그 호기심, 떠들썩하고 재미있는 그런 것을 더 희구하는 마음은 그녀로 하여금 다소의 걱정스러운 일들에 괘념치 않도록 했을 것이다. 왜냐면 그녀의 사고 속에 시집간다는 것의 개념은 시종 아주 모호해서, 그녀는 그저 잠시 오래 머무는 손님이 된다라고만 생각하고 있었기 때문이다.

지금은, 다른 사람들이 무의식중에 그녀에게 베푼, 마치 위협하는 것처럼 되어버린 호의로 인하여, 그녀의 평온했던 머릿속이 일종의 무겁고 복잡한 근심거리들로 뒤섞여버렸다. 그녀가 가장 걱정하는 날, 그녀의 혼사날이 아주 빠른 속도로 다가왔다.

아침을 먹고 나니, 셋째 고모가 노주(芦酒)를 한 홉 들고 왔다.

아마오의 늙은 아비가 말했다.

"아이고, 농사도 잘 안 된 마당에 무슨 술이냐? 간단하면 간단할수록 좋은 법이다. 그래서 아마오 경삿날인데도 내가 손님들을 초대하지 않은 거다. 모레 근친(近亲)나올 때 함께 밥이나 먹으면 되지. 조금 있다가 아바오가 도와주러 오겠지마는 사실 뭐 할 일도 없다."

셋째 고모는 오십 남짓 되는 상당히 눈치 빠른 부인네다. 비록 이 초가집에서 살다가 시집가긴 했지만 꽤 괜찮은 곳으로 간 덕에 그럭저럭 먹고는 산다. 다만 그녀가 그렇게도 바라는 자식이 슬하에 하나도 없는 탓에 아마오를 아주 귀여워한다. 그래서 매해 그렇게 열심히 고달프게 일하면서도 먹고사는 게 힘든 이들 부녀를 자주 와서 챙겨준다. 그녀는 그녀의 가난한 오빠를 충분히 이해하긴 했지만, 그래도 오늘은 아마오의 경삿날이고 또 자식이라곤 아마오 하나뿐인데, 라는 생각에 반대의 뜻을 나타냈다.

"내 말 좀 들어봐요. 수확은 수확이고 혼사는 혼사예요, 대충대충 치를 수는 없어요. 오늘 같은 날이 또 언제 있다고?"

그러나 오늘 일을 막상 또 생각하고 그녀는 입을 다물어버리더니, 스스로 융통성 있게 말을 돌렸다.

"사실, 뭐라 할 수도 없는 일이지, 어제 옷상자 하나 마련하는 것도 그렇게 힘들었는데. 손님들이야 안 부른다고 해도, 어느 정도 모양새는 있어야지요. 어쨌든 식구들 몇이서라도요. 간단한 반찬거리는 다 만들어져 있으니. 찬장 안에 계란은 아직 있지, 아마오?"

그녀가 보기에 아마오는 너무도 가련했다. 비록 그녀도 아마오의 시댁에 대해서 만족하였을 뿐만 아니라, 그녀의 장래 행운을 점치고 축복하긴 했지만, 아무래도 사람을 쓸쓸하게 하는 이 초라함을 아마오도 느낄 것이라고 생각했다. 그래서 그녀는 아마오를 끌어안고, 세심하게 그녀의 머리를 빗겨 주었다.

사실 아마오는 결코 그렇지 않았다. 그녀는 아주 다소곳하게 앞의 짧은 머리를 매만지면서, 이 특별한 일을 잊어버린 것처럼 그렇게 편안한 마음으로 두 노인네가 옛날 이야기를 나누는 것을 주의 깊게 듣고 있었다.

술을 마시는 순간, 비로소 다시금 슬픔이 북받쳐 올라왔다. 이것은 오로지 십 몇 년간을 살아온 이 곳을 떠나는 것이 서운해서였다. 아버지가 안타깝고, 셋째 고모가 안타깝고, 채소밭이 안타깝고, 초가집과 그 새까만 암탉과 누렁 강아지…….

그러나 결국 떠나야 할 거였다. 아바오가 온지 얼마 안 되어, 아주 멀리서 징소리며 나팔소리 같은 게 울려왔다……. 그러자 아마오의 아비는 한숨을 한 번 내쉬더니 집 밖으로 나갔다. 아바오는 서둘러 차를 준비했다. 셋째 고모는 눈물을 닦으면서 그녀가 옷 입는 것을 도왔다. 아마오는 처량함에 목이 메였다. 곧 가마가 도착했다. 가마꾼 세 명 외에 중매쟁이인 짜오 셋째 아저씨, 그리고 외삼촌뻘인 예순 넘은 노인이 함께 왔다. 그들은 만면에 희색을 띠고 축하해 주었다. 셋째 고모는 길에서 하룻밤을 묵어야 한다는 얘기를 듣고는 마음을 놓지 못하고, 사람들과 다시 의논하더니, 아바오더러 함께 갔다가 한밤에 가마가 다시 출발하면 돌아오라고 했다. 그제야 아마오도 마음이 좀 놓였다. 그 할아버지와 처음 본 사촌 외삼촌이 그렇게도 믿음직스럽게 보인데다 짜오 아저씨까지 같이 간다고 하니까, 어쩌면 그다지 겁날 게 없다는 생각이 들었기 때문이다.

셋째 고모가 이런저런 일들을 당부하는 것을 조용조용 또 들었다. 이틀 지나면 다시 온다는 것을 알고는 눈물 몇 방울만을 떨구고, 아마오는 아버지에 의해 가마에 태워졌다.

이 떠나는 것의 처량함이 단지 마주보면서 눈물 쏟고 있는 두 노인네에게만 새겨졌다. 셋째 고모는 자신이 시집가던 때를 떠올렸고, 아버지는 오래전 세상을 뜬 아마오의 어미를 회상했다. 아마오의 어미는 아마오처럼 그렇게 일년 내내 기쁘게 그 많은 일들을 해치웠었는데, 왜 그랬는지, 아마오의 젖을 막 떼고 났을 때 아주 심하게 학질을 앓았다. 처음은 그냥 어떻게 나았는데, 두 번째에 그만 죽고 만 것이다. 그래서 노인은 다시 희망과 축복을 태양이 넘어가는 그쪽으로 날려 보냈다. 아마오의 가마가 사라져간 그쪽이다.

가마 속의 아마오는 그 알지 못하는 집안의 사람들에 대해 참지 못하고 생각하고 있었다.

2

사실 모든 것에 대해 그녀는 잘못 생각하고 있었다. 그녀는 정말 그런 혼잡하고 번거로운 것을 예견치 못했다. 마치 다른 부류의 사람인 양, 그녀는 많은 사람들의 놀림감이 되고 웃음거리가 되어버렸다. 이 때 그녀는 정말 통곡해야 했겠지만 외려 애써 견디었다. 이는 처음으로 그녀가 사람들에게 손해를 입는다는 것을 이해한 것이다. 그녀는 그저 '모레면 돌아간다, 난 어쨌든 다시 오지 않을 테니까!'라고만 생각했다.

이 집이 아마오의 진짜 집이다. 성은 루(陆), 아마오와 같은 고향사람이다. 여기로 이사 온 게, 여기 유명한 서호(西湖)변의 갈령(葛岭)으로 이사 온 게 곧 사십 년이 된다. 처음에는 아마오의 시아버지가 나룻배꾼을 하면서 한 가족을 먹여 살렸던 것이, 지금은 이렇게 잘 살게 되었다. 이 노인네는 아직도 배를 젓는다. 가리개도 있고, 쇠 난간도 있고, 등받이가 달린 등나무 의자도 있는 아주 예쁜 서호 유람선이다. 아들 둘은 다른 집 땅을 대신 경작하는데, 사실 집 앞에 있는 백여 그루의 뽕나무만 가지고도 매년 수입은 대단했다. 아마오는 둘째 며느리다. 큰며느리는 시집온 지 이미 십 년이 되었다. 이전에는 집안 형편상 만족스럽게 잔치를 한 적이 없었다. 이번에는 사람들도 많이 청하고 이것저것 장만도 많이 했다. 손님들은 대부분 나룻배꾼들이고, 여관 주인과 찻집 주인과 점포며 포목업하는 몇몇 친한 사람들, 그 외 사당에서 일손 돕는 친구들이랑 이웃들이었다.

손님들이 이렇게 다양하게 섞여 있는데다가 주인이 시끌벅적한 것을 싫어하지 않는다는 것을 알고 있었기 때문에, 그다지 나쁜 술은 아닌 소홍주(绍兴酒)를 모두들 맘껏 마셔댔다. 게다가 신부의 변변치 않은 혼수는 그들의 경외감을 일으키지 못했다. 그래서 그들은 조금도 개의치 않고 사람을 그토록 난처한 지경으로 몰아간 것이다. 아마오는 정말 견디기 힘들었다. 하지만, 그녀는 또 한사람이 지금 그녀처럼 그렇게 놀림 당하고 있다는 것을 알고는, 그녀와 같은 운명에 처해 있는 그 사람을 진심으로 동정해마지 않았다. 고개를 들고 한 번 쳐다보고 싶었지만 셋째 고모가 당부한 말들이 생각나서 그냥 그대로 고개를 떨구고만 있었다. 아픈 것도 이미 겁나지 않았다.

사실상, 그녀의 동정을 불러일으킨 그 사람이 바로 그녀가 아직 충분히 이해하고 있지 못한 이른바 남편이었는데, 그가 그녀를 더욱 놀라게 했다. 그녀는 오직 바로 집으로 도망갈 수만 있기를 바랐다. 그녀는 이 낯선 남자가 자신을 세차게 포옹하고 무모하게 키스하는 것이 당연하다는 것을 전혀 알지 못했다. 그녀는 단호하게 한쪽으로 몸을 웅크리고, 소리 없이 울기만 했다. 그 남자도 그녀를 놓아주더니 몸을 돌리고는 꿈속으로 빠져들었다.

모든 사람들이 다 무서웠다. 그녀는 어디에 가든 항시 쭈뼛쭈뼛했고, 그녀의 얼굴을 말끄러미 바라보는 사람들을 혐오했다. 집으로 돌아가는 그 날 아침이 되어서야 비로소 긴장으로 굳어있던 그 얼굴이 좀 펴졌다.

현실은 당연히 그녀가 생각하는 것처럼 그렇게 간단하지도, 거리낌이 없지도 않았다. 결국 그녀는 이제야 발견한 행복과 또 이별했다. 십여 년을, 그렇게도 평화롭고 그렇게도 자유로운 이 아름다운 골짜기에서 자랐

나? 그녀는 슬픔이 북받쳐서 눈물을 흘리며(지금까지 한 번도 그런 적이 없었다)장차 이별해야 하는 모든 것들을 하나하나 바라보고는, 그 건장한 남편을 따라 그녀가 그렇게도 두려워하는 그 집을 향해 떠났다.

이 집은 갈령 입구에서 초양대(初阳台)로 통하는 길가의 산언저리에 자리하고 있다. 집 앞에는 상나무가 가득 심겨져 있는데 겨울에는 마른 가지만 앙상하다. 이 때문에 오히려 호수면이 더 크게 보인다. 하얀 제방은 그냥 한 줄기 선처럼 호수 중앙을 가로지르고 있는 것 같다. 집 뒤쪽은 성은 천(陈)이고 이름은 부판(不凡)인 "천고가성(千古佳城)"이다. 후에 서양식 건물을 많이 지어서 성은 보이지 않게 되었지만, 건물 담장을 따라 많은 꽃넝쿨들이 자라 올라서 겨울이 되면 실타래가 엉켜 있는 것처럼 무질서하게 보인다. 왼쪽으로는 또 다른 몇 개의 깊은 산골짝으로 통하는 길이 있다. 거기에는 대나무 숲 사이로 그리 크지 않은 몇 채의 집들이 듬성듬성 세워져 있다. 오른쪽은 산으로 올라가는 돌을 깔아놓은 큰길이다. 길을 따라서 송백나무가 줄지어 있고, 길 저쪽에는 송백나무로 가려지지 않는 담녹색 집이 한 채 있다. 집과 길의 경계는 이미 완전히 말라버린 작은 개울이다. 개울가에도 항저우(杭州)시골식 기와집 세 채가 나란히 있다. 그녀의 집은 바로 가장 오른쪽에 있는, 개울과 큰길에 면해있는 집으로, 조용하고 아름답고 놀기도 좋고 생활하기도 좋은 그런 곳이다.

3

처음 살기 시작했을 때에는 여전히 불안했다. 단지 다소 익숙하지 않은 말 때문에도 그녀는 모든 아름다운 것을 간과했다. 그러나 시간이 흘러가면서 곧 습관이 되었다. 난난(团团)의 웃음이 처음으로 모든 사람에 대한 그녀의 경계심을 허물었다. 이 웃음은 어찌나 천진하고 솔직하고 사랑스러운지 마치 예전 고향집의 그 까만 고양이가 부드럽게 야옹거리는 것 같았다. 그녀는 시간이 날 때마다 난난을 찾았고, 난난도 그녀를 잘 따랐다. 자주 난난하고 놀았기 때문에, 난난의 어머니, 그녀의 형님도 그녀와 이런 저런 이야기를 자주 했다. 그 형님은 이미 서른이 넘은 중년부인으로, 그 녀가 보기에 아마오는 어린애에 불과했기에, 간교나 질투 같은 것이 없었 다. 그래서 아마오도 그녀와 가깝게 지내도 되겠다고 느꼈던 것이다.

그 다음은 그녀를 상당히 아끼고 사랑하는 그녀의 남편이다. 이 남자는 그녀보다 여덟 살이나 많은 스물넷으로, 아주 튼튼하고 건실하며 얼굴빛 이 검부스레한 청년이다. 회색 무늬가 있는 면저고리를 입고 반(半)신식 의 조타모(鸟打帽)를 쓰고 다니며, 외출할 때는 또 짙은 녹색 머플러를 두 르는, 약간은 도시화된 시골 남자다. 겨울에는 별 일도 없고, 또 신혼이기 때문에 집에 좀 있는 것이 허락이 되었다. 어느 때는 하루 종일 집에서 장 작을 패기도 했다. 아마오가 머리를 빗을 때는 와서 머리에 기름을 발라주 고, 아마오가 신발을 만들 때는 옆에서 실을 골라 주었다. 아마오가 혼자 방에 있기만 하면 그는 어떻게든 살그머니 들어와 그의 온갖 사랑 방식을 시험해 보았다. 처음에 아마오는 그를 무척이나 무서워했다. 하지만, 곧 아주 유순하게 그를 받아들였다. 게다가 자신도 모르게 마음이 동하고 흥 분하기도 했으며, 때로는 먼저 이 남자를 어루만지기도 했다. 그는 그녀에 게 분가루니 크림 같은 화장품을 사주었고, 그녀는 일종의 보답한다는 겸 허한 심정으로 그녀의 붉고 거친 손을 아끼기 시작했으며 머리도 둥그스름 하게 땋아 내렸다.

시어머니는 그녀가 아직 어린 것을 보고 그녀에게는 자질구레한 일들— 불을 피운다든지, 마당을 쓴다든지, 빨래한다든지—만을 맡겼다. 당연히 고향에 있을 때 땅을 갈고 나무를 줍고 아버지 대신 분뇨를 지고했던 일들 보다는 훨씬 쉽고 편했다. 그래서 그녀는 날마다 한가할 때 조카들과 놀았 다. 큰조카는 부근에 있는 평민학교 3학년인 열 살 먹은 영리한 여자애다. 둘째는 그녀에게 기쁨을 선사할 수 없는 개구쟁이였고, 작은 애가 바로 난 난이다. 이제 두 살인 난난은 항시 누군가가 안아주는 것을 좋아했다. 아마오만 보면 곧 손뼉을 치면서 그의 엄마에게서 배운 대로 "아마오…….
아마오……. "하고 이름을 불렀다. 이웃 두 집 역시 사는 게 비슷하다. 아
마오는 여기에도 마음이 잘 맞는 두 명의 여자 친구가 있다. 셋째 언니는
옆집에 사는 결혼을 앞둔 열아홉의 처녀이다. 아마오 생각에 머리가 너무
노란 것 말고는 흠 잡을 데가 없는 아가씨다. 사람도 아주 총명하고, 다양
한 모양의 꽃을 수놓을 줄도 알았는데, 이것은 이 새로 온 친구를 아주 놀
라게 했다. 아짜오(阿招) 아주머니는 태도가 온화해서 아마오가 진심으로
감복하고 따른다. 나이는 이제야 스물 좀 더 된, 유행 따라 옷을 아주 잘
차려입는 가느다란 허리를 가진 빼빼한 부인네로, 왼쪽에 있는 집에 살고
있다. 그녀는 아짜오 아주머니가 개울 위쪽으로 가는 것을 보기만 하면,
자기도 얼른 돌계단을 내려와서 돌덩이로 둘레를 막아 만든 웅덩이 가에서
쌀을 일었다. 이 틈을 타서 그녀들은 날씨며 물이며 반찬거리 등에 대해
이야기를 나누는 것이다. 혹 집 앞 공터에서 옆집 셋째 언니의 웃음소리가
들릴 때도 아마오는 서둘러 빨랫감을 챙겨 가지고 그 공터 있는 곳에 가서
빨았다. 셋째 언니로부터 그녀는 그녀가 일찍이 보지 못하고 들어보지 못
한 새로운 일들을 많이 들었다. 셋째 언니가 성 안이나 상하이(上海)(셋째
언니는 아홉 살에 거기를 가 보았다)에 관한 얘기를 하면 정말 무슨 신화에나
나오는 것 같았고, 그녀는 상상도 할 수 없었다.

밤이 되면, 멀리 호수 위에, 그 하늘과 물이 만나는 곳에서 별들이 총총
히 빛난다. 금빛 광선이 호수 위로 쏟아져 내려와 가느다랗고 작은 물결을
빛으로 기다랗게 한 겹 씌운다. 끊임없이 반짝반짝거리는데, 마치 헤아릴
수 없이 많은 금비늘을 가진 뱀 한 마리가 꿈틀꿈틀 기어가고 있는 것 같
다. 호수면은 고요하기 그지없고 하늘도 아주 까맣다. 그 한 줄로 길게 늘
어서서 밝게 빛나는 별무리들은 선녀의 까만 머리를 살그머니 에두르고 있
는 다이아몬드 줄 같다. 그녀는 그 곳에 너무나도 가보고 싶었다. 아마오
는 그 곳이 성이라는 것을 안다. 셋째 언니도 가보았고, 아짜오 아주머니
도 가보았고, 루샤오얼(陆小二)― 그녀의 남편도 가본 곳, 모든 사람이 다

가 보았다. 그녀는 자신도 모르게 이들이 부러워졌다. 그녀는 살짝 남편에게 이 뜻을 비쳤다. 어쩌면 끝 모를 실망만 얻을지도 모른다는 두려움으로 쭈뼛쭈뼛하면서.

루샤오얼은 그의 어린 아내의 소원을 듣더니 곧 웃으면서 대답했다.

"특별히 볼 것도 없어, 사람 밖에는, 다 장사꾼들이야. 가고 싶으면 한 이틀 기다려. 길이 먼데."

그래서 그녀는 조심조심 기다렸다. 11월의 마지막 날, 마침내 이 소망은 이루어졌다.

4

이 여행에서 아마오가 본 온갖 번화하고 부유하고 아름다운 것들은 그녀에게 일종의 몽상을 불러일으키는 근거가 되었다. 매번 연상하는 것들은 모두가 물건들과 긴밀하게 연결되었다. 여기서 뻗어 나간 삶은 모두가 천국과도 같은 아름다운 경지로 변해서, 사람을 아주 꽁꽁 묶어 놓고, 그 안에 도취되도록 하여 도대체 느끼는 게 행복인지 고통인지 분별하지 못하게 만들었다. 아마오는 이번 여행으로 인해, 일할 때는 조금도 사용치 않았던 머리를 쓰느라 단순한 어린애에서 일순간 생각이 많은 소녀로 변해버렸다.

함께 간 사람은 그녀를 포함해서 셋째 언니 모녀와 마침 일요일이어서 학교 갈 필요가 없었기 때문에 놀러갈 겸 따라나선 큰 형님의 딸 위잉(玉英)까지 모두 네 사람이었다. 아마오는 남편 말대로 옷장에서 가장 보기 좋은 커다란 바둑판무늬로 된 스웨터를 꺼내어 남색 저고리 위에 걸쳐 입고는 거울에 비춰보며 만족해했다. 그러나 샤오얼은 고개를 흔들면서, 아마오 옷감을 좀 사주라고 셋째 언니에게 일원을 주었다. 아마오는 더 기뻤다. 실로 이 허영심은 분명 샤오얼이 그녀를 부추긴 것이었다.

출발할 때는 오전이었다. 그들은 태양을 바라보면서 호숫가 길로 구불구불 성을 향해 걸어갔다. 셋째 언니가 가는 내내 그녀에게 가리켜가며 알려주었고, 그녀의 눈빛은 시종 놀라움과 조금이라도 더 보려는 욕심으로 빛나면서 사방을 휘휘 거렸다. 위잉은 연신 발끝으로 길가의 말라버린 풀들 사이로 굴러다니는 돌멩이들을 걸어차면서, 금방 배운 <국민혁명가>를 불러댔다. 아마오는 그 노래가 아주 단조롭고 격양되지도 않다고 생각했다. 그녀는 자신이 노래에서 느끼는 반감을 표현할 수 없는 괴로움에 걸음을 좀 늦추었다. 혼자 뒤떨어져 가면서 반쯤 감은 눈으로 태양을 바라보았다. 때마침 태양은 구름에 약간 에워싸여 눈부신 하얀 광선을 살포시 내쏘고 있었다. 그 외 많은 곳들이 바라봐도 얼마나 멀리 있는지, 얼마나 깊은 파란 하늘 속에 있는지 알 수가 없었다. 물도 거울처럼 맑고 깨끗했다. 제방의 나무들 그림자가 조금의 미동도 없이 생생하게 비쳤다.

날씨가 이미 한참 추워졌는데도 불구하고, 길가에는 향을 피우러 나온 사람들이 적지 않았다. 낡은 남색의 두터운 저고리를 입고 붉은 색이며 살구 색 향 묶음을 들고 있는, 전족의 발로 잘 걷는 부인네들은 하나같이 그렇게 소박해 보이는 얼굴로 서둘러 길을 재촉하고 있었다.   .

셋째 언니가 말했다.

"이 사람들 모두 다 천축(天竺)으로 가는 거야."

그녀는 참지 못하고 천축이 어떤 곳인지 물었다. 알고 보니 향불이 무지 좋다는 절이다. 천축에 가려면 또 더 으리으리하고 유명한 절을 거쳐 가야 하는데, 거기는 향을 사르는 사람들이 더 많고 구경꾼들도 많다고 했다. 향불객들과 여행객의 필요를 위해 그곳에는 적지 않은 점포들이 있단다. 그녀는 그 절의 이름을 물어보려고 했는데, 이미 한 다리 위로 올라서 버렸다. 다리 옆으로 커다란 서양식 건물이 세워져 있었다. 이것은 그녀가 상상한 것 이상으로 높이 우뚝 솟아 있었으며 그렇게 아름다울 수가 없었다. 하늘 높이 펄럭이고 있는 깃발을 바라보면서 그녀 마음도 그 깃발처럼 그렇게 끊임없이 나풀거렸다.

　그녀는 그 문으로 가까이 다가갔다. 쇠로 된 문이었다. 문틈 사이로 안을 좀 보고 싶어서 사방으로 눈동자를 돌렸다. 그 순간 갑자기 뒤에서 아주 큰 경적소리와 자동차 소리가 울렸다. 그녀는 까무러칠 정도로 깜짝 놀라서 고개를 숙이고 도망갈 궁리만 했다. 그녀 바로 앞으로 네모난 상자같이 생긴 큰 차가 달려 왔다. 새까맣게 한 차 가득 살아 있는 뭔가가 실려 있었는데, 그녀의 몸을 스쳐 다리 위로 휙 돌진해갔다. 길가의 눈빛이 모두 그녀에게로 쏟아졌다. 웃음소리도 섞여 들어왔다. 그녀는 얼이 나간 채 멍청히 서서 동행자들을 찾았다.

　"아…… 야…… 야……. 맙소사, 빨리 와!"

　너무도 귀에 익숙한 소리였다. 그녀는 셋째 언니들이 벌써 가게가 죽 늘어서 있는 길가에 들어선 것을 보고, 그들에게 다가갔다. 조카 위잉도 그녀를 놀려댔다.

　뭔가에 속은 것처럼 분하고 슬펐으나 순식간에 그녀는 또 다 잊었다. 이 거리가 아주 복잡하긴 했지만 아마오는 재미가 있었다. 한 손으로는 셋째 언니 어머니의 손을 꼭 잡고 걸으면서 길가 양쪽으로 늘어선 점포들을 유심히 바라보았다. 어떤 가게에서는 사람들이 가득 들어앉아 차를 마시고 있었다. 아마오는 흥미를 느꼈다. 그러나 모든 사람들이 다, 그녀의 시아버지나 아버지처럼 그렇게 손짓을 해가면서 얘기를 하고 있는 사람들이 다 낡은 옷을 입은 촌사람들이어서 그녀는 무시했다. 다만 탁자 위에 죽 놓여 있는 새장들은 아주 부러웠다. 그 안에 갇혀 있는 게 무슨 새들인지, 귀엽고 영특해 보였다.

　아마오는 생각했다.

　"성에 도착한 게 틀림없어."

　셋째 언니가 입가에 웃음을 띠고는 말했다. "겨우 반 왔는데, 못 걸어 가겠어? 왜 그렇게 급히 도착하고 싶어서 안달이야?"

　이 성은 어떤 신기한, 어쩌면 완전히 도달할 수 없는 곳인지도 모른다고, 아마오는 그냥 그렇게 생각했다.

1910년~1920년 상하이 여성들 사이에서 유행한 신식 옷차림이다.

그렇다. 그녀의 그 가련한 몽상 속에서 모든 사물을 어쩌면 그렇게도 어이없게 상상하고 있는지! 어느 누구라도 호숫가 길에 나타난 아마오의 얼굴을 보면, 이 사람이 방금 막 다른 세계에서 건너온 겁 많은 여행객이라는 것을 바로 알 수 있을 것이다. 어떤 사물이건 그녀는 한 가지 답도 생각해 내지 못했다. 심지어는 가죽 외투를 걸쳐 입고 불그스름한 아랫다리를 내놓고 거리 구경을 하는 부인들도 실은 그녀와 마찬가지의 여자들이라는 사실을 알지 못했다. 그녀는 점포를 장식하고 있는 물건처럼 그 사람들도 누군가가 보기 좋게 특별히 꾸며준 사람들이라고 여기고는 연신 눈을 떼질 못했다. 정말로 너무 예뻤다. 그 장식해 올린 구름같이 생긴 윤이 반지르르 흐르는 까만 머리, 그 부드럽게 그려진 눈썹, 그 까만 눈, 조그마한 붉은 입술, 분기가 흐르는 고운 얼굴, 이 모두가 마치 신의 손길을 거쳐서 만들어진 것 같았다. 그녀는 거리상의 사람들 눈빛이 그 또각거리는 굽 높은 신발을 따라감을 보았다. 생각하면 생각할수록 성안 사람들이 총명한 것 같았다. 이렇게 널찍하고 번화하고 생동감 넘치는 길에다가 이렇게 아름답고 살아있는, 새보다도 강아지보다도 그 어떤 것보다도 더 시선을 끄는 물건들을 마련해 놓고, 사람들로 하여금 구경하게 하다니 말이다. 이 좋은 방법은 지극히 주도면밀한 것이다. 그녀는 그녀 자신이 어떻게 이런 곳에 발을 내딛을 수 있었는지 의아해하면서 이것저것 보고 즐겼다. 태어날 때부터 이런 복을 안고 태어난 것은 아닐까?

일행이 이리저리 꼬불꼬불 번화한 거리 몇 군데를 지나는 동안, 아마오는 수많은 남자여자들을 보았다. 그들은 무엇으로 만든 것인지 알 수 없지만 화려하고 부드러운 옷을 입고 있었다. 그 모습은 가까이 다가가고 싶은데, 감히 다가갈 수 없는 그런 느낌들이었다. 그들은 모두 인력거나 자동차(이것은 방금 배운 지식이다)에 앉아서 거리를 지나가거나 가게의 육중한 문안으로 왔다 갔다 하거나 했다. 아마오는 이때에야 왜 성안에는 그렇게도 많은 가게들이 늘어져 있는지, 촌스런 저고리를 입은 많은 사람들이 시중을 들고 있는지를 깨달았다. 자연, 그들을 위해서였다. 이 때 아마오는 아직 왜 그들이 다른지를 알지 못했지만, 얼마 지나지 않아서 그녀가 이해하게 되는 기회가 찾아왔다.

곧, 그녀들은 천이 가득 쌓여있는 한 가게로 들어갔다. 너무 고와서 아마오의 부러움을 샀던, 그녀가 경모의 눈으로 바라보았던 사람들 몸에 걸쳐져 있던 옷감들이 빛을 발하면서 한 장 한 장 창문 뒤에 늘어져 있었다. 아마오는 물었다. 아마오는 그녀가 이 가게에서 예쁜 천을 골라 옷을 해 입을 거라는 것을 알고 있었다. 설날에 입기 위해서. 그녀가 직접 고르려고 하는데, 창에 늘어져 있는 것이건, 선반에 쌓여 있는 것이건, 궤 속에 들어있는 것이건, 어떤 것이고 다 좋아 보였다. 셋째 언니가 녹색 자유포를 골라 주었다. 하얀 선이 물결마냥 사이사이로 흐르고 있었다. 그녀는 너무 좋아서 펄쩍펄쩍 뛰었다. 그러나 셋째 언니가 입으려고 고른 게 더 마음에 들었다. 그녀는 셋째 언니와 같았으면 좋겠다고 했지만 셋째 언니는 웃었다. 셋째 언니는 샤오얼 오빠가 그녀에게 일 원밖에 주지 않았다고 했다. 만약 셋째 언니가 산 꽃무늬 사지(serge) 옷감을 사려면 이원이 더 있어야 했다.

아마오는 원래 옷을 만들 생각은 하지 않았었다. 샤오얼이 그녀를 생각해서 해주려고 했던 것인지라, 자유포만 해도 충분히 그녀를 만족시킬 터였다. 그러나 돈이 모자라서 꽃무늬 사지 옷감을 사지 못한다는 것을 알자, 그녀는 자연 남편의 호의를 잊었을 뿐 아니라 오히려 돈을 절약해 남긴 샤오얼을 원망했다. 사실이 그랬다. 그녀에게 욕심이 생기도록 해놓고는 만족을 주지 못했다. 그녀는 그저 "왜 셋째 언니에게 돈을 이원 넘게 주지 않았을까?"라는 생각밖에 들지 않았다.

돌아올 때, 두 번째 나루터에서 배 한 척을 얻어 탔다. 넘실대는 호수물이 그녀들을 이 번화한 도시로부터 살랑살랑 밀어내서 한 발짝 한 발짝 멀어져 갔다. 그녀는 시선을 한쪽으로 돌려버리고는 한숨을 크게 내쉬었다. 집이 가까워지자 그녀는 다시 기분이 좋아졌다. 그것은 그냥 허영이다. 셋째 언니와 위잉이 그녀에게 자신들 집을 찾아보라고 했을 때, 그녀는 자신들의 집이 부근 어느 곳보다도 더 좋은 산골짜기에 깊숙이 자리하고 있는 것을 보았다. 이 산골짜기에 멋지게 지어진 조그마한 집들이 숨었다 나타났다 했다. 호수에서 바라보니, 그네들의 집이 꼭 빨간 색 양옥집 위에 있는 것 같았다. 그녀는 이 산골짜기에서 오로지 그네들 몇 집만이 구식 나무판으로 지은 초라한 작은 기와집이라는 사실을 잊었다. 어느 곳이고 다 오래되어 수리할 손길을 기다리고 있다. 녹슨 양철판이며, 집안에 가득한 자질구레한 물건들, 일할 때부터 밥 먹고 잠잘 때까지 필요한 갖가지 낡은, 아까워서 차마 버리지 못하는 물건들이 그 안에 다 있는 것이다.

5

새로운 생활은 언제나 더 새로운 것을 기다리게 만든다. 이 곳에서 아마오의 생활은 꽤나 많이 즐거운 편이다. 설날 준비한다고, 아마오는 하루종일 흥이 나서 시어머니와 큰형님을 도왔다. 아버지며 셋째 고모며 모든 것은 다 잊었다. 저녁이 되면 시어머니는 옆집 아주머니를 불러서 카드놀이를 했다. 아마오도 틈을 내어 구경했다. 어떤 때는 자기 방에 틀어박혀 샤오얼과 놀았다. 근래 들어 샤오얼은 아마오를 더 사랑한다. 그녀도 아주 흔쾌히 그 집적거림을 받아준다. 때로 시어머니가 차를 좀 내오라고 부르면 샤오얼은 외려 다리를 더 꽉 끼운 채 그녀를 놓아주지 않고 그녀가 당황해하는 모습을 본다. 그녀는 샤오얼이 그녀에게 장난치는 것이 얄밉기도 했지만 갈수록 샤오얼이 좋아졌다. 샤오얼의 손이 비록 거칠고 그녀의 가슴을 만지면 그녀는 전기에 감전된 것처럼 뜨거워서 손을 치워 버리고 싶었지만, 몸은 외려 샤오얼에게 더 밀착해갔다. 어느 누구든 그들 부부의 관계가 아주 좋다는 것을 알아챌 수 있었다. 샤오얼 스스로도 그의 부인이 나날이 더 유순해짐을 느꼈다.

설날은 아주 흥겨웠다. 그녀는 한 번도 이런 흥겨움을 맛보지 못했었다. 신년에는 또 큰형님에게 이끌려 절에도 몇 번 놀러갔다. 이 절은 바로 그들 집 옆의 양옥집 앞에 있는 것으로, 꽤나 유명한 마노사(瑪瑙寺)라는 곳이다. 절의 이름에 담긴 뜻을 그녀는 당연히 알 리가 없다. 그러나 그 대웅전의 장식이며, 그 건물의 높다랗고 환한 것 등은 그녀도 느낄 줄 알았다. 안에는 우스갯소리를 잘 하는 승려 몇 명과 일손을 돕는 친구들이 몇 명 있었는데, 다들 아주 재미있었다. 시어머니도 절에 와서 카드놀이를 한 적이 있었고, 마노 산장(바로 그녀 집 옆의 양식건물)을 지키는 진(金)씨 아주머니도 자주 절에 갔다. 절에 아탕(阿棠)이라고 불리는 한 젊은이가 있었는데, 그녀는 본능적으로 그가 샤오얼이 그녀를 바라보는 그 눈빛으로 자신을 바라보고 있다는 것을 감지하고는 무서웠다. 게다가 아탕은 생긴 것도 무섭게 생겼다. 왜인지, 그녀는 그럼에도 절에 가는 게 좋았다. 사실 절이 집보다 좋았던 것이다. 집의 돌담은 너무 너무 낮아서 꼭 사람의 영혼을 꽉 짓누르고 그 생각을 집 밖으로 나가지 못하게 막는 것 같다.

한가해졌다. 언제나처럼 셋째 언니한테 많은 이야기를 배웠다. 셋째 언니는 흥이 나서 그녀를 가르치고자 했다. 셋째 언니가 정말 이런 이야기를 재미있어서 하는 것인지, 아니면 이런 질리지 않는 이야기 중 잠시라도 자신의 물질에 대한 허다한 욕망을 위안하는 것인지는 알 도리가 없었다.

어쨌든, 그녀는 아주 행복한 편이었고, 그녀 스스로도 정말 즐겁다고 느끼고 있었다. 그러나 봄이 오자마자, 영문도 모르고 그녀는 늘 많은 어떤 것들에 의해 또 다른 사고 속으로 강하게 이끌려갔다.

제 2 장

[1]

아마오는 어려서부터 줄곧 그 외지고 궁벽한 산골에서 살아왔다. 부친은 열심히 일을 많이 했다. 왕래하는 사람들도 다 그렇게 부친같이 성실한 시골노인네들과 그녀처럼 그렇게 하루 종일 일하는 것 밖에 모르는 어리숙한 아이들뿐이었다. 이 우주 천지간에 그녀가 살고 있는 이 산골짜기와는 다른 무엇이 있을 거라는 생각을 해볼만한 어떤 것도 없었고, 태어날 때부터 다른 사람들과 마찬가지로 지니고 있는 머리를 써 볼 틈도 없었다. 그래서 그녀는 그 평화로운 산골에서 유유자적하면서 그 많은 나날들을 보냈다. 만약 그녀의 아버지와 고모가 그렇게 그녀를 위하거나 생각하지 않고 이렇게 쉽게 사치스러운 분위기에 물들 수 있는 서호로 그녀를 시집보내지 않았더라면 그녀에겐 더 낫지 않았을까? 변함없이 그렇게 원시시대의 질박함을 보존하고 있는 황야에서 노동의 대가로 평생을 먹고사는 순진한 여인, 이게 꼭 불행하다고만 할 수는 없다. 그러나 지금, 아마오는 이미 한 거대하고 번잡하고 사치스러운 사회로 뛰어 들어와 있다. 모든 것이 다 그녀를 놀라게 하고, 생각하지 않을 수 없게 만든다. 그렇지만 그녀는 단지 아무 지식도 없는, 시골에서 온 젊은 처녀에 불과하다. 그녀의 환경은 그녀가 허영을 쫓아가도록 적극적으로 민다. 자연, 하루하루 그녀의 욕망은 증가될 수밖에 없었고, 고뇌도 나날이 깊어갈 수밖에 없었다.

신년에 사실은 아주 즐거웠고, 만난 사람들도 재미있었다. 물론 그녀는 그들의 겸손함과 친근함과 유모만을 보았을 뿐, 그 웃음 뒤에 숨어있는 허위와 이익을 좇는 마음은 알아채지 못했다. 그녀는 하루 종일 웃으면서 진심으로 모든 사람들에게 다가갔다. 심지어는 이전에 한동안 그녀를 우울하게 했던 성안의 화려함조차도 다 잊었다.

어느 날, 날씨도 그다지 춥지 않고, 따스한 햇빛이 앞마당 공터를 비추고 있을 때, 그녀와 큰형님은 그 태양 아래서 신발 바닥을 붙이고, 셋째 언니와 아짜오 아주머니도 각기 조그만 의자를 들고 나와 앉아서 일을 하고 있었다. 여러 사람들이 모여서 수다 떨고 웃고 그러니 외롭지도 않았다. 큰형님이 간혹 그녀가 붙여놓은 신발 바닥을 사람들에게 보이면 다들 그녀를 놀렸다. 그녀는 정말 부끄러워서 전에 바느질을 잘 배워 놓지 않은 것을 뼈아프게 후회했다. 지금은 오로지 큰형님이 가르쳐 주는 것에만 전적으로 매달릴 수밖에 없다.

신이 나서 이야기하고 있던 셋째 언니가 갑자기 말을 멈추었다. 아마오는 그녀가 얼이 빠져서 바깥을 바라보고 있는 것을 발견했다. 아마오도 고개를 돌렸다. 절 문밖에서 두 사람이 걸어오고 있었다. 모피 옷을 입은, 아마오도 이전에 본 적이 있던 미인이 역시 모피 옷을 입은 남자와 팔짱을 끼고 어깨를 나란히 한 채 천천히 산 쪽으로 걸어가고 있었다. 그래서 아마오는 셋째 언니를 따라 개울가로 가서 그들을 기다렸다. 마침내 그들이 왔다. 그들은 그렇게도 화려하고 귀티가 났다. 그녀에게는 눈길 한 번 주지 않고, 그렇게 천천히, 미소를 머금고 한 걸음 한 걸음씩, 두 켤레의 가죽신발이 사이좋게 또각거리면서 산 위로 올라갔다. 그 남자가 무슨 얘길 했는지 여자가 웃는데, 너무나도 시원스럽고 너무나도 맑았다. 부드러운 목소리가 새들의 지저귐과 계곡물이 졸졸거리는 소리에 섞여서 산기슭에 울렸다. 길가의 말라버린 풀들조차도 봄기운으로 둘러싸였다. 여인은 웃음을 그치고 두 손으로 그 귀엽게 생긴 조그만 장갑을 만지작거렸다. 그래서 이 장갑은 아마오의 눈에는 신에게 바치는 더할 나위 없이 귀중한 물건

으로 변했다. 아마오는 그 그림자가 산으로 올라갈 때까지 배웅하다가 못
내 아쉬워하면서 고개를 돌렸다. 그녀는 셋째 언니의 마찬가지로 실망스
러운 얼굴을 보았다. 게다가 셋째 언니는 뜻밖에도 너무나 비천하고 하찮
은 모습이었다.

원래 자리로 돌아오니, 형님과 아짜오 아주머니도 마침 그런 세련된 옷
차림에 대해 얘기하고 있었다. 아짜오 아주머니가 큰형님에게 창파오(長
袍)13)한 벌 만들어서 외출할 때 입으라고 권하니까, 큰형님은 나이가 많
아서 유행을 따라가고 싶지는 않다고 그랬다. 아짜오 아주머니는 아마오
가 해 입으면 좋겠다고 했다. 그녀는 아마오가 이쁘장하니까 좀 꾸미면 틀
림없이 괜찮을 거라고 추켜세웠다. 큰형님도 웃었다.

그때부터 아마오는 창파오가 있었으면 하고 바랬다. 사실 그녀는 창파
오와 짧은 옷의 아름다움에 대해 분명히 구분할 줄도 몰랐다. 다만 다른
사람이 입은 것을 보면 보기 좋고, 아짜오 아주머니도 창파오가 유행이라
고 하니, 자연 창파오가 짧은 옷보다 좋았다.

거기다가, 그 여인의 그림자가, 그 웃음소리가, 항시 그녀의 뇌리에서
맴돌았다. 그녀는 정말로 그 여인이 한 번만 더 와서 좀 더 분명히 봤으면
하고 간절히 소망했다. 그녀는 그 여인이 도대체 무엇을 하는 사람인지 이
해하고 싶었고, 그녀의 생활을 알고 싶었다. 그녀는 자주 이런 생각을 했
다. 그 웃음소리가 그렇게도 다른데, 만약 밥을 하려고 화롯가에서 불쏘시
개로 불을 피우고 있다면 얼마나 또 매력적일지 모르겠다고. 그러나 그녀
는 곧 그 생각을 부인했다. 그 여자는 그렇게도 곱고 그렇게도 존귀한데,
어떻게 그녀처럼 하루 종일 아궁이 앞에서 불이나 피우겠는가? 그러자 그
녀는 불을 피우는 것이 얼마나 힘든지 떠올렸다. 그 마른 나뭇가지를 부러
뜨려야 하기 때문에 손이 긁히는 것은 다반사고, 그 낮은 의자 사방이 풀
더미며 더러운 나뭇잎으로 가득 쌓여 있어서 신발이고 양말이고 다 꼴이

---

13) 여자들이 입는 중국식의 긴 치마.

말이 아니게 되어 버린다. 아마오는 정말 예전에 맨발로 띠(茅草)를 긁어 모을 때 칠팔 센티나 되는 송충이들이 왕왕 목이나 어깨 위로 떨어지던 일을 깡그리 다 잊고 있었다.

오래지 않아, 아마오가 소망하던 일이 결국 일어났다. 그것도 그녀가 바라던 것 이상으로. 실로 그녀는 틀림없이 이때부터 즐거워질 것이었다!

2

많은 사람들의 의견이 분분했다. 진 아주머니가 아침 일찍 달려와서 소식을 전한 것이다. 아짜오 아주머니가 말했다.

"보아하니 돈이 많은 것 같군!"

"상하이에서 온 거죠?"

셋째 언니도 우물쭈물하면서 한 마디 했다.

시어머니는 무슨 좋은 일을 만난 양 눈을 가느다랗게 뜨고 진 아주머니를 향해 웃음을 지었다.

"그쪽 올해 술값 좀 많이 벌겠네. 작년에 묵었던 그 스님은 아주 인색했지?"

"네, 외지 사람들이 훨씬 손이 커요. 어제 집을 보고 나서, 우리가 집 지키는 사람들이라는 것을 알고는 한 번에 2원을 주면서, 앞으로 우리 귀찮게 할 일이 많을 거라고, 어찌나 정중하게 말하는지. 돌아갈 때 아진(阿金) 배를 타고 갔는데, 아진이 저녁에 술이 잔뜩 취해서 돌아왔어요. 뱃값을 얼마나 받았냐고 물어봐도 고개만 흔드는 거예요. 내 생각에 적어도 50전은 준 것 같아요. 아침에 우리는 또 위쪽에 사는 황씨네하고 나이든 스님이 이사 나가지 않는 게 원망스럽다고 그랬다니깐, 그렇지 않고 젊은 사람들 몇이 더 와서 살면 훨씬 나을 테니까요. 스빙(师宾)사부만 좀 괜찮지요."

진 아주머니의 말에 사람들의 얼굴은 부러운 기색이었다. 모두들 그 2

원을 생각하면서 흥분했다. 시어머니와 셋째 언니의 어머니는 이 다음에 무슨 장사거리가 있을 때에 좀 봐달라고 진 아주머니에게 신신당부했다. 진 아주머니는 순식간에 귀한 손님인 양 여기서 한 시간 가량을 앉아 있는 동안 사람들은 감히 그녀를 홀대하지 못했다.

아침밥을 먹고 나니, 마노 산장에 상자며 탁자니 의자를 메고 온 사람들이 끊임없이 들락거렸다. 아마오는 좋아서 어쩔 줄 몰라 하며 수시로 몰래 몰래 진 아주머니 집에 달려가서 구경했다. 오후 2시가 넘자, 쪽빛 저고리를 입은 심부름꾼의 주인이 탄 자동차가 마침내 등장했다. 아마오는 그녀를 알아보았다. 바로 아마오가 그렇게도 보고 싶어 하던 그 미인이었다. 남자도 바로 그 때 여자를 데리고 산에 놀러왔던 그 사람이었다. 그런데, 이번에 그녀는 다른 옷을 입었다. 그때처럼 그런 모피 옷에 굽 있는 신발이긴 했지만 훨씬 친절해 보였다. 문을 들어서자마자 진 아주머니를 보고 웃음을 짓고, 낡은 중절모를 쓰고 있는 아진 아저씨에게도 고개를 까닥였다. 아마오는 진 아주머니도 예뻐 보여서 부러운 눈빛으로 그녀를 바라보았다. 그런데 바로 이때 그 선량해 보이는 눈빛이, 기쁨의 미소를 함뿍 머금고 있는 그 눈빛이 그녀에게로 향했다. 아마오는 얼굴이 빨개졌고, 가슴이 두근거려서 감히 그 사람을 바라보지도 못했다. 그 여자는 그녀 남편이 건네 준 아주 정교하고 아름답게 생긴 막대를 들고 그 조그만 양옥으로 나 있는 구불구불한 길을 한 걸음씩 한 걸음씩 천천히 걸어가기 시작했다. 가느다란 허리를 조금씩 좌우로 흔들면서 사뿐사뿐 걸어가는 그 자태는 산에 놀러왔던 그 때와 조금도 다를 바 없었다.

아마오는 정말 더 따라가서 보고 싶었지만 용기가 나지 않아서 말없이 그냥 집으로 돌아오고 말았다.

오랫동안 닫혀있던 창문은 이미 열렸다. 길게 드리워져 있는 분홍색 커튼이 비쳤다. 회랑도 아주 깨끗하게 닦여져서 반들반들 윤이 났다.

저녁이 되면 눈을 찌르는 등불 빛이 비쳤다. 아마오는 집 밖에 서서 커텐 틈으로 어렴풋이 벽에 걸려있는 그림이나 혹은 가끔씩 사람 그림자도 볼 수 있었다. 그녀는 안에 있는 사람들이 무엇을 하고 있는지 알고 싶어서 왕왕 숨을 죽이고 서서 엿들어보려고 했지만, 아무 것도 들리지 않았다. 그러던 어느 날, 밤이 아주 깊었을 때 아마오는 아주 날카롭고 처량한 바이올린 소리에 놀라 깼다. 귀 기울여 보니, 이사 온 지 얼마 되지 않은 새 이웃에게서 들려오는 소리였다. 그 바이올린 소리를 듣자 아마오는 그냥 울고 싶어져서 조용조용 집 밖으로 나왔다. 그러나 그 소리는 외려 잦아들다 결국에는 돌연 멈추고 말았다. 순식간에 불도 꺼져 버리고, 모든 것이 너무 조용해서 무시무시했다.

아마오는 그 소리가 어디서 나오는지 알 수 없었다. 또한 그 젊은 부부가 왜 밤늦게까지 자지도 않고, 사람으로 하여금 들으면 울고 싶어지는 소리를 만들어내는지 궁금했다. 아마오는 옆집에 더 관심을 갖게 되었다.

환하고 아름다운 햇빛이 쏟아지는 날이었다. 아마오는 마침 개울가에서 빨래를 하고 있었는데, 갑자기 자기 머리에서 나온 것 같은 어떤 소리를 듣고는 개울가 높은 언덕으로 달려갔다. 그녀는 그 여인이 붉은 색 모직옷을 걸치고 상반신을 난간 위쪽에 기대고 있는 것을 보았다. 붉은 옷의 짧은 소매 밖으로 뻗어 나온 눈처럼 하얀 손을 아래쪽을 향해 계속 흔들면서 무슨 말을 하는지 또 그렇게 웃고 있었다. 마노 산장 문에서 그녀 같은 여자들 몇이 나오면서 날카로운 소리로 위쪽을 향해 화답하고 있었다. 이는 아마오로 하여금 원래 그 여자가 신기한 게 아니란 것을, 그녀들이 속한 그 사회에는 수없이 많은 그녀들이 있다는 것을 깨닫게 해주었다. 마치 아마오가 속한 사회에 아마오 같은, 셋째 언니 같은 사람들이 부지기수인 것처럼.

날씨가 따뜻해지자, 산도 누르스름한 색에서 점점 연녹색을 띠어가고, 모든 나무들에서 새싹이 움터 올랐으며, 산에 놀러오는 사람들은 나날이 늘어갔다. 놀러 오는 사람들은 대부분이 다 그녀의 새 이웃과 같은 부류의 사람들이었다. 이 때문에 아마오는 심하게 고민했다. 결국, 그녀도 그녀의 삶 자체가 태어날 때부터 그런 사람들처럼 그렇게 존귀하지 않음을 깨닫게 되었다. 그렇지만, 그녀들은 왜 그런 다른 운명을 얻고 태어나서 평생 온갖 복을 다 누리는지. 이로 인해 아마오는 밤낮을 가리지 않고 온종일 불안해하고, 모든 신경을 다 이 일에만 쏟았다.

3

작년 시월에 아마오가 여기로 시집을 왔고, 지금은 겨우 2월인데, 이 몇 가구 사람들은 또 두 번째 축하주를 마시게 되었다. 청명절날 셋째 언니가 성으로 시집가기로 한 것이다. 셋째 언니는 비록 아마오보다 훨씬 이별의 고통을 이해하고 있어서 어느 때고 다른 사람의 손을 붙들고 울었지만, 그녀의 얼굴에는 외려 그녀보다도 더 성급한, 어떻게 몰래 감추지 못하는 기쁨의 웃음이 왕왕 떠올라 있었다. 삼일, 이틀, 모녀 둘은 성에 가서 옷감을 끊고, 장식품을 만들고 했다. 누구든지 다 그네들 둘의 마음이 종일 번화한 길거리를 맴돌고 있고, 진작부터 이 낡고 지저분한 기와집은 떠났다는 것을 알아챌 수 있었다.

셋째 언니는 아주 호화롭게 시집을 갔다. 친구들과 이웃들 가운데서 아주 뽐내면서 시댁으로 갔다. 신랑은 국민혁명군의 군인인데, 최근 돈을 좀 벌었단다. 귀신에 홀린 것처럼, 호수에 한 번 놀러왔다가 셋째 언니 아버지가 젓는 배를 탔다. 마침 그 날 셋째 언니도 성에 갔다 돌아오는 길이어서 같이 타고 오게 되었다. 그 군인은 원래 마누라가 있는데, 셋째 언니를 한 번 보더니 홀딱 빠졌고, 그녀 아버지의 직업이 천하다고 무시하여 감히 입을 열었으며, 셋째 언니네는 아주 기쁜 마음으로 이것을 받아들인 것이다.

셋째 언니가 다시 돌아왔을 때, 그녀는 이미 변해서 예전의 셋째 언니가 아니었다. 번쩍번쩍 울긋불긋한 창파오에 빨간 가죽신을 신었는데, 비록 굽이 높은 것은 아니었지만 걷는 모양은 정말 훨씬 보기 좋았다. 특히 쪽까지 다 잘라내 버렸는데, 윤이 반지르르 흐르는 짧은 머리칼을 머리에 딱

붙여서 살짝 옆으로 살짝 내려뜨리니, 그 분위기가 어떤 변화보다도 더 사람들을 놀라게 했다. 그녀는 더 이상 아마오들과 아무렇게나 웃고 떠들지 않았다. 떠날 때는 아짜오 아주머니와 좀 다투고 갔다. 셋째 언니의 어머니도 아짜오 아주머니가 감히 자기 딸을 기분 나쁘게 했다고 화가 났다. 그녀는 딸이 가고 난 후에 아짜오 아주머니를 나무랐다. 큰형님은 아짜오 아주머니를 동정하고 있었기에 아무 것도 모르는 어린 난난을 데리고 웃으면서 말했다.

"우리 귀여운 아가, 너는 네 분수를 알아야 한다. 엄마는 절대 너를 다른 사람 첩으로 팔아서 번 돈으로 먹고살지는 않을 거야."

아짜오 아주머니도 서슴없이 가시 돋친 말을 내뱉곤 했다. 그러나 셋째 언니가 두 번째 왔을 때는 그녀들은 또 아주 부러워하면서 셋째 언니의 비위를 맞추려들었다.

아마오만이 왜 사람들은 셋째 언니를 경시하면서도 또 그렇게 추켜세우는지 이해할 수가 없었다. 아마오는 그저 셋째 언니가 더 예뻐지고, 그녀보다 훨씬 높은 곳으로 시집갔다고만 생각하고 있었다. 그녀는 셋째 언니가 교만한 것을 아주 자연스럽게 보았다. 그 셋째 언니보다 더 좋은 옷을 입은 여자는 더 도도해 보이지 않더냐? 뿐만 아니라, 그녀는 만일 자기도 셋째 언니처럼 그런 좋은 옷을 입고 그런 기세를 얻는다면, 셋째 언니처럼 그렇게 변할 수 있을 거라고 생각했다. 그래서 그녀는 시종 셋째 언니를 존중했고, 한 번도 본 적이 없는 셋째 언니의 남편에게는 특히 더 경외심을 품고 있었다. 셋째 언니는 조금도 싫증내지 않고 아주 기꺼이 남편 이야기, 그 군인의 일화를 얘기했다. 그 일화들이 일단 셋째 언니의 말주변 좋은 입을 거쳐 나오면 아주 재미있는 일로 변했다. 그 주인공은 마치 아주 신기한, 영웅으로 부족함이 없는 사람 같았다.

아마오는 아주 순진했지만, 그녀 스스로 생각을 많이 한데다가 셋째 언니며 아짜오 아주머니에게서 많이 배워서 이미 이전의 아마오는 아니었다. 이것은 그녀의 유일한 손실이라 할 만하다. 그녀는 무엇이 같은 사람들을 여러 계급으로 나누는지를 이해했다. 본래는 똑같은 사람인데, 어떤 사람은 거리에서 다른 사람이 타고 있는 차를 끌고, 어떤 사람은 다른 사람이 자신을 위해 땀을 흘리면서 열심히 뛰도록 내버려둔다. 당연히 그들은 이것이 부끄러운 일이라고 생각지 않는다. 모두가 돈 때문이다. 예를 들어, 셋째 언니가 최근 그렇게 복을 누리고 있는 것도 그녀 남편이 돈이 있어서가 아닌가? 또 하나, 산에 놀러오는 그 부인네들도 그녀의 남편이나 아버지가 돈이 있기 때문에 그렇게 예쁘게 꾸밀 수 있는 게 아닌가? 그렇다면, 자신이 이렇게 추하고 이렇게 고생하는 것은 다 자신의 아버지, 자신의 남편이 돈이 없기 때문에 그런 것이다. 전에는 이러한 불공평을 하늘의 탓으로 돌리고, 그렇게 태어났으니 그냥 그렇게 살아야 한다고 생각했다. 이 운명도 하늘이 정해준 것이라고 믿었기 때문에 그 욕망을 소극적이나마 억제할 수 있었다. 그러나 지금 아마오는 운명을 믿지 않게 되었다. 지금 그녀는 여자 일생의 좋고 나쁨은 다 남편에 의해 결정된다고 보았다. 만약 아짜오 아주머니가 아짜오 아저씨에게 시집오지 않고 다른 돈 있는 사람에게 갔다면, 그녀는 자연 임신한 몸으로 하루 종일 많은 일을 할 필요가 없을 터였다. 만일 셋째 언니가 군인에게 작은 마누라로 가지 않고 그녀가 성장한 산골 마을로 시집을 갔다면, 셋째 언니가 그래도 그렇게 도도하게 굴 수 있었을까? 만일 자신이 밭이나 가는 샤오얼에게 시집오지 않았더라면, 최소한 산에 놀러오는 그 부인네들에게 업신여김을 당하지 않았을 것이며, 셋째 언니조차도 무시하는 가난한 사람이지는 않았을 것이다.

그녀가 이 모든 것이 다 돈 때문이라는 것을 이해하고 났을 때, 그녀는 오히려 더 열심히 일하기 시작했다. 그저 남편을 위해서 무슨 도움이 된다면 좋겠다고 생각하면서 말이다.

4

양잠하는 시절이 다가왔다. 아마오는 이런 일을 한 번도 본 적도 해 본 적도 없지만, 다른 사람들보다 훨씬 더 좋아했다. 시어머니는 원래 피지 (皮纸) 두 장만큼의 누에를 까면 족하다고 생각했는데, 아마오의 권고대로 세 장을 깔았다. 아침 일찍부터 밤늦게까지 모두 아마오가 거기서 누에잎을 갈았다. 시아버지는 "이 애가 그렇게 게으른 애가 아니구먼!"하고 말했다.

아마오는 샤오얼에게도 전보다 더 다정하게 대하고, 언제나 그의 뜻대로 했다. 샤오얼이 돈도 못 벌고 마누라도 잘 꾸며주지 못할 거라고 누가 단정 지을 수 있나? 아마오는 항시 어쩜 샤오얼이 군인이 되거나 다른 곳에 가서 돈을 벌어오는 그런 날이 있을 거라고 꿈꾸었다. 그럼 그녀는 항상 샤오얼을 위해 몸소 움직였던 두 손을 쉬게끔 놓아 둘 수도 있고, 다른 돈 있는 여자들이 하는 그런 일을 가서 할 수도 있을 것이다. 틀림없이 그 일들은 그 옷들과 마찬가지로 신분에 맞는 일일 것이고 재미있을 것이다. 그러나 샤오얼은 어떤가, 그는 어떤 사람이 그에게 이런 커다란 희망을 짓고 있을 거라고는 알지 못했다. 그는 매일같이 하루 종일 그의 큰형과 함께 아무 근심걱정 없이 십 리 밖에 있는 논밭에 나가 일을 하다가 태양이 저물어 가면 쟁기를 지고 돌아왔다. 집에 돌아와서 밥을 먹고 씻고, 그러다 보면 잠잘 시간이다. 그는 심지어 아마오와 놀 시간도 없었고 그런 마음조차 일지 않았다. 어떻게 그의 아내가 괴로움을 견뎌가며 하는 노동 속에 그런 거대한 야심을 누르고 있다는 것을 알 수 있겠는가?

사실 아마오는 정말 가련했다! 어느 누구든지—바로 그녀 자신조차도 이해하지 못할 것이었다, 그녀가 기운을 내서 누에를 먹이고 밥을 짓고 빨래를 하는 순간순간 맛보게 되는 그 자기 위안의 쓰디쓴 맛을!

아마오는 벌써 많이 야위었다. 큰형님은 그녀에게 쉬어가면서 하라 일렀지만, 병이 나지 않는 한 그녀는 일손을 놓으려 들지 않았다. 일손을 한번 놓기라도 하면, 그녀를 초조하게 만드는 그 욕망이 바로 또 그녀를 고통스럽게 만들 것 같았다. 그녀는 이들 부귀가 단번에 오는 것이 아니라 오랜 기간의 인고를 거쳐야만 얻을 수 있는 것이라고 생각했다.

밤이 되면 샤오얼은 고개를 떨어뜨리기 무섭게 잠에 빠져들었다. 아마오가 혼자 껌껌한 어둠 속에서 두 눈을 말똥말똥 뜨고 있노라면 많은 아름다운 몽상들이 어지러이 그녀의 마음을 비집고 들었다. 어떨 때는 생각하다 너무 완벽하고 행복해서 그만 샤오얼을 꼭 껴안고 그의 얼굴에 마구 키스를 퍼붓거나 심지어는 그의 몸에까지 키스를 하기도 했다! 그의 몸이 유난히 뜨겁다고 느끼면 자신도 곧 달아오르기 시작하여 정말 샤오얼이 깨어나 그녀를 한 번 애무해 주기를, 그녀를 한 번 꼭 안아주기를 바랬다. 그녀는 벌써 그 행복을 맛보고 있는 것 같지 않은가? 한 번은 정말 도저히 참을 수가 없어서 몇 번을 흔들었는데도 그가 깨어나질 않아서 그녀는 그의 눈꺼풀을 들어올렸다. 샤오얼은 눈을 떴지만, 바로 그녀의 그 벌거벗은 몸을 몇 대 때렸을 뿐만 아니라 욕까지 퍼부었다.

"이 염치없는, 음탕한 년 같으니라구!"

샤오얼을 탓할 수 있을까? 샤오얼은 하루 종일 그렇게 먼 길을 걷고 그렇게 많은 일을 한다. 피로가 그로 하여금 그냥 눕게 만드는 것이다. 그 자신 역시 피가 왕성하게 끓고 있는 젊은 청년이고, 그렇게 아마오를 좋아하는데, 어찌 아마오의 기분을 맞춰 주지 않고 되려 그녀로 하여금 불만스럽게 하고 싶겠는가? 몇 번인가 그는 아마오의 뒤척이는 소리에 깨어나서 아마오를 끌어안았다. 아마오의 부드러운 몸은 그를 흥분시켰고 그는 자신도 모르게 그의 아내 앞에서 한껏 방자해지기도 했던 것이다.

만일 아마오가 정말 이런 성적인 위로가 필요하다고 느꼈다면 아마오는 자연스레 더 활력 있게 샤오얼에게 보답했을 것이다. 그러나 아마오는 샤오얼이 자기를 속였다고 생각하고 있었다. 그러나 그녀가 반항을 하지 않는 것은 너무 많이 참아왔기 때문에 외려 더 슬퍼서이다. 이게 샤오얼이 깨어났을 때 어쩌면 그녀가 마침 그 실의한 것을 생각하면서 더 실망하고 있을지도 몰랐을 일이다.

샤오얼은 그녀가 냉담한 것을 보면 흥이 사그러들어 버렸고, 때로는 그녀에게 욕을 해대기도 했다.

거기다, 그녀가 왕왕 그에게 농사일이 좋지 않다고 말할 때, 그는 그녀가 미쳤다고 욕을 했다. 그가 그녀에게 도대체 무슨 일을 하는 것이 좋냐고 반문하면 그녀는 또 대답하지 못했다.

샤오얼이 반드시 원대한 꿈을 품을 필요는 없다. 그의 아내처럼 그렇게 오로지 언젠가는 다른 사람에게 존경을 받아야겠다는. 그러나, 그는 특별히 아내를 위해 일종의 물질적인 것을 훨씬 능가하는 그런 사랑을 해야 옳았다. 그래야만, 지금 마침 욕망을 잘근잘근 씹고 있는 애타고 상심하는 마음이 천천히 다른 면에서 다른 생각도 할 수 있게 되어, 또다시 즐겁고 행복하게 지내게 될 가능성이 있는 것이다. 그러나 샤오얼은 일개 농부에 불과했다. 본능적인 충동에서 나오는 육감적인 농담과 무모함 외에 다른 일들은 이해할 수가 없었다. 설령 그에게 좀 세심하게 그의 아내의 웃음을 잃은 얼굴을 살펴보라고 해도, 신혼 때와 무엇이 다른 지에 대해서 알아채지 못할 것이다. 이런 상황에서, 탐욕을 가진 아내가 그를 멀리 밀어내는 것은 가능한 일이었다.

5

아마오는 정말로 샤오얼에게 심한 반감이 생긴 걸까? 그렇지 않다. 그녀가 자신의 계급 속에서 이미 한 용감한 영웅이고, 자신의 그런 미미한 위치에 만족하지 아니하며, 태어날 때부터 다른 사람만 못하다는 것을 인정하지 않는다 해도, 그녀는 그 무엇도 확실히 알지를 못했다. 그녀는 단지 한 가닥 단순한 생각을 갖고 있을 뿐이다. 다른 많은 여자들과 마찬가지로. 그녀의 환경은 그녀에게 남편을 원망해서는 안 된다고 말해주고 있기에, 그녀는 여전히 자주 유린을 당한다. 동시에, 그녀는 사람들이 규정해 놓은 남편을 배반하고 다른 남자를 그리워하는 것이 죄악이라는 정의를 이해하지 못했던 고로, 자신도 모르는 사이에 더 불행한 그물 속으로 떨어지게 되었고 이 불행은 그녀를 더욱 힘들게 했다.

일찍부터 그녀는 모든 희망을 샤오얼에게 걸고 있었다. 이것은 그녀가 자신이 이미 원망하고 골치 아파하는 일들을 참고 해나가는 힘이 되어 주었다. 그러나 차츰차츰 그녀는 이 희망이 꿈보다도 더 막막하고 아득하게 느껴졌다. 게다가 샤오얼을 보면 이 희망을 다시 그에게 걸고 싶은 마음이 조금도 생기지 않았다. 기댔던 바를 잃었으니 그녀는 자연 그 실망의 쓰디쓴 여운을 깊이 맛봤고, 모든 것에 대해 완전히 낙담했다. 지금은 닭이 알을 낳아도 상관하지 않았다. 누에가 막 올라오고 있을 때도 뽕잎을 종내 제때 갈아주지 못했다. 시어머니와 큰형님은 온종일 대나무발 옆을 떠나질 못했다. 식사는 엉성했고 집은 더러웠다. 모든 일이 다 질서를 잃었다. 어느 날 저녁, 시어머니는 정말 화가 나서 고함을 질렀다.

"다른 사람들은 아들 낳고 길러서 복만 누리고 잘 살더구먼, 나는 무슨 팔자가 그리도 사나워서 며느리 시중까지 들어야 하누!"

시아버지도 아마오 들으라고 하는 욕인 줄 알고 있었다. 시아버지는 아마오가 정말 사람을 걱정시킬 만큼 나태해졌다는 것은 모르고, 오랫동안 아주 부지런했던 것만을 기억하고 있었기 때문에 외려 아마오 대신 기분이 좀 상했다. 그는 담담하게 물었다.

"아마오! 너 어디가 아프면 아프다고 얘기해라!"

아마오는 여전히 대답이 없었다.

"흥! 병! 우리 집에서 받들어 주는 사람이 있는 마나님이 어떻게 병이 없을 수 있겠어! 이왕 그렇게 도도하게 구는 김에 아예 빨리 가서 눕지 그러냐, 어쨌든 누가 가서 잘 돌봐 줄 테니! 흥! 도대체 무슨 놈의 병이 걸렸다고, 게으름병이 아니고 뭐겠어?" 시어머니는 한바탕 퍼붓고는 냉소했다.

마침 발을 씻고 있던 샤오얼은 어머니가 자신에게까지도 화가 나 있는 것 같은데다가 자신이 관여를 하지 않으면 끝이 없을 것 같았다. 그는 어머니의 비위를 맞춰 주기 위해서 마찬가지로 고함을 질렀다.

"이년아, 일 안 하려면 당장 나가!"

아마오는 눈을 크게 뜨고 남편을 한 번 쳐다보더니 다시 눈을 내리깔았

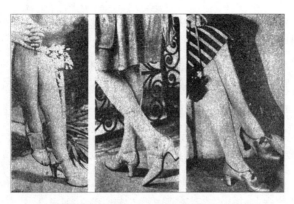

1927년 여성의 다양한 신발. 전족을 했던 전통여성의 모
습은 이 시기에 이미 찾아볼 수 없다

다. 어디나 다 마찬가지야, 돌아가도 상관없지 뭐.

　그러나 아마오는 돌아가지 않았다. 어쩌면 이것이 잘못인지도 몰랐다.
오래지 않아 아마오는 다시 예전의 그 병을 앓게 되었으니 말이다. 게다가
더 심했다. 일만 없으면 바로 총총히 집 밖으로 나가서 산길을 오르락내리
락 하는 사람들을 바라보았다. 왼쪽 고지대에 있는 집에 그녀의 오른쪽 이
웃과 같은 부류의 두 가구가 이사를 왔다. 그들은 나다니려면 반드시 아마
오네 집 공터를 지나야 했다. 아마오는 항상 길 입구에 서서 자세하게 그
들을 살폈다. 이제 그녀는 오로지 옷차림만 보았지, 얼굴엔 별로 신경을
쓰지 않았다. 그녀는 그들의 걷는 모습이 오히려 사랑스럽다고 생각했다.
그래서 저녁이면 컴컴한 마당에서 혼자 발끝을 들고 걷는 것을 연습했다.
비슷하다고 느끼면 오히려 더 불안했다. 왜 자신은 영원히 이래야만 하나?
아짜오 아주머니가 그녀에게 그런 여자들은 모두 학교에서 공부한 사람들
이라고 그랬다. 그러나 아마오는 어쨌든 같은 사람인데 그녀들이 공부 좀
했다고 자신과 다를 거라는 생각은 들지 않았다. 그녀들이 거친 베옷을 입
고 밥하고 사람들에게 무시당하는 것을 꼭 기꺼워하는 것은 아니다. 그녀
들이 돈 있는 남편을 만나 잘 꾸미면서 살기를 꼭 바라지 않는 것도 아니

다. 아마오는 게다가 분수를 알지 못했다. 그녀는 이른바 책이 얼마나 어려운지 이해하지 못했으며, 만약 그녀가 돈이 있다면 자연히 공부할 수 있을 것이라고 생각했다. 그녀도 꾸밀 수 있는 것과 마찬가지로 말이다.

이제 그녀는 여자를 조금도 신기하게 여기지 않고, 그녀와 다름없다고 여겼다. 오로지 한 가지 생각, 허영과 안일에서 비롯된 끝없는 욕망만 있을 뿐이라고. 이것은 무지한 시골여인네인 아마오의 잘못이었다. 아마오는 관리 노릇을 하거나 사무를 보는 하급 공무원 노릇을 하면서도 관직에 있어본 적이 없는 아녀자들이라면 만족할 만한 일이백 원의 월급을 받고 있는 유능한 여자도 있다는 사실을 알지 못했다. 또한 동시에 스스로 밥 짓고 빨래도 하면서 심혈을 기울여 글을 쓰고, 다른 사람이 글자 수에 따라 주는 돈을 가지고 생활하는, 엄청난 스트레스 속에서도 조금이라도 더 공부하고 싶어 하는 여자들도 있음을, 고독 속에서 자신이 본 것, 벗에게도 하지 못한 이야기를 세상에 써 내보아야 돌아오는 건 죽음과 같은 냉담함이지만, 그래도 전과 다름없이 꾹 눌러 참고서 이 물질지상의, 작은 이익만을 탐하는 시대에 버림받은 문학의 길을 걸어가는 여자들도 있음을 알지 못했다.

만약 아마오가 그녀가 부러워하는 여자의 내면생활을 이해할 기회가 생겨서, 그로부터 인간의 천박함과 가련함을 본다면, 아마도 그녀 삶의 모든 일에 바로 만족할 것이다.

아마오는 여인을 경시하면서 동시에 모든 여자들의 행운의 공을 남자에게 돌렸다. 그녀는 마치 남자의 좋고 나쁨은 남자 스스로 만들거나 혹은 태어나면서 정해지지만, 여자는 오로지 일생의 운명이 남자에게 달렸다고 보는 것 같았다. 그래서 아마오는 종내 이렇게 생각했다.

"만약에 그도 그런 일류 양복을 입고 손에 지팡이를 들고 다니는 부류라면, 그럼 좋을 텐데."

그러나 이것은 부질없는 바램이고, 아마오 역시 일찌감치 더 이상 바라지 않던 거였다. 그녀는 지금 오직 산에 놀러오는 남자들을 세심하게 관찰하면서 어느 부류에 속하겠는지 판단해 보고, 그 잘 차려입고 기고만장해 보이는 남자들을 한없이 우러러본다. 반면 여자들에 대해서는, 그녀는 단지 일종의 질투심으로, 또는 자신과 비교하면서 너무나도 다른 이런 운명이 당연한 것인지를 가늠해 보는 것이었다.

차츰차츰, 그녀는 더욱 깊숙이 다다를 수 없는 환상 속으로 빠져 들어갔다.

6

낮에, 그녀는 자주 집안사람들 몰래 산 위 여행객들이 많은 곳으로 갔다. 그러나 항시 아무도 그녀를 거들떠보지 않았다. 그녀는 한 잘 생긴 남자와 우연히 산에서 만나 그 남자가 자신을 사랑하게 되어 그녀를 남편에게서, 시부모에게서 빼앗아가서, 그녀가 새로운 인생을 시작할 수 있게 되길 바랐다. 그녀는 그 누리고자 하는 모든 것을 계속 꿈꾸었다. 그녀는 어리석은데다가 견식도 적었기 때문에 상상하는 것도 자신이 본 것을 벗어나지 못했고, 간혹 아주 터무니없는 일까지도 생각해내곤 했다. 그녀는 여전히 산에 갔고, 터무니없이 무슨 복이 툭 떨어지기를 기대했다. 어쩌면 우연히 돈지갑을 주웠는데, 그 안에 돈이 가득 들어 있다면 그 돈으로 지위도 사고, 옷도 사고, 하고 싶은 대로 다 하는 게 가능하지 않겠는가? 그런데 그 돈지갑은 사람들이 다 꼭 움켜쥐고 다니는 것 같았다. 갈령에도 절대 금은보석들이 아마오가 파내 가기만을 기다리고 있지는 않을 것이다. 때문에, 아마오는 아주 깊은 실의에 빠졌고, 무척이나 힘들어했다. 그러면서 또 한편으로는 흥분해서 밤늦도록 잠을 이루지 못하다가 베개 옆에서 코고는 소리가 들리면 더 애를 태웠다. 성격도 모르는 사이에 조급해졌다. 예를 들어, 시어머니가 욕이라도 하면 그걸 빌미로 통곡을 했다. 조금이라도 기분이 상하면 바로 공터 버드나무 아래도 달려가 눈물을 닦았다. 시아버지조차도 못마땅해서 자주 탄식을 했고, 조카들도 그녀가 항시 어두운 얼굴인 것을 보고는 그녀를 건들지 않았다. 큰형님은 그녀가 게으르다고 싫어하고 옆집에 가서 수다스럽게 흉을 보았다. 셋째 언니도 다시 오지 않았다. 설사 셋째 언니가 온다 해도 아마오의 심기만 더 불편해지지 않겠는가? 아마오의 그 몽상이 실현되는 것 외에는 어느 것도 그녀의 필요를 만족시켜주지 못할 것이었다.

그 몽상이, 마침내 실현되었다. 그러나 아마오가 얻은 것은 무엇인가?

어느 날, 아마오가 꽃무늬 천으로 된 저고리를 입고 공터에서 바람을 쐬면서 앉아 있는데, 깜둥이가 왕왕 짖어대기 시작했다. 몸을 돌린 그녀는 옆집 양옥에 사는 그 부부와 키가 큰 한 남자가 계곡에서 그녀 쪽으로 걸어오는 것을 보았다. 그래서 그녀는 몸을 일으켜서 쳐다보았다. 그 여자, 소매 없는 겉옷을 입은 여자가 그 고운, 분홍색 손을 쳐들고 아마오를 향해 흔들었다. 아마오는 따로 전해온 그 웃는 얼굴이 무슨 의미인지 알 수 없었다. 마음이 쿵쾅거리고 얼굴이 빨갛게 달아올랐으며, 어떻게 인사해야 할 지 몰라 당황했다.

세 사람이 아무 거리낌 없이 공터로, 게다가 그녀가 있는 쪽으로 걸어왔다. 그녀는 처음에는 굉장히 겁이 났다. 그러나 곧 그 유난히 다정다감한 표정을 보고는 감정을 억눌렀다.

"성이 뭐예요? 사람들이 아마오라고 부르는 것을 들었는데, 아마오가 이름이 아닌가요?" 그 여자가 그녀에게 더 가까이 다가왔다.

두 남자는 아마오가 한 마디도 알아들을 수 없는 말을 서로 주고받고 있었다.

아마오는 얼굴이 빨개지면서 고개를 몇 번 끄덕였다.

여자는 다시 그녀의 가족들과 나이에 대해 물었다.

아마오는 자기 온 몸을 주시하고 있는 두 쌍의 눈빛이 두려웠다. 그녀는 집안으로 도망가고 싶었다. 갑자기 그녀는 어쩌면 그 남자가 바로 자신이 상상하는 그 사람일지도 모른다는 생각이 불현듯 떠올라 마음이 더 뛰었다. 그녀는 그 사람을 한 번 바라보았다. 키가 크고 까맣고 펑퍼짐한 얼굴에, 아주 잘 차려입었다. 아마오는 어디에 덴 것처럼 눈이 아파서 곧 내리깔았다. 오로지 그 사람을 따라 도망갔으면 좋겠다는 생각뿐이었다. 만일 그 사람이 한 손을 내민다면 말이다. 시간의 흐름이 너무 더디게 느껴졌다. 그녀는 혹 다른 사람 눈에 띄어 도망가지 못하게 될까봐 걱정했다. 사실 아짜오 아주머니가 문간에서 보고 있었으며, 난난도 아직 공터 쪽에서 놀고 있었던 것이다. 시어머니도 이 때 그들을 발견하고는 밖에 나와서 그녀를 불렀다.

그녀는 부르는 소리를 듣자, 마치 한없이 원망하는 것처럼 그 남자를 한 번 바라보았다. 그 여자는 오히려 아마오 앞으로 걸어와서 시어머니에게 인사를 했다. 시어머니도 웃음을 지으면서 가까이 다가왔다. 시어머니는 그녀에게 손님들이 앉을 수 있도록 의자를 몇 개 내오라고 했다. 두 남자도 시어머니와 아주 친숙하게 얘기를 나누었다.

한참을 이런저런 얘기를 나누다가, 그 여자의 눈치 빠른 남편이 아마오를 한 번 보고는 비로소 시어머니에게 말했다.

"저 아주머니에게 부탁이 하나 있는데, 부디 도와주셨으면 합니다마는……."

"힘껏 도와 드릴 테니 무슨 일인지 말씀해 보세요!" 시어머니는 그 사람의 말이 끝나기도 전에 말을 낚아챘다. 아주 흥이 난 모습이었다.

그 사람은 잠깐 주저하더니 말을 이었다. 나머지 둘은 미소 띤 얼굴로 그의 말을 들었다.

"이 분이" 손으로 한 번 그 까무잡잡한 키다리를 툭 쳤다.

"합동(哈同)화원에 묵고 있는 국립 예술원 교수인데, 그림을 가르치십니다. 지금 그 학교에서 시골 처녀 하나를 모델로 쓰려고 찾고 있어요. 보수는 매월 50원 정도 되고요. 이 일은 조금도 문제가 없고, 뭐 곤란하지도 않습니다. 저희 생각에 이 처녀가 참 괜찮을 듯싶은데, 모르겠습니다, 응해주시겠는지요?"

시어머니의 안색이 확 변했다. 하지만, 부유한 사람들 앞이었기에 변함

없이 웃음을 가장하면서 아마오는 남편이 있는 사람인데 어떻게 그런 일을
하겠냐고 했다. 그래서 그들은 또 그 직업에 대해 설명을 하면서 거기 사
람들은 다들 정말 성실하기 그지없다고 강조를 했다.

아마오는 아무것도 모르고, 그저 그 남자가 자신을 사랑하니까 그렇게
말하는 것이라고 생각했다. 게다가 돈까지 많다는 얘기를 듣고는 더더욱
가고 싶어 했다. 그녀는 시어머니가 막무가내로 허락하지 않는 것을 보고
는 마음이 급해졌다. 게다가 그 사람들이 희망이 없겠다고 여기고 가려고
하자 아마오는 참지 못하고 벌떡 일어나 외쳤다.

"나 갈 거예요! 나 갈 거예요! 왜 못 가게 하는 거죠?"

시어머니는 한 주먹에 그녀를 땅바닥에 넘어뜨렸다. 고개를 들었을 때,
그녀는 그 남자가 마지막으로 그녀에게 미안한 눈빛을 던지는 모습을 보았
다.

이날 밤, 샤오얼도 그녀를 아주 심하게 두들겨 팼으며, 시아버지도 욕
을 퍼부었고, 모든 사람들이 일부러 그녀에게 멸시의 눈빛을 보냈다. 아마
오는 눈물 한 방울 흘리지 않고 아주 기쁜 듯이 그 매를 다 맞았다.

7

이는 그녀가 원래부터 그렇게 순해서인가. 어쩌면 오로지 성격 탓으로
만 돌려도 억지는 아니겠지만, 그렇다고 해서 연달아 몸에 달려드는 주먹
을 참아내지는 못했을 것이다. 그녀는 정말 이를 악물고 웃었다. 일종의
지극히 우매한 사고방식이 그녀가 고통을 참도록 북돋아 주었다. 주먹이
매서워진다고 느끼면 느낄수록 그녀의 마음은 더 먼 곳으로, 그 알지 못하
는 남자의 마음이 있는 곳으로 향했다. 이 아픔도 마치 자신을 좋아하는
그 남자 때문인 것 같아서 오히려 몇 대 더 맞았으면 했다. 다음 날, 날이
채 밝기도 전에 그녀는 또 다시 희망을 품고 산으로 달려갔다.

단숨에 희우정(喜雨亭)까지 올랐다. 산에는 사람 그림자 하나 보이지

않았고, 새들도 아직 둥지에서 조용히 잠에 빠져 있었다. 호수는 안개에 싸여 끝없는 바다 같았다. 옆 보석산(宝石山) 봉우리도 하얀 기운에 잠겨 있었다. 단지 산허리 나무숲 속으로 몇 채의 집들만 희미하게 드러나 보였다. 아마오는 마노 산장의 지붕을 응시했다. 그녀는 모든 희망을 다 이 눈길에 담아 보냈다. 그녀는 밤늦게 집 바깥으로 전해 나온 웃음소리를 똑똑히 들었는데, 이 웃음소리 중 하나가 자신이 그리워하는 그 키 큰 남자일 거라 확신한 것이다. 그녀는 그가 오기를 기다렸다. 희우정에서 멍하니 한참 기다렸지만 그는 종내 오지 않았다. 안개가 곧 갤 것 같았다. 바람에 물결이 일렁이는 가운데 하얀 제방이 어렴풋하게 그 불완전한 모습을 드러냈다. 그녀는 다시 꼭대기를 향해 올랐다. 귀신에 홀린 것처럼, 내내 어쩌면 그가 먼저 올라갔을지도 모른다고 생각했다. 포박로(抱朴庐)까지 달려가서 또 연단대(炼丹台)로 갔지만, 여전히 사람의 그림자는 보이지 않았다. 그녀는 약간 실망스러운 마음으로 천천히 초양대로 올랐다. 초양대는 썰렁했다. 소리 없이 안개가 내려와 아마오의 머리칼을 온통 적셨다. 열 발자국 바깥으로는 보이지가 않았다. 위아래 사방이 온통 구름 같은 걸로 뒤덮여 있었다. 바람이 지나간 자리에 구름이 연하게 깔린 자리로부터 희미하게 대지가 열렸다. 하지만 뒤따라오는 그 기운이 바로 그 자리를 채워버렸다. 아마오는 머리가 어질어질하면서 말로 형언할 수 없는 공포에 감겨들었다. 몇 번이나 본 꿈속의 정경과 너무 흡사했기 때문이다. 그녀는 그녀를 향해 맹렬히 다가오는 무엇을 보고 놀라서 아무 소리도 못하고 돌단 뒤에 숨어 꼼짝도 하지 못했다. 바로 이 때 저쪽 길에서 어떤 그림자 하나가 걸어 올라오고 있는 것 같았다. 그녀가 그리워하는 바로 그 사람 같아서 그녀는 소리를 지르며 달려 내려갔건만, 오직 두터운 안개만이 그녀를 에워쌀 뿐이었다. 그녀는 정말 괴로웠고 온몸이 천근같았다. 하지만, 용기를 내어 반산정(半山亭)에서 적벽암(赤壁庵)까지 빙 돌아갔다. 암자에서 누렁이 두 마리가 달려 나와 그녀를 향해 마구 짖어댔다. 그제야 그녀는 다시 희우정으로 되돌아왔다. 그곳에 다다랐을 때, 하얀 제방은 이미 희뿌연 호수 위로 드러나 있었고, 마노 산장의 지붕은 많은 커다란 나무에 가려진 그 길가의 산기슭 끝에 우뚝 솟아 나와서, 한층 분명하게 보였다. 그녀는 그 지붕을 보자 슬픔이 북받쳐 올라 엉엉 울었다.

그녀는 어제 두들겨 맞은 것이 생각났다. 그 매는 보상을 받지 못할 거라는 것을 알지 못했으며, 원망스러웠지만 또 누구를 원망해야할지도 몰랐다. 그 남자도 나쁜 사람 같았다. 그렇지만 그녀를 방해한 것은 시어머니이고, 모든 사람이고, 실로 확실히 샤오얼이 그녀를 방해했다. 만일 그녀가 시집오지 않았다면, 그럼 당연히 그녀가 남편이 있다는 이유로 다른 사람을 거절할 수는 없을 거였다. 그녀는 정말 샤오얼이 미웠다. 그녀는 또 이유 없이 그 남자를 원망했다. 그녀는 그를 위해 그 많은 매서운 주먹과 소리도 쟁쟁한 따귀를 고스란히 받아들였을 뿐 아니라, 이 새벽에 밤새 내린 추위를 무릅쓰고 온 산과 계곡을 헤매고 다녔건만, 이리저리 헤매느라 머리가 어지럽고 다리가 퉁퉁 부었건만, 그런데 그는, 그는 지금 어디서 자고 있는지도 모르겠다. 그가 그녀를 좋아하지 않았다면 왜 그는 와서 그녀를 농락했단 말인가? 그녀는 이제 자신을 어떻게 수습해야 할 지 알 수가 없었다. 미미한 새벽빛을 업고 집을 나섰을 때 그녀는 자신이 실망과 슬픔을 안고 다시 집으로 돌아가야 한다고는 예상하지 못했다. 그러나 어찌되었든 집에 돌아가지 않고 산에 머물러 있을 수는 없다. 만약 그녀가 소망하는 대로 그 남자가 이 안개 자욱한 아침에 그녀를 데리고 간다면 그야말로 좋은 일이 아니겠나?

안개가 다 걷히기도 전에 가느다란 빗줄기가 그녀의 눈물과 더불어 사방으로 흩뿌려지고 있을 때, 갈선사(葛仙祠)의 늙은 도사가 짚신을 신고 조경사(昭庆寺)에 두부를 사러 가기 위해 내려오고 있었다. 그는 아마오가 돌계단에 앉아 하염없이 눈물을 흘리고 있는 것을 보더니 물었다.

"이 이른 아침에 무슨 일 때문에 여기까지 달려와서는 울고 있는 거요? 감기 들지 않도록 조심해야지, 병들어요!"

아마오는 누군가가 자신을 가엾이 여긴다고 생각하자 오히려 슬픔이 더 북받쳤다.

　도사는 한참을 기다려도 그녀가 대답을 않고 외려 더 서럽게 울자, 대바구니를 들고 계단을 내려가면서 중얼거렸다.

　"좋아, 그럼 내가 가서 샤오얼을 불러오도록 하지요."

　"부탁이예요! 말하지 마세요. 저 곧 돌아갈 거예요."

　그녀는 펄쩍 뛰면서 단숨에 그 도사를 붙잡았다. 그가 고개를 끄덕이는 것을 보고 나서야 산 아래로 달려 내려갔다. 그러나 곧 바로 뒤돌아보면서 한 번 더 신신당부를 했다.

　"칭스(青石) 사부님! 부탁합니다, 절대 이 일을 말씀하지 마세요!"

　그리고는 눈물을 훔치면서 뛰는 듯 나는 듯 집으로 돌아갔다.

　샤오얼은 그녀에게 어딜 갔다 왔는지 물었다. 그녀가 화장실에 다녀왔다고 하자 샤오얼의 주먹이 퍽하고 날아왔다.

　"이 창부년, 또 거짓말을 해! 내가 지금 막 화장실에서 왔는데."

　그녀는 아무 소리도 않고 부엌으로 내려가 아침 죽을 끓였다. 부엌의 옆문을 열고 보니 옆집의 그 분홍색 커텐이 아직 걷히지 않은 채 여전히 조용히 드리워져 있었다.

제 3 장

1

　이번에 매 맞은 뒤로 아마오는 다시 맞지 않았다. 비록 시어머니는 여전히 그녀가 못마땅했지만 그녀가 잘못하는 것을 찾아내지는 못했다. 샤오얼은 그녀가 최근 부쩍 더 말수도 적어지고 불쌍할 정도로 말라 간다고 느끼고, 그녀에게 아픈지 어떤지 물어 보려다가도 그녀의 냉담한 태도를 보면 입이 열리지 않았다. 말이 없다고 그녀를 나무라고 싶었지만 역시 말문이 열리질 않아 샤오얼도 침묵하고 있는 수밖에 없었다. 왕왕 두 사람만 같이 있게 되면 아마오는 자는 척 했다. 샤오얼도 이를 안다. 때로는 그 정적을 배겨내지 못하고 일어나서 공터로 나가버렸다. 아마오가 보기에도, 다른 사람이 보기에도 그녀는 아주 유순했다. 그러나 집안엔 항시 일종의 거리감이 존재하고 있었다. 평지에 패여 있는 아주 깊은 구덩이처럼. 다시 말해, 아마오가 어떻게 참고 열심히 일을 하든, 그 인내심은 그녀의 굽힐 줄 모르는 고집을 나타내는 것이었으며, 시어머니, 큰형님…… 등등 모든 사람들이 다 그 완강한 마음이 이 집에서 아주 멀리 떠나 있다는 것을 눈치챌 수 있었다.

사실 그녀 자신은 어떤가. 그녀는 더 이상 이 일을 염두에 두고 싶지 않았다. 그녀도 더 이상 바라지 않았는데, 모든 게 다 가망이 없다고 생각했던 것이다. 그녀는 "이것도 좋지 뭐, 그냥 이렇게 살자! 나 같은 운명도 반드시 없으리라는 법도 없지!"라고 생각했다.

그럼에도 그녀가 그녀의 몽상을 더 이상 지속하지 않는 것은 아니었다. 전에는 몽상이 한 가닥 솟구치는 마음을 꼭 붙들고서 몽상이 실현되기만을 간절히 바랐었다. 지금은, 지금은 도리어 그 몽상 중에서 조금이라도 달콤함을 맛볼 수 있기만을 바란다. 맑게 깨어있을 때 느끼는 비애의 위안이면 족하다고 말이다. 그러나 밤이 깊어 조용해진 뒤에 피어나는 한 가닥 미소가 꿈에서 깨어난 뒤의 탄식을 능히 감당할 수 있을까? 껌껌하고 적막하기 그지없는 조그만 방에 맴도는 그 탄식은 그녀 자신이 들어도 무서워서 눈물이 났다. 그녀 스스로도 왜 그 탄식이 그처럼 구슬픈 어조를 띠는지 이해하지 못했다.

어떤 사람이고 그럴 것이다. 무엇인가를 추구하는 생활 중에서 미칠 정도로 고민하는 것은 겁내지 않는다. 이 고뇌는 다른 면에서 다른 방법으로 당신의 그 열중하고 있는 마음을 위로해 준다. 단지 이처럼, 아마오처럼, 오로지 아무도 방해하는 사람이 없을 때에 자신을 위해 잠깐의 마취를 한다. 그리하여 기대할 필요도 없다고 느끼는 그런 아름다운 생활의 환상 속으로 스스로를 빠져들게 하는 것이다. 정말 가엾다!

아마오도 가끔 맞은 편 집에 사는, 자주 큼지막한 셔츠를 입고서 회랑에서 새에게 모이를 주는 여인을 바라보곤 했다. 하지만, 그녀의 마음을 아프게 찌르는 어떤 것을 보게 될까봐 두려워하는 것처럼 바로 눈길을 돌려버리고 만다.

아마오가 더더욱 보고 싶지 않은 것은 아마오네 왼쪽 산기슭에 사는 한 창백한 아가씨다. 그녀는 자주 세상에서 가장 착해 보이는 남자의 어깨에 기대어 고운 빨간빛 슬리퍼를 신고서 자갈이 깔려있는 구불구불한 길을 따라 아마오네 마당 앞 공터까지 산책을 나와서 잠깐 서있기도 하고 길가 바위에 걸터앉아 있기도 한다. 두 사람은 항상 그렇게 다정하게 이야기를 나누고 서로 껴안고 하다가 한결 더 유유한 걸음걸이로 돌아간다. 뿐만 아니라, 그들은 매일 커다란 등나무 의자에 나란히 앉아서 같이 책을 보거나 화음을 맞춰 노래를 부른다. 어쩌면 아마오는 그녀를 아주 행복하다고 생각하고 있기 때문에, 그녀를 보는 것을 두려워하고 있는 지도 모른다. 그녀를 보면 자신의 불행이 상대적으로 크게 다가와서 슬퍼지게 될까봐 두려워하는 것이다. 아마오도 자신이 즐거울 수 있다면 좋겠다고 바란다. 사실, 그 여인은 아마오보다 훨씬 더 괴롭다. 아주 심한 폐병에 걸렸기 때문이다. 그러나 아마오는 설령 그 병이 자신을 죽게 만든다 해도 행복하고, 아주 만족하면서 죽을 수 있을 것 같았다.

아마오는 행여 가망 없는 희망에 빠지는 비통 속으로 자신을 이끄는 어떤 것을 보게 될까봐 놀러나가는 것도 싫어했다. 또한 식구들이며 아짜오 아주머니 등 사람들과 이야기하는 것도 싫어했다. 그녀 자신이 바로 그들과 같은 계급의 사람으로 결정되어 있다는 것을 더 절실히 깨닫는 게 두려웠을 뿐만 아니라, 그녀들의 아주 많은 속된 모습이 자주 보이기 때문이었다. 그래서 그녀는 하루 종일 일만 했고, 일을 다 마치면 멍하니 앉아 있거나 누워 있었다. 예전에, 하루 종일 여기서 왔다 갔다 하지 않으면 저기에 숨어있거나 하던 것과는 그야말로 완전히 다른 모습이었다.

2

아마오는 병이 났다. 그녀 자신도 모르지만, 그녀의 푸르딩딩한 얼굴은 슬리퍼를 끌고 다니는 그 여인의 창백함보다도 더 섬뜩했다. 그녀는 밤새도록 잠을 이루지 못했는데, 이것이 점점 습관이 되어 불을 끄기만 하면 오히려 정신이 더 맑아졌다. 그래서 거리낄 것 없이 몽상에만 빠져 들어갔다. 날이 밝아올 무렵이면 피곤함이 몰려오지만 일들이 그녀를 일어나도록 재촉했다. 그녀는 이 때문에 시어머니로부터 게으르다는 욕을 듣고 싶지 않았고, 또 그 일들이 얼마나 힘든지도 느끼지 못했다. 때때로 일부러 자신의 손을 나뭇가지로 긁어서 새빨간 피가 피부 밖으로 솟구쳐 나오는 것을 보기도 했다. 하루 종일 한 끼도 먹지 않는 때도 많았다. 어느 날 샤오얼이 참다못해 그녀에게 물었다. 그녀를 지극히 가엾어 하는 말과 표정으로.

아무도 그녀를 상관하지 않았고, 그녀 역시 병이 걸린지 몰랐다. 그러나 누군가 와서 그녀를 걱정하면 그녀는 정말 병이 심하게 들었다, 라는 것을 느꼈다. 비통함으로 인해 생긴 병이기 때문에 많은 사람들을 원망해야 할 것만 같았다. 이 병은 결코 그녀가 즐거이 원해서 만든 병이 아니다! 그녀는 샤오얼의 그 충실하고 온후한 얼굴을 보면서 이상한 소리로 웃음을 터뜨렸다.

"안심해요! 금방 죽지 않을 거니까!" 샤오얼을 쏘아보는 두 눈빛은 명명백백하게 강한 원망의 뜻을 담고 있었으며, 말 또한 사실은 이것이었다. "안심해요! 언젠가는 죽을 테니!"

그녀는 아무 생각 없이 마구 말을 뱉어 냈고, 샤오얼도 자연히 그녀가 원하는 그대로 그 말에 날이 서있다는 것을 느꼈다. 그녀 자신은 마음이 편했을까? 말하기 전의 심정이 어쩌면 더 편안했을지도 모른다. 그 말이 그렇게도 아프게 터져 나간데다 공기 속에서 울리는 그 어조의 떨림이 그다지 비통한 상태가 아니었던 심정을 외려 더 자극했다. 그녀는 정말 모든 사람들이 다 그녀가 죽기만을 바라고 있는 것처럼 생각되었다. 이 병은 바로 사람들이 그녀에게 베푼 호의인 것이다. 그녀는 눈물이 나는 것을 억제하지 못하고 고개를 떨어뜨린 채 그 짧은 저고리 가장자리를 만지작거렸다.

샤오얼은 원래 걱정이 되어 물어본 것이었는데, 돌아오는 것이라곤 악의적인 웃음 뿐이자, 마음이 독해져서 그녀에게 욕을 퍼붓고 싶은 생각뿐이었다. 그렇지만 또 그녀가 고개를 떨구고 말없이 앉아있는 모습이 너무 가여워서 화를 억누르고 성큼성큼 걸어 나와 버렸다.

만약 샤오얼이 그녀의 고충을 이해하고 달려가서 그녀를 안은 다음, 그녀의 전신에 키스를 하면서 그의 사랑을 생각해서라도 몸을 아끼라고 눈물로써 그녀에게 부탁했다면, 거기다 천만 마디로 그들의 행복한 생활을 위해 노력하겠다고 말했다면, 아마도 오랫동안 상처로 얼룩진 마음을 다시금 새로이 따뜻하게 열고 그녀의 남편을 다시 사랑하고, 남편의 밝은 미래를 위해 기쁜 마음으로 생활해 나갔을지도 모를 일이었다. 유감스럽게도, 샤오얼은 단지 안분지족하는 그다지 세심하지 못한 농사꾼일 뿐이다. 그는 아내가 같이 생활해야 하는 사람이라는 것은 알지만, 그가 깊이 감춰진 여자의 마음을 이해해야 한다는 것은 알지 못했다. 어쩌면 이것이 아마오의 행복일지도 모른다. 왜냐면 그의 그 단순하고 전통적인 사고방식으로는 그의 아내가 옳지 못하다고 여기고 그녀를 더 괴롭힐 수도 있기 때문이다. 그렇다면 아마오는 영원히 그녀의 몽상 속에 빠져있게 될 거였다.

아마오는 샤오얼이 나가는 것을 보고, 그가 너무 냉정하다고, 그야말로 모질기 그지없다고 생각하고 커다란 눈물방울을 끊임없이 뚝뚝 떨어뜨렸다.

나중에 시어머니도 그녀가 병이 들었음을 눈치 챘는데, 그녀가 차도 안 마시고 밥도 안 먹는 것을 보고는 혹시 아이를 가진 것이 아닌가하여 도리어 기뻐하면서 그녀에게 잘 해주려고 애썼다. 말없이 두 손을 찬물에 담그고 빨래를 하는 아마오를 보더니 시어머니는 큰소리로 외쳤다.

"거기다가 그냥 놔두어라. 오늘 너무 일찍 일어났는데 가서 좀 누워 있거라."

가족들 모두 그녀에게 잘 하는 것 같았다. 그렇지만 그녀는 여전히 그렇게 조금도 미소를 짓지 않았다.

③

아마오의 병이 아직 완쾌되지 않은 팔월 어느 날, 그녀는 여전히 그렇게 일찍 일어났다. 공터에는 아직 오가는 사람들의 그림자도 보이지 않았다. 현기증이 유난히 심했다. 그녀는 최근 아주 쉽게 현기증이 일었다. 잠은 너무 조금 자고 생각은 너무 많기 때문일 거다. 그러나 그녀는 자기가 이 상황이 이어지도록 위험하게 내버려두고 있음을 전혀 알지 못했다. 오늘 아침만 해도, 이렇게 차가운 바람이 부는 아침에 얇은 조끼만 입고 버드나무 아래에 서서 그 짧은 머리가 찬바람에 나부끼도록 해서는 안 되는 것이었다. 그녀는 맑고 투명한 호수에 시선을 고정시키고 있었다. 마음은 호수보다 넘실넘실 더 멀리 가 있었다. 하늘에서 빙빙 날아다니고 있는 매를 보고, 자신도 한 쌍의 힘 있는 날개가 있어서 높이 날아올랐으면, 모르는 곳으로 날아갔으면 하고 소망했다. 그 곳에는 즐거움과 행복이 넘쳐나고 있을 것이다. 그래서 그녀는 자주 그렇게 하늘을 올려다보았다. 눈으로 그 커다란 매가 날갯짓 하는 것을 따라가면서 말이다. 매가 한 번에 너무 멀리 날아가 버려서 그 종적을 찾아내지 못하면, 피곤한 눈꺼풀을 내리깔고서 깊이 한숨을 내쉬었다.

그녀가 넋을 잃고 지평선만을 주시하고 있을 때, 한 손이 그녀의 어깨를 툭 쳤다. 그녀는 깜짝 놀랐다. 아짜오 아주머니였다. 역시 머리도 빗지 않고 옷도 아무렇게나 걸친 채였다.

그녀는 멍하니 아짜오 아주머니를 바라보면서 좀 마른 것 같다고 느꼈다. 그녀가 7월에 분만한 이후로는 자주 보질 못했었다.

"여봐, 넌 못 들었어? 어디서 나는 울음소리지?"

아마오가 미처 대답하기도 전에 아짜오 아주머니가 그녀를 또 한 번 힘껏 툭 치면서, "들어 봐!"하는데, 얼굴은 한껏 긴장된 표정이었다.

그녀는 너무 우스웠다. 무슨 일이 그렇게 주의를 집중시킬 만한 가치가 있다고? 그러나 동시에 그녀도 들었다. 그 울음소리는 어쩌면 그렇게도 비통하고 사람의 심금을 울리는지!

차츰차츰 그녀들은 그 울음소리가 그네들 집 왼쪽의 산기슭에서 울려나오고 있다는 것을 알았다. 아짜오 아주머니는 그녀를 이끌고 울음소리를 따라서 제일 마지막에 위치한 양옥까지 갔다. 그녀는 그 격앙되고 미칠 듯 울부짖는 소리를 계속해서 들을 용기가 나질 않았지만, 그래도 아짜오 아주머니를 따라 그 회랑까지 걸어 들어갔다. 방안에 있던 심부름꾼이 그녀들을 보았는데도 와서 막지 않고 모두들 나무인형처럼 서 있기만 했다. 동쪽에 있는 창문을 통해서 그녀들은 철제 침대 위에 아무 소리도 아무 기척도 없이 그 창백한 얼굴의 아가씨가 누워있는 것을 보았다. 그녀의 안색은 평소보다도 더 창백했다. 몸은 무늬가 있는 얇은 천으로 덮여 있었으며 눈은 반쯤 감은 상태였고 눈썹과 머리칼 모두 다 무시무시할 정도로 새까맸다. 그 잘생긴 남자는 두 명의 젊은이들 품안에서 울부짖으면서 그 시체에게로 달려가려고 몸부림치고 있었다. 아마오는 한참동안 그 여자를 바라보았다. 아무 생각도 나질 않았다. 그저 그 정경과 통곡소리가 갑자기 어떤 힘으로 변해서 그녀의 마음을 아프도록 내리치는 것 같았다. 그녀는 돌연 아짜오 아주머니의 손을 팽개치고 뛰쳐나왔다.

시어머니와 큰형님은 그 아리땁게 생긴 여자가 죽었다는 말을 듣고 달려가 보더니 탄식하면서 되돌아왔다. 하루 종일, 그녀들은 모두 이 일에 대해 얘기했다.

오후가 되자 몇 사람이 백목으로 된 관을 들고 왔다. 다시 그 마구 울부짖는 무시무시한 울음소리가 더 심하게 울려 퍼졌다. 잠시 후, 몇몇 친구들이 그 관을 보내려고 나왔다. 아마오는 문가에 앉아 장인(匠人)들이 울퉁불퉁한 돌계단을 힘겹게 내려가는 것을 보고 있었다. 마치 그녀의 마음도 한 컴컴한 동굴 속으로 사라져 가는 것 같았다.

그 관 안에 잠들어 있는 사람이 바로 아마오가 보기를 두려워했던 가장 행복한 사람이 아닌가? 그 병, 그 폐병이 정말로 그렇게 무정하게 그녀로 하여금 그녀의 모든 행복을 다 버리고 세상을 뜨지 않을 수 없게 만들었단 말인가? 그녀는 아마오가 생각하는 것처럼 아무 여한이 없이 죽었을까?

아마오는 점점 멀어지는 관, 그 여인의 최후의 그림자를 바라보면서 정말 울고 싶었다. 모든 게 다 너무나도 슬프게 느껴졌다. 모든 환상이 이 순간으로 다 깨지고 말았다. 우주지간에 진실로 무엇이 존재하나? 아무 것도 없다! 언젠가는 결국 죽어버리고 만다! 네가 얼마나 불행하든 행복하든 상관없다. 인간은 일단 죽으면 모든 것은 다 똑같다. 모두 다 아무 느낌도 없이 썰렁하게 쓸쓸히 땅에 묻히는 것이다. 그 여자는 아마오가 세상에서 가장 행복할 거라고 여겼던 사람이 아니더냐? 그러나 지금 그녀는 아무 것도 모르고 그 몇몇 짧은 옷을 입은 장인들에게 그녀를 매고 사랑하는 사람의 품으로부터 멀리 떠나 전혀 알지 못하는 낯선 곳으로 가도록 일임했다.

이때부터, 아마오는 더 이상 그 죽어버린 사람을 질투하지 않았다. 죽는다는 것이 특별히 불쌍한 일이라고도 생각지 않고, 그저 이 삶 자체가 무의미하다고 느꼈다. 그녀는 만일 지금 행복하게 살고 있다면 이 여인의 죽음으로 인해서 모든 일이 다 슬프게 보이지는 않을 거라고 생각했다.

이 날은 하루 종일 어느 누구도 다 아마오가 아주 깊은 생각에 빠져있다는 것을 알아챌 수 있었다.

4

그 사랑스러운 창백한 아가씨의 죽음은 아마오의 사고방식에 변화를 가져왔다. 그녀는 더 이상 불가능한 이상한 일들을 상상하지 않았다. 그러나 그녀의 병은 이로 인해 더 깊어졌다. 시어머니도 이미 임신이 아니라는 것을 알고는 그녀가 귀찮은 듯 시시때때로 그녀를 자극하는 말들을 내뱉었다. 아마오가 조금도 개의치 않고 그 말들을 마음에 담아두지 않는 것이 다행이었다. 그녀가 정말 일어나지 못한 어느 날, 집안 분위기를 어수선하게 만들지 않으려고 그녀는 샤오얼에게 부탁을 했다.

"부탁이예요, 저 좀 도와주세요, 어머님께 오늘 제가 도저히 못 일어나겠다고, 좀 누워 있으면 안 되겠냐고 말씀 좀 드려 주세요."

샤오얼이 그녀의 손을 만져보니 유난히 뜨겁고 말랐다. 원래 일어나 있었던 그는 몸을 숙이고 그녀에게 키스를 하면서 온 몸을 어루만졌다. 온몸이 다 손처럼 그렇게 펄펄 끓고 있었다. 식은땀도 조금씩 흘렀다. 샤오얼은 그녀가 정말 가여웠다. 그녀의 성격이 이상해서 말붙이기가 곤란하다는 이유로 오랫동안 그녀를 돌아보지 않았던 자신이 부끄럽고 미안했다. 샤오얼은 그녀를 위로했다.

"걱정하지 말고 마음 편히 오래오래 누워 있어요! 내일 의사도 불러올 거요."

그녀는 처량한 미소를 지으면서 샤오얼에게, "음……"하고 힘없이 대꾸했다.

셋째 날, 그녀의 부친, 아마오의 늙은 아비가 찾아왔다. 노인네는 여전히 건장한 모습으로 걸어 들어와서, 사돈어른과 두어 마디 인사말도 채 나누지 않고 바로 아마오의 침대 곁으로 다가갔다. 아마오가 그에게 손을 내밀었을 때, 두 사람은 모두 눈물만 흘렸고 말 한 마디 하지 못했다. 서로 이별한지 일년도 채 지나지 않았다. 그런데, 그가 안심하고 시집보냈던 그 활발하던 딸이 한 눈에 알아보지도 못할 정도로 생기 없는 야위고 허약한 여인네로 변해버린 것이다. 그는 울먹이며 말했다.

"아!…… 내가 너를 망쳤구나! 지금 널 데리러 왔으니 나랑 같이 집으로 돌아가자꾸나! 아, 아마오, 아빠랑 집으로 가자."

아마오는 그녀의 부친을 꼭 붙들었다. 눈물이 펑펑 쏟아졌다. 아버지랑 집으로 돌아가는 것도 괜찮겠다고 생각했다. 그러나 결국 그녀는 고개를 흔들면서 어디를 가든 마찬가지라고 했다. 또 아버지가 어렵게 왔고 그녀의 병이 좋아질지 어떨지도 모르니 며칠 더 머물러 계시라고, 그래서 아버지와 좀 더 같이 있는 것도 좋겠다고 했다.

비통에 젖은 아비는 아마오의 말대로 잠시 머물기로 했다. 그러나 겨우 삼일을 지내고, 그는 차라리 죽으면 죽었지 더 이상 못 있겠다고 했다. 그녀의 침묵을 배겨낼 수가 없었던 것이다! 그는 그녀가 아무 말 없이 눈물만 흘리는 것을 보면서 그녀의 고통이 무엇인지 알 수가 없었고, 아무리 물어봐도 소용이 없었다. 결국 그는 괴로워하면서 마음을 모질게 먹고 돌아가 버리고 말았다.

의사는 한 번 왔다가 무슨 병인지 알아내지 못하고, 처방전만 한 장 써주고 돌아갔다.

시어머니는 그녀에 대한 불만을 종내 토로하지 못했다. 한편으로는 그녀가 부친에게 무슨 험담이나 하지 않았나 싶어서, 그가 돌아갈 때 아주 불쾌한 기색을 띠었다. 다른 한편으로는, 샤오얼도 그녀를 편애해서 연 이틀을 그렇게 늦게 잔 게 아닌가, 의심했다.

사실, 이틀 밤이 지난 다음부터 샤오얼은 여전히 특별하게 신경을 쓰지 않았다. 늦은 밤, 컴컴하고 조용해지면 그녀는 자신도 모르게 많은 일들이 떠올라 그저 날이 빨리 밝아서 바깥에서 들리는 소란한 소리에 어지러운 심사가 흩어져 버리기만을 바랬다. 그러나 밤은 또 길다. 그녀는 기다리고 또 기다렸다. 그 괴로움을 말로 형언하질 못하고, 그저 암자로부터 밤을 가르는 목어소리가 전해오기만을 고대했다. 그 단조로운 소리가 그녀로 하여금 잠시 눈을 붙이도록 재촉하지 않더냐? 아니면 다른 소리라도 상관 없었다. 그저 그녀의 불안정한 마음을 끌어갈 수만 있다면 말이다.

5

어느 날 밤, 그녀가 사람이 죽어 가는 일을 생각하면서 슬픔이 북받쳐 올라 깊은 한숨을 내쉬고 있을 때, 그 소리가, 그 처참한 소리가 또 들려

왔다. 그것은 그녀가 예전에 어느 날 밤에 들은 적이 있었던, 바로 그녀의
오른편 이웃에 사는 사람이 연주하는 바이올린 소리였다. 그 곡조가 그 현
에서 그렇게도 드높고 격앙되면서 또 한편으로는 부드럽고 구슬픈 소리로
울려나오는 것을 들으면서 아마오는 정말 울고 싶었다. 전에 그녀는 그 곡
조가 심금을 울리는 점을 이해하지 못했다. 왜 그렇게 사람의 마음을 휘어
잡아서 자신도 모르게 그것의 구슬픈 분위기에 동화되어 눈물을 흘리게 하
는 것인지. 지금은, 그녀는 바로 자신의 그 기다란 탄식과 어울린다고 생
각했다. 그렇다면 그 음조의 떨리는 것이 어딜 가나 비탄에 잠기는 그녀의
그 심정과 같은 것은 아닌지?

그녀는 궁금했다. 도대체 그 아무 근심걱정 없이 행복한 부부가 왜 이런
깊은 밤에 그렇게 심금을 울리는 슬픈 가락을 연주하는 것일까? 그녀는 필
사적으로 몸을 일으키고는 바깥으로 나가 유리창 안을 바라보았다. 환한
전등불빛 아래로 그녀는 그 여인을 분명하게 볼 수 있었다. 그녀는 빨간색
셔츠를 걸쳐 입고 있었는데, 짧은 머리가 마구 흐트러진 채로, 한 손에는
어떤 물건을 들고서 미친 듯이 상반신을 흔들고 있었다. 그 소리는 바로
그 이름 모를 물건에서 나오는 것이었다. 갑자기 그 여인은 그 물건을 맹
렬하게 휙 던져버렸다. 펑하는 소리가 들리고 여인도 고꾸라졌다. 한참 동
안 모든 것이 정적에 휩싸였다. 전등불이 벽에 반사되어 밝은 빛이 멀리까
지 빛났다.

아마오는 정말 맞은편으로 달려가 그녀를 끌어안고 울고 싶었다. 그 여
인은 일찍이 그녀와 이야기를 나눈 적이 있었다. 얼마나 사근사근했던가!
왜 그녀도 혼자서 이 깊은 밤에 그렇게 슬픔에 몸부림치는 것일까? 그녀
는 그렇게도 행복해 보이지 않았던가?

아마오는 이슬이 많이 내리는 밤에 한참을 서 있었다. 마음은 그 아름답
게 치장된, 양탄자 위에 여인이 고꾸라져 있는 방안에서 맴돌고 있었다.
시어머니의 기침소리에 비로소 그녀는 정신을 차렸다. 그녀는 하는 수 없
이 내키지 않는 발걸음을 한 발짝 한 발짝 떼어 방안으로 되돌아갔다. 그

녀는 원래 행복은 영원하지 않다고, 언젠가는 죽음에 의해 빼앗길 수밖에 없다고 생각하고 있었다. 지금 그녀는 소위 행복이란 아예 없다고 여기게 되었다. 행복은 단지 다른 사람이 보기에만 그러하여 부러움이나 질투를 야기할 뿐, 자신은 결코 그 달콤한 것을 맛볼 수 없는 것이다. 이것이 그녀가 방금 그 여인에게서 발견한 또 하나의 진리였다. 그녀는 밤새도록 뒤척이며 고민하다가 일찍 죽어버리는 것이 가장 낫겠다고 생각했다.

6

이 밤이 지나고 난 둘째 날 밤, 샤오얼이 막 단잠에 빠졌을 때, 그는 아내의 뒤척임에 놀라 깼다. 그녀는 온 몸을 이불로 둘둘 감고서 이불 끄트머리를 꽉 붙잡고 가쁜 숨을 헐떡이고 있었다. 샤오얼이 놀라서 그녀를 만져보니 얼굴이 온통 땀으로 범벅이었고 온 몸도 그랬다. 그 뿐 아니라, 샤오얼의 손이 그녀의 몸에 닿는 순간 그녀의 앙다문 입술 사이로 날카로운 비명이 흘러나왔다. 그가 연거푸 이유를 묻자, 그녀는 다시 조용해지면서 숨소리마저 억눌렀다.

샤오얼은 일어나 심지에 불을 붙였다. 그녀는 두 눈을 부릅뜨고 양손으로 배를 움켜쥐고 있었다. 배가 아프냐고 계속해서 묻자 그때서야 그녀는 고개를 끄덕이면서 큰소리로 외쳤다.

"염려 말아요! 괜찮아요!"

갈수록 심해지고, 얼굴은 무섭도록 창백해서, 샤오얼은 앞방 문을 두드렸다.

"형수님, 형수님, 잠깐만 좀 일어나 주세요, 아마오가 많이 아파요!"

형수는 그녀를 보더니, 계속 그녀를 부르기만 했다.

"왜 그래, 왜 그래, 동서, 아마오?"

큰형님도 보러 왔다. 아마오는 이불을 꼭 깨물고 손으로 침대 가를 붙들고서 그들을 바라보면서 고개만 흔들어댔다. 괜찮다는 뜻이었다.

이 때 시어머니도 시아버지도 깨어났다. 아마오도 더 이상 견디질 못하고 시시때때로 큰 소리로 비명을 질러댔다. 샤오얼이 그녀를 어루만지려고 하자 그녀는 그의 손을 확 밀쳐내면서 소리를 질렀다.

"괜찮아요, 괜찮아! 물! 물 좀 갖다 줘요!"

샤오얼이 물을 가져왔다. 그녀는 한 번에 다 마셔버렸다. 그러나 신음소리는 더 심해져갔다. 큰형은 그녀가 무엇을 먹은 게 분명하다고 생각하고 그녀에게 물었지만 그녀는 고개만 마구 흔들 뿐이었다.

시어머니가 또 큰소리로 나무라기 시작했다. 아무렇지도 않던 사람이 뭘 잘못 먹고 사람을 놀라게 한다면서 그녀를 책망했다.

잠시 후에, 그녀는 조용해졌다. 기운이 하나도 없었다. 샤오얼이 그녀를 잡아주자 그녀는 다시 울음을 터뜨리면서 쉰 목소리로 말했다.

"용서해 주세요! 언젠가는 죽을 몸, 지금 죽을래요. 오랫동안 당신을 괴롭히지 않도록. 제가 잘못했던 일들, 다 잊어 주세요……."

그녀는 다시 눈길을 큰형님에게로 돌리더니 미소를 지으면서 말했다.

"형님, 고마워요, 아마오는 지금 죽으니 내세에서 은혜는 갚을게요!"

큰형님도 그녀의 모습에 눈물을 흘리면서 걱정하지 말고, 병은 언젠가는 나을 거라고 했다.

그러나 그녀는 또 갑자기 심한 통증을 느끼면서 침대에서 데굴데굴 굴렀다. 입으로는 "아파 죽겠어요! 아파 죽겠어요!"라고 비명을 질렀다.

샤오얼은 힘껏 그녀를 껴안고서 그녀에게 물었다.

"말해! 너 뭘 먹은 거야?"

그녀는 쉰 소리로 비명을 지르다가 괴상한 소리로 웃기 시작하면서 이불 아래서 성냥 한 통을 꺼내어 던졌다.

"그래요, 내가 먹었어요! 내가 먹었다구! 나는 지금 죽을 거야! 지금 죽을 거라니까!"

큰형님은 대충 신발을 끌고서 의사를 부르러 조경사로 달려갔다.

그러나, 의사가 오기도 전에 그녀는 미친 듯이 발작하다가 아무소리도 없이 침대에 넘어지더니, 입을 크게 벌리고 멍하니 천장만 바라보았다.

샤오얼이 다가갔다.

"아마오! 말해, 왜 자살하려고 한 거야?"

"그냥요, 살기가 싫어서 차라리 죽는 게 낫다고 생각했어."

샤오얼은 더 물어보고 싶었지만 그녀가 손짓을 하는 바람에 입을 다물었다. 이때 오른편 이웃집에서 또 그 심금을 에이는 소리가 들려왔다. 그녀는 중얼거렸다.

"아! 모든 게 다 끝났어!"

샤오얼이 다시 그녀를 바라보았을 때 그녀는 이미 죽었다. 배 있는 곳이 아직도 두근두근 뛰고 있었다.

그리고는 곡성이 터져 나왔다. 동시에, 그 바이올린 소리도 천천히 잦아들더니 홀연 멈춰버렸다.

역자후기

이 책은 1920년대 중국 문단에 대거 등단한 여성작가들 중 가장 대표적인 작가들의 작품을 골라 모은 것이다. 이들 여성작가들과의 본격적인 인연은 역자들이 박사과정에 입학했던 시기로부터 시작되었다. 비록 살아간 시대와 공간은 달랐으나, 이들이 품었던 이상과 그를 위해 걸어간 길들은 역자들을 사로잡았다. 동시에, 상당부분 묻혀져 있었던 이들의 삶과 문학을 표면으로 끌어내야겠다는 꿈도 조금씩 키워나갔다. 이 꿈은 2002년 학술진흥재단의 지원을 받아 〈한중일 근현대 여성소설 비교연구〉라는 작업을 하면서 비로소 하나씩 하나씩 현실이 되어갔다. 이 책은 그 첫 열매라고 할 수 있을 것이다.

여기에 담고 있는 1920년대 작품들은 "5. 4 신문화 운동"과 더불어 자신을 한 주체로서 자각하기 시작한 여성들의 삶에 대한 진지한 물음이다. 동시에, 여전히 객체이자 주변으로 머물러 있는 동료들에 대한 안타까움과 자각을 일깨우는 소리이기도 하다. 그리고 이는 100년을 뛰어넘어 있는 우리에게도 여전히 유효한 물음이자 귀 기울여 들어야 할 이야기들이라고 본다.

오랫동안 품어온 꿈이었지만, 막상 현실로 옮기자니 쉬운 작업은 아니었다. 원문에 충실하면서 우리말답게 바꿔보려고 많은 노력을 기울였다. 그럼에도 불구하고 불명료하거나 매끄럽지 못한 부분들이 많을 것이다. 부족한 부분에 대해 독자들의 많은 질정을 부탁드린다.

작품 선정에서부터 교정까지 도움을 주신 선생님들이 너무 많다. 그분들에게 이 책이 조금이나마 감사의 표시로 남았으면 좋겠다. 어려운

출판 사정에도 불구하고, 미흡한 번역물을 책으로 엮어주신 도서출판
어문학사의 사장님에게도 진심으로 감사의 말씀을 드린다.

2005년 8월　김은희 · 최은정

중국 현대여성소설 명작선

초판 1쇄 인쇄일 · 2005년 8월25일
초판 1쇄 발행일 · 2005년 9월01일

지은이 · 阵衡哲 · 冯沅君 · 庐隐 · 石评梅 · 凌淑华 · 冰心 · 丁玲
옮긴이 · 김은희 · 최은정
펴낸이 · 박영희
편   집 · 정유경
표   지 · 최은영
펴낸곳 · 도서출판 어문학사
132-891 서울시 도봉구 쌍문동 525-13
전화 (02)998-0094 | 팩스 (02)998-2268
E-mail : am@amhbook.com
URL : 어문학사
출판등록 2004년 4월 6일 제7-276호
ISBN 89-91222-40-4   03820

값 15,000원